雪线

顺定强 /著

Shun
Dingqiang

上海文化出版社

图书在版编目(CIP)数据

雪线/顺定强著. —上海：上海文化出版社，
2018. 1
ISBN 978‐7‐5535‐1024‐8
Ⅰ.①雪… Ⅱ.①顺… Ⅲ.①长篇小说－中国－当代
Ⅳ.①I247. 5

中国版本图书馆 CIP 数据核字(2017)第 325920 号

发 行 人：冯　杰
出 版 人：姜逸青
责任编辑：罗　英
插图摄影：顺定强
策　　划：无欲则刚
装帧设计：汤　靖

书　　名：雪线
作　　者：顺定强
出　　版：上海世纪出版集团　上海文化出版社
地　　址：上海市绍兴路7号　200020
发　　行：上海文艺出版社发行中心
　　　　　上海绍兴路50号　200020　www. ewen. co
印　　刷：上海天地海设计印刷有限公司
开　　本：890×1240　1/32
印　　张：12.5
版　　次：2018年1月第一版　2018年1月第一次印刷
国际书号：ISBN 978‐7‐5535‐1024‐8/I. 351
定　　价：38.00元
告 读 者：如发现本书有质量问题请与印刷厂质量科联系 T：021‐64366274

序 雪域之外

谷运龙

　　一个地地道道的羌族汉子要走进藏族人的生活,特别是走进雪线下冬窝子里的那些最草根的藏族人的生活,绝非易事。然而顺定强先生走进去了,我不得不说这是他的功夫,不仅是做文字的功夫,更是做人的功夫。

　　那天中午,马尔康的阳光有些零碎,跌宕出些许春天的色彩,他激情四溢地将他的第一部长篇小说《雪线》的打印稿郑重地放在我的面前。我知道他的意图,他是想让我写点什么。之后的两个月中,《雪线》牵引着我走了好几千里路,我却始终不敢为其写几个字。

　　那天去壤塘县的中壤塘,从时序上看已是"人间四月芳菲尽"了。当汽车翻过了一个山垭口时,远方的山岭在蜿蜒中纵列出雪域高原的厚重和奇特。沿着这些山脊,一条洁白的雪线旖丽而去,一直走进湛蓝的天空。同行的很多人都惊叹于雪线的灵动之美,我却移目至雪线下那些深深浅浅的山谷和冬窝子,那才是生命繁衍、浩荡的地方。我再一次走进了顺定强先生为我界定的"雪线"之中。"其实,雪线是冰雪的积累与消融平衡了的地方的连线。就是说在这条线上每年落下多少积雪,正好全部都融化了。在此之上,冰雪逐年积累,在此之下,冰雪全部融化,不能留存。"可以这么说:

雪线既是雪域高原冬窝子里藏人的生存线、生产线、生命线，又是他们的爱情线、信仰线、阴阳线。一条雪线，把冬窝子里的所有风土人情、风花雪月、风生水起都牢牢地拴在了一起，让人们走不出冬窝子，离不开冬窝子。这既是自然的赐予，同时也是命运的归宿和生存的法则。

雪线给予我美好印象的同时，也让我触摸到它的严酷。

高寒、缺氧、雪崩，气候的一日四季，雪峰的晶莹诡异，就连那些冬虫夏草都给人以难以想象的生命活力。在这样一种自然条件下生存的人，没有强健的体魄不行，没有坚定的信念不行，没有不屈的精神也不行。于是，我们看到了《雪线》中如钟国强、甲央泽真、更登确迫等这些草原汉子那么骠悍、那么顽强地向我们走来。他们与自然抗争，与命运抗争，坚忍不拔又义无反顾地与雪线较劲，用他们钢铁一般的双手和海水一般的智慧去创造属于自己的生活。他们一个个血肉丰满，灵魂翩翩。尤其是汉族援藏干部钟国强以一腔热血、一身浩气，与雪线下的牧人同甘共苦，与雪线下的牧场快乐共存。

在阿坝草原，一待季节放暖，莺飞草长、春暖花开之时，便是浪漫的季节。每一朵小花都会成为一个甜蜜的勾引，每一棵小草都会做出温柔的召唤。《雪线》中的那些爱情就被天蓝和地绿着了色、抹了彩。因此，无论是甲央泽真的爱情还是钟国强的爱情都闪现着雪域的色彩。他们的爱情构成了雪线下冬窝子里一道奇特的风景和一条充满野趣的画廊，让冬窝子在最寒冷的时节也充满了人间的温情，给人们更多的吸引和念想。

雪线下的人们无时无刻都在呼吸着宗教的空气。在雪域高原，宗教引导着人们的生存方式，成为人们的行为准则。那种海枯石烂的信仰在雪线上下不绝地开放。寺庙、僧人、佛塔，这些色彩绚丽的元素点缀在蓝天白云之下，为众生描绘出深不见底，又触手可及的佛教世界。信众们的那份虔诚比石头还硬朗,比大山还牢靠。我总是有一些担心,在这样的宗教氛围中去写改革、去写爱情、去写奋斗,似乎有些不好把握。然而,定强先生却较好地运用了生活的客观存在,他让读者真切地看到,在这片浓浓的宗教氛围的土地上,雪线下冬窝子里的人们如何在生活的漩涡中去改变命运,去享受爱情,去努力工作。

实际上,任何的爱恨情仇都是生存的固有元素,任何的生老病死都是生命的自然走向,任何的酸甜苦辣都是生活的原滋原味。定强先生竭力地让这些元素随时都沾上几星泥土,使生活变得可靠;他把这些自然走向中的痛苦挣扎表现得实实在在,使生命充满力量;他把这些原滋原味中的丝丝缕缕表现得如风而临,使生存变得不朽。他甚至尽其可能让这一切在清浊激扬、左右冲突、回旋流转中去伸枝展叶,以构成动态的冲涮、循环的余韵及深不见底的诡异。在他的驾驭之下,我看见了故事较为平缓地向前走去,所有的人物都自然地站在了应该归于自己的时点上。

记得定强先生这样跟我说过:写完《雪线》后,不知以后自己会不会再去写有关阿坝那片神奇并充满生命、生存、生活密码的土地的作品了。现在,我要真诚地对您说:作家所创作的作品完全是生活的提炼。生活有多深远,作品就有多厚重;生活有多丰富,作品就有多生动;生活有多熟练,作品就有多流畅。没有了生活,我们去哪里寻找自己的坐标? 去哪里获取自己的唯一? 当那片土地早已从你的脚下走入你的心里时,难道你还会丢舍得下、抛弃得了吗? 因此,我十分期待您继续鼓荡起草原的风,让其更清新、更畅快地吹入读者的心扉!

2016.5.23 日

目 录

目 录　　　　　　　　　　　　　　　　contents

『第一章』

燃烧的雪焰

1

雪山垭口上，甲央泽真沿着煨桑坛下那条蛇形小径，边走边抛撒龙达，每抛撒一叠，便放开嗓子高呼："哦嚯嚯，哈迦啰、哈迦啰！哦嚯嚯，哈迦啰、哈迦啰（神胜利了）……"，口里间或含混不清地吟诵着"神山颂辞"。那雪片似的龙达临风飞扬，有的飞得很高，伴着袅绕桑烟飘向蔚蓝色的天宇，但绝大多数飞到一定高度后便飒飒坠落大地，发出刷刷的声响。仿佛，所有的灵魂像风一样在空中飞舞，从飘扬的龙达和袅绕的桑烟中，收到了来自雪线下这位牧人虔诚的祈祷和祝福。

依然留着长发的甲央泽真看上去和实际年龄相去甚远，两鬓微白，浓黑的眉宇下，黑白分明的眼睛被黝黑的脸庞映衬得分外明亮，高鼻梁、厚嘴唇、轮廓起伏的脸庞告诉人们，他的确是一位刚满五十的安多藏族汉子。

那天，甲央泽真身穿多年未曾洗过的黑色藏袍，系着蓝色腰带，脚上还是那双油亮亮的牛皮靴子。从夏风中飘来的阵阵刺鼻气息里，让他身旁的援藏干部钟国强嗅到的分明不是来自煨桑坛上的白香枝、青稞粒、糌粑、酥油等贡品混杂燃烧时散发出的气味儿，而是甲央泽真身上飘来的20年前和钟国强见面时的那种膻味儿。

做完祈祷仪式的甲央泽真来到钟国强面前，用手指着积雪与草甸形成的那条色彩明朗的分界线："呀，偌花（伙计），雪线多美呀！"

仰望雪线，群峰与天穹相连；登上雪线，白云犹如披在身上的羊毛卷；驻足雪线，阳光明媚，空气清冽，蓝天仿佛一汪碧水冻成。

神山脚下的扎尕尔措（湖）至雪线下的冬牧场这段黄土路，把外界和良美叶实神山紧紧连接起来，而遍布雪线下的无数条阡陌纵横的深山牧道又将每一顶帐篷和那条泥泞的黄土路连接了起来。其实深藏于雪线之下的每一顶帐篷都被稳稳当当地系在现实世界之中的。

每一个夏天,钟国强都要骑行于雪线下的群山沟壑间。雨季的到来会使雪线下的牧场异常寒荒和美丽。每每此刻,雪线之上的天空就像舞台的幕布一样华美,钟国强的心就像观看盛大演出一般欣喜和激动。他常常骑着河曲马,沿着一碧万顷的斜坡慢慢向上攀升,视野尽头高山灌木丛也慢慢延展。突然回头,整个雪线之下绿意盎然,最低最深处蓄满了雪线下牧人们的财富……龙尕沟两岸深深地游走着深情的牛羊。

在不远处的一座山头上,甲央泽真静静地侧骑在那匹健美的枣红马上,马在他的胯下喘着粗气,他在马背上一动不动,凝视着雪线下的牧场,显得漫不经心的样子。钟国强沿着甲央泽真的目光向山下四处搜寻,不知道甲央泽真的牛群和帐篷在哪里。甲央泽真长时间地凝视着雪线下的某一处,那一处的牛羊长时间地游动在沉甸甸的绿野之中,与龙尕沟两岸的阡陌牧道起伏律动……仿佛,多少生活的艰辛消瘦了的是他的身体,没有消沉的是他的意志。

时至今天,钟国强依然清晰地记得20年前第一次踏上这片土地时发生的那件事。

良美叶实神山距离雪线下的嘎溪县城足有六十公里,它像一颗绿翡翠镶嵌在青海和四川之间。第一次踏上这片土地,钟国强就想起了在州委宣传部工作时部长那一遍遍不厌其烦的赞美。这里果然是人间天堂,钟国强相信即使是人世间最冷漠的心灵也会被它的美丽俘获。

钟国强从背包里取出相机,无数激动人心的精美构图从他的脑海里流淌出来。它们层次分明,起伏不平地出现在他的镜头里,好似不受他的控制一般,像一场大雨后探头探脑的蘑菇一样从草丛里钻出来,从花丛里冒出来。

在这样的环境里,钟国强很快就忘记了时间。在这样的状态下,钟国强无法不忘记时间。等他想起下午两点必须赶到神山那边的龙尕沟,与驻扎于那里的工作组汇合这件事时,时间已经是下午三点多了。钟国强沮丧地在草地中央那条溪流边站了许久,像每一位初次出远门的人一样手足无措。在雪线下的牧场上,只有钟国强孤零零的一个人。

在这四野无人的茫茫草原,在这人生地不熟的神山脚下,钟国强感觉自己成了世间最孤独的人。终于,在他几近绝望的热盼中,远方出现了人影。一个上了岁数的牧人赶着他的牛羊从远处走了过来。

"找一匹马,骑着它翻过眼前这座山就是龙尕沟。"当钟国强试图向牧人打探如何尽快去龙尕沟时,这位藏族老阿爸给了他这么一个建议。

看着眼前这位藏族老阿爸严肃认真的表情并不像是在开玩笑,钟国强只好问道:"这荒郊野岭的,我上哪里去找马呢?"

"哪里都有,这神山脚下每家远牧的帐篷外都拴有马。"老阿爸说。

说得轻巧,谁愿意借一匹马给他这样一个说汉语的陌生人呢?老阿爸见钟国强愁眉苦脸,看出了他的心思:"阿罗,小伙子,到我的帐篷去吧,骑我的马。"

老阿爸的话使钟国强大吃一惊。他自忖该是交上了好运,才会在这神山脚下遇上这么好心肠的人。同时,一连串的疑问也在钟国强的心底不断地泛起。这位藏族老阿爸怎么会这么爽快地把马借给自己?自己骑走了之后,该如何把马还给他?他就不怕自己骑走不还吗?

钟国强说出了自己的疑虑。

藏族老阿爸哈哈大笑:"你翻过这座山,到了龙尕沟,拍拍马背,马就知道回家了,它认得回家的路。"

钟国强还是充满疑惑:"你就不怕我偷走你的马吗?"

老阿爸不解地反问:"为什么要偷呢?这神山脚下每顶帐篷外都有马啊。你看我的邻居罗让扎西,他去雪线下的果洛草原走亲戚已经十几天了,他家的马还拴在帐篷外呢。这几天都是我替他喂草饮水,不就是为了方便来往的人骑马赶路吗？有需要的话，骑上马就走，到了目的地一拍马背，马就自己会回来。"

"可是，你真的不担心马会丢失吗？"钟国强惊讶道。

"哈哈哈！"老阿爸又发出一阵爽朗的笑声，接着说道："马都认得路，老马识途，你即使要偷也是偷不走的。你偷走了它终究还能找到自己的帐篷，回到自己的家。"

钟国强简直无法相信自己的耳朵，雪线下草原上竟还保留着如此不可思议的风俗。很多年后，雪线下的县城终于要开始规划免费的公共自行车出行系统。钟国强想，这不就是最早的"公共出行系统"吗？雪线下的牧场早就有了这样的传统！

雪线下牧场的那次掉队，钟国强骑藏族老阿爸的马之事已经是很久之前的事了，但他至今依然记忆犹新。自那之后，常年行走在雪线下的钟国强再也没有见过那位藏族老阿爸，也无法得知借他的那匹马是不是回到了老阿爸的家，但钟国强在心底相信它必定回到了山那边的那顶帐篷，因为它的脊背是如此坚定有力，还有许许多多像他这样在雪线下行走的人等着它来送上一程。

20 年了，常年游走在雪线下的钟国强心里明白，雪线下，那雪，往往一个冬季只下一场，使雪线下移，一场雪就要将雪线以下的坡地覆盖几十天，直到冷空气将浓云冻成一缕薄冰，风把雪山雕成一座新的广寒宫。唯一令这位来自上海的援藏干部，如今已是县委书记的钟国强感到慰藉的是，其实雪后的牧场很美丽，尤其是夜晚，每当月亮升起时，皎洁的月光洒满雪线下的坡地，洒满深谷，星星像凝结在天上的冰晶，冰峰巨大的身影和白雪组成明暗交织的图画，仿佛前方就是光明，回头便是无尽的深渊。雪线以上，冰雪在强大的寒冷下发出"咔嚓"的断裂声响，似乎要达到崩塌的边缘。尤其是雪线下的夜晚，沉寂而浩淼。往往，夜的静谧会增加人的恐惧和孤独感,生和死、明与暗,仿佛只在一线间……突然,甲央泽真像一只皮口袋一样从枣红马背上滑了下来,一颠一跛地爬向山顶,肃立雪线,向龙尕沟对岸的雪线行注目礼,在精神世界里守望着那遥远的雪线。

望着甲央泽真和雪线组成的那道风景,钟国强的脑海里一下子浮现出20年前被下派时的情景。

那时候,钟国强大学刚毕业,被分配到自治州州委宣传部当干事。一天下午,刚刚上班,部办公室主任周瑶瑶兴致勃勃地来到他所在的新闻科,拿出一份通知就宣布:"好消息啊! 州委组织部有两个名额下基层锻炼,到牧区县援藏,条件是 30 岁以下,副科级或享受副科以上待遇者,去三年!"

大家可能没听清周瑶瑶主任的意思,继续埋头干自己的事。周瑶瑶又说了一遍:"到牧区县援藏,30 岁以下,副科级职务,去三年。"这一次,周主任顿了一顿,接着补充道:"听说是去之前先提拔为实职正科级,到那里就当局长或乡镇长,回来之后保持原来的职位哦。"

新闻科里一下子像炸开了锅,争先恐后地看那通知,然后七嘴八舌讨论开来。

第一个看完通知的老王首先发言了:"这么好的事情啊,大伙赶紧报名啊,可惜我超龄了。"

"我倒是没超龄,可是职级不够哦,条件能再放开一点吗? 或许下半年我就够格了。"

"喂,年轻人,你应该报名啊? 出去锻炼一下,三年后就是实职正科长。"周瑶瑶主任对着刚满 25 岁的钟国强说。

接着他又转身面向已是副科长的小蒲说:"我看你也可以报名,各种条件都符合。"

"我倒想去呀,但去了,家里怎么办,一去就是三年啊。"小蒲有些为难地回答。

"这有什么？我听说人家小罗和小泽都报名了。"自周瑶瑶进入办公室以来还没说过话的蒋科长终于发言了。

"小罗是单身一人，无牵无挂，去了没什么。可小泽的女儿才1岁，家里肯定不同意吧。"周瑶瑶说。

"牧区县条件那么艰苦，电话不通，公路也不通，钟国强这样一个小白脸去的话，他身体吃得消吗？"蒋科长说。

"嗨，年轻怕什么？"周瑶瑶说。

"怕什么？孔繁森去了西藏就没回来！"蒋科长有点激动。

"对啊，对啊！看来这个正科级实职不是那么好捞的哎，是要代价的哦。"小蒲副科长接过蒋科长的话说。

"喂，年轻人，想问题怎么能这么消极呢？出去锻炼锻炼有什么不好？再说，回来了就能提升，省走多少弯路啊？"周瑶瑶有些生气地说。

"是啊，我听说有些强势部门的同志都是下派到山那边的农区县，舒服着呢！回来的都提升了。"蒋科长不无讽刺地对答着周瑶瑶。

"我们怎么能跟人家比？好的去处他们先抢了，剩下不好的才给我们这些弱势群体嘛。"小蒲在一旁帮着腔。

"所以说啊，咱搞基层新闻宣传的，在任何时候都是弱势群体，即使想奉献，都是最差的条件。"

"其实啊，要想报名的话，还真得好好考虑一下。"

"当然啦，任何东西都有利有弊，想收获肯定要先付出。"

"再说了，报了名，还未必能被选上呢？要是真的是好差事，州级机关多少人报名啊，轮得上你我吗？要是不好呢？干吗趟这湾浑水？"

"就是！"大家七嘴八舌，然后长时间沉默。

新闻科又恢复了原来的平静，周瑶瑶主任例行公事般地把通知贴在了宣传栏上，然后郑重地在旁边写上："请同志们注意阅读。"

就这样,这位生于上海,长于上海,当时只有 25 岁的钟国强离开了自治州州委宣传部,来到了雪线下的牧区县,谁知一干就是 20 年。那远山上的雪线,还有雪线下的牧场以及牧场上生息繁衍的父老乡亲与他整整朝夕相处了 20 个年头。

2

甲央泽真 12 岁就开始在雪线下的牧场放牧,第一次与钟国强见面时,他已在这片水草丰美的牧场上游走了十多年。

钟国强问他:"你一个人登上那雪线的时候怕么?"

甲央泽真说:"小的时候没有怕过,但是现在怕了……万一……家里的老婆孩子怎么办?"他告诉钟国强,"上个世纪 80 年代,神山深处的雪线下发生了一次特大雪崩,有十多名正在雪线下远牧的牧人不幸遇难了。"

"他们去世了,老婆孩子怎么办呢?"

甲央泽真无奈地看着钟国强:"他们能怎么办,还是要生活,艰难地生活下去……"

尽管风险巨大,但对于大多数牧人来说,相比其他地方的草场,雪线下仍是水草丰茂之地。

甲央泽真是安多地区第一家搬到雪线下远牧的牧人,当年他却极力反对大儿子扎西继承他的行为——把雪线下这片草场作为夏牧场。当扎西向他表达想要登上雪线看看的愿望时,甲央泽真坚决地回答说:"我已经替你上去过了。你不必亲自登上那圣洁的地方。"

天下的父亲都是一样的,没有哪个父亲愿意儿子去到危险的地方从事危险的活。如今,甲央泽真的儿子扎西再也不能登上那雪线了,但甲央泽真却很固执地说:"扎西的灵魂就在那里,继续攀登着我曾经登过的雪线!"

扎西的不幸离开,乃至他所选择的离开方式,虽然不是甲央泽真希望看到的,但他也只能无奈地接受这个结果。

如今,甲央泽真一家在雪线下的经济收入稍有好转,他在雪线下的牧场上搭建起了黑色的牛毛帐篷,还把另外两个孩子送到县城学校上寄学。甲央泽真和家人放牧着两百多头牦牛,常年守候着那遥远的雪线。

几年前钟国强就曾问过甲央泽真这样一个问题:"在安多藏人眼里,良美叶实神山上的雪线到底意味着什么?"

那天,在雪线下,甲央泽真再次提及这个话题:"良美叶实神山上的雪线是咱们安多地区最高的山峰,在安多藏人心目中它是神,要敬畏,所以每个在雪线下放牧的人,在前往雪线附近采挖冬虫夏草和贝母之前,都要爬到雪线上的垭口举行煨桑仪式(祈祷),祈祷山神保佑。同时,神山上的雪线又像我们牧人的父亲一样,我们依靠它来养家糊口……"

此时此刻,久别的太阳出来了,它那纯真的火光,在无欲无意的天空间倾泻,雪线下的广袤土地犹如天堂里散布出的宏音,响彻雪山高原。空气激荡,雪山激荡,钟国强的心也随之激荡!

雪线之上,薄云挽千峰,山朗雪润,碧空万顷,皑皑白雪;雪线之下,飞瀑轻吼,山林因它而葱绿,田野因它而富庶,江河因它而丰泽。这时,钟国强似乎明白了,甲央泽真为什么称雪线为"神圣"之地——那就是他心中圣洁的唯美世界。

融化的积雪滋润着雪线下的牧场,喂养着数以万计的牛羊。每年四五月份,是冬虫夏草的采挖季节,雪线下的牧场几乎每家帐篷里都只剩下老人。妇女、儿童和青壮年男子基本上见不着,如果问一个帐篷里的老人,家里的其他人呢? 一般只有一个答案,他(她)会用手指着雪线的方向说:"他们挖虫草去了!"

3

良美叶实神山,神奇的传说难掩尴尬的现实。

出嘎溪县城,过龙尕沟,一袭苍郁的山脉款款走来。这便是良美叶实神山的东大门——拉佣托尕。钟国强和甲央泽真登上龙尕沟左侧山顶向东眺望,只见拉佣托尕像一条巨龙,西高东低,披云裹雾,蜿蜒曲折。山的南面,舒缓地躺着一片草原。草原碧草连天,清澈湍急的嘎溪河像一条洁白的哈达款款飘出山麓,滚滚东去。龙尕沟两岸,一排排嶙峋的怪石像犬牙一样突兀而起,东西绵延数十公里。但令钟国强失望的是,他在这里穷尽目力,就是没有在龙尕沟两岸搜寻到雪的踪迹。

钟国强还清晰地记得,那年夏天,在龙尕沟的深处,他第一次见到甲央泽真时,这位安多藏族牧人正赶着牛群往山上走。

"走到山跟前要两个多小时,爬到山顶还要两个多小时。"当时,甲央泽真一手勒住胯下的枣红马,一手握着赶牦牛用的索篓枝条指着远处的雪山对钟国强说。甲央泽真是雪线下土生土长的牧人,在他的记忆里,以前的良美叶实神山和现在完全是两个样子。

"从我记事起,这里常年积雪,扎尕湖后面的冰块(冰川)的厚度比人还高,有的地方整个一条沟都是冰,山下的灌木丛很密,人很难进山,进山的牛羊经常会遇到风雪天气。"甲央泽真说,从 20 年前开始,雪山上的冰块开始慢慢融化,几年后就完全消失了。大约 10 年前,这里的雪山成了季节性雪山。"现在,龙尕沟的前山到夏天就没雪了,光剩下这些光秃秃的山了。"甲央泽真苦笑着说,"现在要看雪山,还要走很远,须走到深山里去。"

秋意渐浓,良美叶实神山脚下的草原风光旖旎,但光秃秃的雪山却多少让钟国强有些失落。冰川消融,雪线升高,雪山的神奇传说再也无法掩盖怪石嶙峋的尴尬现实!

甲央泽真望着雪线上展翅的雄鹰,情绪变得有些低落,他显得十分忧愁。因为,在他看来,那展翅的雄鹰就是那天在对岸天葬坛啄食儿子扎西肉体的"神鹰",那在烈火中死去的儿子扎西的灵魂一定幻化成了眼前翱翔的"神鹰";仿佛,那雪线上的雪焰就是那天燃烧在儿子扎西身上的熊熊烈火。透过雪焰,他望见了那紧贴着断崖的裸岩。他的牦牛正在裸岩下悠闲地舔食着牧场上刚刚长出的青草。而小河左岸的草滩上,一只小马驹正扬起四蹄,踏着浅水向着对岸的母驹奔去。望着那匹顽皮的小马驹,甲央泽真的眼角上堆满了晶莹的泪花……

雪线下的太阳犹如浓重的釉彩。空气像被冰雪滤过一般,混合着奶油、草叶与酵母的芳香。甲央泽真告诉钟国强:"现在良美叶实神山上的雪线越来越高了,以往夏天大雪纷飞、冻死牛羊的事已很少见了。"原来,从 20年前开始,良美叶实神山上的冰块就开始慢慢融化,几年后就完全消失了。

横跨川、青两省的良美叶实神山,养育了两省数万牧人,是川青两省藏民的"母亲山"。然而,当钟国强走近这座决定整个黄河上游生态、影响中国乃至亚洲气候的雪山时,却发现绚丽的光彩已然暗淡,雪线上升,生态严重毁坏,"母亲山"已是伤痕累累、满目疮痍。

20 年了,钟国强每一个秋天都要走进良美叶实神山,去寻找那远去的雪线。雪线下的牧人依然守候着雪线下的牧场,牧放着牛羊,自得其乐。

钟国强抬头仰望,龙尕沟两岸群山巍然屹立,雪峰直插云霄。山下,一条湍急的溪流自雪山之巅奔涌而下,流向山下的龙尕沟。

"看着近,骑马走到有雪的地方,最少得 5 个多小时。"甲央泽真告诉钟国强,这个牧场是距离雪线最近的牧场,年轻的时候,甲央泽真经常会爬到有雪的地方。"最近几十年变化很大,原来常年积雪不化,现在到了夏天,太阳照到的地方雪都没有了,雪线升高了很多。"甲央泽真说,在钟国强来的前几天,雪线下的牧场降了一场秋雪,整个龙尕沟大雪纷飞,美丽的六角精灵从天空洒落下来,雪线上下逶迤的高地形成了茫茫雾海。此时此刻,漫无边际的幻想在钟国强的脑海里悄悄浮现。钟国强也像甲央泽真一样肃立着,面对神圣的雪山,虔诚的心不敢有一点不洁的想法。

"你们如早些时候来,这里的雪根本没这么多。"甲央泽真对钟国强说。

钟国强站在雪线下的牧场放眼眺望,那秋雪,安详地落下,清寒的空气传达着落雪的声音,似琴鸣的吟诵,悠远而绵长。远处的冰峰似燃烧的雪焰,又如碧天里的寒星,更像洁净的安多藏族少女在为来生祈祷幸福,祈祷和平。

4

甲央泽真年轻的时候常年在雪线下的山地活动,高寒缺氧对肺部会有损伤,现在甲央泽真的肺部出现了问题。

"我自己算来也很幸运,依靠雪山脚下的牧场和雪线下出产的冬虫夏草、贝母,养活了一家老小,并过上了不比别人差的生活。现在,我最小的女儿也能够自立了。我很知足。"甲央泽真说这话的时候,钟国强却意外地看见他的眼睛湿润了。

其实,钟国强的心里十分清楚,像甲央泽真这样在雪线下守望了一辈子的牧人,在海拔四五千米的雪线下经历过太多的生死离别,他们也会流泪,不过,这泪不是流在脸上,而是流在心里。

那年冬至,当时还是嘎溪县委宣传部常务副部长的钟国强带领省电视台一个摄制组前往良美叶实神山拍摄节目,甲央泽真担任摄制组的马帮队队长。在准备撤离雪线下的大本营的时候,按照惯例摄制组是要给马帮队劳务费的。钟国强在雪线下行走时见过很多马帮,他们在马帮中分工不同劳务费也是不一样的。可是,甲央泽真却在拿到劳务费后,召集所有的后勤及马帮开会,劳务费大家平均分配,背水的、厨房煮饭和途中赶马、当向导的都一样。

钟国强当初还担心甲央泽真这样平均分配有人会有意见。甲央泽真告诉他："我给大家开会的时候就已经说得很清楚了，备鞍赶马当向导是辛苦，可大家喝的水，做饭的水，还有洗漱的水都是从几公里外背过来的，每个人只是分工不同，但同样辛苦。所以我们这里大家的劳务费都一样多！"

钟国强发现，甲央泽真这样做，的确很公平，拿到报酬后，厨师、打杂的、赶马当向导的都很开心。甲央泽真在雪线下这片牧场是很有威信的，大家都服他。正是因为甲央泽真有着率直的性格，办事公道正派，这位雪线下的普通牧人与钟国强在长期的接触中建立了十分密切的关系。钟国强个子不高，矮矮胖胖的，腆着圆圆的肚子，粗声粗气，在雪线下的牧场上行走时，就像一只皮球，连滚带跳地在草地上滚动，说话时还带着浓郁的上海方言。他拥有一台价值不菲的照相机。这位在上海长大，后来到四川上过大学，又在自治州州委宣传部干过几天新闻宣传工作的上海人，经常在甲央泽真和牧人们面前炫耀说："我这台相机的祖先是瑞典人维克多·哈苏发明的，是美国人生产的。历史上，哈苏以记录了人类的基本哲学精神、人类的情感和人类本身为人所铭记。我的这台机器的配套镜头由德国卡尔·莱斯生产，所以机器的牌子叫'哈苏'。这两个标志的组合就代表着完美的画质、精确的曝光、顺畅地操作以及无比的耐用性。'哈苏'是我们这类摄影爱好者的宠儿，特别在风光、静物、肖像、广告及特殊用途摄影中效果更佳。我这台机器是我上大学时认识的一位法国留学生赠我的呢……"

"嘿嘿，'哈苏'，好听。"甲央泽真说。

自从远离家乡独自来到四川省会成都一所大学读书，钟国强就渴望超越日常生活。他曾经利用假期，作过一些短途的旅行，尔后，越走越远。遥远的边疆风情，青藏高原绮丽的自然景观，一直让他深深迷恋。

记得钟国强上大学的最后一年，同学们都在讨论着毕业后的去向，不是报效祖国、支援边疆的口号激励了他，也不是支边的优厚待遇吸引了他，而是雪域高原的神秘、壮美和空灵，使他做出了一个大胆的决定。当他把想去四川藏区工作的想法告诉家人时，却立刻遭到了反对。他想用援藏的优厚待遇说服家人，说在那里工作几年，可以入党、工资加倍，回到上海后，工作、分房和晋级都可优先，但他得到的是父亲这样的回答："不知你哪来的这种古怪念头，真是越学越傻。大学本科毕业，回到上海，好单位随你挑，去哪里不行，为何偏要去四川藏区？你知道那是个什么地方吗？"

在钟国强父母眼里，四川藏区就是一片蛮荒之地。"在那种荒无人烟的地方，你怎么活？牛粪烧饭，饭还不熟；生病找喇嘛念经，医院还不知是什么样……"父亲如此这般教训了一通，写了满满几页信纸，提醒他进藏的严重后果，警告说，此去丢掉小命都有可能。

但是，父亲的这些话未能动摇钟国强到四川藏区工作的念头。大学一毕业，他就选择了在四川藏区工作。后来，又报了名，来到了雪线下的牧区。在这里，他看到了广袤空旷、超凡脱俗的高原；在这里，自然、人类、信仰和谐共存。钟国强总在寻找四川藏区令他心醉神迷的原因，是因为他生长的环境太拥挤和嘈杂？是因为在商品大潮中产生的精神迷离和困惑？还是像那些纷至沓来的冒险家和探险者一样，也在寻找也许只存于心中的香格里拉？钟国强不得而知，只是一次次回到雪线下的牧场，所待的时间也越来越久。

因为热爱雪线而攀登雪线在安多藏人中可以说是极为罕见的，甲央泽真就是钟国强口中所说的那种罕见的热爱雪线的安多藏人。当初选择守望雪线也许是因为生活所迫，但是现在的甲央泽真仍然在这深山里守望雪线则完全是出自内心的一份热爱。他每年除了为那些前来这里拍摄风光的摄影发烧友们赶马当向导外，还要和牧民们结伴登上雪线挖虫草和贝母。那年夏天，钟国强和甲央泽真一起登上了神山上的雪线，甲央泽真在雪线下的垭口拼命向天空抛撒龙达,高呼"哈迦啰、哈迦啰……"钟国强问:"你为什么要在这里撒龙达?"

甲央泽真说:"别小看这一张张小小的龙达,它可是连接我们人和神的纽带,它会飞上天去把我的意愿告诉天神……"但钟国强明白,更重要的是,甲央泽真要在雪山垭口用龙达传递他和儿子扎西的情感。他告诉钟国强,他不是为了向天神祈祷自己来生幸福,他只希望这龙达飞上天堂和儿子扎西见面、聊天,沟通儿子生前未曾与自己沟通的思想,虽然儿子扎西的灵魂已经化成了风……

5

很多第一次登上雪线的人都会被那里的风景所吸引,但若干年后,还能留在记忆深处的,往往不是最初吸引他们的那条雪线,而是雪线下那一个个肤色黝黑、性格迥异、有纯净目光和阳光般灿烂笑容的雪线守望者。

如果没有这条雪线,钟国强真不知道雪线下这些牧人们的家在哪里?钟国强知道,这些牧人早已和这条雪线融为了一体,雪线给了牧人荣誉,灵魂像风一样,那飘扬在雪线上的经幡,就是雪线下守望者最好的归宿。

那年深冬,雪线下牧场的村主任更登确迫一大早就来到钟国强的家门口叫门。看他神情有些凝重,没有往常的笑容,钟国强赶紧把他请进屋里。更登确迫的性格很开朗,平时在钟国强面前总是笑嘻嘻的,今天明显不是他的风格。

"怎么了,发生什么事情了?"钟国强一边穿衣服一边急切地问。

更登确迫焦急地说:"早上尕尔伯给我电话,说是良美叶实神山雪线下的牧场附近发生了雪崩,有人被埋了,我们有两家尚未搬迁到冬牧场的牧民一直在那里放牧,雪线下的牧场不通电话,现在不清楚他们怎么样了。"

听到更登确迫的话,与更登确迫一起到钟国强家的罗生一直沉默着。

罗生是甲央泽真妻子的哥哥,甲央泽真一直在牧场上替他和他自己放牧,除了甲央泽真最小的儿子在县寄宿制小学上学外,甲央泽真和老婆、儿子罗让甲木措及罗生的老婆阿依和他们那不到两岁的儿子任真都在雪线下的牧场远牧。

钟国强问更登确迫:"如果远牧的人死在雪线下的牧场上,他们的老婆孩子怎么办呢?"

更登确迫摇摇头说:"他们没有别的办法,还是要生活,继续在雪线下的牧场生活……如果情况好的话,牧场上会给他们一些帮助。但毕竟现在牧场不富裕,集体积累也没有。比如那年雪崩时觉罗尚家里的所有成年人都被埋在雪线下了,牧场里只好每年由牧民筹钱资助他们的两个女儿上学,但是大的忙依然还是帮不了的。"

良美叶实神山深处发生雪崩的消息很快传开了,不时有牧民给更登确迫打电话询问情况。那时的钟国强虽然听不懂他们在说什么,但是一个个熟悉的名字他是听到了。

更登确迫在给电话那头的人解释说尼玛、扎西、达瓦、甲央泽真……怎么、怎么……

那天,更登确迫带着钟国强首先去到尕尔伯家里了解情况。尕尔伯是一位汉话说得很好的藏族人,他年轻的时候曾在"那边"生活过20多年,如今,他的一个儿子和他现在这位妻子的侄女都去了"那边",家里就他和妻子,还有一个是他现任妻子曲珍的侄女去"那边"前生下的一个儿子,孩子大约三四岁。小孩的阿妈名叫德吉拉姆,生下他不到三个月就偷渡到"那边"去了,孩子的父亲谁也不知道到底是谁,从此,这孩子就与尕尔伯夫妇相依为命。

记得,钟国强刚到雪线下的嘎溪县工作时,雪线下的牧场就发生过一次雪崩。雪崩发生时,尕尔伯在雪线下放养的牦牛全部被埋了。从此,这位归国牧人变得一无所有。

当时,钟国强就问他:"尕尔伯阿爸,对于牦牛被埋这件事你痛苦伤心吧?"

"有什么痛苦伤心的?"尕尔伯平静地说"这些牛跟了我好几年,给我带来了牛奶、酥油、奶渣,它们的毛我用来做了帐篷,它们拉的牛粪我做了燃料。它们还给我驮运货物,带给了我幸福快乐,现在它们走了,转世投胎了,这是天意啊,命中注定的,我感激它们都来不及,何谈悲苦呢?"

"你今后怎么办呢?"钟国强问。

尕尔伯笑了笑,然后背起糌粑褡裢,头也不回地就去良美叶实神山朝圣了。

钟国强很是感慨,不要以为我们总是在付出,总是要求别人感恩,总觉得冤枉,总是感到失去。尕尔伯阿爸在雪线下放养的这些牦牛,每天只是把它们放出去吃草,晚上再赶回来,但是他却在牦牛身上得到了无数的财富和幸福。

在前往良美叶实神山朝圣时,尕尔伯阿爸对钟国强说:"其实,我们与牦牛在这片土地上一起存在,相互依赖,彼此供养,和谐平等。它们走了,去了它们该去的地方。我要为它们祈祷。"

是啊,雪崩来了,牦牛走了,尕尔伯去良美叶实神山朝圣,他们都有他们各自的方向。没有失去,万物在雪线下延续。

这些年来,因为照顾孩子,尕尔伯这位归国藏胞也无法外出挣钱,只能靠自己归国时政府补助那点钱和妻子及妻子的儿女们在雪线上采挖的虫草和贝母维持薇薄的生活。更登确迫能够理解一个从小就失去母爱的孩子的孤独,准备离开的时候,他说想再看看孩子。尕尔伯带他们去卧室,孩子已经在冬窝子一角甜甜地睡着了。卧室一角挂着大小活佛画像,由哈达簇拥着。在冬窝子(冬牧场)里挂活佛画像对牧人来说是一种荣誉,一般都会放在相框里,挂在最醒目的地方。更登确迫看到卧室的另一角还挂着一位看上去很漂亮的安多藏族姑娘的照片。

尕尔伯说:"那就是孩子的阿妈德吉拉姆。"

更登确迫走过去久久地端详着照片上的姑娘不肯离去。

从尕尔伯的冬窝子出来,钟国强一行默默地走在路上,天空中纷纷扬扬地飘起了雪花。钟国强突然打破沉默对随行的县委宣传部新闻干事小王说:"呀,伙计,我们一定要加油,要好好地干,一定要把这个牧场的帮扶工作做好……我不敢承诺什么,但是希望我们做一些事情能够帮到他们。"

多少年了,钟国强在雪线下的牧场、农区行走,努力为牧人们寻求脱贫的新路子。他常常在金色的青稞地里和朴素的藏族农民聊天,在一望无际的草原上与挥鞭放牧的牧民相遇,在雪线下的寺庙门前与僧人、活佛畅谈。让钟国强难以忘记的是雪线下寺庙的修行僧尼玛。他刚下派到雪线下牧区工作时,尼玛专门派人支起一顶宽敞明亮的帐篷迎接他,和他整整谈了两天两夜,给他带来无限的灵感。但他仍然觉得自己还没有真正理解,更谈不上准确地表达和传递这古老、神秘、独特的文明。记得钟国强到雪线下工作的第二年,被安排到距离嘎溪县城不远的一个乡上开展帮扶工作,乡政府附近有一座尼姑寺。每天他都看到一个尼姑在寺庙门口摇一个硕大的转经筒,从早到晚,从不间断。一天早晨,晨练归来的钟国强终于鼓足勇气问她许了什么愿。一般藏族人会在转经筒内放一张纸条,记下自己的愿望。

"下辈子做个男人。"小尼姑毫不迟疑地说。

"然后呢?"钟国强问她。

"再下辈子做个喇嘛。"

"之后呢?"

"也许经过很多次轮回，我就能解脱了。"

当时，他们两人年纪相仿，但似乎完全生活在不同的世界里，对她的世界，钟国强可以说一无所知。这样的经历在钟国强后来的生活中并不少见，他每每无从作出判断，他所能做的，就是静静地观察、思索、学习。

6

雪线下的牧人性格大多内敛而安静，他们表达感情的方式很含蓄，一般不会把感恩的话挂在嘴上，当然也不会当众卿卿我我。

前几天，钟国强还在甲央泽真的帐篷里看到甲央泽真在去雪线下挖贝母之前，用藏文写给老婆英措的字条，钟国强叫甲央泽真那个上过藏文中学的儿子罗让甲木措给他翻译一下，大致意思是："照顾好自己和孩子，我爱你们……"寥寥几个字，看得钟国强差点落下了眼泪。

在雪线下生活和工作的 20 年经历中，钟国强知道，在外人眼里，雪线下的牧人像山坡上吃草的牦牛，不怕冷不怕累，永远也不知疲倦，从来也不惧危险。但是，在亲人们面前，这些在雪线下劳作的男人们就是丈夫、是父亲、是儿子。在雪线下远牧和采挖药材对他们来说同样充满了风险，对于那些前来这里观光旅游、探险拍摄的人们来说，攀登雪线、信步雪线，抑或在雪线上体验生活等等，有很多象征意义，甚至称作享受生活。可是，对于雪线下的这些牧人，放牧是他们的工作，挖虫草、贝母是他们养活父母老婆孩子的生存法则。雪线下的牧人们之所以冒这么大的风险守候雪线，就是希望父母老婆孩子能生活得更好。

甲央泽真的舅子罗生 14 岁开始在青海果洛草原放牧，后来入赘来到雪线下的牧场，在雪线下采挖虫草、贝母，无数次攀登在牧场背后的雪线上，曾经和妹夫甲央泽真一起，将一尊佛像请上了雪线上的垭口，在那里建起了一座临时的煨桑祭坛。罗生以前也留长发，还抽烟喝酒，但自从老婆阿依为他生了儿子,特别是在雪线上建起供上山的人们祈祷平安吉祥的煨桑祭坛之后,他便把长发剪了,也不抽烟了,偶尔喝点酒。罗生可谓"晚年得子",他入赘雪线下牧场阿依家很多年了,老婆阿依始终不怀孩子,妹妹嫁给甲央泽真生下两个孩子后,他老婆阿依才怀上现在这个孩子。有一次罗生和钟国强聊天,罗生对钟国强说:"呀,偌花(伙计),我有时也喜欢喝点酒,尤其是在这雪线下生活时间长了,很多人觉得喝点酒有助于身体健康。我们在雪线下远牧太苦太累,而且压力很大,晚上住在帐篷里就想喝点酒,放松一下。"

罗生的儿子叫任真,名字是寺院活佛给取的,只有一岁半,还未断奶,所以这次由她阿妈阿依带到雪线下远牧去了。这个孩子是罗生最深的牵挂,他随身带着儿子的照片,时不时还拿出来看看。在雪线下游走的十多年里,钟国强深切地感受到,在雪线下的牧场,女人比男人勤劳得多,她们不仅要承担冬牧场的土地耕种,还要前往夏牧场与男人们一道放牧,并要从事繁琐而艰辛的挤牛奶、打酥油、制作奶渣、拾牛粪等等牧活,甚至还要带上孩子到雪线下的草山上采挖虫草和贝母。男人们除了骑马牧放牛羊外,大多就待在家里或帐篷里喝茶聊天、晾晒他们的希冀。

临近中午,赶往雪线下又回转来的牧人来电话了,因为雪崩,有几个牧人不幸遇难,里面没有更登确迫他们牧场里的人。更登确迫和罗生悬着的心终于放下了。

更登确迫小时候入寺做过僧人,在寺庙里受过一些教育,后来还俗与村子里的一位名叫德精措的姑娘结了婚。已经是村委会主任的他有一个现代的外表,个子高挑、壮实,脸孔黝黑,走起路来步步生风,仿佛整个地球都被他的脚踏动了,宽宽的肩胛骨,看上去犹如一头壮实的牦牛。然而,他的内心还是一个传统的还俗僧人。他喜欢玩,但是遇到问题,从不回避,处理事情非常沉稳冷静。他经常也会犯点错误,尤其是对长得漂亮的女孩子没有免疫力，他不是花心，只是不知道该如何拒绝。前几天，更登确迫还对钟国强说："呀，等村子里所有牧人都搬离雪线下的夏牧场，回到冬牧场之后，我就要去拉萨拜佛。我真的需要静一静了，今年遇到了很多事情，好的不好的，我都接受，这就是生活啊。"

"是的，每个人都有好的一面和不好的一面，日子还很长，在今后的岁月里，我们都要不断地修正自我，这样才会静下心来。"钟国强幽幽地说。说到这里，他的脑海里忽然浮现出20年前的那段往事。州委宣传部办公室周瑶瑶主任在为他送行时告诉他："要不是组织上一定要派年轻干部，否则我就去了。"

当时，钟国强看到听到的都是人们对遥远之地的陌生，加之到雪线下工作的同志要将自己的户口、工资、档案、行政关系、党的组织关系等等全都迁到那里，这使人们联想起"文革"中和新中国成立后历次"支边"及建设"大三线"等给社会带来的负面效应。有人公开说，去容易返回则难，历史的教训切不可忘记。再加上传闻雪线下牧区县的一些与内地不同的习俗，过分夸大了那里严重缺氧缺水、生活条件异常艰苦的情况，导致一些干部对下派到雪线下的牧区县工作不理解，产生了一些抵触情绪。钟国强还记得，有一次他到另一个单位联系工作，正遇到一位被动员对象的家属指着该单位领导的鼻子说："三五年就回来，要迁什么户口？这明摆着的事蒙谁呀！不去。要去，你们自己去嘛！"

联系完工作后，当时身为自治州州委宣传部新闻干事的钟国强与这家单位的领导谈起了下派到雪线下工作的事。钟国强从这位领导嘴里得知，为了这次的下派工作，州委作了动员，并且有目的地找了一些同志谈话。但有些同志，宁可受处分，或者称病在家，搞假病历，找门路说情，通关节替换，软泡硬顶，就是不想去。其中有位副处级干部当天谈得好好的，第二天，他却揣着辞职报告来了。领导诧异地问："你这是为什么？"他说："老婆说了,如果我到雪线下的牧区县工作,她就与我离婚。我想不出其他好办法,只得辞职。"

钟国强听到这些情况后,对那位领导说:"我认为到雪线下工作,对年轻人肯定是一次很好的锻炼机会。如果吃点苦,能够换来雪线下牧人们好一点的生活,那也就值了。我现在倒很想报名去。"

当年的钟国强刚满 25 岁。部里动员到雪线下的牧区县工作,整个宣传部有三十多人报名,部领导挑出七人,三女四男。体检下来三个女的不是血压高,就是心脏有病;四个男的,其中两个是老干部的后代,一个刚刚结婚。但后来这位刚结婚的小伙子说:"估计我是去不成了,老婆坚决反对。"而剩下的钟国强也面临着为难的现实:一年前,他大学毕业,在省城等待分配时认识了一并派遣到同一个自治州工作的王娜。说起他俩的相识,的确非常偶然。

一天早上,王娜突然找不到梳子,只好到同一个学校毕业但住另一处的朋友那里借梳子,那位朋友说:"喏,这桌上就有。"王娜拿起梳子就梳,用好了扔下就走。她的朋友见了马上就说:"你怎么就走了?那是人家小钟的,你要谢谢他。"王娜这时才注意到对面床上坐着一位英俊潇洒的小伙子。她看了小伙子一眼,并没说谢,就走了,但他给王娜留下了很深的印象。到自治州报到后,他们又在几个会议上见了面,就这样相互间有了交流,后来就正式谈起了朋友。

现在组织上找钟国强谈下派去雪线下工作的事,钟国强在领导问他女朋友同不同意时,他答应第二天告诉领导自己的正式决定。

当天晚上,钟国强找到王娜,征求王娜的意见。王娜问他:"户口转不转?"钟国强说转的。王娜就沉默了。

钟国强又急着问:"你到底同不同意?!"

王娜犹豫地说:"我要问问大人的。"

钟国强说:"自己的事自己定,问什么大人?"

王娜回答道:"这又不是小事。"

话说到这里,两人就没有再说下去。第二天,组织上找到钟国强,告诉他说:"我们电话征求了你住在上海的父母的意见,你父母因你是独生子,不想让你下派……"

钟国强听了后,便对组织说,父母的思想工作由自己去做,他一定要让父母同意他去雪线下的牧区县工作。结果呢,父母的工作是做好了,但在州府某单位工作的女朋友王娜的妈妈却找到了他的领导,希望组织不要让钟国强去雪线下的牧区县工作。钟国强知道后心里非常不高兴:"我还没过门哩,你们就这样?"

小伙子有股倔脾气,他马上找到王娜,告诉她说:"王娜,去雪线下的牧区工作我心意已决,如果你愿意等,那就等三年,我三年后就回来,如果你不愿意等,那我们就算了,希望你能谅解我。"

『第二章』

阿克泽郎

1

甲央泽真的阿爸从雪线下的牧场来县城看病。已经是雪线下县委宣传部常务副部长的钟国强和妻子梅朵想去医院探望。钟国强问更登确迫："我们该怎么称呼他呐？"

更登确迫说："你们可以喊他阿克泽郎。"

"那意思是我们喊他和尚泽郎吗？"钟国强有些好笑地问。

"不是！"更登确迫和梅朵也笑了。

"'阿克'在我们安多话里是叔叔的意思，阿克泽郎就是泽郎叔叔。"更登确迫和梅朵给他解释道。

前几天，更登确迫还问钟国强和小王："想不想在雪线尚未下移时去远牧场看看？"

生性爱跑的小王忙说："我们当然想去啊，不过怎么去呢？"

"坐汽车。"更登确迫微笑着说。

那时候，雪线下的牧场还未通公路，每次去都得骑上至少三天的马才能够到达那里。更登确迫说甲央泽真的阿爸生病了，他打算花钱租一辆越野汽车先到神山北麓的一个乡，然后再骑马翻山，只需半天时间就可以抵达雪线下的牧场。

"租越野车，很贵啊……"钟国强说。

"是很贵。"更登确迫说，"那位汽车司机和甲央泽真的阿爸当年一起在雪线下的牧场放过牧，他们是老朋友。如今他到西藏拉萨做生意发了财，给我优惠了。"

不过，租一次汽车也要上千元。可是，身为雪线下牧场村主任的更登确迫觉得，给自己牧场上的父老乡亲办事，花多少钱都值得。再加上甲央泽真的阿爸泽郎是这个牧场的老干部，当年为集体做了很大的贡献。所以，如果在这个季节钟国强想去雪线下的牧场看看的话，就可以搭他们的顺风车一起去。

更登确迫他们村子的牧场在神山脚下，这个季节漫山遍野都是花。钟国强曾经看过甲央泽真在雪线下的牧场拍摄的照片，五颜六色，宛若仙境，所以，钟国强非常想去看看。不过，等了两天也没有去成，更登确迫告诉钟国强租车的事取消了，因为甲央泽真的阿爸泽郎已经徒步加上骑马自己来县城了。现在泽郎阿爸正在县医院住院。

那天，更登确迫带钟国强和梅朵去医院探望。钟国强发现县医院的条件比较简陋，但是人很多。泽郎阿爸的病房不大，摆了五六张病床，挤得满满当当的。有两个喇嘛在照顾泽郎阿爸，更登确迫向钟国强介绍说他们一个是甲央泽真的哥哥，另外一个是他的表兄。

在安多牧区，藏人家里孩子比较多的，一般会送一个儿子到寺庙里去当和尚。更登确迫最小的弟弟也是和尚。

钟国强问更登确迫："你的弟弟喜欢当和尚吗？"

"喜欢着呢，当和尚每天就是学习、吃饭、睡觉，不用想很多事情，他们没有烦恼……"更登确迫笑着说。

"如果让你再回去当和尚，你愿意吗？"钟国强又问。

更登确迫摇摇头，说："弟弟不到 5 岁就出家了，从没有接触过外面的世界，虽然我曾经当过和尚，后来还俗了，但是如果现在再让我整天待在寺庙里面，我会觉得无聊的。"更登确迫说着呵呵笑了起来。

钟国强记得在前几年他和妻子一起去过甲央泽真的冬牧场，他们夫妇曾经见到过泽郎阿爸，还在他家里喝过茶。他前段时间曾经听甲央泽真说起过，泽郎阿爸的病情不是很乐观，去年年底就感觉不好，甲央泽真催了好几次让他到县城看病，可他总是说等通往雪线下的牧场的路修好了再说。

雪线下牧场的冬天非常寒冷，会下很厚的雪，出来一趟很不容易。为

阿克泽郎

给泽郎阿爸早点看病，村主任更登确迫决定租汽车经青海去接他出来。

可是很不凑巧，原先预定好的那辆车临时有事要回拉萨办事。这下正合泽郎阿爸的心意了，为了不让更登确迫花村上的钱租车，他决定自己来县城了。多么可爱的老阿爸，给集体怎么花钱出力都舍得，可集体给自己花钱他就心疼了。

2

钟国强看到病床上的泽郎阿爸很瘦小，正在输液，他的双手除了两个大拇指，其余的八个手指都是从中间的关节开始被截肢了。钟国强很好奇，问泽郎阿爸的手是怎么受伤的。泽郎阿爸给他们讲起了他的故事。

可能年纪大了都一样，钟国强的父亲那个时候也喜欢说他年轻的时候怎么样怎么样……很多故事，他讲过好多次，钟国强都不愿意听了，现在想听了，却再也听不到了。

泽郎告诉钟国强，那是五十多年前的事了。有一天，他的一个亲戚问他愿不愿意去给一支来自内地的队伍干活，那时泽郎只是一个14岁的少年。他很想到牧场之外的地方去看看，于是就答应了亲戚。这支队伍当时被叫做"县大队"，队伍的主要任务是消灭盘踞在雪线下的土匪。

于是，泽郎和他的那位亲戚从雪线下的牧场来到县城，那是他第一次到县城，一切都是那么的新鲜，可还没有看够呢，就和亲戚去县大队报到了。

在县大队，当时只有14岁的泽郎的主要任务是给县大队背柴火、捡牛粪。那时在距离县大队驻地2小时路程的地方有一个黑松林，泽郎说他每天去那里砍柴，然后背回到县大队驻地。有一年冬天，县大队一队人马要翻越雪线上的高地，泽郎说他知道冬天翻越雪线难度大，风险高。但是，当时队伍必须穿越雪线上的高地才能剿灭盘踞在那里的土匪，于是，他去给这支队伍当向导和协作,并顺利完成任务,配合县大队剿灭了土匪,他还第一次参加了战斗。

随着年龄和经验的增长,泽郎已经从一个小背夫变为县大队的一名战士了,不只是在县大队打杂,还和县大队的官兵一起战斗,一起打土匪,经常穿越雪线。在一次剿匪战斗中,队长牺牲在雪线上,而他最好的一个战友,从雪线上向下撤离时,由于体力耗尽,躺下就再没有醒来。当时还有一个队员的鞋子破裂无法再穿……泽郎给钟国强比画着,他说他用绵羊皮自制的土手套很大,于是便把自己的土羊皮手套脱下来给战友裹在脚上,而他自己的双手被严重冻伤。

钟国强问泽郎:"你为什么要把手套给战友?你难道不知道自己的手会被冻坏掉吗?"

泽郎说:"没有原因,我那时就想到,脚冻坏了不能走路,就给他了……"泽郎说自己很幸运,与他最好的那位战友牺牲的时候,家里有五个孩子,最大的才10岁,小的还不会走路,而他自己只是失去了几个手指而已。有些县大队的战士,可能在第一次或第二次战斗中就遇到土匪的突然袭击而牺牲了,有的却在穿越雪线时遇上雪崩,遇难后连人也没有找到。而他曾经参加过数百次剿匪战斗,数十次穿越雪线,幸存下来,现在已经60多岁了。甲央泽真是他的大儿子,现在最小的孙子也能自立了。说完,泽郎又重复了一遍,"我非常幸运……"

泽郎告诉钟国强,他当年在雪线下真的是带过兵的,做过县大队的小队长,相当于现在的连长。其实,泽郎前几年在冬牧场见到钟国强时,已经和钟国强聊了许多他当年的故事,他们聊良美叶实神山,聊山上土匪盘踞的山洞,聊他当年的战友,甚至还聊起了他在剿匪时认识的女朋友。钟国强还清晰地记得,那次泽郎讲起当时有些土匪还"盗亦有道"的故事:当时雪线下的县城有个经营牛皮、马匹、茶叶的商人叫马有德,是个回族商人,就曾经被土匪入宅绑票。土匪头子叫红扎西，他们进宅，不伤老幼，只把马有德抓了要带上山去，让马有德的老婆拿 5000 块大洋来赎。马有德的老婆当时就拿出账本来，给土匪头子红扎西看："大爷您瞧这段时间闹天灾，我们根本就没赚钱，还倒欠着银号呢。"那土匪头子也不动粗，就听着她说，听完了就拿起账本，正着看看，倒着看看，也不知道看明白没，然后上厨房打开锅盖一看，锅里煮的一锅全是土豆。红扎西一脚踢开门，把枪一举，吼道："走。"带着众兄弟就走了，一样东西也没拿。

泽郎阿爸告诉钟国强："所以，我们开始剿匪的时候，雪线下的老百姓里面居然有同情土匪的人，当然他们更多的是怕土匪。至于帮助小分队打土匪，那已经是群众发动起来以后的事了。"

由于年轻的时候就长期在极高海拔的地方活动，现在泽郎的肺部出现了严重问题。更登确迫说他的阿爸也是因为肺部疾病去世的。更登确迫的阿爸和泽郎是同一个牧场的牧人，年轻的时候也是县大队的成员，他们曾经是很好的战友。

离开医院的时候，更登确迫握着泽郎的手，和泽郎贴贴脸，钟国强和妻子梅朵看见他们的眼睛都湿润了。

3

燃灯节那天，甲央泽真的二儿子罗让甲木措从雪线下的牧场来到县城，他说燃灯节的晚上会有很多人去寺庙转经。

那是个满月的夜晚，如果去转的话会非常圆满。

罗让甲木措问钟国强："你们想去看看吗？"

钟国强赶忙说："想去，想去。"

"我也会去的，不过会晚些，我要先去县医院拿爷爷泽郎的检查报告。"罗让甲木措说。

雪线下这片广袤的土地，是藏传佛教文化的荟萃地，这里拥有数十座藏传佛教寺庙，分别传承着格鲁派、苯波教、觉朗派、萨迦派、宁玛派等五大教派。桑烟缭绕，暮鼓晨钟，使这块土地充满着一种神秘感。雪线下规模最大的格鲁派寺庙就坐落于嘎溪河东岸、拉布者神山脚下。这座富丽堂皇的寺庙被嘎溪河和则曲河轻轻地拥住，有一种与雪线下的小城相契相合的意在不言中的默契。寺院红墙黄瓦，经堂、白塔、扎仓、僧舍、显密修学院、护法神殿、转经楼……鳞次栉比，错落有致。正是因了这座寺庙，雪线下的信徒们才有了寄存灵魂的居所，所以每天清晨或黄昏，善男信女们摩肩接踵。寺庙上空桑烟缭绕，转经楼里的经筒吱吱嘎嘎飞快地转动，祈祷幸福吉祥的六字真言的吟诵声一浪高过一浪，虔诚的信徒在白塔下放开身体、五体投地顶礼膜拜，虔诚之心神佛可鉴。

　　"我是不信佛的，神佛之于我便在于自己的心境，在于对待生活的态度和日常做事的细节。换句话说，我的朝拜和礼佛在平常的日子里已经完成。"与钟国强一同前往的县委宣传部的小王好像是自言自语，又好像在对钟国强说。

　　"呵呵，俗话说嘛，'酒肉穿肠过，佛祖心中留'。我更觉得朝拜神佛的同时也要朝拜自己，因为自己才是自己真正的佛，所以我更不太拘泥于恪守戒律。"钟国强随口对小王说。

　　"不过，我真的很喜欢走近雪线下这些红墙黄瓦的寺院。暮鼓晨钟悠长而有深意，徜徉小憩之间，心便安静了，灵魂也有了归属，然后学着当地藏民的方式点三盏酥油灯，双手合十于佛陀面前，什么也不想，不祈求不祷告，唯愿能够体会放下俗念之后这一份难能可贵的宁静。"小王面对雪线下的寺庙显得有些陶醉了。

　　钟国强和小王随着虔诚的信徒步入转经楼，加入到朝圣者的洪流，用手使劲地转动那已经被前人转动了多少次的经筒。此时此刻，钟国强的心里也已被佛光和禅意裹紧。时光是一块衔在嘴里的酥油，悄悄地在融化，一丝膻味儿和半分微甜只有自己和岁月知道。

走出转经楼，举目眺望眼前那高擎天宇的白塔，钟国强的心中荡起了阵阵涟漪。他们又径直进入白塔，沿着塔内洁净的台阶拾级环绕而上，直达塔顶。从塔顶放眼望去，嘎溪河两岸空旷而悠远。

"芳菲歇去何须恨，冬雪茫茫正醉人。"这是雪线下寺庙燃灯节里一个午后的光景。太阳停住了脚步，嘎溪河两岸极尽灿烂。钟国强坐在雪线下凝滞的时光里，独享清风吹拂而来的惬意和美丽雪线给予他的闲适与安宁。

黄昏时分，寺庙里的人就已经很多了，钟国强围绕着长长的转经楼转了不知道多少圈的时候，罗让甲木措才赶过来。

"你爷爷泽郎的检查怎么样?"钟国强急切地问。

"和上次的结果一样。"罗让甲木措只有 18 岁，在城市里像他这么大年纪的，很多人还整天想着打游戏，而他却已经和阿爸阿妈在雪线下的牧场放牧了，帮助家里担负起养家糊口的重任。

钟国强陪罗让甲木措围着寺庙的经楼又转了三圈。罗让甲木措说他明天要赶紧回到冬牧场照顾泽郎，今晚得去经堂点三盏酥油灯："今天是宗喀巴大师的祭日，感谢大师给予我们护佑，让我们乐观地活着。"

在雪线下的寺庙转经朝佛，仿佛净化了尘世间的积垢，钟国强一身轻盈地走出了经廊，又把他身上的零钱放进白塔下大殿内佛像前的柜子里，在老和尚半真半假的"嗡嘛呢叭咪吽"的祈祷声里，那长长的转经廊在他的身后一再变小。当他和小王不约而同地突然转身回望时，高耸的白塔也变小了，巍巍的飞檐隐约着袅袅禅意，充满着静穆。

4

前几天从医院回家后,钟国强的妻子梅朵就嘱咐过他:"有空的时候,要多去雪线下甲央泽真的冬牧场探望阿克泽郎。"

大约又过了一个星期,一天下午,罗让甲木措又到县城来了,他说尽管他们的冬牧场距离县城很远,但他还得骑马去。其实,原本钟国强想租一辆摩托车去,可是,罗让甲木措说他们的冬牧场太远,租摩托车很贵,尤其是晚上回来的时候更贵。

在钟国强的印象里,不要看罗让甲木措年纪小,但他很有主见,有的时候很大男子主义。

"好吧,为了照顾你小男孩的面子,那就骑马吧。"钟国强对罗让甲木措说。

在尘土飞扬的乡间土路上,随着滴哒的马蹄声,一路颠簸……谁说在高原骑马潇洒啊拉风啊,钟国强一点也没有感觉到。

钟国强、小王、罗让甲木措等到达雪线下冬窝子的院门外时,泽郎正好也在和邻居聊天,看见他们来了,笑呵呵地和他们打招呼。泽郎的状况比他们前段时间在县医院见到的时候好得多,至少可以在户外活动了。

甲央泽真和妻子英措在雪线下的牧场远牧去了,这个冬牧场里只剩下一些老人和孩子。钟国强和泽郎聊天时总离不开县大队在雪线下剿匪这个永恒的话题。估计泽郎的故事罗让甲木措和兄弟姐妹们听得耳朵都磨出老茧了,现在从天而降钟国强这样一个忠实的听众,泽郎显得更加开心了。泽郎说,为了剿灭雪线下的土匪,他无数次登上海拔 5000 米以上的雪线,但就是发现不了土匪:"土匪今天在这条沟活动,明天又在那条沟出没,与我们的部队在神山深处捉迷藏,我们当时还真拿他们没办法呢……不过,后来我们很快就不再翻越雪线了。"

"为什么呢?"钟国强好奇地问。

泽郎激动地说:"我们很快发现,雪线下的半山腰有一个很深的山洞,从这条沟可以直接通向另一条沟,土匪们就是利用这个山洞作为通道与我们的部队周旋……哈哈……后来我们把山洞给切断,终于把土匪全部歼灭了。"泽郎说到高兴处就开始比画了起来。

他说当年第一个发现那个山洞的人就是他,胜利后县大队还嘉奖了他一只肥绵羊。正是这只肥绵羊,成就了他和甲央泽真阿妈的那段姻缘。当时,他把那只肥绵羊宰了,将肥肥的羊肉送给了处于饥寒中的未来的丈母娘一家,也因此博得了他未来妻子的芳心,自己只留下了那张绵羊皮,并用羊皮缝制了一双特别的手套,便于自己穿越雪线时戴。

泽郎说,有一次,他的一位来自内地的战友在翻越雪线的半途中发生严重的高原反应,不能够继续上山剿匪了,队长说他可以不管战友,继续前进,但是泽郎拒绝了这个建议。他说,他的战友不能继续前进,他宁愿牺牲自己也要把战友送到安全地带。

泽郎还给钟国强讲了这样一个故事:土匪头子红扎西有一次带着两个土匪下山到克洼寨买马茶,被群众发现报告,县大队赶到的时候,红扎西就逃进了树林子。县大队包围了树林,结果打死一个,抓住一个,红扎西却不见了。当时是遍地积雪,但就是找不到他逃走的痕迹。原来,红扎西当时一看被县大队官兵包围了就上了树,他从这棵树荡到另一棵树,高空作业般地从县大队官兵的头顶上跑掉了。

泽郎呷了一口马茶,放下茶杯又说:"红扎西当时已经五十多岁了,但穿越雪线无人能够追得上,确实是有真功夫的。"

钟国强知道,泽郎和红扎西的正面交手是发生在克洼寨战斗之后不久。克洼寨之战应该是雪线下县大队剿匪中的几次大规模战斗之一,经过激战,消灭土匪几百人。从此,土匪的元气大伤,变成了"残匪",逃入雪线下的灌木林。泽郎说:"当时的县大队已经下定决心,要彻底剿灭雪线下的土匪,以便稳定藏区,所以,对于遁迹雪线下的土匪,进行了一追到底的攻击。"

但是,大部队的攻击并不顺利,土匪们八仙过海,各显其能,和县大队进行周旋。有的,比如马步芳的残匪,设置密营,利用囤积的粮草隐蔽不出;有的,比如红扎西,只带十几个亲信行动,地方熟悉,目标又小;还有的,比如土司部落留下的残匪,依靠骑兵行动,和县大队拼机动能力。他们的这些战术,在初期都给雪线下剿匪的县大队带来了极大的困难。

泽郎告诉钟国强:"后来,所谓剿匪小分队,就是这样诞生的,通过集中精锐人员,调集最好的武器,组成机动灵活的部队进山剿匪。"泽郎就在小分队的建立中投入了极大的精力,并且曾经作为小分队的指挥官参加追匪作战。

不过,钟国强清楚,按照泽郎的说法,小分队并不是单独行动,而是随时配合大部队,只要把土匪"黏"住,随后由大部队进行攻击。

泽郎告诉钟国强:"红扎西后来被我带领的一支小分队活捉的,在良美叶实神山脚下被县大队枪毙了。没办法,他身上有血债。不过,为他收尸的人却是那位回族商人马有德呢。"

钟国强意识到,像泽郎这样的老人在雪线下经历过太多的考验。在那种严酷的自然环境下,最能够看出人的本性,他不会对受伤战友弃之不顾,他会在雪崩过后拼死施救战友。当年和泽郎一起战斗过的战友们很多都留在了雪线上的雪山上。说起他们,泽郎总是挥一下他那只剩下大拇指的右手,嘴里发出"啊啧啧"的叹息声,好像他的那些老战友们都像山上的白云一般始终萦绕在他脑海里,永远不会消失。

突然,泽郎讪笑着对钟国强说:"呀,偌花,不是给你们提劲儿,我年轻的时候曾经有过两个女朋友,一个是四川的,一个是青海的。嘿嘿……"对于这个钟国强绝对相信,因为他从泽郎的儿子甲央泽真的长相就可以看出泽郎年轻的时候一定相当帅气,而且泽郎性格又开朗,一定有很多雪线下的女人爱上他。

钟国强知道,在这远离城市的雪线之下,在这荒芜的远牧场上,女人是需要一种安全感的,很容易对身边的彪悍牧人产生感情,这很正常。不过,雪线下的牧人,对山有一种敬畏,尤其是心中的神山,他们在穿越雪线之前都要做祈祷仪式,说话做事不敢有丝毫不敬。上次钟国强在雪线下的帐篷里烤牛肉吃,更登确迫看到后就生气了。他慎重地对钟国强说:"阿罗,偌花,不能在这里烤肉!在雪线下这样做非常不吉利,山神会发怒的!"

更登确迫告诉钟国强:"我们这个民族对火有着格外的崇敬,绝对不能从火炉上跨过,不能往火炉里面放脏东西,不能在火中烧动物的骨头皮毛等东西。要不山神发怒了,后果很严重。"他还告诉钟国强,除此之外,神山下的牧人非常忌讳在神山上发生男女之事,每当良美叶实神山里的天气变得恶劣的时候,总有牧人指着天空中翻滚的乌云虔诚地说:"有人在打恰巴(做爱)啦,坏运气来了,暴风雪来了……山神是不能容忍一切不干净的东西的。"

钟国强由于常年在雪线下行走,他已经很了解雪线下的牧人的禁忌了。他每次上山拍摄或组织群众开展生产劳动之前,都要给随行人员公布纪律,其中一条就是不能在神山上做"那个"事情。

钟国强相信泽郎在那个年代的感情一定是那种很单纯的感情,仅此而已。

5

雪线下的牧场民主改革后,泽郎所在的县大队也解散了。

除了在牧场为集体放牧,泽郎还担任了牧场的场长(相当于现在更登确迫的村主任那样的官)。放牧之余,他除了给大家讲自己当年的故事,也讲他阿爸的故事。

泽郎告诉钟国强,他阿爸生活的年代是解放前的封建农奴时代。他阿爸名叫阿贡,曾经历经千辛万苦去过西藏拉萨。

阿贡小时候被当地一座寺庙认定为转世活佛,但阿贡的阿爸希望他继承自己殷实的家业,断然拒绝了送阿贡去寺庙做活佛,而是替他娶了一位美貌的安多藏族姑娘做妻子,就是泽郎的阿妈。尽管如此,阿贡被认定为寺庙活佛的消息还是在雪线下不胫而走,人们依然把他当成活佛。他们的家境一直很殷实。

民主改革前夕,阿贡把家里的全部财产(诸如酥油、奶渣、皮货等)叫人赶着八十多头牦牛驮着,从雪线下的家乡出发,运往西藏拉萨去了。而阿贡自己却一路三步一叩首地磕着长头,用身体丈量世界屋脊,沿途乞讨,前往拉萨,历经一年多时间,终于抵达圣城拉萨。阿贡将八十多头牦牛及财产全部变卖成黄金,一并捐献给了布达拉宫,自己只留下一只德国生产的名牌手表。身无分文的阿贡,最后被当时西藏地方政府的一个"官员"收留了。

在西藏期间,阿贡经人引荐,与西藏的第一大师(当时还是个小男孩)结识,并成为他的朋友和老师。在往后的几年里,阿贡受当时西藏地方政府官员的供养,衣食无忧。后来,听说家乡和平解放了,阿贡遂决定动身返回雪线下的牧场。在离开西藏前,阿贡来到罗布林卡和大师道别。大师送给他一个八音盒作为临别的礼物。这只八音盒至今还保存在雪线下那座寺庙里,供人们膜拜瞻仰。然而,当时他及所有雪域藏人心中的"精神领袖"却悄悄地丢下他们,离开了雪域藏土,到喜马拉雅南麓去了。

像阿贡这样的人,在那个时候已经不再是雪线下寺庙里的活佛,他的地位可以称之为当时雪域高原的"帝师"。在雪线下牧人们的眼里,他是那个时候一个了不起的人物。可惜的是,回到雪线下的牧场不久,阿贡就"圆寂"了。

阿爸去世后,泽郎参加了县大队,和他一起去县大队的还有另外几个雪线下的牧人。他们时常在雪线上下穿梭,与土匪周旋,有时候他们是士兵,拿着枪站岗;有时候又做背夫,翻山越岭。说到这里,泽郎又开始给钟国强演示起来。

泽郎告诉钟国强,他当年在雪线下剿匪时,部队里也有女兵,曾经有一位名叫阿卓的女兵就喜欢过他。一天午后,他牵了自己的大青马去邀请阿卓遛马。泽郎说:"我那天还真是见鬼了,两只眼睛居然能同时看不同的东西——一眼看见绿草灌木中,腰身婀娜的阿卓牵着她自己那匹小枣红马在前面走,还用脚上的牛皮靴子踢路边的花花草草,阿卓的小牛皮靴子染上了一些绿色……这个场面,我至今记得清清楚楚。"说明当时泽郎至少有一只眼睛始终盯着阿卓,而同时他一边走,一边又不断地往后瞅,心里有点发虚。

"唉,我那个小通讯员是死木疙瘩脑袋,一直跟着,我多想他别再跟过来……"泽郎笑着告诉钟国强。这又说明泽郎还用一只眼睛在往相反方向看!

听到这里,钟国强心想,要是你现在还有这个本事,可以去申报吉尼斯纪录了。

"阿卓的确是一位美丽的姑娘,她善于打扮自己,尽管在条件艰苦的雪线下,也常常把大辫子盘在头顶,周围留了许多根细细的小长辫披在两肩。她乌黑的头发上点缀着红珊瑚和绿松石的饰品,脖子上挂着用琥珀、玛瑙、翡翠等串成的项链,再加上耳环、手镯、戒指等各种首饰,浑身上下充满珠光宝气。"泽郎告诉钟国强,"她的服装在今天看来虽然算不上豪华,但在那个时候也显得艳丽明快、色彩斑斓,在雪线下永远是那么醒目,像一朵盛开的格桑花。"

听着泽郎老人对阿卓的描述，钟国强深深地为藏族姑娘身上所具有的鲜明个性所感染。

泽郎继续说道："阿卓不仅美丽大方，而且性格纯朴、率真。敢于直接提出自己的要求和想法，而根本不怕旁人耻笑，单纯得实在令人吃惊。她那脸上纯真的笑容，常常让我感受到犹如一股扑面而来的清风。特别是她的那张脸，两颊通红，像熟透的苹果，透着红润，散发出独特的青春气息……"

那天，泽郎和阿卓牵着各自的马来到县大队营地准备一起外出执行任务。这时候，听见阿卓对泽郎说："队长，我骑你这匹马吧，昨天咱们可是说好了的。"

"嗯……嗯……"泽郎心想，他昨天又没答应，但却稀里糊涂地就把马鞭交给了阿卓。

阿卓翻身上马，姿势美妙。

这时，泽郎猛然醒悟过来，一把抓住了马头："不行啊，阿卓！不行啊，我这马性子烈，已经摔伤过好几个人了！"

阿卓一笑："不要紧，它喜欢我呢。"

只见她上了马，双脚就甩开蹬，大青马刚一抬头，她膝盖向前一倾，在马的前架子骨上一磕，马这地方最不能吃力，大青马马上低头，准备后仰，她的脚踝又向后一挪，紧紧地按住了马的腰窝，马后胯就抬不起来了……看似波澜不惊，其实时机把握得极为到位，全无一般骑手驯马猛拉缰绳一类的火爆动作，一匹烈马就这样被这个美丽的阿卓治得服服帖帖。

当时，泽郎根本没有注意到这些细节，只顾抓住马头喊道："不行，阿卓，我要为你的安全负责！"

阿卓连说两次不要紧，见他依然抓住马头死死不放，便说道："快放开，小心啊。"说着,啪的一马鞭,正好打在泽郎的虎口上,泽郎手一松,大青马便飞一样腾空而起,阿卓跃马而去。

泽郎看得目瞪口呆,只见阿卓回头叫道:"队长,快点儿,别让我甩了啊……"笑声如铃,打马如飞,已经跑远了。

……

"你追上去了?"钟国强突然发问。

"我……我追不上她。"泽郎笑着说。

阿卓的骑术的确出众,后来才知道,她参加县大队之前并没有打过枪,传说她的枪法可以百步穿杨,但那已经是参加县大队后的修炼了。但骑马,却是这位雪线下的姑娘自幼的功夫,就是普通草原男骑手,也不是她的对手。

泽郎的骑术也算是非常出色的,至少他自己认为绝不亚于阿卓。但问题是他现在身边只剩下了阿卓的那匹小枣红马,驮上他这样一个大个子,就是再好的骑术也追不上大青马了!

泽郎追了半天,才到得山坡下,这时阿卓已经快到山顶了,看看阿卓那匹枣红马口吐白沫,泽郎知道再追下去恐怕马要出危险,只好下得马来,在小山坡下稍作休息。

好在阿卓并没有跑远,到了山顶,又顺着山坡急驰了下来。她的身上披着一件从土匪"压寨夫人"那里缴获的白色斗篷,十分亮眼。阿卓看到泽郎便拉住缰绳让大青马停下了奔跑的脚步。泽郎赶紧上前抓住马头,将阿卓扶下。阿卓一个踉跄倒向他的怀里,泽郎趁机抱住了阿卓……这时,当泽郎回过头时,忽见身边多了几个人,原来是县大队的战友们也已赶到,大家看起了热闹。

泽郎告诉钟国强:"阿卓骑马的姿势好看,那主要是我那匹大青马跑得好嘛。要不,她怎么会被土匪头子红扎西盯上呢。"

"那时剿匪战斗激烈而艰苦,我的大青马就死在一次夜间追击作战中,当地山势险峻,一边山涧一边悬崖,不能骑行,部队只好牵马前进。可是大青马在外侧踩上了碎石,滚下了山坡后就摔死了。"泽郎忧伤地说,"平时这马一旦失蹄,只要打个挺就能站住……连续追击两天两夜,它太累了……"

"阿卓怎么会和大土匪红扎西扯上关系了呢? 不是说剿匪不让带女人么?"钟国强关心的不是泽郎的那匹大青马,而是泽郎说的那位美丽的阿卓。

泽郎告诉钟国强,原来,红扎西是雪线下的惯匪,手下有大约四百人,他很会打仗,在土匪中威信极高。针对县大队的围剿,他自有一套办法。红扎西的手下全是骑兵,动作迅速,所以机动力强,早期县大队用步兵骑兵炮兵混成的部队追击他,往往被他甩得狼狈不堪。后来县大队也集中快速机动部队,用骑兵加滑雪兵夹击,红扎西在速度上的优势才不再明显。但是他又有新的对策,把人马按照连分散开来和县大队作战,红扎西的"连"与正规军一百多人的"连"不同,只有四五个人,所以撒开了钻进雪线下的草甸子,让大部队根本找不到主要目标。而用小部队吧,草甸子里红扎西熟悉雪线下的道路,一招呼几个十几个"连"合起来就很有战斗力。红扎西的队伍中甚至有土匪带两三匹马,马上驮着迫击炮和炮弹,与县大队打起来火力很强。那时候在雪线下所谓土匪有重炮,说的就是红扎西。

泽郎继续说:"对这样的土匪,我们县大队的战术也很明确,就是集中兵力,打掉红扎西的指挥部,红扎西是这伙土匪的灵魂,打掉他,这支土匪就土崩瓦解了。"然而,尽管泽郎所在的县大队在雪线下使用的战术不错,但无奈红扎西异常狡猾,他身边常常只有四五个人,目标小,藏身的地方又极为隐蔽,县大队多次侦察打击,都找不到他的踪迹。红扎西一度让剿匪的县大队颇为头疼。他在雪线下的一次战斗中将阿卓捕获,阿卓当过他的俘房,但他没有杀阿卓,相反被阿卓缴获他的武器后逃回到了县大队。但不知什么原因,阿卓在县大队将雪线下的土匪全部剿灭后,就失踪了。阿卓失踪的原因至今是一个谜,让泽郎阿爸整整思念了一生。

泽郎告诉钟国强,那时剿匪打仗之余,县大队的官兵们也喜欢下藏棋,也赌银子,不过他从不赌钱,因为他只喜欢喝茶,喝了很多黑茶,也许他的这个爱好也遗传给了他的儿子甲央泽真……

从泽郎的这些回忆中,钟国强知道,他的青春、他的欢乐、他的悲伤都留在了雪线下的牧场。钟国强很喜欢泽郎的笑容,这是一种历经世事后从心底洋溢出来的欢喜,没有如此经历的人无法拥有这般的笑容。对于泽郎来说,他曾经爱过的人和那些曾经不爱的人都随风远去了,唯有那雪线不曾远离。

『第三章』

更登确迫

村主任

1

更登确迫是钟国强在雪线下的牧场接触最早也是时间最长的牧人之一。钟国强还没有被安排到他们牧场帮村扶贫时就和他有过接触。

那年冬天,钟国强和嘎溪县委宣传部的新闻干事小王来到雪线下的牧场采访,在黝黑面孔的人群里看到他,由于他长得挺帅,所以在钟国强面前很扎眼。

那时的更登确迫仅仅是雪线下一位普通牧人,只因他从小有过入寺为僧的经历,后来还俗到西藏经过商,在雪线下的牧场总显得有些与众不同。

有一次,更登确迫对钟国强说:"我很喜欢拉萨,虽然那里很遥远,那里的人说话嗓门大像吵架,但是我还是喜欢那里。"

钟国强问:"为啥啊?"

这时小王插话说:"这还用问吗?肯定是曾经有女朋友在那里呗……"

果然,在钟国强的刨根问底下,更登确迫终于说出了他和他的西藏女朋友的故事,还给他们看了照片。钟国强看到,照片上的姑娘名叫泽真卓玛,是一个很清秀的卫藏姑娘,据说是旧西藏贵族的后代,她的阿爸为西藏和平解放作出过突出贡献,现在还在北京做领导呢。泽真卓玛是更登确迫在西藏拉萨上初中时的同学。

钟国强又问道:"那后来为啥分手了啊?"

更登确迫有些伤感地回答:"因为距离太远了嘛……"更登确迫接着又给钟国强讲了他另外几个女朋友的故事,不过最后补充说,他还是喜欢现在这个女人。更登确迫现在的女人叫德精措,是他家的邻居,都生活在雪线之下,从小就认识,但是当时却没有什么感觉。后来更登确迫去了拉萨,一去就是五年。德精措也离开家乡去了青海果洛,和雪线下牧场里另外六个安多藏族姑娘组建了一支挤奶队,专门到青海牧区帮助别人放牧挤奶,挣钱回家帮助雪线下的阿爸阿妈养家糊口。

十几年前更登确迫还和德精措一起徒步去了金川观音庙拜佛还愿。据更登确迫说,当时他刚从西藏拉萨回到雪线下的牧场,人长得帅又会说汉语,而且还有点藏文化知识,所以比较引人注目,但是德精措好像不喜欢他。

有一次,钟国强问德精措:"你在去观音庙的路上为啥不喜欢更登确迫呢?"

德精措回答说:"那个时候不是不喜欢他,只是觉得他周围的美女太多,他又喝酒,又抽烟,还杀生,说话时总给人'很有文化'的感觉,所以和他保持一定的距离。可是,后来从观音庙返回的时候,我发现他并不像自己想象中的那样……"钟国强心里嘀咕,看来,长途跋涉拜佛还愿也和旅行一样很能够看清楚一个人的本来面貌,所以想知道彼此合不合适,一起去旅行一起去拜佛还愿或许就是一种选择。

更登确迫告诉钟国强,当他们到达金川观音庙的时候,德精措向他表白了……

小王是州报社的特约记者,回到县城后他写了一篇关于更登确迫的专访。有个曾经在雪线下县大队剿过土匪的老同志看了报道后,非常激动地给报社打来电话,希望小王和更登确迫商量一下,能不能问更登确迫要一些毛发,因为他是专门做毛笔的,更登确迫是雪线下最彪悍的安多藏人,用更登确迫的毛发做毛笔,很有意义……听到这个,钟国强快笑疯了。

事实上,更登确迫是一个很现代的安多藏人,有文化,常年接触各族各界商人,许多习惯已经汉化了,但是他的内心还是一个安多藏人,还有很传统的一面。

上次钟国强准备到雪线上拍摄雪景的时候连着几天天气不好,更登确迫便安排甲央泽真去雪线下的垭口给钟国强祈祷。

更登确迫学会的第一句汉语是："阿罗，一个钱（一张拾元的票子）!"他喊小王的名字最有特点——"笑望螺丝"（小王老师）。

在钟国强的直觉中，他是很喜欢更登确迫的，尤其是更登确迫的笑容——很阳光，也很灿烂。

2

钟国强对雪线下牧场的好感是从更登确迫家的手抓牦牛肉和青稞酒开始的。

钟国强去到他们牧场的那天，清香扑鼻的手抓牦牛肉的香味儿在空气中弥漫。他们煮手抓肉时除在锅里放少许盐巴外，其他什么调料也不放，只是将肉煮过火，待肉里的血水变色即可，被称为"血水肉"。这样的手抓肉既鲜嫩可口，吃起来还细滑清香。他们使用的酒具也很奇特——用的是陶罐。而且酒和其他地方的也不一样，是用青稞粒、酒曲和热水混合的。那天，钟国强和更登确迫，还有小王，三个男人在豪放地用陶罐"干杯"之后，立马开始变得熟络起来。

钟国强对更登确迫说："我去过不少地方，从没见过这样用热水兑出的酒，竟然还这么好喝！"

"这可是祖传的。"更登确迫的眼中闪烁着自豪。

雪线下的牧人穿羊皮缝制的皮夯，传说中他们是西藏阿里过来的猎人与良美叶实山神的女儿"人神"结合后繁衍的后裔。他们的祖先与果洛民族同宗同源，他们将自豪与骄傲藏在心里，只告诉别人自己是安多藏族，并被人们冠以"阿里娃"之名，以至于很多人误以为这些雪线下的牧人就是来自西藏阿里地区的游牧民族。其实，他们才是这里真正的土著居民。

"没有良美叶实神山就没有雪线下的牧人，我们曾经在这里有一个强大的部落，分为上、中、下三部……"坐在钟国强对面的更登确迫对这样的误解有些不快,这个民族的后人其实很在乎良美叶实神山,因为良美叶实神山这把钥匙可以解开他们秘而不宣的身世,让这些黝黑彪悍的牧人永远铭记自己高贵却不能轻易提及的血统。

钟国强发现,雪线下牧人的传奇和这座神山紧紧地连在一起。他们舍生忘死地捍卫这座神山的尊严,留下的永远是沉默的背影。

"第一个在神山上发现虫草和贝母的到底是汉族人,还是藏族人?"钟国强问更登确迫。

"除了当事人自己,没有人会知道,反正是男人们征服了这座神山。"更登确迫的妻子德精措一边往钟国强的陶罐里加开水,一边抢先说。开水刚被掺进陶罐,一股酒香便腾空而起。

"我不喜欢他们说征服神山,良美叶实神山是圣洁的,怎么能随便被征服!"更登确迫这个脸膛黝黑的男人忽然有些醉意地说。

钟国强当时不相信这种酸中带甜,酒味淡雅的热酒真的能让更登确迫喝醉,也许是他想到了心中圣洁的神山的女儿了吧。

"我每次带人上山挖贝母或虫草时,铁镐敲下去的时候,我心里都在祈祷说'山神啊,原谅我们的打扰吧'。"更登确迫用低沉的声音说。

听闻此言,钟国强忽然很有触动,他心想,每年都有大批人希望能在神山上圆他们的发财梦,有多少人怀着这样虔诚的心祈祷和忏悔过?! 有多少人真正在意过对这座圣洁雪山的打扰和破坏?!

"除了放牧,上山挖虫草、贝母几乎成了我们唯一的生存方式,即使随时都可能因得罪山神而丧命。"更登确迫继续说。

"那你们为什么不离开这里呢?"钟国强问。

"能到哪里去? 我们在那条雪线下说着同样的语言,书写着同样的文字,传承着我们自己的文化,这里就是我们的家啊。"更登确迫很有文化般地回答。

钟国强明白了,原来这些雪线下的牧人,他们祖祖辈辈都在用自己的一生来守候雪线及雪线下的牧场,同时在雪线下完成他们的"传奇"。他们走不开,他们不愿走。

3

钟国强还发现,雪线下的许多牧人,大凡上过现代学校或入寺做过僧人的人,他们对宗教信仰和语言文字的传承和保护都十分敏感。不过,在许多国家,尤其是多民族国家,各个民族的宗教信仰和语言文字一直是十分重要和非常敏感的问题,在某些重要的历史关头甚至成为关乎国家和民族存亡的大问题。

更登确迫告诉钟国强:"我们祖祖辈辈守候在神圣的雪线之下,我们有着自己独特的宗教信仰和语言文字。雪线下的寺庙在我们这个民族的信仰和精神生活中扮演着极其重要的角色,寺庙里的僧人是信教群众磕头膜拜的对象。"

钟国强接过更登确迫的话说:"我认为,寺庙僧人的精神面貌和思想状况对雪线下的信教群众起着重要的导向和引领作用,因此,僧人群体的思想稳定和生活幸福直接影响着这个民族的精神面貌和社会的稳定。"

"唉,遗憾的是,长期以来,雪线下的僧人这个群体一直不太稳定。"身为村委会主任的更登确迫对这个问题认识得非常深刻,"境外的敌对势力长期秘密对雪线下的群众进行分化和瓦解,他们往往以僧人和信教群众作为突破口,进行煽动……"

此时此刻,钟国强对眼前这位雪线下的村干部有些刮目相看了,"你认为导致这个问题很难解决的内在原因是什么呢?"钟国强严肃地问。

喝了不少热酒的更登确迫也不忌讳,清了清嗓子,直截了当地说:"呀,偌花,不管你们承认还是不承认,我总觉得,过去,我国在宗教政策上一些失误才是内部原因。"

"此话怎讲?"钟国强有些惊讶。

"别听他胡说,他喝醉了。"一旁的德精措显得有些慌张和不安,趁给钟国强倒茶之际,狠狠地瞪了更登确迫几眼,还顺势用脚悄悄地踢了他两下,欲阻止更登确迫继续"胡言乱语"。

更登确迫佯装什么也没听见,继续说:"呀,我没有喝醉,我讲的是真话。你们要知道,我们藏族文化和你们汉族文化有一个十分重要的区别,就是传承方式的不同。你们汉族文化的传承方式在历史上主要靠私塾和寺院(道观)教育,在近代则转向学校教育。在学校教育中,汉文化中的历史、宗教、哲学、天文、地理、医学、药学等,加上迅速发展起来的理工科,无所不包,所以只要办好各级学校,汉文化的传承就不会有问题了。"

"是这样的呀。藏文化在传承中难道不也是如此吗?"钟国强也有些困惑了。

"不一样的呢。藏文化在历史上主要靠寺院教育来传承,靠各个大寺院中的显宗学院(主修佛教哲学和逻辑学)、密宗学院(主修佛教密宗)、医学院(主修藏医藏药)、时轮院(主修天文历算)等,"更登确迫端起炕桌上的茶碗,大大地呷了一口,"解放以后迅速发展起来的学校教育,也为绝大多数藏区少年儿童提供了上学的机会,经过半个多世纪的发展,为藏区培养了大批优秀的少数民族人才,取得了巨大的成就。"

"对呀,这是无可厚非的事实嘛。"钟国强对更登确迫的这番话很认可。

"但是,在我们藏区的学校教育中,虽然小学和中学的双语教学中有藏文,但中学以上绝大多数是以汉文为主的各类专业,而仅有的几所民族院校中只有藏语言文学专业和藏医专业。这样诸如历史、哲学、逻辑学、天文、历算等藏族传统文化的传承和发展则无从谈起。所以,直到今天,藏族传统文化的传承问题只能靠寺院教育,显然,我国藏区的寺院教育至今仍然担负着继承和发展藏族传统文化的重任。"这位有人希望用他的毛发来做毛笔的雪线下的牧人继续阐述着他的观点。

"你的意思是说,内地的寺院教育基本上就是宗教教育,除了宗教以外,汉文化的继承任务主要由各级学校来完成,而藏区的寺院教育则是藏族传统文化(十明)的教育,大部分学校承担不了继承藏族传统文化的任务,因为学校里没有藏族传统文化的各种专业。我这样理解,对吗?"钟国强追问道。

"是的,的确是这样。"更登确迫觉得钟国强是一个悟性颇高且能够真诚对待雪线下牧人的援藏干部,很多真心话都愿意跟他交流。

……

夜已经很深了,远处不时传来藏獒(准确地说应该是牧羊犬)的犬吠声,钟国强走出更登确迫的帐篷,站在雪线下宁静的牧场上。小王当时还想拍一组"雪线下的夜色",可钟国强在一旁催促他快点回去。钟国强今晚已经没有这样的心情了。他和小王无意之中听到了雪线下牧人们只言片语的心声,从中领悟到了他们的胸怀。他一时无法平复这种纠结的心情,唯一能做的只有祈祷。

『第四章』

美丽的
格桑梅朵

1

王娜是位生在藏区长在藏区的汉族姑娘,父母是州级机关的干部,所以她从小到大都在州府所在地生活,只是当中有那么四年时间到内地一所大学读过本科,当然也从未去过雪线下的牧区。钟国强到雪线下的牧区县援藏后的那年秋天,王娜不顾父母的阻拦,背上吉他,带上梦想,来到了钟国强身边。

对于钟国强来说,王娜是她的初恋。那时的王娜在钟国强的眼里实在美得令他窒息,令他不敢逼视。王娜身上散发出的那一缕缕芳香,以及她那销魂荡魄的柔语,让钟国强实在难以抗拒。在钟国强眼里,王娜的眼睛会说话,她的眉梢也会说话,还有她的手、她的胸膛、她的腿……她身上每分每寸都会说话。王娜虽身材丰满,但腰却很细,走起路来,腰肢摆动得很特别,有一种足以令钟国强心跳的风姿。

说实话,王娜不仅在钟国强眼里是美丽的,就是在其他人看来,她也的确是个非常美丽动人的汉族姑娘,弯弯的眉,大大的眼睛,嘴唇玲珑而丰满,看上去就像是个熟透了的水蜜桃。但是,在钟国强眼里,她身上最动人的地方并不是她这张脸,也不是她的身材,而是她那种成熟的风韵。

深秋的雪线下色彩艳丽,风光旖旎,王娜和钟国强在雪线下度过了一个灿烂的秋天,但毕竟那里永远也逃不出"夏季苦短,冬季漫长"的客观现实。当初冬的第一场雪降临雪线下的县城时,王娜很浪漫地写了几首诗,背上吉他,就与钟国强不辞而别了。

第二年春天,当钟国强到州府出差时,发现王娜已经成了别人的新娘。

钟国强失恋了。单位的兄弟姐妹们看在眼里、急在心上,变着法子给他解闷气。县委宣传部的李璇等几个女干部还凑了钱非要请他去良美叶实神山散散心。这事过了很久钟国强也没弄明白:"李璇她们这是为了安慰我呢,还是为庆祝我又成了单身汉,她们中某个人可以乘虚而入。但愿,是我自作多情吧。"

也许李璇她们请钟国强去良美叶实神山仅仅是出于纯真的"革命友谊",陪他散散心而已,根本没有其他企图。还有几个藏族朋友则邀请他去过林卡(藏族人过林卡与汉族人的野炊差不多)。然而,到良美叶实神山也好,过林卡也罢,都被钟国强婉言谢绝了。

这天傍晚,县委宣传部办公室杨主任带着从雪线下牧场过来探望钟国强的更登确迫,还有小王,拎着一桶啤酒和一包平时钟国强爱吃的手抓牦牛肉、肉肠、血肠、和尚包子等来到钟国强的家。

更登确迫说:"钟部,你不是一喝酒就能睡个好觉嘛,我们陪你好好喝一顿,完了你就晕晕乎乎进入梦乡吧。"其实,单从酒来说,钟国强喝不了多少,而且一喝就找不着北,一醉话就特别多。

酒过三巡,杨主任文文静静的小脸已经喝得像猴屁股一般。壮着点酒,杨主任开始直说:"钟部,我们有啥办法才能让你走出失恋的痛苦?"

"唉,解铃还须系铃人嘛。"更登确迫马上接过了话题。

"谁是系铃人?"杨主任问道。

更登确迫说:"你笨啊,女人呗。"

是的,把钟国强心情搞乱的是女人,也只有女人才能把他的痛苦赶走。王娜的突然离去,虽然对他精神上构不成毁灭性打击,但他内心的痛苦却一时挥之不去。

杨主任听了更登确迫的提醒后说:"没错,钟部,我们马上帮你再介绍一个女朋友吧。只是这次再找一定不要在州府找了,那里的女子看来不靠谱,就在我们雪线下的牧区找一个藏族姑娘,或者找个岁数大一点的也行,岁数大懂事,可以更好地照顾你。"

钟国强听了马上反驳道:"错,大错特错!州府所在地的女子很有韵味,我很喜欢。藏族姑娘不是不可以,但年龄不能比我大。"此时此刻,王娜的影子又在他的脑海里浮现。

更登确迫忙说:"你说得对,钟部,那我帮你在雪线下的牧场物色一个如何?"

大家七嘴八舌地给钟国强建议。

好在,失恋中的钟国强在同事们的帮助下,又加上繁忙的工作,很快便走了出来。

不知不觉,钟国强已经到雪线下的牧区县工作了一年半。一天傍晚,他踏着脏分分的雪走在雪线下县城的中心街上。突然,一辆自行车犹如一枚锁定目标的小导弹,"咣当"一声撞向钟国强的后腰,当即,疼得他捂着腰嗷嗷乱叫。说来也许没人相信,当时钟国强却没有一点要痛斥肇事者的意思,只是暗骂:"瞎子! 干吗照准我的肾脏部位撞呀? 我还要找老婆结婚呢。"

自行车撞他的一瞬间,骑车人也从自行车上飞出,倒在了残雪上。她痛苦地抹着满脸的雪粒,挣扎起来,连连向钟国强赔不是:"对不起,对不起哦!"

听到这银铃般的声音,钟国强的眼睛一亮,这才注意到撞他的人竟是一位漂亮的藏族姑娘。她扎着一头细细的辫梢,身穿花花绿绿的藏服,遗憾的是她戴着一个大大的白色口罩,但口罩上的那对大眼睛忽闪忽闪的,很是迷人。

"你,你的没事吧?"姑娘见钟国强一直傻傻地看着不出声,赶忙脱下口罩,十分关切地问道。姑娘的汉话讲得很生硬,有点像电影里的日本鬼子说中国话。

钟国强缓过神来,赶紧收回盯在姑娘身上的目光,帮她扶起那辆鲜红的自行车,尔后笑着说:"你瞧,我壮得像头牦牛,撞了一下算什么,我没事。

喔,让你受惊了吧?"

"哦,你没事哦。"姑娘露出了笑容,接着说道,"没事就放心了,那我先走了哦,我还有急事。"

姑娘接过自行车,连忙戴上口罩,麻利地骑上车,屁股一扭一扭地蹬着走了。

姑娘说走就走,钟国强简直快悔断肠子了——"我咋这么傻,怎么就没装得伤情严重些呢?这样不就可以和她多黏糊一会儿,哪怕多待上一小会儿,我一定能打探到她的一些其他信息。"

姑娘那迷人的背影很快变成一个小黑点,这时钟国强忽然发觉那远去的身影隐约地透着光芒,像被一道彩虹笼罩一般。钟国强使劲地眨眨眼,怀疑自己是否有点眼花了。但再仔细一看,确实是一团彩光呀,这是怎么回事?

钟国强迷惑地望了望天空,转身离去,刚走了几步,猛然发现雪地上有一长圆筒状的东西。这东西外面用一条洁白的哈达缠裹着,估计是自行车栽倒一瞬间甩出来的。不由分想,他急忙弯腰捡起那东西,打算叫辆人力三轮车追赶过去,谁想他在马路上挥舞着大手,好大一阵子也没能拦到一辆三轮车。

十几分钟过去了,这时即便再叫到三轮车也没意义了,那姑娘早就随着酥油的香味飘走了。钟国强想,既然这样,那就索性守株待兔吧,估计姑娘察觉到丢了东西会回来找的。就这样,钟国强傻傻地在马路边上等啊等,直等到日落良美叶实神山也没见到姑娘的影儿。其间,好奇心驱使,好几回他都想解开哈达,探寻一下里面到底包裹着啥宝贝,但又被他强忍住了。既然,要为一个美丽的藏族姑娘做好事,何不做得更完美一些呢?当时,钟国强就这么想着,甚至有一次,他伸手要去解开那条哈达时,马上心中生出一种罪恶感,像是要偷看邻家小寡妇洗澡。

2

　　回到宿舍,钟国强把捡来的东西放在餐桌兼办公桌上,便洗洗睡了。他不像那些来藏区的内地人,由于高原反应,一般前半夜都会在床上辗转反侧,睡不着。他躺下几乎都是不到一袋烟工夫就会发出杀猪般的呼噜声。钟国强睡觉的方式有点与众不同:睡前先用热水泡泡脚,然后开着电视躺在沙发上睡。他老担心自己在沙发上睡久了会变成歪脖子,也曾试图回到床上睡,结果往往是无法入眠。钟国强的邪招也传授过不少来藏区的朋友,一些试过的人都惊呼他的超常规睡眠法很灵验。只可惜那些从内地来的援藏干部们没他这般的"奢靡"条件。那会儿钟国强心里暗暗发誓:"等单位有钱了,或者等我有更大的权力了,我首先要给每位援藏干部配上一台电视机和一个长沙发。"

　　那个夜里,躺在沙发上的钟国强做了个稀奇古怪的梦。梦里,随着一道彩虹的出现,那个藏族姑娘腾云驾雾从天而降,款款来到他的面前,看上去有点像王娜的身段,随手扯下一片彩虹,递给钟国强说:"你把彩虹收好,这是我们以后的接头暗号。"说完,她便消失在四射的光芒里……

　　也许,梦这个东西也有高原反应,一缺氧就不愿出现了。应该说这是钟国强到雪线下工作一年多来所做的第一场梦,第一场春梦。

　　第二天清晨,钟国强早早地爬起来,望着那静静躺在桌子上的长筒,浮想联翩,好一会儿,他才轻轻地将它捧起。犹豫再三还是决定把它打开。当他解开哈达的一瞬间,他惊呆了,里面是一幅精美绝伦的唐卡。唐卡上画的是四臂观音。在雪线下的牧区工作一年多,钟国强知道,唐卡,是刺绣或绘制在布、绸、纸上的彩色卷轴画。它的内容繁多,表现题材广泛,除宗教外还包括历史和民俗内容。

　　钟国强想,现在看来只有等以后找到失主后再归还了。于是,他洗净双手,恭恭敬敬地将观音菩萨挂在了自己的门厅之中。

这之后,钟国强的梦几乎没再断过档,如同电视连续剧每晚都要上演,而且每次都会出现藏族姑娘那光芒四射的身影。有一次,钟国强从梦中惊醒,望着漆黑的窗外纳闷地想:"为什么梦里的女主人公总是她呀? 是不是今生今世我和这个藏族姑娘真有什么不解之缘?"

杨主任和小王俩是很敬业的宣传干部,部里正组织业余文艺演出队的演员选拔活动,决定选拔男女各 10 名演员。事先就听说县里有一位名叫梅朵的姑娘很漂亮,适合做艺术团的舞蹈演员。杨主任和小王在全县到处打探也没得到梅朵的电话和家庭住址。

有道是:梦里寻她千百度,得来全不费工夫。这天下午,钟国强正在办公室一边喝茶一边看报纸。

杨主任兴冲冲地进来,说:"钟部,好事! 梅朵她自己找上门来了。她想考我们的艺术团,现在就在我的办公室等着见领导,你有时间见吗?"

钟国强连忙点头,说:"这还用问,你没见我正闲着看报呐,怎么会没时间。"

杨主任说:"那我这就把她带过来。"

"着啥急,等一会我给你打电话,你再带她过来。"

"好,好。"杨主任答应着退出了办公室。

钟国强没急于见这个梅朵,是因为自己要留点时间整理一下发型、再刮刮胡子。他知道自己毕竟是领导,而且,他也听说这个梅朵姑娘是个美女,所以要注意自己的形象。自从王娜突然离他而去,他平时就没心思再收拾自己了,常常是胡子拉碴,头发乱蓬蓬的样子。

这几天,钟国强心情一直不错。早上出门时,他想换上那件一直没舍得穿的新夹克,当他从衣柜翻出这件夹克时那幅唐卡竟从里面滑落下来。原来,这幅唐卡曾经被人偷走过,好在被杨主任他们追了回来,然后就一直放在钟国强的衣柜里。当即，钟国强决定再把唐卡挂起来。因为昨晚他又做了个梦，梦到那个藏族姑娘和他结婚了，是在良美叶实神山上举行的婚礼。皑皑雪山上开满了雪莲花，为他们主持婚礼的是穿着盛装的山神的妃子……

钟国强刮好了胡子，又将头发沾点水捋了又捋，对着镜子看看，对自己的干部形象很满意。尔后，他拨通了杨主任的电话。

格桑花般的梅朵一出现，钟国强险些惊叫出来。世界上竟有如此巧合的事，这个梅朵不是别人，正是那个与他在中心街不期而遇的藏族姑娘。钟国强腾地从座位上弹起来，愣了好一会儿，才张口结舌道："是你……你就是梅朵……梅朵就是你啊！"他真想冲上去，像久别重逢的老朋友那样狠狠地拥抱一下。

梅朵盯着钟国强，同样惊呆了好几秒钟，突然，她欣喜地叫道："啊！啊！不会吧，怎么可能哦，你……你就是这里的领导？"

杨主任看看钟国强，又瞧瞧梅朵，说："原来你们认识，那我就不管了，我写材料去了。"他给梅朵倒了杯水，带着一脸坏笑就走开了。

钟国强抑制着激动的心情，坐到梅朵面前，兴奋地说："没想到，真没想到啊！你就是那个传说中的梅朵啊！"那一刻，钟国强明显感到，他的声音又恢复了以往的浑厚。

梅朵忽闪着大眼睛，说："我怎么就成了传说中的梅朵了哦？"

钟国强说："这之前，杨主任跟我提过好几次，说正在找一个叫梅朵的姑娘，舞跳得很好，很适合来艺术团。可我做梦也没想到就是你。"

梅朵连连点头，感慨地说："是哦，是哦。咱们那天在中心街就见过面了，真对不起，那天我的骑自行车不小心把你撞了哦……"梅朵说的汉话不但带有藏语味，还总爱"哦哦"地加点后缀，而且总会把最后一个音节提高几个分贝。

鬼使神差,就这样钟国强和梅朵又相逢了。现在想想,好像命里早已注定了他和这个姑娘的情缘!

　　因为有过一面之缘,梅朵和钟国强交流起来就轻松多了。当然,钟国强多少还要留着点,毕竟她是来面试的,而自己是主考官。交谈时,钟国强既显示出对工作的认真负责,又不失和蔼可亲。

　　谈完招聘的正事,钟国强又趁机问了梅朵一些其他情况,然后说:"你那张唐卡,我可是一直替你保存着呐。"

　　"唐卡?"梅朵一怔,说:"真的在你那儿哦,我估计是从自行车上摔倒后给弄丢了,所以一直没敢给表姐说。唐卡是表姐送的。"顿了顿,梅朵用期盼的眼神看着钟国强,说:"领导,能让我进艺术团吗?"

　　钟国强喝了一口水,不紧不慢地说:"不用着急,你进艺术团的事我们会认真考虑的。"实际上,钟国强是在故弄玄虚,他们还在主动找她加入呢!

　　"那好吧,我就在家等消息哦。"说着,梅朵起身向钟国强道别,临出门,又嘱咐道:"领导,这回你知道我名字了,可别忘了我叫梅朵哦。"

　　钟国强明白,藏语中,梅朵是花的意思,代表着欣欣向荣。藏族人的名字很有学问,也极有意思。一般藏族没有姓氏,平民百姓向活佛或喇嘛求取名字时,没有什么特殊仪式,只需向活佛或高僧敬献一条哈达,再呈上几两藏银,说明婴儿性别就可以了。藏族人姓名中,很多名字男女通用,如:扎西、次仁、格桑等,但有些也是有区别的,像旺姆、卓玛、卓嘎、央金、拉姆等只用于女性。

　　梅朵转身走出办公室门口的一瞬间,钟国强又看到了她身上散发出的彩光!

　　"梅朵!"钟国强禁不住叫了一声。

　　梅朵忙回身看着钟国强,问:"还有事哦?"

　　钟国强心里很想问"你身上怎么会发光"? 但说出口的却是:"没事,没事。我送送你。"

梅朵说："不用送了，你挺忙的。"

这时，杨主任迎了过来，说："送你回去的车我已经安排好了。"

等杨主任送完梅朵回来，钟国强忙问他："你发现梅朵身上有什么特别之处吗？"

杨主任思索了片刻，摇了摇头。

钟国强说："你没看到她身上会发光？"

杨主任笑了笑，说："钟部，我看是你喜欢上她了吧。"

3

第二天晚上，梅朵设宴款待了钟国强。实际上这顿饭是杨主任一手策划、一手安排的，摆的是"鸿门宴"。

昨天，杨主任对钟国强说："钟部，既然你们早就认识，既然你看上了梅朵，既然你早对她有想法，那就要赶紧下手。但又不能显得太主动，要让她主动讨好你，这样才能起到事半功倍的效果。"

钟国强说："我看还是以后再说吧。"

杨主任忙说："还等什么？钟部，这可不像你以往那种直爽的性格。"

钟国强叹了口气，说道："唉，有时我脑海里还忘不了王娜，再说，像梅朵这样漂亮的藏族姑娘估计也名花有主了。"

杨主任满不在乎地说："这可不一定，除非她明确告诉你已经有恋人或已经结婚了，否则，你错过了机会以后会后悔的。"

杨主任诡秘地一笑，说："我已经替你设计好了。"

接下来，杨主任当着钟国强的面给梅朵打电话，说："梅朵，你的事我们在考虑中，如果找机会让钟部长更全面地了解一下你的情况，就会让我们尽快作出决定。要么明天我们几个吃个饭，大家好再熟悉一下。不过，你来联系，我请客。我把钟部长的电话给你，过会儿你给他打个电话，就约在明天吧。"梅朵在电话里爽快地答应了。杨主任挂断电话，得意地一伸右手，向钟国强做了个"ok"的手势。

果然，不多时，梅朵的电话打来了。

梅朵一开口十分礼貌地说："你好，请问你是钟部长吗？"

钟国强装腔作势地问："是呀，我是钟国强，请问你是哪位？"

梅朵说："我是刚才见你的那个梅朵哦。"

钟国强说："噢，梅朵呀，你好，你好，找我有事吗？"

梅朵说："钟部长，明天我想请你和杨主任一起吃顿饭，你们也好再熟悉一下我的情况，不知是否有空？"

钟国强拿着话筒，忍不住看着杨主任笑了笑，然后说："明晚我已有安排。不过，你别急，我看能不能调整一下。"

梅朵在电话那头说："啊呀，太好了，怎么说咱们也算有缘分，这个面子你一定要给我哦。"

钟国强说："这样吧，我和人家商量一下，如果能调整过来就给你去电话。"

梅朵说："好，好，我等你电话哦。"

就这样，梅朵带着微笑走进了钟国强的圈套。尽管钟国强骗女孩子的套路不算经典，但每当他回忆起这段情节，还是有点心虚。

饭桌上，杨主任借机向梅朵大谈钟国强的好，以及工作上的成就，把他描绘成一个既有事业心，又懂得生活的好男人。

这顿饭，钟国强最大的收获是：清楚了梅朵名花无主。

没过几天，梅朵就来县委宣传部下属的艺术团报到了。

钟国强将梅朵请到办公室，郑重地拿出那幅唐卡，认真地说："终于找到你了，现在可以物归原主了。"这唐卡因为被小偷偷走过，因此有点皱皱巴巴,后来又被找回后,钟国强请人修复一新,又买了条黄色哈达将其包裹起来。

梅朵接过唐卡,解开哈达看了看,很快又塞回钟国强手里。她望着钟国强,诚恳地说:"已经在你家放那么长时间了,我拿走多不好哦,还是你留着吧。这菩萨会保佑你的,保佑你好多多心愿都能成真。"

钟国强听了很是感动,便不客气地又重新收起了唐卡。毫无疑问,在钟国强的心里,这是个好的兆头,梅朵先让他留下她的唐卡,接下来就有可能再送他一个更大的惊喜。

梅朵来艺术团后的第二天上午,钟国强如同一位歌舞团的艺术总监,放下其他工作,专门到大会议室指导艺术团排练节目。不是说来了梅朵钟国强就关心起艺术团来了,她来不来钟国强都是这样,从选演员、选曲、选服装到走台等等都凝聚了他太多的心血。当然,钟国强也得承认,梅朵来了以后,他的心和艺术团拴得更加紧密了。

草根出身的梅朵,舞蹈水准已经达到了一定的高度。没加入艺术团之前,她在雪线下的各大朗玛厅串场演出。朗玛厅都是夜场,需要熬夜,生活极没规律,许多演员都熬垮了身体,梅朵也熬上了严重的贫血症,所以,她放弃朗玛厅,选择了艺术团。

为充分展示梅朵的舞蹈才能,钟国强让她准备一个独舞,再和藏族演员巴西合练一段双人舞。

梅朵的独舞《卓玛》基本不用再练了,上台就可以赢得一片掌声。双人舞就差些,问题主要出在配合上,另外,跳舞时巴西的脖子显得特别僵硬。

钟国强对巴西说:"你们好好练,下午抽空我再来审。"钟国强催得急是因为三天以后,艺术团要到雪线下各乡镇,为牧民们巡回演出。

梅朵和巴西很卖命,放弃中午休息继续操练。钟国强在办公室听着三楼会议室时不时传来的舞曲声,不由地心疼起梅朵来,她陪巴西练了一上午,中午也不歇歇脚能吃得消吗?

钟国强为梅朵和巴西沏了两杯咖啡端到会议室。他进去时梅朵和巴西正很投入地跳着,看上去比上午配合得好些了,巴西的脖子也舒展了一点。

看着梅朵和巴西在猛练,忽然,钟国强一想不对啊,以后巡回演出让巴西这小子整天和梅朵这么跳来跳去的,时间一长会不会舞出点事来?他很快心里有了主意。一曲终了,梅朵笑盈盈走近钟国强,说:"领导,我们跳得咋样哦? 能过关了吗?"

听着梅朵也叫他领导,钟国强心里有点别扭,他总觉得她应该换个方式称呼自己。他把咖啡递给梅朵和巴西,说道:"梅朵跳得没问题了,有专业演员的水平,等以后有国际舞蹈大赛什么的,我一定给你报个名。"

这时,巴西也凑上来,急切地问:"钟部,那我呐,我跳得有进步了吗?"

钟国强摇了摇头,说:"你有时还是跟不上梅朵的舞步,而且你的脖子问题还是没有解决好。"

巴西说:"那我们换个简单点的吧,换《洗衣舞》,上学的时候我演过,我在里面演金珠玛米。"

钟国强说:"算了,巴西,时间太仓促了,还是发挥你的一技之长唱歌吧,这个双人舞暂时就不上了。"

巴西央求道:"钟部,还是让我们跳吧,你放心,今晚我们就是不睡觉也要练好。"

钟国强一听,心里更不舒服,巴西你小子还想拉着梅朵晚上一起练,那他更要把这个双人舞枪毙了。

钟国强说:"还是算了,后天就要演出了,来不及了。"

巴西垂头丧气地一屁股坐到地板上,一脸的失望。

去掉这个双人舞,钟国强也觉得有点可惜,他在心里想:没办法,对不住巴西兄弟了,我爱上了梅朵,原谅我的自私。

4

艺术团赴牧区乡镇七天十场的巡回演出相当成功,尤其是由钟国强亲自主持节目,为整个演出增色不少。

艺术团刚下去时头几场是由县委宣传部干部李璇做主持的。虽说,李璇这位内地来的汉族姑娘长得漂亮,人也年轻,但拿着话筒一说话,就如播《新闻联播》一般。而且还要钟国强写台词,每场演出的对象不同,台词就要变换,搞得钟国强很劳神。

平日里,李璇对钟国强有想法,钟国强是心知肚明的,只是一直跟她装傻罢了。记得那时王娜与钟国强告吹,李璇接近钟国强的频率明显增多,瞅空儿就往钟国强办公室钻,一会儿送个水果,一会儿又送块口香糖什么的。有一天晚上,李璇给钟国强打来电话:"钟部,我知道你最近很郁闷,我来陪你聊聊天吧。"钟国强一听,心想不对,一个年轻漂亮的单身女主动到他家陪他聊天,这要让人知道,肯定会有人说闲话的。于是,钟国强编了个理由没让她来。

李璇有一个不堪回首的童年,六岁的时候父母离异,李璇被判给了她母亲。过早失去了家庭的温暖,钟国强知道她比其他女孩更加渴望爱情。

说心里话,钟国强不是一点也不喜欢李璇,但现在梅朵到艺术团来了,而且自己已经爱上了梅朵。他想:如果李璇万一向自己表白,那结果一定是被拒绝,到时就会伤到李璇。还不如先给李璇挪挪地方,让她回县上安心上班。等以后她知道了我喜欢梅朵,估计也就不会再找我了。

就这样,钟国强临时接过话筒当了主持。平时,钟国强就善于言辞,主持一台文艺节目更不在话下。看过钟国强主持节目的人夸他说,他的主持快赶上中央电视台的节目主持人了。

雪线下的牧场是一片最严寒、最苍凉的土地，平均海拔 4000 米以上，一年冬季长达 10 个月；空气的含氧量只相当于成都的 50％左右；铺天盖地的狂风和暴雪无时无刻不在威胁着牧人和牲畜。难怪在艺术团里有这样的顺口溜："山好水也好，氧气吃不饱，风吹石头跑……"

　　由于氧气不足，钟国强在主持节目时，每一次呼吸都感到不舒服：喉咙里干干涩涩的，像有块过期的狗皮膏烂在了那地方。有一次钟国强正举着话筒说话，突然感到一阵发晕，继而头痛难忍，但他还是顽强地坚持到主持完最后一个节目。后来，梅朵告诉钟国强，那次他从台上下来，奇怪的是，任凭梅朵和同事们怎样大声喊他，他都视而不见，像个木偶似的一摇一晃地继续朝前走去。很明显，钟国强出现这种现象是大脑严重缺氧造成的，但就是这样，钟国强硬是一连主持了五场演出。

　　的确，五场演出下来，钟国强这个上海人，虽然有"高原型"干部的称呼，也有点吃不消了，他打算利用周六周日歇歇脚，放松几天，去看看附近寺庙里收藏的几幅老唐卡。这信息是钟国强的朋友提供的，而且他朋友通过当地一个牧民已经帮他联系好了。自从有了梅朵那幅唐卡，钟国强就开始喜欢上了雪线下这类古老的艺术品。

　　其实，钟国强随艺术团去雪线下的牧场演出还有一个目的，就是他想找机会能单独跟梅朵相处，加深彼此之间的了解，尽快确立谈朋友的关系，行就行，不行就拉倒。人和人相遇、相爱、相守是要靠缘分的，丝毫勉强不得。

　　这次钟国强找到了一个很好的理由，就是请梅朵当翻译，他不懂藏话，去寺庙看唐卡与藏族人打交道离开翻译是绝对不行的。

　　去寺庙的路几乎都是坑坑洼洼的山路，或是无边的草地上被人走出来的路。恶劣的路况让钟国强一行饱受颠簸之苦，而坐在车子里的人自然也要"随车起舞"，用不了一会儿五脏六腑仿佛要被颠出来一样。但梅朵倒踏实,竟然就那么坐着一摇一晃地睡着了。因为钟国强坐在她身旁,便顺势让她靠在了自己的肩膀上。

不一会儿,梅朵发出微微的鼾声。钟国强趁机仔细看起了她:一头乌黑的秀发,小巧精致的鼻子和嘴巴,饱满的胸部随着微微的鼾声在一起一伏……钟国强看着看着,仿佛自己又看见了王娜,随后也进入了梦乡。

5

他们的车翻过山顶,缓缓而下。钟国强凭窗望去,被眼前的景象惊呆了——路旁的各色各样的山花张狂地争相怒放着,溪水潺潺,肆意横流;远处的翠山隐约在缭绕的烟雾中,美不胜收。回想他们上山时的北坡,苍茫的秃山上只有常年不化的积雪。那真叫是两个世界啊!

"醒醒,梅朵! 快起来看……"钟国强兴奋地把梅朵摇醒。

揉着睡眼,梅朵起身向窗外一望,"哇"地惊叫起来,她突然睡意全无,马上摇下车窗玻璃,扒在那里纵情眺望,小嘴里还不时发出一声声赞叹。

对面山上有一川瀑布,水是从半山腰一个洞里流淌出来的,远远望去,似一条银带挂在空中。看到如此美景,他们决定下车好好欣赏一番。钟国强下车看了一会儿瀑布,便回头找梅朵,发现她正弯着腰采摘野花。

"路边的野花你不要采。"钟国强来到梅朵跟前,没话找话地说。

梅朵拿着那束色彩斑斓的野花,直起身子,笑吟吟地说:"你要搞清楚哦,这是山道,不是在路边。再说,我这是为你采的,献给你的哦。"

立马,钟国强心花怒放:"为什么要献给我鲜花?"

"不知道哦,反正我就想把这花献给你。"说着,梅朵便把鲜花递给了钟国强。

钟国强受宠若惊地接过鲜花,他反应特快,随即打开随身携带的奶茶瓶,递给梅朵。捧着鲜花,一时,钟国强激动得都不知该说点什么好听的了,只会不停地说:"你喝,你喝,多喝点。"

"谢谢哦。"梅朵坐到一块大石头上,开心地喝着奶茶观赏远景。

钟国强顺势坐在梅朵身旁,将鲜花撂在地上,撑起一把伞,殷勤地为她打伞。这一不起眼的举动是钟国强事先设计好的。当他从车上拎下这把能传情的伞时,就想到了要利用好这个道具来接近、观察梅朵。对于一对尚未挑明关系的男女来说,只要有了一定条件、保持到相对近的距离,才会观察到彼此之间能否擦出爱的火花。说白了,就是看她对你是不是有那个意思。

梅朵仰起脸,看着头顶上的伞,笑道:"想挨着我坐就坐呗,还找个借口。"

钟国强说:"你这小丫头,心眼还蛮多。我可没别的意思,有这把伞,炽烈的太阳就晒不到你了。"

"噢,这样哦。"梅朵抿了一小口奶茶,煞有心事地看着钟国强:"我发现你对我特别的好,在牧区演出那几天,你每天都在照顾我。嗯,你为什么对我这么好哦?"

钟国强被梅朵突如其来的发问,搞得有些措手不及,他定了定神,反问道:"你说呢?"

梅朵咬着嘴唇,目光灼灼直视着钟国强,憋了好一会儿才说:"我猜不出来,但我觉得你是不是想爱我哦?"

迎着梅朵那烫人的目光,钟国强耳热心跳,竟一下语塞了。

梅朵穷追不舍:"快,快说,老实交待你到底打的是什么主意?"

钟国强躲开梅朵的目光,毅然点了点头。

梅朵的脸一下子变红了,惊呼道:"真是这样啊?!"由于过于激动,说话那当儿,她手上的奶茶瓶滑落了下来。

钟国强捡起茶瓶,厚着脸皮说:"这么说你同意了? 看来你的眼力不错，接触了不长时间就断定我是个好人了。"

梅朵像个小孩子，双手捂面，噘着嘴不停地往外吐气，似乎是在给自己打气鼓劲。然后她担忧地问："不是我同意不同意的问题，你们援藏干部在雪线下待不了几年，你一走不把我甩了才怪哦！"

钟国强听了马上说："不会，不会的，我不会那么做，我是真心想找个人过日子。"

梅朵羞答答地扫了钟国强一眼，又羞答答低下头，瞧着身旁那一束美丽的野花，猛然间想到了什么："那，我们的事让老天爷、佛祖做主行吗？"她指着鲜花，继续说，"你从这堆格桑花里随便挑一朵，然后咱俩数花瓣，如果花瓣是七瓣，说明老天爷、佛祖同意咱俩的事，如果是六瓣或八瓣就……就不好办了哦。"

钟国强连忙说："好，好，这个主意不错。你名字里就带有花朵的意思，让格桑花来定夺咱们的事，有意思。"顿了顿，钟国强又说，"爱是佛祖给咱们有情人的最好礼物，让佛祖为咱们的爱做主，太好了。梅朵，我相信佛祖心眼好，是会关照我的，佛祖一定会将你赐给我的。梅朵，你想想，咱俩从第一次在县城中心街相遇，再到现在是不是很像老天刻意安排好了的？"

梅朵思忖一下，然后赞同地点了点头："还真是这样哦。"

"那就开始吧，让格桑花为我们做主！"钟国强伸出右手，在那束格桑花中选了一朵藕荷色的。他双眼微闭，双手合十默默祈祷着，口中念念有词："佛祖呀，请把梅朵许配给我吧，我会好好疼她好好爱她的！"

梅朵听了开怀地笑了起来，然后，将钟国强抽出的那枝花朵放在石头上，轻轻地一片片地掀下花瓣，同时点着数字："一、二、三、四、五、六……啊！一共七瓣，是七瓣，是七瓣的格桑花！它是爱情的象征，我阿妈说过的哦！"她扬起身，兴奋地一把抓住钟国强的手。那会儿，钟国强分明感到了她握他的手有点颤抖。

"没错吧，佛祖不忍心把咱俩拆开吧！"钟国强同样是用颤抖的声音说完这句话的。

梅朵深深呼吸了一口气，郑重地对钟国强说："那……那什么都不说了哦，以后你就找个时间按你们汉族的方式明媒正娶我吧。"

"那是必须的，一定的！"此时，钟国强激动得不知说什么好了。他将那块大石头上决定了他命运的六片藕荷色的花瓣捧到手心里，忘情地吻了又吻，有几片花瓣黏在了他的嘴唇上。

梅朵朝钟国强跟前凑了凑，笑着为他摘掉嘴唇上的花瓣："嗯，我再给你几天时间，你好好想想，想好了，那我们就正式恋爱了可以吗？"梅朵说这话时，不像是钟国强在追求她，反倒她像个追求者了。

钟国强说："还想什么呀，老天爷和佛祖早帮咱们安排好了。"

"那你也要好好考虑考虑，我一没工作，二没家产，三脾气也不怎么好，像只母老虎……"说到这儿，梅朵忍俊不禁，捂着嘴咯咯地笑。笑了一阵，又郑重其事地说，"我觉得你还是认真想几天吧，咱俩的事又不是过家家哦。等你想好了再说吧。"

"不用几天了，我现在就想好了！"钟国强急急地回答。

梅朵想了想："真的吗？那好，那你要先满足我几个条件，我不能就这么稀里糊涂让你骗到手。"

钟国强急切地问："啥条件你就敞开说吧。就是卖掉两个肾我也要满足你！"

梅朵边想边说："你先跟我订婚，买个订婚戒指，我不喜欢钻石，你就花千八百的给我买个漂亮的金戒指就可以啦，完了单腿跪在我面前，亲手戴在我指头上哦。"

钟国强笑道："你这是在电影、电视里学的吧？"

梅朵说："你甭管在哪学的，你到底同意不同意吧？"

钟国强认真地点着头："同意,别说这点要求了,就是让我带你去我的家乡上海喝啤酒、吃海鲜我都豁出老命要想法办到。"

梅朵听了嘿嘿一笑："你真会开玩笑。但我不会那么傻,那么便宜你哦。去上海?那可是我想都不敢想的事!"

钟国强说："没开玩笑,我是认真的。好吧,你接着说下一个条件。"

梅朵收起笑容,认真地说道："二,你要到我家向我阿爸阿妈提亲。我阿爸阿妈基本没意见,我就正式和你一起过。"

钟国强说："好,好,没问题,这条件太容易了,你放心,我这个上海人嘴甜,保证让你阿爸阿妈见了我高兴得合不拢嘴。"

梅朵继续一本正经地说："还有,你要找个正式场合向你们单位的人宣布我俩的关系。"

钟国强呵呵笑了："这个更简单,动动嘴就可以了,回去就办。"梅朵这一要求最随他愿,他觉得先在众人面前宣布他们的关系,再去她家,她妈知道了,就是心里不同意他们这桩婚事,嘴上也不好说什么了。

梅朵提出的条件被钟国强毫不含糊地答应下来,她开心得像一朵盛开的格桑花。盯着梅朵,钟国强又问:"还有别的条件吗?"梅朵摇了摇头。

钟国强有些吃惊地说："不会吧!就这几个条件呀?也太简单了吧。梅朵,求你了,请再提些难度大点的条件好吗?"

钟国强这叫得了便宜就卖乖。

也许是钟国强的话提醒了梅朵,只见她咬着食指沉思片刻后问道:"嗯,你为什么爱我,爱我什么哦?我想听听你心里的想法哦。"

钟国强说："不为什么呀,反正我就想爱你。梅朵,要知道,这个世界很多东西是说不清楚的,你比如:是先有鸡还是先有蛋?先有女还是先有男?你是永远也说不清楚的。"

"不行!今天你就要给我说清楚——你为什么爱我?"梅朵嘴一噘,装出一副生气的样子。

为什么爱她？钟国强在心里嘀咕着：其实很简单，就是我钟国强认为她美，想和她好好过日子。

为了岔开这个话题，钟国强话锋一转："对了，梅朵，我也应该问问你想好了吗，这可是关系到你一生的大事，真嫁给我了你就不能出家当尼姑、当女活佛了。"

梅朵像是生气地看了钟国强一眼："去！我才不当尼姑、活佛呐。我要找个好老公，还想生一堆孩子呐。"

钟国强说："这么说你铁了心要当个俗人，要嫁给我了？"

梅朵毫不迟疑地点了点头，然后用一双放电的凤眼盯着钟国强："既然你都同意了我的条件，也回答了我的问题，那现在允许你先非正式地亲我一下。"

这是钟国强始料不及的，也太突然了吧，梅朵让他一点思想和心理准备都没有。但既然梅朵已经主动提出来让他吻她，他只好从命。他一把搂住梅朵，闭上双眼，把那滚烫的嘴唇伸向梅朵。

梅朵却伸手捂住了钟国强的嘴："谁让你吻嘴了。等我家人同意了，我才能和你亲嘴。先亲这吧。"说着，她把右手背伸到钟国强面前。

钟国强一听，有点尴尬，但他马上跟梅朵开起了玩笑，他捧着梅朵的纤纤小手，说："你上完厕所洗手了么？"

梅朵"扑哧"一声笑了出来，马上把手抽了回去："想亲还不给你亲了呢。"

突然，钟国强像一头发情的牦牛，猛地在梅朵的脑门上亲了一口，说："这是在电影里学的。"

往回走的时候，他们已宛若一对情侣，钟国强为梅朵撑着伞，梅朵则挽着他的胳膊。他俩快乐似小鸟般叽叽喳喳聊着，梅朵告诉钟国强，自从她进入艺术团以来,追她的男人有好几个,其中有个做虫草生意的叫阿贝尔的老板,托人跟她说,只要她愿意做阿贝尔的情人,阿贝尔马上给她一百万。她对那个传话人说,钱可以留下,人就不要了。

梅朵告诉钟国强,她家的经济状况很一般,还在她小的时候,父母曾在县城开过一家喝藏式饮品的小茶馆,生意一般,没几年就歇业了。那时因为父母忙着茶馆生意,梅朵从11个月大开始就被托付给姑母。姑母是个尼姑,相对清闲,一直把她养到8岁,她才回到父母身边。小学五年级那年她辍学给舅舅看孩子;15岁那年她学习跳舞,后来到一些大朗玛厅表演,挣些小钱补贴家里。

知道了梅朵是由一个尼姑养育大的,钟国强对她更感好奇,半开玩笑地说:"梅朵,我说你咋知道那么多尼姑、女佛的事情,原来你是喝着尼姑的乳汁长大的啊!"

梅朵瞥了钟国强一眼:"去、去、去,你家的尼姑才有奶水呢!"

笑了一阵,钟国强认真地问:"梅朵,我很想知道你最喜欢我哪方面?"

梅朵不假思索地说:"最喜欢你不会喝酒。不像我们这里一些男人只知道喝酒,还要耍酒疯。"钟国强了解到,原来,梅朵还有个上警校的弟弟,前一年将要毕业时,在酒桌上被耍酒疯的朋友捅死了。梅朵还告诉钟国强,她表姐有条残腿,就是被喝醉了的老公打的。

回停车的地方虽然不远,但他俩走得很慢。钟国强又郑重其事地问梅朵:"你跟我说实话,你是真心爱我吗?"

梅朵毫不犹豫地点了点头。

钟国强说:"为什么你这么快就爱上我了?"

梅朵说:"因为嘛……应该是嘛,哦,主要是你有一颗佛心哦。"

钟国强一怔:"我有佛心?我……我一个凡夫俗子怎么会有佛心?"

梅朵打量了钟国强一眼:"你身上发着佛光哦。我妈妈说,真正有佛心的人才会有佛光。"

"什么?！什么?！你说什么?！你……"瞧着梅朵，钟国强猛然停下了行走的脚步，大概是她的话令他过于震惊，使得钟国强满脸惊讶地直盯着梅朵。

梅朵看到他这番表情，便说："看你，大惊小怪的！难道你不知道自己身上会发光？你的同事、家里人没看到过你身上会发光哦？"

钟国强有些不敢相信自己的耳朵："我身上会发光？我身上也会发光吗?"

梅朵非常认真地点着头。

看到梅朵说话的样子绝不像是在开玩笑，钟国强这才相信自己的身体的确和她一样也会发光。于是，他便将自己看到梅朵身上发光的事讲了出来。接过"身体发光"的话题，他们又展开了激烈的讨论。

说着聊着，钟国强和梅朵已回到了停车的地方。正在擦车的司机一抬头看到梅朵挽着钟国强的胳膊走来，眼睛一下便瞪圆了，张着大嘴说不出话来，那表情分明在说：不会吧，咋回事？钟部长你也太厉害了，这么快就把梅朵搞定了?！

钟国强得意地望着司机，忽然，他想起了那决定他命运的花瓣忘在了大石头上，便说："你们再等我一会儿。"

梅朵说："你干啥去?"

"我把花瓣忘在那儿了，我去找回来，这么有意义的东西我一定要带回去。"话音未落，人已转身离去。

梅朵紧追几步，喊道："我陪你一起去。"

『第五章』 感人的情侶

1

在钟国强的眼里,甲央泽真恰似良美叶实神山上的一株奇葩,他的身上有着一种这个高原民族所独具的坦荡勇敢、无拘无束的精神面貌。

甲央泽真曾认真地对钟国强说:"呀,偌花,我是不喜欢城市的,因为到了那里我就会有低山反应的。"

"呵,这真是怪了,我之前只听说过有高山反应,还从未听说有低山反应呢⋯⋯"钟国强好奇地回答。

甲央泽真却异常正经地说:"你不知道,我们这些在雪线下生活惯了的人,一旦下山,氧气多了,就要醉氧,常常会昏睡,这就是低山反应。"

钟国强终于明白甲央泽真每次从雪线下的牧场来到县城都喊头昏的原因。但是,即便是高山反应也好,低山反应也罢,有一种"药"马上就能治好他的"反应"——那就是奶茶。喝奶茶对于甲央泽真来说就像喝酒一样,已经成瘾。每次一说带人上山挖虫草,他第一件事就是叫他老婆英措给他熬一锅马茶,然后再加上些新鲜牦牛奶,熬制成奶茶,用一个大大的茶瓶装好放在马褡子里。

前往良美叶实神山南麓的雪线下挖虫草,途中有一段很危险的山路。这里海拔不算太高,但由于南坡向阳,冰一融化,或冰积太重常常会发生冰崩。在雪线下活动的人们,都知道雪崩可怕,但人们清楚,其实冰崩更可怕,一旦遇上,人也会被砸扁。所以,一说起开春前往神山南麓挖虫草,大家都知道隐藏的风险。每次人们在经过雪线之上的那段山路时,就会派人先在远处观望,密切观察冰川动静,若没险情,才会在观望者的指挥下急速通过。人们还自行规定,要通过一定得在上午没化冻之前。

在甲央泽真的眼里,仿佛根本就没有什么危险地带。他过冰川前要大喝奶茶!喝到昏昏沉沉,乃至站都站不稳,跌跌撞撞就迈向那人们惧怕的古冰川的危险地带。这让一同前往的伙伴们很是发愁和为难。因为这样的同伴，如果没人理会他的话，他可能会昏昏沉沉地不知撞到哪个冰洞里，就算遇不到冰崩，待在那里也得被冻死。但大伙又实在不能没有他，他对雪线下的地形特别熟悉，什么地方有水有取暖的柴禾，什么地方长虫草，哪里可以安扎帐篷，哪里的虫草个头大……全都装在他的脑袋里，他被上山挖虫草的人们称为"雪线下的活档案"。怎么办？同伴们只好把他架起来，像拖死牦牛一样地把他拖过危险地带。但是，一到达雪线之上，不少牧人尤其是内地来的人开始有高山反应了，只得喘着粗气像蜗牛一般在雪线上移动。这时，甲央泽真却如同鱼到了水里，把所有同伴都甩在了身后。就是到了海拔更高的生命禁区，他仍然敢放声歌唱，向雪线下的牧场高声吼叫，并大口地喝奶茶，只是喝得少了而已。

这里的牧民有个不成文的规则，谁带人去雪线下挖虫草，谁就负责这些人的安全和向导工作，但挖虫草的人每天要按照百分之十五的比例给向导支付费用，也就是说，如果一个人当天挖 100 根虫草，就得给向导缴纳 15 根虫草作为劳务费。甲央泽真就是他们中最厉害的向导之一。他曾无数次带人来到雪线下，在雪线下寻找虫草对他而言就如同回家般简单。有一次，他带了一个从内地来的几十人组成的挖虫草的队伍来到雪线之下，村主任更登确迫怕出危险，要求他们不要再扩大采挖范围，没过几天就宣布采挖虫草结束。一个家里很穷很想多挖点虫草的汉族男子感到十分遗憾，因为他在规定的时间里没有挖到满意的虫草，但只能随大家一起下撤。回到驻地，那个汉族男子很是痛苦，就对甲央泽真说了心里话：家里太穷，真想再挖上几天。

"怎么？你真的还想再上去挖两天？"甲央泽真问他。

"真的!"

"那还不容易？你让你的伙计在帐篷里替我熬好奶茶，我再带你上去!"

"可村主任更登确迫已经宣布采挖结束了呀!"

"哼,谁说的结束了就不能挖了? 他更登确迫算个什么东西? 我就不听他的,明天一早我们出发!"

甲央泽真毫不顾忌更登确迫的决定,替那位汉族民工背着食品,扛着工具,真的又把他带上了雪线,让他多挖了好几天呢。

2

雪线下的牧人除了放牧就是采挖冬虫夏草和贝母,祖祖辈辈过着靠山吃山的日子。但到了今天,雪线下的这些牧人一般不亲自采挖虫草和贝母了,而是当起了老板。

一入暮春,他们匆匆忙忙在冬牧场附近的农田里种上青稞后,就到外地招募民工,组织人员上山采挖虫草。他们因为拥有资源,仅为外地来的采挖者提供草山及安全保卫、向导服务等,他们除了收"草山费"外,还要按照比例从采挖者采挖的药材中提成。有的人还在山上干起了直接收购虫草、贝母的业务。也就是说,这些雪线下的牧人除了通过资源资本去"收获"那些内地来的农民工的劳动成果外,还要通过商品流通的形式去赚取更多的钱。

甲央泽真就是既当资源老板又干虫草收购买卖的牧人之一。他们将雪线上收购的虫草进行简单加工、晾晒干后就运到县城或成都、广州、深圳等地去高价出售,从中获取高额利润,许多雪线下的牧人因此成为暴发户。由于他们缺少文化,在外地大城市买卖虫草时也闹出了不少笑话,甚至遭到诈骗,导致倾家荡产者也不乏其人。

有一次,经钟国强介绍,甲央泽真和牧场上的几位老乡去广东卖虫草。在深圳,有家制药厂的老总专门为雪线下来到深圳的牧人们举办了欢庆宴会。见到甲央泽真,听人介绍了他在雪线下组织人采挖虫草的事迹,那位老总连夸他是致富模范,还向他献上了绣有金线的哈达。欢庆宴会开始了,甲央泽真端起餐桌上的一杯茶,发现戴着这条特制的哈达喝茶很不方便,就一把扯了下来,扔到了旁边的桌上。他的身边就是药厂的老总,他们带去的虫草价格好不好,关键取决于这位老总的一句话。同伴们见了连忙跑过去拿起哈达往甲央泽真的肩上挂,但他说什么也不肯戴,而且一副无精打采的样子。这时只见同伴马上递给甲央泽真一碗奶茶。端着奶茶,甲央泽真的脸上才露出笑容。王总感到很奇怪,问他刚才有什么不舒服吗?甲央泽真端着茶碗,对王总说:"戴着那东西,耽误喝茶(雪线下的牧人称'吃饭'为喝茶)。今天我们不就是喝茶吗?没有别的意思。"

王总一听,笑了,连忙说:"对,对,喝茶,喝茶!喝茶重要。来,我们以茶代酒,干杯!"

令人意想不到的是,就在这张饭桌上,那位王总给了甲央泽真他们一个非常满意的虫草收购价格。第二天,他们就一手交货一手拿钱,顺利成交。

随后,甲央泽真一行回到了成都,在钟国强的安排下,一家长期与他们合作的公司老板接待了他们。在成都,甲央泽真又"出事了"。成都这家公司接待他们的礼节更多,更繁琐。宴会前,这个讲话那个致词,费了不少的时间,大家为了表示礼貌,还得站着听。这家公司的老总在讲话中提出与雪线下的牧场共同开发良美叶实神山中药材资源的设想。甲央泽真听着听着就烦了,他心里嘀咕着:"哼,你口出狂言,我们祖祖辈辈留下的资源,怎么能让你们随便来开发?"他越听越困,突然,只听得"啪"的一声,如同京剧中的"摔僵尸"一般,甲央泽真摔倒在了地上。公司在场的人都吓坏了,那位老总马上停止讲话,赶紧来救护。但是甲央泽真的同伴却并不着急,他们说我们有办法。只见有人把他随身携带的奶茶瓶拿了出来,拧掉杯盖,弯下身往甲央泽真的嘴里灌了几口奶茶。甲央泽真喝到了几口奶茶后,才睁开眼来并爬了起来!

从此,无论去哪里赴宴,或是谈虫草买卖生意,一旦碰上有人发言或致词,同伴就赶快把奶茶杯塞到甲央泽真的手里,以防他"茶病"复发。

3

那年春天,雪线下的牧场来了一对重庆的挖药者。不知道他们是怎么知道甲央泽真的,点名要加入甲央泽真的队伍去雪线附近挖虫草。

雪线下牧场的村主任更登确迫告诉他们俩:"甲央泽真的脾气坏得很,他的草山费收得贵不说,还喝奶茶成瘾,你们最好不要找他。"但他们不听,非要找甲央泽真。更登确迫也拿他们没办法。

甲央泽真知道后,觉得这两人很有意思,就见了面。

这是一对情侣。甲央泽真看出了这一点,但心里有点疑惑。往常重庆来到雪线下的只有两种人:一种是玩的,到神山上看看,一旦感到危险,或遇到暴风雪,就马上下山走了;还有一种,是真正上山挖虫草的,越难,越危险,劲儿越大,非挖到满意的虫草不可。前一种好带,后一种作为收了"草山费"的向导就要陪到底。

甲央泽真想:这对情侣是属于哪一种呢?真要去挖,这女人的身体情况行吗?能适应海拔4000多米的高度吗?在山上出了事怎么办?可雪线下的牧人有个习惯,只要你说上到雪线附近挖虫草,他们从不阻拦。

甲央泽真问男的:"她也去挖虫草吗?"

男人点点头:"当然,我就是陪她来挖的。"

"那我劝你们想想明白,上面是很危险的。"

这对情侣一听,哈哈大笑了起来。这笑声对他们来说,是非要上去挖的信心,对甲央泽真而言,却是一种尊严的挑战了。甲央泽真不再啰唆,答

应了带他们到雪线之上挖虫草。但他心想：你们现在笑,有你们哭的时候,
否则不会有许多人害怕了。

上山了。晚上住在帐篷里,他们聊起天来。甲央泽真会汉语,和他们
对话没有障碍。甲央泽真了解到,男的叫杨伟,女的叫刘玲。他俩并不是
来自重庆的农民,而是两个大学毕业生,他们来到雪线下想通过挖虫草,来
完成一个梦想,同时也让雪山见证他们的爱情。他们彼此谈性甚浓,不知
不觉中已是深夜,杨伟担心刘玲休息不好会影响明天的行动,就让她到隔
壁自己的帐篷先睡。他和甲央泽真毫无睡意,继续聊着他和刘玲的故事。

杨伟第一次见到刘玲,是在一次舞蹈比赛中。因为杨伟的妈妈是艺术
学院的教授,担任那次比赛的评委,刚考上美术学院的杨伟才有了观看比
赛的机会。节目很精彩,杨伟不时在速写本上画上几笔。这时,一个大眼
睛的小女孩出场了,主持人介绍说她叫刘玲,来自"天府之国",是这次比赛
中年龄最小的选手,只有十二岁。刘玲笑得很甜,一举一动娇憨可爱,杨伟
一眼就喜欢上了这个小女孩。比赛结果,刘玲获得第三名,杨伟很替她
高兴。

散场后,杨伟特意留了下来,他看见刘玲正独自坐在台上津津有味地
吃烤肠,便走上去,把一幅速写画送给了她。刘玲睁大眼睛,一脸的惊喜与
开心。带着几分艺术家气质的杨伟很快赢得刘玲的信任,她得意地告诉
他,这次回去后,她就要去当文艺兵了,可以和爸爸一样穿军装了。杨伟
"哦"了一声,说那以后可以常到重庆了。刘玲很肯定地点点头,快乐地和
他说声"再见",蹦蹦跳跳向后台跑去。进门前,她突然回头一笑,淘气的笑
脸上有两个甜甜的酒窝,杨伟深深记住了她。

一别八年,再见刘玲,是在西南片区一个文艺调演的排练中。朋友告
诉杨伟,下个节目是双人舞《红盖头》,非常棒,获奖希望很大。在缠绵动人
的乐曲中,男演员出场,随后,一位头披红盖头的女演员翩翩出场,两人把

一段动人的爱情故事演绎得荡气回肠。

看着女孩优美的舞姿，杨伟觉出一阵莫名的激动和兴奋。一曲终了，演员向观众致意，他看到女孩美丽笑脸上的酒窝。是她？杨伟惊喜地抢过节目单，上面写着：刘玲，成都军区少尉。顿时，杨伟心跳加速、百感交集：刘玲，你终于来了！

杨伟大学毕业后应征入伍，经过自己的努力，成为重庆军区最年轻的干事。如今这个老成帅气的上尉军官同八年前那个画画的大男孩相比，在气质上已是截然不同。由于当年仅仅是一面之缘，刘玲已认不出他了。刘玲留重庆借调演出半年，在朋友介绍下，两人重新相识了。

有一天，杨伟请刘玲去散步，还特意带了两根烤肠给刘玲。刘玲惊讶地问："你怎么知道我爱吃这个？"杨伟当然知道，几年前那次短暂的相逢已深深铭记在他心里，但他没有说什么，只是笑笑。在重庆军区几年工作的经历使他变得沉稳和老练，而刘玲依旧保留着少年时的那份纯真，这让杨伟很感欣慰。彼此的欣赏，使两人很快成为好朋友。

那日，杨伟去刘玲宿舍玩，发现她的书桌上摆着一幅速写，画上的刘玲天真可爱。刘玲说："那是我第一次来重庆时一位大男孩画的，他当时还说今后会见面呢，可能早把我忘了。"杨伟当时很想告诉她，他从未忘记过她，甚至还为她画过上百幅画，可或许出于自尊，或许出于羞涩，他没有说，他想以后给刘玲一个惊喜。

压在刘玲书桌玻璃板下的一张照片引起了杨伟的注意，照片上有一块鲜红的盖头布和一根硕大的虫草摆放在一起，显得有点庄重。刘玲说那是四川西部雪线下独立营的一位老兵送的，还讲了一个红盖头与虫草的故事：老兵说当年自己曾是一位在雪线下当兵的青年，因执行任务上到雪线。他结婚那天，新娘希望他有机会为自己的父母采挖一棵大的虫草，当时，他突然接到紧急任务，还没来得及揭开新娘头上的红盖头就匆匆离去。第二天,等他回到雪线下冰冷的家中,发现新娘还是和昨天一样坐着,他揭开那鲜红的盖头,却发现新娘已经没有了气息……老兵说他的新娘是因为高山反应而离开了人世。从那以后,再没有女人上过雪线下的那个独立营,因为太苦了……回到成都,有人听了这个故事后含泪编了《红盖头》这个舞蹈。第二次去雪线下演出时,他们专门去找老兵,可他已经回到内地了,很遗憾……刘玲说她的爸爸也曾是雪线下独立营的一位军人,每次表演这个舞蹈,她总会想起妈妈期待的目光和爸爸过早花白的头发,她还会想起老兵的故事……她深爱舞蹈,因为它能表达她对父母、对雪线下独立营官兵全部的爱……刘玲说着说着眼睛就湿润了,杨伟也被她的言语所感动,很快他们相拥在了一起。刘玲对杨伟说,希望将来有一天她也能去雪线采挖一棵很大的虫草,送给父母。

秋天到了,山城重庆湛蓝的天空万里无云,枫叶红了,放眼望去,一路灿烂,恰似杨伟和刘玲浓浓的恋情。闲时,杨伟便换上便装,围上刘玲织的情侣围巾,骑着旧单车去找刘玲。刘玲总是灵巧地往车横梁上一坐,一边吃着烤肠,一边和身后的杨伟说笑,长发随风飘起,甜甜的笑脸,像个无邪的孩子。杨伟快乐而又满足地想:或许这一生,就是为了等刘玲的到来吧!

半年的借调期很快就过去了,刘玲同时接到代表四川省委宣传部参加西南地区比赛和代表成都军区参加雪线下慰问演出的通知。杨伟希望她能留下参加比赛,只要取得名次,留在重庆的把握就大些。刘玲却想参加雪线下的演出,她说不在乎比赛名次,留重庆的机会总会有的。

第二天,杨伟去找刘玲,发现刘玲已经偷偷走了。她在留给杨伟的信中写道:"我走了,去雪线下的牧区演出。我喜欢重庆,但总忘不了雪线下那些渴盼的眼睛。我喜欢为那些雪线下的牧人们表演,为能给他们枯燥的生活带来快乐而高兴。我去过雪线下两次,每次都能感到心灵的升华。我忘不了那些脸庞黝黑、淳朴可爱的牧人……原谅我的不辞而别,相信我对你的爱,等我回来。"杨伟第一次感到,自己以前对刘玲的理解确实太少了,他一直认为她想参加雪线下演出是一种好奇,是一种冲动。在他心中,她一直是那个爱吃烤肠的小姑娘,可看到刘玲的这封信,他突然发现她已经长大了。他想:"该和刘玲好好聊聊,告诉她画画的男孩是谁,告诉她自己已经理解她了,以前是自己错了。哦,刘玲,我等你回来!"杨伟热切地盼望着。

刘玲去雪线下演出已经很长时间,杨伟十分惦念,他决定去雪线下看望刘玲。当杨伟找到刘玲时,看到她的精神状态很好,只是面色比以前显得黑点。刘玲说等她这次演出结束后,希望杨伟能陪她一起登上雪线,在那里寻找到一棵很大的虫草,并让雪线见证他们的爱情。于是,他们决定以挖虫草者的身份登上雪线。

4

第二天,天刚蒙蒙亮,刘玲就来到甲央泽真和杨伟的帐篷,甲央泽真赶紧请刘玲到火炉旁坐下,他告诉刘玲:"根据计划,我们将向良美叶实神山进发,你要做好面对困难的准备。"刘玲回答道:"你放心吧,我完全准备好了。"

经过两天的艰难跋涉,他们终于爬到雪山之巅的雪线上,杨伟激动地拥抱了刘玲,然后将刘玲的手按在自己的胸口上说道:"请良美叶实神山作证! 我爱刘玲!"刘玲跟着说:"请神山作证,我爱杨伟!"

刘玲不仅是一位漂亮的舞蹈演员,还会写诗,她曾经写过一首诗叫《牵了你的手》,还请人谱成了曲,杨伟平时特别喜欢哼唱这首歌曲。这时,杨伟又一次唱起:"牵了你的手,伴你一辈子……"

他俩哼唱完这首《牵了你的手》歌后,一起跪在雪线上,对着良美叶实神山磕了三个响头。

刘玲对杨伟说:"从今天开始,我们经过每一座雪山时都要宣读我们的誓言,让每一座雪山作证!"

"好,让每一座雪山都见证我们的爱情。"杨伟将刘玲搂在了怀里,将自己的嘴唇印在刘玲的芳唇上。

刘玲听到了杨伟的心在激烈地跳动,如激越的战鼓,仿佛要从胸腔里跳出来。

……

考验真的来了。一天,当他们在雪线附近的地带寻找虫草的时候,体力明显较弱的刘玲突然有了高山反应,她感到头疼欲裂,任何东西不能吃还不住地吐黄水。怕听声音,怕见光。很快,恍惚的她出现了幻觉,直说胡话。她说雪线下有一团火,她要去那里烤火,并不断地挣扎着要向着悬崖跑去。杨伟急坏了,团团乱转。甲央泽真很清楚,这就是高山反应,她的这种行为就是过去牧人们常说的"烤羊角火"。过去人们爬上雪线,有人出现的幻觉就是山上的杜鹃花(当地人称羊角花)就像一堆堆熊熊燃烧的火焰,患了高山反应的人就会不顾一切地奔向那"火堆",于是就摔下了悬崖,命丧雪线。

甲央泽真对杨伟说:"行了,伙计,你们结束寻找虫草吧,再不下山她会死的。"

于是,他们下撤到雪线下的住地,那里的海拔低了很多,没有想到的是,一到这个高度,刘玲的所有症状竟完全消失。她又活跃了起来。

两人商量后决定明日再上到山上寻找虫草。甲央泽真对杨伟说:"以她的体能,顶多只能在这里待上一两天,真要继续采挖和攀登,太危险。而且,好天气不多了,几天后可能会有风暴,到时候想下山都难。"

刘玲却完全不在乎,执意明天出发,她开始收拾东西。

杨伟对甲央泽真说:"朋友,谢谢你的提醒。告诉你,这一次来,我要帮她一圆找到一棵最大的虫草的愿望，虽然已经登上雪线，让雪山见证了我们的爱情，但是，她只实现了一半的梦想。只能连累你了，什么也不必说，按她的想法做吧。"

甲央泽真为他们背着工具和必要的物品，几乎是一个一个地把他们拉上山的。他们真的再次奇迹般地登上了雪山垭口，只是两人已经极度虚弱，连说话的力气都很少了。但他们依然非常兴奋。

正是他们的顽强，尤其是刘玲的执著，感动了甲央泽真。这样的汉族女人，他过去从来没有见过，对他们的印象也越来越好。他自己都不知道为何有了一个决定：一定要帮助他们找到最大最好的虫草，然后带他们平安下山！

甲央泽真一直是扶着刘玲在搜寻虫草。大半天后，终于，在一块大石头旁，他们发现了一株刚刚出土的壮硕的虫草苗，甲央泽真用工具帮着把虫草挖了出来，令人惊喜的是，这是他们此生见到过的最大的一株虫草。刘玲和杨伟再次拥抱在一起，连话也说不出来了，他们的眼中都含着惊喜的泪花，脸上是那样的安详和幸福。

但是，回到驻地后，一进帐篷，刘玲就倒下了。体力严重透支，高山反应此时又骤然袭来，使她真的倒下了。连刘玲自己都明白，这次，可绝不是上一次了。

杨伟和甲央泽真陪了她大半天和一夜。一大早，甲央泽真就出帐篷看了看天，凭他的经验知道，他们已经错过了好的撤离时机，暴风雪就要来了。此时，就是能下山，也可能会被冻死。甲央泽真回到帐篷里，一脸严肃。

"杨伟，我无法不告诉你，你如果不走，"甲央泽真说着，口气却很平静，"那我们就……就永远走不了了。"

刘玲在最后时刻清醒了，她用很微弱的声音说："阿伟，谢谢你，我们的梦……已经实现。我不行了，你走吧，你一定要……活下去。答应我！亲爱的……"

杨伟不说话，紧紧地抱着刘玲，他的脸紧贴着刘玲的脸，不住地亲吻着她。刘玲望着甲央泽真，祈求道："求你……把我的阿伟带下去……答应我……好吗？"

甲央泽真点了点头。

又过了半个时辰，刘玲停止了呼吸。暴风雪来了。

"杨伟！"甲央泽真叫道，"现在还来得及，跟我走吧！我保不了你的手和脚，但能保你活着！我答应过刘玲！"他最后请求道。

杨伟不说话，眼泪不住地流在刘玲的脸上。那泪水，在刘玲的脸上结成了亮晶晶的冰珠。

甲央泽真急了，用脚狠狠地踢着杨伟，吼道："我答应过刘玲！你得活着！是刘玲让你必须活着！"

杨伟的手和脸，已经冻伤发白，手脚看来已经保不住了。他只回答了一句话："不，我还未告诉她我就是那个画画的大男孩，我不能把她一个人扔在这里……她会太冷，太寂寞……"

此时此刻，甲央泽真也哭了。杨伟跪在刘玲身旁……恍惚间，杨伟看见刘玲睁开眼睛，淘气地笑着。他一阵狂喜："她活着！活着！"他握住刘玲的手，满怀希望地望着她。过了许久，刘玲依旧未动。杨伟知道，刘玲再也不会醒来了。他抑制不住心中的绝望，紧紧抱住刘玲，此时的他已被冻得浑身发抖，继续用虚弱的声音喃喃自语："我还没……告诉过你，我就是当年……为你画画的……那个男孩，我一直爱着你……"

在最后的时刻，杨伟对甲央泽真说："谢谢你……我们的朋友，我一定要……陪着她，你快走吧……"

甲央泽真明白了杨伟的决心，就不再劝他。不到半个时辰他亲眼看着

感人的情侣

杨伟也死在了雪线上,杨伟是紧紧抱着刘玲死的,脸上是那么安详。

甲央泽真望着这雕塑般的一对情人,似乎刚刚认识他们,认识身边的雪线。他把两人埋在深雪中,埋进的还有那根硕大的虫草。然后,就在风雪中下山了。他虽然活着返回了家,但手和脚却被严重冻伤。

5

甲央泽真一边给钟国强讲述杨伟和刘玲的故事,一边喝着奶茶。此时此刻,钟国强的脑海里除了杨伟和刘玲这对情侣外,还不时跳出梅朵的身影。他想,刘玲和杨伟是一对汉族情侣,他们对爱情的忠贞和坚守令人感动。可他和梅朵的爱情将来是否能经受住考验?

岁月如梭,时光荏苒。钟国强虽然已经三十多岁了,但他对婚姻的考虑却又是慎之又慎。他对梅朵还是没有十分的信心,他觉得在他和梅朵的感情还没陷得太深之前,应该对梅朵进行一番考察,以免一不留神自己成了人家的爱情备胎。

从雪线下的牧场回来的第四天,钟国强从单位食堂吃完饭出来,被一个胖男人挡住了去路,那人问道:"你是上海来的那个钟部长?"

钟国强点头说:"没错,我姓钟。上海人,你是……"

"我嘛,"那人吞吞吐吐地说,"我……我是梅朵的对象。"

钟国强一惊,接着笑道:"虽然我不认识你,但我觉得你这人超级幽默。我喜欢有幽默感的人。"

那人横了钟国强一眼:"我真是梅朵的男朋友!"

钟国强挤出笑脸:"我没说你不是梅朵的男朋友,用不着瞪眼。对了,你尊姓大名?"

那人仰起脸:"阿贝尔。"

阿贝尔!他就是梅朵跟钟国强提到过的那个阿贝尔呀!阿贝尔是做

冬虫夏草生意的,他看上了梅朵,曾托人说过,只要梅朵同意做他的"小三",他立马给梅朵一百万。知道了来人是阿贝尔,钟国强反而放松下来:"噢,你就是阿贝尔先生啊。"

"怎么,你认识我?"

"知道,梅朵跟我提起过你,说你心地善良,把卖虫草赚的那些钱都捐给寺庙了,是个慈善家。幸会,幸会!"

阿尔尔不吃钟国强这一套:"废话少说。我今天是来找你谈正事的。"

钟国强说:"喔,要谈正事呀,时间长吗? 要不要去我办公室一边喝奶茶一边谈?"

阿贝尔说:"少啰唆,我才不想喝你那奶茶呢,我就想问你一句,你是不是和梅朵搞上了?"

钟国强一笑:"你消息还挺灵通。不过,我可以明确地告诉你,这条消息不是小道消息。"

阿贝尔气急败坏地说:"你知道吗,我一直喜欢梅朵,为得到她我正在准备离婚,可昨天我才听说,你钟部长从中插了一杠子!"

钟国强禁不住哈哈大笑起来:"阿贝尔同志,听你这么一说,这个问题有点严重呀?"

恰在这时,钟国强手机响了,一看是梅朵打来的,赶忙接听。梅朵说,上午阿贝尔堵在了她家门口,非要见她,幸亏她妈妈转经回来,轮着转经筒把他赶走了。

与梅朵通话时,钟国强将手机举到阿贝尔面前,故意说道:"阿贝尔先生,是梅朵打来的,你不是说你是她男朋友吗,你看有啥要跟梅朵说的。"

阿贝尔听了有点尴尬地直摇手。

钟国强接着和梅朵电话里继续聊天,几分钟后,等钟国强挂断电话,一瞧,阿贝尔没了,不知溜到哪儿去了。

钟国强相信梅朵说的都是真的,阿贝尔只是一厢情愿。不过,钟国强对此还是放心不下,在正式和梅朵相好的那几个月里,钟国强先后对梅朵采取了五六次"秘密行动"。

　　一个周末,他们约好晚上七点见面,六点多钟钟国强却打电话给梅朵,谎称临时有事,晚上不能如期赴约了。

　　钟国强提前准备了一条牦牛腿,大概晚上十点钟,他突然出现在了梅朵家楼下,其实他想看一下梅朵夜生活都在做什么,是不是一个乖乖女。

　　钟国强给梅朵打电话:"你在哪里?"

　　梅朵电话里回答:"我在家里。你事情办好了吗?"

　　钟国强说:"我已办完事,现在就在你家门口。"

　　梅朵说:"不会吧? 这么晚你到我家干什么哦? 你在骗我玩吧?"

　　钟国强回答:"没骗你,今天有朋友送了我一条牦牛腿,我怕放坏了,赶紧给你送来了。"

　　"真的吗,那我马上下楼哦。"

　　从这次"侦查"可以看出:梅朵是个乖乖女,夜生活不是那么丰富多彩。

　　通过几次考察,梅朵让他感到十分踏实,于是便取消了"爱情考验"。经过频繁接触,梅朵给钟国强的感觉越发好了。

『第六章』

玛沁草原上的爱

1

雪线下的牧人,生活在严酷的自然环境里,那是冰雪的世界,能够在这里生存本身就是奇迹。但事物总有两面性,在雪线下如此严酷的生存环境中,也自有温情和浪漫。

也许你看过无风无雪时黄昏的良美叶实神山,晚霞里,金红色的神山主峰像一位披着金纱的含羞待嫁的安多藏族姑娘,美得梦幻而迷离。

甲央泽真曾经告诉钟国强,神山下的安多藏人,都是果洛民族的后裔,他们有着自己独特的文化和风俗。过去,生活在雪线下的牧人们就有"抢亲"通婚的习俗。女的一旦喜欢上那个小伙子,就会告诉他:"快把我抢了去吧!"男的若喜欢她,就应下什么时候去"抢"了。女的被抢的时候,心里很美,但还要假装挣扎,而且还挣扎得像那么回事,这是做给父母和亲友们看的。男的若喜欢那个女的,最早的时候是直接去抢,这样自然也会因此酿成很多悲剧。后来慢慢地也就演变成经对方同意才去"抢"了。但是,习俗中有一条极其严格的规定,那就是男的可以去"抢亲",但抢来之后,你要一生一世对这个女人好。无论她有任何伤病灾难,甚至年老色衰,你都要一生一世地忠于她,保护她,伴她一直走到生命的终点。假如有男人破坏了这一点,那他将受到周围所有人的诅咒,死后灵魂不仅无法上到天国,还要轮回成孤魂野鬼,祸事将不断降临其后代身上。这是这片冰雪世界的生活、生命和爱情准则,一代一代传了下来。

甲央泽真当年就喜欢上了雪线下牧场上的一位姑娘,这位姑娘名叫德吉拉姆,是尕尔伯妻子曲珍的侄女。德吉拉姆曾经多次叫他去"抢"她,但皆因甲央泽真的阿爸泽郎替他从果洛草原娶了一位名叫英措的妻子而被迫放弃。后来,德吉拉姆非婚生下一个男孩后离开了雪线下的牧场。据说她把孩子留给尕尔伯的妻子后独自偷偷去了"那边"。

甲央泽真现在的妻子英措很漂亮贤惠,甲央泽真对她也很好。当初,妻子英措身体不太好,婚后生下大儿子扎西后患上了产后抑郁症。甲央泽真为了给她治病,不仅要把冬牧场的土地耕种好,还要去夏牧场帮助别人放牧挣钱为妻子治病。那时候,他家里没有牲畜,仅靠冬窝子里的土地养活一家老小。雪线下的牧场有一个不成文的规定,谁帮助人家放牧,牧主可以不给放牧者工钱,但放牧者在放牧期间,牧主家牦牛身上产下的牛奶、酥油、奶渣及正常死亡的牦牛的皮、毛等畜产品全部归放牧者。那时的甲央泽真就是这样的放牧者,每年农闲时间都要去远牧场帮助别人放牧挣钱,但所有的收入全部用在带着妻子四处求医治病上了。好在经过他和妻子的不懈努力,英措的病终于治好了,还为他生下了罗让甲木措和泽白。后来,甲央泽真利用雪线下的资源优势,率先组织内地民工上山挖虫草和贝母,并率先与内地汉族人做虫草买卖生意发了财,由最初的贫穷变成了雪线下的富翁,他太有钱了,但与妻子英措依然不离不弃。再加之他诚实守信,因此几乎所有内地汉族民工都愿意去雪线下他的采挖队伍,尽管他的草山费、提成费高于其他牧人。在这些采挖者中,也有一些从各地来的年轻女人。她们的浪漫、她们的无拘无束,同甲央泽真性格中的某些东西发生了反应……有人说,甲央泽真有好几个"汉族女人"。采挖完一季虫草,这个去了,隔年那个又来了。也有人说,他还常常与"那边"的那个德吉拉姆联系呢。

2

甲央泽真虽然很爱他现在的妻子英措和他们的三个儿子,但每每提及他的初恋情人德吉拉姆时,他的思绪就会回到那遥远的过去……

那是二十多年前的事了。有一天,甲央泽真不到五点就醒了。风吹打着雪线下牧场上那顶黑色牛毛毡帐篷,从帐篷脚下的缝隙间呼呼地挤进来,使得帐篷中间横梁上悬挂着的那只铜水瓢轻轻摇晃着。

甲央泽真从卡垫上的被窝里爬起来,走到帐篷门口的牛粪堆旁,从干牛粪口袋上取下藏袍穿上,蹬上破靴子,脚后跟在地上跺跺,把脚放顺。然后来到帐篷中央的铁炉子前,把炉上被牛粪火熏得像黑牦牛脑袋般的茶壶提上,撩开帐篷门帘出去了。

外面的风顺着帐篷前那条蜿蜒的小河,呼啸着刮过帐篷,使得地上的砂石也嚓嚓作响。甲央泽真知道,这样的天气转场是很糟糕的。

甲央泽真一颠一跛地来到那条名叫龙尕沟的小河边,把黑茶壶放进汩汩流淌的河水里,从河里舀了满满一壶水,放在河边的草地上,又来到河边,直接对着小河尿了泡尿,然后提上满壶水向着帐篷走去。

回到帐篷,甲央泽真放下茶壶,从铁炉子旁边拾起索簍枝,折断后放进炉子,又从牛粪口袋里取来一大捧干牛粪放在索簍枝上,划燃火柴,将索簍枝点燃。霎时,火苗就从铁炉子里蹿了出来,他赶忙把地上的黑茶壶提起,放到牛粪火上,蓝色的炊烟便从帐篷顶的烟囱里袅袅升起,在雪线下的牧场上飘扬。

一大清早,甲央泽真就得撤下帐篷,收拾完离开这里。

雪线下紧邻青海的这片草场是"双权地带",也就是说,这片草场的所有权归雪线下南麓的牧人所有,使用权却属于比邻的神山北麓的牧人。如今,这片草场又要转让给北麓那边的了。昨天,北麓那边的已经来人了,按照时下的价格,北麓那边给雪线下牧场的每户人家补偿了草场费。

村主任更登确迫对甲央泽真说:"我得走人了,他妈的这个就留给北麓的牧人去吧。"说完就把《草场使用权证书》扔给了甲央泽真。

甲央泽真对更登确迫心里一直有点不舒服,但在公用草场尚未重新调整划分之前,甲央泽真得把牧场上的四百多头牦牛还有十几匹马赶到村主任更登确迫家的夏放牧场上放牧一段时间,入秋后才能集体搬迁回到冬牧场。

其实,甲央泽真心里很清楚,更登确迫与北麓那边的关系一直就很密切,往来频繁。作为村主任的更登确迫把雪线下牧场的公用草场租借给北麓那边,租金的一部分用于牧场的牧道建设,一部分作为集体积累。但甲央泽真心里总是怀疑:更登确迫及村委会的干部是不是拿了北麓那边的好处?据说那年秋天,雪线下牧场村委会的干部与北麓那边的干部在远牧场上还宰牛、杀羊,好好地庆祝了一番,他们庆祝的开销又是哪来的呢?

但此刻,面对即将搬迁的牧场,甲央泽真的心里却很高兴,因为他昨晚上又梦见了德吉拉姆。

铁炉子上的马茶煮沸了,甲央泽真赶在茶水溢出前把壶拎开,取下悬挂于帐篷横梁上的那只铜水瓢,从旁边的奶桶里舀了一瓢洁白的鲜牛奶,倒入煮沸的茶壶里,搅动几下,茶水变白了。他提起茶壶,倒了一些在早已结垢的杯子里,用嘴吹吹,顺势呷了一口,脸上露出了爽心的笑容。

3

梦又一幕幕回来。

如果甲央泽真不定住神,那梦就会一直在这儿,又带他回到了二十多年前的北麓果洛玛沁草原,温暖那逝去的冰冷的岁月,那曾属于他和德吉拉姆的无忧无虑的时光。

他俩都曾在雪线下南麓那个牧场上生活过一段时间。

他们的临时远牧点分别在牧场相对的两个角上。

德吉拉姆的家在靠近北麓果洛草原的一座雪山脚下,甲央泽真的家却在靠近南麓的森林边上。准确地说,他们俩的故乡都是雪线下的那片牧场。

两个人都是小学辍学,没什么前途,等着的只有体力活和穷日子。

德吉拉姆是由她的姑姑曲珍和姑父泽让郎甲拉扯大的。她的阿爸阿妈被盗马贼打死在了那个叫"老鹰嘴"的山崖！给她留下的仅有一顶破帐篷和被抵押了两次的那匹老白马。德吉拉姆从小就学会了骑马，她可以骑一小时的马去牧场场部驻地上小学。

那匹善良的老白马除了它的蹄子是黑色的外，全身洁白无瑕，找不出一根杂色的毛来，奔跑时就像天上的云朵一样飘逸自如，尤其是那条犹如瀑布一般的尾巴，从根部奔泻而下，直抵两只黑色的后蹄。

德吉拉姆总想到县城上藏文中学，她觉着藏文中学那名字听起来顺。可那匹老白马不能再驮她到县城去了，因为它的抵押期满了，债主生拉活扯地把她心爱的伴她上完了小学的老白马给牵走了。于是，她就直接回到雪线下的牧场，帮助姑姑曲珍和姑父泽让郎甲干起了放牧、挤牛奶、打酥油等牧活。不久，姑父泽让郎甲在一次雪崩中不幸离开了他们。从此，她就和姑姑曲珍在雪线下相依为命地生活着。好在，姑姑曲珍在姑父死后两年左右，又和归国藏胞尕尔伯结合了，使曲珍姑姑和德吉拉姆的生活有了一定的转机，但她想上藏文中学的梦想却在破碎后就没有再次圆起。

甲央泽真在雪线下的牧场碰到德吉拉姆时，早已辍学回到牧场，他已经帮助家里放了好几年的牛了。那年，甲央泽真 18 岁。德吉拉姆 15 岁，已经和神山背面的牧场上的一位小伙子订了婚。

在牧场上生活的时间长了，甲央泽真平日里啥也不顾忌，满口粗话，他早已习惯了整天死气沉沉的日子。可是，德吉拉姆回到雪线下的牧场后，让甲央泽真的生活充满了阳光。

甲央泽真和德吉拉姆两人当时都想着要攒点儿钱，也好搞点小铺张，或者像雪线下牧场的大多数年轻人一样，组建一个家庭，再到冬窝子里修一栋像样的楼房。那年春天，两人翻过良美叶实神山，来到神山北麓的玛沁草原，被一个家底殷实的牧人雇用了。分工是甲央泽真照看羊群，德吉拉姆照看宿营地。

　　给甲央泽真和德吉拉姆放牧的那片夏季牧场是在玛卿雪山脚下的马沁牧场。玛卿神山下面是一片森林,爬上去才是草场。德吉拉姆已是第二个夏天到这里牧羊,甲央泽真是头一次。那时,他们俩都还不满 20 岁。远牧的营地在一个嘎吱作响的窝棚里,因为是来自雪线下的牧场上的老乡,他们在那儿握了手。那间简单装饰过的窝棚里堆满了牛羊的皮毛,百叶窗歪斜着,透进的光线正好形成一个三角形,照在青海牧人格西尚的身上。格西尚满头烟灰色的头发,从中间分开。他正在给甲央泽真和德吉拉姆训话。

　　"湿地公园保护区那帮家伙在各个牧场设定了宿营地,而宿营地和放羊的草场可能会隔好几公里。如果晚上没人看着,野兽出没,羊就要遭殃。我要讲的是,你们俩一个在保护区设定了的宿营地照看大本营,你,"他一指甲央泽真,"去那儿拿顶帆布帐篷,晚上在草场上一支,和羊群一块儿过夜。早晚饭在大本营吃,但晚上得和羊群睡在一起,绝没什么好讲的!记住,不能点火,不能留痕迹。天一亮就把帐篷拆下来卷好,装在牦牛的驮子上,别让保护区那帮家伙看见。你领着牧羊犬,带上枪,就睡那!他妈的去年夏天,让老子白白损失了四分之一的羊!我不想那样了!你,"他对着一头秀发,穿着破旧安多藏装的德吉拉姆说,"明天中午十二点,带上马褡子,牵上那匹白马,到山下的那条小河边去,有人会开车在那儿把东西给你。"

　　那天下午,甲央泽真和德吉拉姆在一个叫酥和日玛的集镇上找了个茶馆,喝了一下午的茶。

　　德吉拉姆告诉甲央泽真,去年夏天,玛沁草原上一个闪电就报销了五十多只羊。格西尚曾打下过一只老鹰。德吉拉姆一转脑袋,给甲央泽真看看她发辫上别着的那根老鹰尾巴上的长羽毛。

　　德吉拉姆长着一头黝黑的长发,一开口就笑,看上去人长得蛮俊俏。

虽不算高挑,屁股却很浑圆,走起路来显得特别有韵味,看上去就像一匹成熟了的母马,不过尚未发情。她笃信宗教,腰带前的紧扣上还别着一只图案很好看的香盒,那双破牛皮靴子早烂得要散架了。对她来讲,反正什么地方都好,就是不想回到雪线下的牧场。

年轻的甲央泽真高鼻梁瘦长脸,胸脯略微有点儿向里陷,长弯腿儿支撑着个小上身,人有点儿埋汰。看上去一身肌肉,反应也快,正适合骑马和打架。

4

运羊的卡车和拉马牛的拖车在路口卸了下来。

一个长着罗圈腿的当地牧人给甲央泽真示范了一下怎么往牦牛背上装驮子。每头牦牛背上要放两个大袋子,用双环固定好。他又嘱咐甲央泽真:"最好还是把糌粑口袋也带上,有时还只能吃那东西。"

有一只牧羊犬刚下了崽儿,其中三只被放在了马褡子里,像那些刚刚出生的小牛犊一样,它们都被放在了牦牛背上。每一只小狗和小牛犊的脑袋都裸露在马褡子的外面,随着牦牛的脚步晃晃悠悠地在玛沁草原深处移动着,最小的那只让喜欢小狗的德吉拉姆抱在怀里。

甲央泽真从那群马中挑出一匹高大的枣红马,叫它"追风",当自己的坐骑。德吉拉姆挑了匹毛色洁白的母马,是一匹正宗的河曲马,骑上后才发现这匹河曲马很容易受惊。

甲央泽真、德吉拉姆、狗、马、牦牛,加上一千多只母羊和牦牛犊,像开闸的流水,在淌过一片树林后,漫到了山上面到处开着花的草地上。在湿地保护区划定的草地上,他们支起黑色的牛毛毡大帐篷,把炊具固定好。当天晚上他俩都睡在那儿。

对格西尚的"和羊同睡,不许点火"的规定,甲央泽真嘴里不停地骂娘。

可天不亮,也没多说话,他就给自己的枣红马上好了鞍。黎明的天边泛出橙色,玛卿神山下面还是灰暗的一片。凉凉的空气里有股甜味儿,黑蒙蒙的山渐渐地显出灰白,直到最后和德吉拉姆烧早茶的炊烟颜色相仿。

白天,从山谷望过去,甲央泽真有时可以看到德吉拉姆,一个小点在草地中央移动,和甲壳虫在桌布上爬行差不多。还有那匹拴在帐篷外面的白马,它一身雪白的毛,在朝阳的映照下,异常明亮。那匹白马,以缰绳为半径津津有味地吃着草,它对远处的甲央泽真视若无睹,而在面对那明亮而不刺眼的朝阳时,它就显出一丝兴奋。

从那白白的"人"字形帆布帐篷里,德吉拉姆也能看到甲央泽真,篝火把他映在漆黑的山坡上。

一天下午,甲央泽真回来晚了,感到有点饿,他先喝了两碗滚烫的奶茶,吃了一碗酥油糌粑,还吃了一大块德吉拉姆刚刚煮好的手抓牦牛肉。然后他卷了根烟,就坐在帐篷外看起了太阳下山。"哎,每天路上我要跑四个小时,"甲央泽真哀叹,"回来吃早饭,然后赶回羊那儿,晚上先把羊搞定当,再回来吃晚饭,然后再赶回去。夜里一半时间跑来跑去,还要提防野狼。他妈的,我有权晚上睡在这儿,格西尚没资格强迫我该咋办。"

"你想换换?"德吉拉姆问道,"没关系,我可以去照看羊,晚上睡那儿。"

"不是那么回事儿。关键是我们都该睡在这儿。他妈的那个小小的帆布帐篷有股野猫尿味儿,比野猫尿味儿还恶心。"甲央泽真说。

"我倒不在乎待在那儿。"德吉拉姆说。

"老实告诉你,我每晚要跳起来十几次,对付那些野狼。这个你行吗?而且我做饭的水平极臭,就烧茶揉糌粑还勉强可以。"

他俩聊了有一个多小时,快十点钟时,甲央泽真骑上他的"追风"(其实这是匹夜行的好马),穿过泛着微光的树林,赶往羊群那里。他拿了些他们俩吃剩的手抓肉,这样,明天他就可以少跑一趟,到晚饭时再回来。

"今天早上天刚露亮我就干倒一只野狼。"第二天晚上甲央泽真告诉德吉拉姆，"他奶奶的，两个蛋比牦公牛的还大呢。那家伙肯定吃了几个牦牛犊，看那样子，吃头大牦牛都没问题。你要热水不？这还有点。"

"那全是给你烧的。"

"好极了，那我身上都可以洗洗了。"甲央泽真说着就蹬掉靴子和裤子，德吉拉姆注意到，他没穿内裤和袜子。甲央泽真快速地用浸湿的毛巾来回擦洗，露出一脸的舒服样子。

甲央泽真和德吉拉姆在帐篷外面的篝火边吃的晚饭。每人一碗酥油糌粑，还喝了些奶茶。他们背靠着德吉拉姆白天割下的草垛子，篝火把甲央泽真的鞋底和裤子上的铜扣子烤得热热的。

天渐渐暗下去，冷气又上来了。甲央泽真不时往火里扔些干牛粪，火光映着边上弯弯的小溪。他俩喝着奶茶，彼此不停地说着。说马，说牦牛，说各自儿时干过的猛事儿及受过的伤是咋挺过来的，还说各自养过的狗。

德吉拉姆讲她阿爸当年有个牧场，现在她阿克（叔叔）和阿姨在那儿撑着。甲央泽真讲到他家那位被认定为活佛却又未入过寺的阿贡爷爷还健在的时候，曾经非常殷实，但阿贡爷爷一"圆寂"就什么也没有了，因为阿贡爷爷生前就将家里全部财产捐献给了遥远的西藏的那位大师了；他阿爸泽朗现在住在雪线下的冬牧场……

甲央泽真和德吉拉姆都很高兴能遇上一个聊得来的好同伴。之后，甲央泽真顶着风，在昏暗的夜光中骑马返回羊群那边。一路上他只觉得从没有这么快活过，仿佛伸手都可以够到月亮了。

5

夏天继续着，甲央泽真和德吉拉姆迁移了草场和宿营地。宿营地和草场的距离越来越远，甲央泽真晚上骑马在路上的时间也就越来越长。

年轻的甲央泽真马骑得很好,睁着眼都可以睡。有一次,他的弦子从马背上掉下来,有点儿摔坏了,弹奏出的调子有些刺耳。

德吉拉姆有副清亮的好嗓子,她喜欢唱那首忧伤的赞美故乡的歌,是她小时候从她的信奉佛教的阿妈那儿学来的"佛经"。她唱得如挽歌般缓慢,惹得远处的野狼也跟着悲嚎。

德吉拉姆的歌声不是唱出来的,它是从玛沁草原高天上洁白的云端里飘落下来的,使得每一个旋律中的音质都是湿漉漉的。就这样湿漉漉又滚烫烫的成串成串的银亮火热的旋律,在玛沁草原上升华了,成了美丽动听的牧歌。一串一串的牧歌,在玛沁草原的草海上打几个滚,便悠然蹿上蓝天,在云朵里翻腾过后,又从云端里落下来,说不定还会落到某个人心的深处。每每这个时候,连草原上的牛羊都会醉。它们会迎着牧歌慢慢地移动过来,来听歌,听到忘情而不愿离去……这不是神话,却是玛沁草原上的夜话。玛沁草原作证,岁月轮回,牧歌不断,而今越唱越美。当优美的牧歌在蓝天白云和草海的碧浪间翻飞时,玛沁草原的生命最年轻,年轻得没有一点杂质。

德吉拉姆的牧歌,当然不是唱给牛羊们听的。会听的人,能把歌吞到心里,再唱出来……

又一个夜晚,甲央泽真和德吉拉姆聊了很晚。甲央泽真四脚朝天躺在帐篷外的草地上,从月亮的位置知道已过了午夜两点。玛卿雪山下草间的石头闪着灰绿的光,从草地上掠过的风把篝火压得很低,火苗长长地蹿出,如黄绸带子一般。

"这会儿再回该死的羊群那儿已经太晚了。"甲央泽真醉眼迷离地说。"有多余的牛毛毡子给我一条,我在地上眯一会儿,天一亮就走。"

"火一灭不把你屁股给冻掉才怪呢。还是睡帐篷里好些。"德吉拉姆回答道。

"不怕，没感觉到太冷。"

德吉拉姆只好把一条毡子扔给了他。甲央泽真踢掉靴子，晃悠着钻进了牛毛毡子。他在地上没打一会儿呼噜，就觉得浑身发冷，便叫醒了睡在帐篷里的德吉拉姆。

"跟你说睡外面太冷，还不信。快过来吧，被窝够大。"睡意蒙眬的德吉拉姆回答说。

是的，被窝足够大，也足够暖和。甲央泽真就在德吉拉姆身边和衣而睡。没过多久，忽然，德吉拉姆把甲央泽真的左手拉过去放在她那裸露着的胸部上。像碰到了火，甲央泽真条件反射一般把手抽回。但仅过了几秒钟，甲央泽真忽地起身，解掉自己的皮带并扯下裤子，便一下扑向了德吉拉姆。因为德吉拉姆是第一次，显得很紧张，整个身体不停地哆嗦着，好在黑暗的帐篷里甲央泽真看不见她那羞红的脸。靠着德吉拉姆下面湿湿的滑液，甲央泽真插了进去。甲央泽真也从没干过这事，但这时候任何教科书对于他们来说都显得多余。他俩一声不吭地干着，间或有几声急促的喘息……

完事后，德吉拉姆紧紧地拥抱着甲央泽真。这时，激情已然在她年轻得像饱含露水的花蕾般的心里勃发，就像春晨里鲜花的蓦然怒放……

甲央泽真在曙光里醒来，裤子还搭拉在帐篷一角的草地上。啥也不用说，他俩都知道，在这广袤的玛沁草原上，这剩下的日子会咋样了。羊，活该倒霉，见鬼去吧。

于是，就这么着了。甲央泽真和德吉拉姆从不谈论性，也不谈婚姻和嫁娶，一切顺其自然。开始他们只是晚上在帐篷里做爱，之后，火热的大日头下，篝火边，都会随心所欲地干。

有一次，甲央泽真对德吉拉姆说："我还未结过婚。"

"我也是。"德吉拉姆马上附和，"就现在这么着。咱俩的事儿，和别人无关。"

就这样,甲央泽真和德吉拉姆在山上过着快活的日子。他俩以为没人会看见他们的行为,其实,格西尚用他那个高倍双筒望远镜,早已发现了他们的情况。有一次,格西尚骑马过来检查,也没多说话,只是在马上狠狠地盯着甲央泽真和德吉拉姆,他都懒得下马。

玛沁草原的第一场雪来得很早,是在八月十三那天,有一尺多深,但很快就融化了。过了一个礼拜,格西尚带来口信,要把他们接下山,说另一场从唐古拉山吹来的更猛的暴风雪就要来了。甲央泽真和德吉拉姆打闹着把东西打包装好后,驮在了牦牛背上,各自骑上马,赶着牛羊下山。

天上的乌云从西边压过来,空气里飘着一股股暴风雪到来前的金属般的味道。闪电魔幻般地在山上打着,风吹着野草,呼呼地掠过灌木丛,打在山石上,如野兽般霹雳作响。从坡上下来,甲央泽真和德吉拉姆到格西尚那里交差。

格西尚阴着脸,一边给他们工钱,一边说:"你们倒是快乐够了,可有些羊一定在晚上喂了野狼了。"他俩各自拿到的工钱没能使他们高兴起来,牧主格西尚也不是省油的灯。

"你明年还来吗?"德吉拉姆在酥和日玛那简陋的市场上问甲央泽真。冷风猛烈地刮着,甲央泽真整理着马袋子里的东西。

"可能不了。"风沙弥漫,让甲央泽真直揉眼睛,"和你说过,我和那位果洛草原的英措年底就要结婚。我想在雪线下的牧场里找点儿事。你呢?"甲央泽真望了望德吉拉姆的青下巴,那是昨天晚上他用力过猛给她碰着的。同时,他还看见了德吉拉姆上身穿着的那件白色衬衫,那上面留有他和德吉拉姆的血迹。

"如果没什么好差事,我想着回姑姑曲珍的牧场,冬天在那儿给他们帮点忙。到春天,可能去到'那边'。"说这话的时候,德吉拉姆的脸上分明挂着两颗晶莹的泪珠。

"好吧，我想，那就说再见吧。"甲央泽真走到德吉拉姆身旁。

"好吧，那就再见了！"德吉拉姆说完，他俩拥抱了一下，在彼此的肩上捶了几拳。他俩各自上马，朝相反的方向回家。

德吉拉姆骑马走出去没有两公里，就觉得肚子感到不舒服。她勒住河曲马的缰绳停在路边，在呼啸的风中，直想吐，可什么也吐不出。她只好下马停留了一会儿，这难受劲儿才慢慢地消去。

『第七章』

甲央泽真的婚礼

1

甲央泽真的妻子英措是在格桑花开满雪线下的牧场的时候,从果洛草原嫁过来的。

那之前,甲央泽真的阿妈请了雪线下牧场上的朋友扎旺当"雪堪"(媒人),带上哈达及礼品,专程到果洛草原求婚。英措的阿妈梅西欣然收下了哈达与礼品,并奉上哈达回赠了"雪堪"扎旺和甲央泽真。这意味着英措和她阿妈梅西已经同意了这门婚事。

在雪线下的牧场,男婚女嫁至今仍保留着古老的民风,完全没有什么繁文缛节,却又富有诗情画意。一般情况下,妇女是不为青年男女结合穿针引线的,牧场里的"雪堪"应由德高望重的男子来担任。这个男子必须具备一个十分重要的条件:深晓安多藏区礼仪,善于言词,巧舌如簧,通达传统的谚语和格言,在他的语言中带有音乐的节奏。具有"雪堪"称号的男子,大名鼎鼎,不论走到哪里都会备受人们尊敬。扎旺就是雪线下的牧场有名的"雪堪"。

扎旺皮肤黝黑而毛孔较大,轮廓极其分明,个子高大。那天,应甲央泽真阿妈之邀,扎旺前往果洛草原做了甲央泽真与英措的"雪堪"。

在扎旺的穿针引线下,很快,双方协商好了订婚仪式和日期。

几天之后,甲央泽真在扎旺的带领下,又一次来到果洛草原,向梅西阿妈赠送了礼品礼金。然后双方协商确定了婚约。梅西阿妈请来果洛牧场上德高望重的老人和亲朋好友,设宴庆贺,还请来寺庙里的活佛打卦求签,给他们测试了未来,并选定了结婚吉日。

早在十多年前,英措的阿爸在朝拜玛卿雪山时不幸从悬崖上跌下,早早地轮回去了天堂。年仅十岁的她,还有两个哥哥,在梅西阿妈的拉扯下长大,家里虽不富裕,甚至还有些贫困,但在举行婚礼的前一天,梅西阿妈还是按照果洛草原的习俗,宰了牛,买了酒水饮料等,请来牧场上的亲朋好友帮忙炸了油条,煮了手抓肉,灌装了肉肠和血肠,蒸了和尚包子,还做了牛肉粉汤等等,在牧场上举办了热闹的"女儿席",招待为女儿送亲的亲朋好友。

那天,果洛草原上,姑娘、阿姨们精心为英措梳妆打扮。孩子们站在牧场一角的山坡上向远处引颈眺望,等待着来自雪线下的新郎甲央泽真前来迎亲。

少女时的英措有一双大大的眼睛,顾盼生辉,流光溢彩,尤其是在她看人的时候,眼波流转,脉脉含情。果洛草原的阳光在她脸上镌刻下了异样的色彩和光芒。仿佛,果洛草原深处那黑黑的帐篷、青青的草地、皑皑的白雪,融进了她的五彩经幡。很多时候,这一切都是英措独自一人的风景:帐篷、水壶、青稞面……高山大岭曾经挡住过她远望的目光,她曾在略带羞涩的笑脸和迷惘的眼神中拓展着对甲央泽真的想象。

2

中午时分,雪线下迎亲的队伍终于到达了果洛草原。那天,甲央泽真头戴狐皮帽子,身穿从别人处借来的崭新藏袍,胸前挂着一大串红珊瑚,左腰上挂着一把手柄装饰精美的藏刀,右腰系着由珍珠玛瑙白银镶嵌的香盒,脚上是一双黝黑的长马靴,骑着一匹高大的河曲马,由和他年龄相仿的表兄弟们陪同,显得神气十足,在"雪堪"扎旺的率领下,浩浩荡荡,快马奔驰、威风凛凛地来到果洛草原。

果洛草原上的孩子们忙着为接亲的人们拴马,男人们前去问候,妇女们则在帐篷外排成两行,夹道欢迎。人群中,男人们向空中抛撒着祈祷吉祥的"龙达","喔嚯嚯,哈伽啰! 喔嚯嚯,哈伽啰!"(神胜利了)的欢呼声在果洛草原此起彼伏。

扎旺下马后,昂首阔步地走在最前面,紧随扎旺的是年轻的陪客们,他们一一走了过去……雪片似的"龙达"飘扬在帐篷顶上,然后又纷纷扬扬地飘落在人们的头上、身上,沁人心脾的桑烟在果洛草原缭绕。

按照规矩,当走在最后的新郎甲央泽真步入人丛时,果洛草原的姑娘们突然呼叫起来,她们举起早已准备好的水桶,朝着甲央泽真泼去。甲央泽真哪里抵挡得住这架势,那发源于雪山冰川之巅的高原河水让甲央泽真感到冰冷刺骨。顿时,甲央泽真丢掉了威风,抱头鼠窜地逃到英措的帐篷。他的窘态,惹得围观的亲朋好友们欢呼雀跃。

英措的舅舅谢尔戈来到狼狈不堪的甲央泽真面前,温情地说:"呀,小伙子,没关系的,这水是由山间洁白的积雪融化而成,象征着扎西德勒(吉祥如意)。她们向你泼水的寓意是祝愿你和英措将来互敬互爱,让你们的爱情像玛卿神山的雪峰一样永远圣洁无瑕。"

英措有两个哥哥。大哥叫罗生,几年前就到雪线下的牧场入赘阿依家,成了雪线下的女婿。二哥名叫尼玛,早年出家去了雪线下的寺庙,做了一名修行僧人。今天,两个哥哥也都从雪线下赶回到了果洛草原,参加英措的婚礼。

甲央泽真一边点头,一边忙着换衣服。眼前的谢尔戈舅舅身材壮实,头上留着和女人一样的长发,眼睛黑白分明,满脸络腮胡子,看上去英俊洒脱,目光中流露出慈祥与和蔼。

当天夜里,梅西阿妈在黑色牛毛毡帐篷里摆设了丰盛的宴席。

3

第二天一大早,一切准备就绪后,打扮一新的英措在伴娘的陪伴下给果洛草原的父老乡亲们磕了头,一支由几十多人组成的送亲队伍出发了。

送亲队伍即将抵达雪线下的牧场时,牧场里派出了一支浩浩荡荡的迎亲队伍,他们带着青稞酒去给甲央泽真迎亲。送亲和迎亲的队伍相遇后,迎亲者向送亲的人们敬酒唱山歌。

到了雪线下的冬窝子门口,一位身穿盛装的小伙子将一块洁白的毡毯铺在马下,手捧哈达向送亲的客人们行下马礼。小伙子对着英措及其送亲的人们高声说道:"呀! 我把一块来自雪域圣地的洁白的毡毯铺在马下。上面摆满了青稞、羊毛和松柏枝,请你们下马来。"

只见送亲的人们骑在马上,个个傲气十足,高仰着头,歪骑着马,领头的就是英措的舅舅谢尔戈,他说:"我们要求在白毡上铺红毡,红毡上铺丝毯,你们如此怠慢,我们绝不下马。"

听罢此言,雪线下的牧场又派出一位能言善辩的小伙子,在白毡上铺一块丝毯,然后笑盈盈地手捧哈达说道:"南方的玉龙从空中到来时,洁白的云朵前去迎接的好;大鹏鸟从空中到来时,五彩的百鸟前去迎接的好;果洛草原上送亲的人们从东方到来时,雪线下牧场上的人们行的下马礼好,红似檀香树的丝毯上有青稞、羊毛和松柏枝,恳求你们下马来。"

这一次,骑在马上的送亲者们终于把身子正了过来。谢尔戈舅舅高扬的头也微微低了下来,脸上有了些笑容。不过还是不满意,谢尔戈舅舅又说:"我们把果洛草原上的宝贝、美丽的鲜花、父母的心肝、同伴中的天使送到你们雪线下的牧场来,你们的下马礼如此简单,我们不满意,我们要更隆重的下马礼。"

雪线下牧场上的人们随即派出另一位男子,他把一块绸毯铺在丝毯上,手捧哈达唱道:"南方的玉龙从空中到来时,洁白的云朵前去迎接;大鹏鸟从空中到来时,五彩的百灵鸟前去迎接;果洛草原的送亲客们从东方到来时,雪线下牧场上的人们行下马礼迎接,红似檀香树的绸毯上有青稞、羊毛和松柏枝,心胸宽阔的送亲客们,恳请你们下马来。"

听见雪线下牧场上的小伙子赞扬果洛草原上的送亲客们心胸宽广时,

送亲客们也就心满意足了，大家满脸堆笑。当送亲客们正准备下马时，突然从人群中响起了一声呼唤，"雪堪"扎旺策马来到他们面前，显出一副不高兴的样子，对送亲和迎亲的人们说："藏族古老的谚语中说，'需要时是头顶的饰物，不要时是门口的石头。'当初到果洛草原提亲时，你们把我'雪堪'当国王，如今大事已成，却把我'雪堪'当佣人。治病救了命以后，忘了医生的，除了你们这些人，我没见过第二个呢。我不发怒时像菩萨，发起怒来像马鸣金刚。"扎旺的话音刚落，迎亲的队伍中走出了一位主持婚礼的老者，他满面笑容地说："不要生气啊，我们可敬的恩人，不是我们忘了你这位大'雪堪'，而是一来我们太忙了没顾上，二来下马礼的规矩就是这样的，我们不会忘记你这位大'雪堪'。"说完立刻吩咐人向"雪堪"行下马礼。雪线下牧场上一位英俊的小伙子手捧哈达恭恭敬敬地献给了"雪堪"扎旺，然后转身对着送亲的马队，高声唱道："我手中的哈达是卫藏的哈达，是喇嘛手中的护身结；是内地的吉祥物，是王后宫中的物品；是雪域高原的哈达，是有益于婚姻的哈达。这哈达宽又长，长度能达十八丈，挂在送亲客们的脖颈上能拖地，这样的哈达献给所有的送亲客们，恳求你们下马来。"

到了这时，送亲客们才高高兴兴地一个个跳下了马，缓步步入甲央泽真冬窝子的院中。

4

甲央泽真冬窝子的门口有几位青年人手捧青稞酒，所有送亲的客人，都要先喝一碗才能进门。客人们接过酒碗，先用无名指蘸酒向空中弹三下，以敬佛、法、僧三宝，然后一饮而尽。新娘英措缓缓进入甲央泽真冬窝子的大门，在院中先向佛像磕头，围绕佛像转三圈，然后由伴娘陪着面向坐北朝南的正屋门站立，婚礼正式开始。

送亲客们大声喊着新郎甲央泽真的名字，叫他马上出来。身穿盛装的甲央泽真立马从新房中走出，来到英措身边。两位年轻的送亲客手捧一件新上衣，来到新郎甲央泽真面前，为甲央泽真举行穿衣仪式（衣服是藏式立领大襟），一边穿衣一边歌唱这件衣服的来历。实际上，他们所唱歌曲的内容是对这件衣服的赞美，唱词中用了大量的夸张和比喻手法，赞美衣服的布料、做工、样式和穿上以后的功能。

衣服穿好后，送亲客中的一位男子又捧来一根丝绸细腰带，为甲央泽真举行系带仪式。他一边系一边唱，赞美带子像彩虹一样系在甲央泽真的腰上，祝他幸福、美满。腰带系好后，送亲客中又走过来一位手拿梳子，看上去面容慈祥的阿妈。这位阿妈来到新娘英措的面前，在英措的头上象征性地梳了三下，又把英措身上的饰物重新摆弄了一番，向在场所有的人展示，英措是已婚的妇女了。然后，新娘英措与新郎甲央泽真一起在婚礼主持人的指挥下，开始向佛法僧三宝、护法神、地方神、祖父、祖母、父母等煨桑祈祷，然后一一行磕头礼。

煨完桑，行完磕头礼，新娘英措在送亲客们的陪同下来到甲央泽真的厨房。那里，雪线下牧场上的阿姨、姑娘们早已煮好了一锅奶茶，盖着的锅盖上面放一把大铜勺，锅台上摆着三个龙碗，正等着新娘英措及送亲客们来行祭茶礼。当英措走进厨房，谢尔戈舅舅恭恭敬敬地向雪线下牧场的阿姨们、姑娘们献哈达、敬酒，请阿姨们揭开锅盖，而阿姨们仍然站在灶火旁对谢尔戈舅舅唱道："我们的锅盖是金制的，是用一百零八两黄金制成的，没有福分的人揭不开，揭盖费要一百零八匹骏马。"

谢尔戈舅舅立即派出送亲客中一位能言善辩的年轻人，手捧哈达和美酒唱道："我手中洁白的哈达，是那果洛草原寺僧喇嘛的护身结，是那皇帝的见面礼，是那勇士金刚的象征，用一百零八匹马换来的，我把它献给雪线下牧场的阿姨们，请你们揭开金制的盖。"

阿姨们、姑娘们则齐声唱道："尊敬的舅舅你别着急，我们的锅盖是银制的,是用一百零八两银子制成的,不是能人揭不开锅,揭盖费要一百零八头牦母牛。"谢尔戈舅舅只好把早已准备好的哈达又一次献给阿姨们、姑娘们,恳求般地唱道:"我手中的哈达是丝制的,它是卫藏寺僧喇嘛的敬供品,是内地皇帝的执法品,是雪域高原的供神品,是用一百零八头牦母牛换来的,我把它献给雪线下牧场上的阿姨们,请你们揭开银制的盖。"

雪线下牧场上的阿姨们、姑娘仍然不满意,又一次刁难谢尔戈舅舅,齐声唱道:"我们的锅盖是石制的,重的好像水磨石。我向上揭它却向下拉,没有力气的人揭不开,揭盖费要一百只肥绵羊。"

谢尔戈舅舅手捧哈达唱道:"我手中洁白的哈达,是那寺僧喇嘛手中的供品,是皇帝手中的法宝,一万座佛像显真身,是雪域高原的定亲物,是阿姨们的吉祥物,是美满婚姻的吉兆,要说这哈达的价值,早已超过一百只肥绵羊,今天献给雪线下牧场上的阿姨们,祝你们生活永远幸福。请你们揭开石头的盖。"唱毕,谢尔戈舅舅又向各位阿姨、姑娘们一一敬酒。

阿姨们、姑娘们终于心满意足地揭开了锅盖,领着英措来到锅灶旁。英措用铜勺舀起茶高高举起后又倒入锅中,如此进行了三次。第四次,她将茶倒入了早就摆好的三个龙碗中,表示敬献佛、法、僧三宝,同时也表示自己将是甲央泽真一家的掌勺人,应该担负起一家人的饮食生活。在英措敬茶的同时,送亲客中的两位青年高声唱起了吉祥歌:"呀啦嗦!联姻茶!好啊好啊今早好,今早布谷鸟叫得好,今早的天亮得好,山顶太阳升得好,山腰佛塔建得好,山下供品献得好,阿爸阿妈聚得好。呀啦嗦!联姻茶!草原上奔跑的全是马,马匹发展到一千;山坡上放牧的全是牛,奶牛发展到一千;河边上吃草的全是羊,羊只发展到一千。呀啦嗦!联姻茶!你是幸福的姑娘,带来的幸福充满草原,你是吉祥的姑娘,带来的吉祥充满草原。你是果洛草原的姑娘,如今是雪线下牧场上的新娘。要尊重阿爸和阿妈,要与邻里和睦又团结,家业兴旺又发达,生下三个儿子俩女儿,五个儿女围身边……"

举行完祭茶礼后,雪线下牧场上的阿姨、姑娘们就把英措领到新房让她和伴娘休息,其他人也就离开新房去忙各自的事去了。

5

这时候,雪线下牧场贺喜的人们和来自果洛草原的送亲客们才步入临时安置的大帐篷内,围在一起,吃肉、饮酒。席间,送亲和迎亲的人们对唱酒歌,宾主频频相互敬酒,互致婚礼祝词。优美动听的歌声又回荡在雪线下的牧场上空。

大帐篷内,雪线下牧场的主人和来自果洛草原的客人们按年龄大小分左右依次上炕盘腿坐好,因佛教规矩右为上,所以客人坐右边,主人坐左边,主持婚礼的长者和"雪堪"坐上座。新郎甲央泽真双手捧酒向每一位坐在炕上的人敬酒致谢。

甲央泽真敬完酒,谢尔戈舅舅站了起来,从怀里取出一根缠着白羊毛的马鞭,送给了新郎甲央泽真,祝他新婚快乐,将来骡马满槽牛羊满山。甲央泽真手拿鞭子回到了新房。

姑娘们把煮好的羊肉、牛肉、红糖奶渣糕、青稞酒、奶茶、锅盔饼等美食摆满了炕桌,宾主开始开怀畅饮。此时,"雪堪"扎旺再次成为中心人物。首先是新郎甲央泽真的亲属代表手捧奶茶碗唱起了感谢"雪堪"的歌:"好啊好啊瓷碗好,手中捧的龙碗好,碗口八辐法轮好,碗腰八大瑞物好,碗底八瓣莲花好,碗中的奶茶香喷喷,献给'雪堪'大恩人。""雪勘"扎旺满脸堆笑,高举龙碗,在众人"喔嚯嚯!喔嚯嚯!"的欢呼声中将碗中的青稞酒一饮而尽。

送亲的代表也手捧哈达唱起了感谢"雪堪"的歌:"拿天空作比喻,空中飞翔的是鸟类,飞技出色的是那雄鹰,雄鹰在空中飞翔时,双翼不会碰山头;拿草原作比喻,从犏牛到野牛,所有能跑的动物中,跑得最快的是骏马,骏马在草原奔跑时,四蹄不会有闪失;拿闹市作比喻,老到八十岁,小到七八岁,最伶牙俐齿的是'雪堪',智慧如天空广阔,言辞如流水涓涓,妙语如银铃声声……""雪堪"扎旺听到赞美他的歌声满心欢喜,喝茶时发出了"吱吱"的响声,脸上露出了会心的笑容。

这时候,送亲客们又拿出一件黑色印花绸上衣,向大家展示一番,然后大声喊道:"让甲央泽真的阿妈上前来。"听见喊声,老阿妈不敢怠慢,三步并作两步来到炕前,由两位青年送亲客一人抓住一只衣袖,开始行阿妈穿衣礼,他们用歌声讲述这件衣服的来历,以及它的式样、质地、颜色和穿在身上的功能等等,唱得老阿妈心花怒放。举行完穿衣礼后,宾主们吃肉、喝酒、唱歌、跳舞,尽情地欢乐,最后婚礼主持人宣布:"今天的婚礼仪式到此结束,从明天起各位客人由雪线下牧场的亲戚和朋友们接待,牧场上还要举行两天赛马、射箭活动,祝各位宾客吉祥、长寿。"

如此热闹的婚礼,在雪线下的牧场连续举行了三天,整个婚礼歌声不断,善于歌唱的人受到大家的赞赏和尊敬。他们继承了古老的苯教巫师用歌声讲述历史、传播知识的习俗,这些唱歌者被人们称为"鲁哇"(即歌手)。他们的歌词中常有"我不明白问鲁哇"的词,可见"鲁哇"的地位之高和"鲁哇"的知识之渊博。直到最后一天,送亲客们离开后,雪线下牧场"鲁哇"的歌声还一直唱至深夜。当那些年龄大的宾客离开之后,甲央泽真的大帐篷再次成了年轻人的舞台,他们唱起了动听的情歌。此时,朴素无华的帐篷婚礼再次达到了欢乐的高潮。这样隆重的婚礼仪式,预示着英措和甲央泽真未来的生活会像那东山顶上的祥云一样自由翱翔,吉祥和幸福。

走进婚姻殿堂的英措,让甲央泽真闻到了一丝淡淡的格桑花的芳香。新婚的英措有时连梦都长出了翅膀。她告诉甲央泽真夜里她想的最多的就是天一直不要亮。有时候她会用歌声驱赶寂寞,和自己心爱的人在一起,牛羊也变得更加灵性。甲央泽真时常看到美丽的英措轻轻抚摸着牛和羊的脸,而那些牛羊则用那柔柔的舌头亲近她那温暖的手掌。甲央泽真和英措一起感受着新婚的浪漫……

『第八章』

甲央泽真失踪

1

婚后的甲央泽真被来自果洛草原的英措滋润得容光焕发,仿佛英措把果洛草原所有的财富和美丽都带到了雪线下的牧场,尤其是带进了雪线下这个远牧人家的帐篷。小两口不仅经营着雪线下的牧场,还要组织一批又一批纷至沓来的虫草、贝母采挖者在雪线下的草山上采挖这种名贵中药材。

有一次,钟国强问甲央泽真:"你现在做虫草买卖生意,那么对虫草到底了解多少?"

甲央泽真摇摇头说:"嘿嘿,知道得不多。我只知道冬虫夏草这种药材很名贵,因它冬天是虫,夏天成草,所以叫它'冬虫夏草'。"

钟国强告诉甲央泽真:"冬虫夏草是一种真菌,它是一种特殊的虫和真菌共生的生物体。由冬虫夏草真菌的菌丝体通过各种方式感染蝙蝠蛾(鳞翅目蝙蝠蛾科蝙蝠蛾属昆虫)形成的幼虫,以其体内的有机物质作为营养能量来源进行寄生生活,经过不断生长发育和分化后,最终菌丝体扭结并形成子座伸出寄主外壳,从而形成一种特殊的虫菌共生生物体。"

甲央泽真听了,感慨地说:"有点明白了,但我记不住那么多,反正是药材,内地人喜欢,价格好嘛。"

钟国强继续说:"相传清乾隆年间,蒙古土尔扈特部从俄国伏尔加河流域回归祖国的途中,为了消除军旅疲惫、抵抗高寒地区的寒冷,预防各种疾病,他们自己研制服用的'长途征战汤'就是用虫草和灵芝为主要材料配制而成。归国后他们将此方献给皇室,成为皇室御用保健品。"

"难怪今天到我们这里来挖虫草的人那么多呢。"面对趋之若鹜的虫草采挖者,甲央泽真对这种由昆虫演变而来的植物感到更加好奇了。

"我上中医药大学的朋友曾经告诉过我,虫草灵芝养生汤的主要配料就是冬虫夏草、野灵芝、红景天等。其实，这些东西均产自雪域高原，所以，这神山、这雪线、这牧场都是藏宝之地啊!"钟国强也有些激动了。

"呀，钟部长，那连皇帝老儿都喜欢的虫草灵芝汤到底有啥用处哦?"甲央泽真开始刨根问底了。

"据医学资料记载，所谓的虫草灵芝汤的功效主治冠心病、高血脂、心绞痛、心力衰竭、心律失常及双向调节高(低)血压、保肝护肝等;还具有抗缺氧、抗衰老、抗寒冷、抗疲劳、提高脑力和体力机能、美白润滑肌肤、收缩毛孔、提升阳气等效果。除此之外，据说还有抗病毒、抗辐射、补肾壮阳、填精固髓、旺盛精力等作用。"钟国强向甲央泽真娓娓道来，他提到的很多医学术语让甲央泽真听了有点莫名其妙。

钟国强接着又十分认真地告诉甲央泽真:"冬虫夏草与灵芝混合食用，由于其特有的活养性，能增强人体细胞'肺'的呼吸能力，能促进人体生命原动力心脏、血液等循环系统的细胞再生奇效。"

"哈哈，管他那么多哦，钟部长的意思是说，反正虫草吃了就是好，它就是我们这些生活在雪线下的牧人的宝贝。不过，我们老一辈人也说过，虫草是神山的肠子，我们不能随便采挖的呢，挖虫草就等于把山神的肚子挖烂了……"甲央泽真大笑了起来。

"是啊，正如钟部长所说，这东西如今的市场价格已经超过了黄金。"一旁的更登确迫深有感触地说。

2

听了钟国强介绍冬虫夏草的药用价值及其来历后，更登确迫也给他们讲了一个雪域藏民发现虫草的传奇故事:很久以前，良美叶实神山密林中群居着卡夏(一种草鹿)。为此，雪线下几个好奇的牧民常常上山想观看卡夏们相互嬉戏，但人现卡夏散，始终不能如愿。这倒越发激起了雪线下的牧人们想了解这群自然生灵的欲望。有一天,几个牧民费心谋划后,擎着自制的卡夏头型模具,躲藏在又深又密的灌木丛中,用卷起的草叶吹出阵阵卡夏的叫声。不一会儿,果然引来了大群卡夏。这些卡夏在雪线下的草地上雌雄相嬉,有些还相与交配。奇怪的是,牧民们发现有一对卡夏在交配完毕后,雄卡夏突然倒在了地上。这时,一群雌卡夏匆忙围拢过来,它们把头凑在一起并发出悲鸣嚎叫,然后四散而去。只见这些散去的雌卡夏在周围的草地上搜寻,它们用尖尖的蹄子挖土里的东西,然后衔着相同的东西回来了,原来它们是为雄卡夏寻药草去了。它们把草衔到那只倒下的雄卡夏嘴里,磨来蹭去,没多久,奇迹出现了,倒地的雄卡夏竟眨眨眼睛,慢慢醒过来了,很快又站了起来。窥见此幕的牧民颇感惊奇,他们想看看这神奇之物是什么东西,便跳出灌木丛,把卡夏群给吓跑了。近前一看,这东西上面的叶子像棉带子一般,下面的像夏天里青稞地里吃青稞的虫子一样,头上还有两只小眼睛,香气浓郁。这东西雪线下的浅草区生长很多,于是他们便采了些拿回家,想象人吃了可能也会有药效。

后来验证,此药草确有救急之效。可给药草取个什么名字呢?有牧民提议,因为它长得太像吃青稞的虫子了,就叫它"虫草"吧,就这样定了名。

"现在,你甲央泽真在雪线下搞虫草收购买卖,发了大财,可别忘了那些发现虫草的先辈哦……"更登确迫望着甲央泽真,似乎带着嘲讽的口气说。

3

甲央泽真和英措十二月里结的婚,一月中旬甲央泽真就让英措怀了孕。

当初,甲央泽真和英措在雪线下的冬牧场上帮助泽郎阿爸和阿妈经营土地,种种青稞和胡豆。然后,泽郎阿爸把自己仅剩的几匹马和几十头牦牛分给了他们小夫妻。甲央泽真和英措搬迁到雪线下的夏牧场定居下来，他们独自经营着一个数十头牦牛的牧场。到了九月份，大儿子扎西出生。他们那安扎于雪线下的帐篷里满是奶味和婴儿的屎尿味，这里充满着生命的活力。

　　一入夏季，甲央泽真在钟国强的帮助下，开始尝试着组织内地农民工上山挖虫草、贝母。没有料到这可是钟国强指点他的生财之道。后来每个夏季，他都会因此收入进账几十上百万元。雪线下不少牧民也像甲央泽真一样，依靠那黄金般的虫草和贝母发了财，百万富翁、千万富翁如雨后春笋般在雪域高原诞生，不少人家诸如更登确迫等在冬牧场里建起了富丽堂皇的冬窝子，提前过上了幸福的小康生活。在这些发了财的牧人中，唯独甲央泽真与他们不一样，他和英措始终没有建新的冬窝子。但他们也和雪线下的其他牧人一样，一入冬季，就携老扶幼地赶着牛羊回到冬窝子，与阿爸阿妈住在一起，在那里度过一个愉快的冬季。

　　冬季牧场里没有多少事干，甲央泽真又去承包了一份修路的活，他希望赚取更多的钱。这位虫草买卖兼修路老板只有周末才回到冬窝子看看自己的阿爸阿妈和妻儿。

　　甲央泽真最小的儿子多杰华丹出生后，因为有哮喘，英措想住在冬窝子，好离医院近些。"甲央泽真，我不想再去那个连个人影也见不着的夏牧场了，只想待在冬窝子里。要不我们自己新修一栋房子，或者干脆就和阿爸阿妈住在一起，你把这些年赚的钱全部拿出来，我们把这栋冬窝子好好地装修一下，这不是很好吗？阿爸阿妈还可以帮我们带带孩子……"英措坐在甲央泽真的腿上，用她长满斑点的细胳膊搂着他说："我们把牛和马都卖掉，就在冬窝子里住下吧，我们干点别的，比如买辆汽车让罗让甲木措去运运货，能够养活全家就行了……"

　　"不行！我还是想到雪线下的夏牧场去，继续做虫草生意，时下的价格很好呢,我舍不得……"甲央泽真说。

"我也知道虫草买卖生意来钱,但我看你同外面那些生意人打交道实在太累,钱够用就行了嘛,你没有必要再去奔波了!"英措说着流出了心疼的眼泪。

"哎,没办法,我已经习惯了,所以也只好这样了。"甲央泽真说着就捋起英措的袖子,摆弄起她那光滑的皮肤,然后把她轻轻放倒,手指滑到她那丰润的乳房上,再滑过扁平的肚子,向着大腿之间滑去……甲央泽真就这么抚弄着,直到英措颤抖起来,可是,甲央泽真刚把英措翻过身子时,睡在外面炕床上的小儿子却哭叫了起来……

不知不觉间,两年悄然而逝。甲央泽真夏天依然去到雪线下的夏牧场远牧,组织内地来的民工上到雪线采挖虫草、贝母,然后外出销售,每年夏天都会有满意的收入。冬天又回到冬窝子,与阿爸阿妈住在一起。甲央泽真对这样的生活也很喜欢,反正他想啥时离开到外地做生意都成。

然而,天有不测风云,甲央泽真到广州做虫草买卖生意时被人骗了,弄得倾家荡产。一个雪线下很富裕的人家,一夜之间贫困潦倒了。

一天下午,甲央泽真牵着三儿子泽白的手,来到泽郎阿爸身边。泽郎看着泽白欣喜地说:"好,好,我这个大头黑孙子回来了,来来来,过来让爷爷看看。哦,我的孙子真长大了。"泽郎的眼里流出了泪水,他一边抚摸着刚随父母从雪线下的夏牧场回来的泽白的头,一边从枕头底下掏出几颗水果糖。那时的泽白刚满四岁,长长的头发用一根布条扎在一起,身上穿着一件阿妈英措用一块羔羊皮和当年甲央泽真从西藏拉萨带回来的那块"洋布"为他做的那件漂亮的藏袍,但是脚上还是那双旧牛皮靴子。

泽郎看着泽白说:"唉,甲央泽真啊,生意上出了事,也不要太亏待孩子,快过藏历新年了,你们连双像样的新靴子都没给我孙子做,明天早上爷爷给你做一双漂亮的新靴子。"

在雪线下，每到藏历新年，人们都习惯给孩子们做一双牛皮靴子，不少老人有着精湛的做靴技术，所做的靴子不仅美观大方，孩子们穿上还很暖和。

第二天早上，泽郎找来一块老牦牛皮子和一张揉好了的绵羊皮，据说这张绵羊皮还是泽郎从当年县大队奖励的那只肥绵羊身上剥下的。他把老牛皮缝在外面作鞋帮，把揉好的绵羊皮镶在里面作保暖层，为泽白制作了一双漂亮的小马靴。尽管那张羊皮已经很旧，但是很结实温暖。这是泽白那个时候可以在雪线下炫耀的最漂亮的一双靴子。

快过年的时候，泽郎的病情却突然加重了。甲央泽真请来了僧人并在寺院里为泽郎做了许多法事，他们以为这样可以挽救泽郎的生命并让自己觉得心里好受些，而事实上，泽郎的病丝毫没有好转。

有一天，泽郎把甲央泽真叫到他的床榻旁说："呀，甲央泽真，我肯定不会待很长时间了，不要再请医生了，也不要再托寺院和僧人做法事了，这是生命轮回的必然，没有任何回天之力。明天早上，你去把更登确迫和尕尔伯请来，我有话和他们说。还有，如果雪线下寺庙里的修行僧尼玛在的话，也请他过来，他毕竟是孩子们的舅舅。"

"阿爸，我托钟国强部长去县医院替你请医生了，医生明天要来，吃点药还是有好处的。"甲央泽真安慰阿爸说。

"呀，甲央泽真，我很清楚，这不是吃药的问题，我已经是个快八十岁的人了，现在我安心了，没有什么遗憾了。我的好儿子，扎西如果不走的话应该已经二十六岁了，把你现在的三个儿子抚养成人，尽管我和你爷爷没有什么财产留给你们，但冬窝子附近的这片土地，还有夏牧场那广阔的草山，足够你们生活的了。你看看能不能再去做点虫草生意，失败了可以重来，别怕，争取东山再起。"甲央泽真流着泪，听着阿爸泽郎的话一言不发。

第二天，雪线下牧场的村主任更登确迫和归国藏胞尕尔伯及寺庙修行僧尼玛来甲央泽真家看望泽郎。他们交谈了一会儿,最后泽郎说:"我这一生也算值了,小时候有一个做活佛的阿爸罩着,长大后参加过县大队,在雪线下转战南北……还做过县大队的领导……解放后又做了牧场的场长……"躺在床上的泽郎望着上面的天花板,停了停,接着说:"宗教上有些东西我是不相信的,做法事对我来说也没多大用处……什么轮回不轮回,我是不相信的,人死了就死了,没什么可怕的……只是我的儿子甲央泽真现在生活上困难,他的几个儿子还小,将来无论咋样……你们几位请别忘了照顾他。其他,我也没什么可交待的了。"

尕尔伯急忙安慰泽郎:"你放心好了,我们会尽一切力量帮助他的。"

更登确迫说:"如果将来甲央泽真放弃经商的话,不管他想住在雪线下的牧场里或寺院里都可以,你用不着担心的。"

"好,那太感谢你们了……我也就放心了!"泽郎伸出手来与更登确迫相握。

修行僧尼玛说:"甲央泽真希望我为你做的那些法事,年底前就可以办成。我们会向三宝祈求保佑你的,到了阴间也会有人扶助你的。"

泽郎伸手向尼玛摆了摆:"呀,仁波切,感谢你的好意,我相信人的生老病死是自然规律……做法事也没用的。不过,我还是尊重甲央泽真的做法……这毕竟是他的心愿嘛……"泽郎的声音虽然很轻,且断断续续,但大家都能听清楚。

傍晚时分,客人们临走时,修行僧尼玛对甲央泽真说:"看样子老人不愿意再拖很多天了,你要做好相关准备,寺院里的法事我来忙好了。"

两天后,泽郎的病情愈发重了,除了做一些手势外无法说话。半夜里,他双眼朝天,吸气变得短促而呼气变得粗长,两只手在床上乱抓。这样一直到了天明时分,泽郎咳嗽了几声后便停止了呼吸。

远牧的英措、罗生也都回来了,更登确迫的妻子德精措等牧场上的女人及男人们都到甲央泽真家帮忙。有的人熔化酥油,有的人供奉酥油灯。甲央泽真和英措等尽管没有大声哭泣,但眼泪不停地从他们的眼里流出。中午,尼玛从雪线下的寺庙请来十几个僧人,按照当地习俗给泽郎念经。很多亲戚朋友都到甲央泽真家里来哀悼慰问。甲央泽真忙里忙外接送客人。第三天是送葬的日子,黎明时分,来了很多骑马的牧人,按照当地的风俗,大家把泽郎的尸体驮到了寺院里。

泽郎留下的遗产全部由甲央泽真和英措继承。对于泽郎的去世,雪线下牧场上的人们也很痛心,因为泽郎是这个牧场上的一个标杆,是牧场上人们敬仰的老人。

4

泽郎走了,永远地离开了雪线下的牧场。此时,雪线下的泽郎家便没有以前那般热闹了,变得很安静,来拜访的人也寥寥无几。近来甲央泽真也变得内向了,不怎么和人说话,冬窝子里的亲戚朋友时常来看望他、安慰他,但他都没怎么搭理,连英措跟他说话,他都有一点爱理不理的样子。生意上的失败和阿爸的离去,这些接连的打击令他十分伤心,他不知道怎样为自己来疗伤,只能以沉默来应付。但有时,甲央泽真的脑海里会突然浮现出他的初恋情人德吉拉姆的身影,但对于和德吉拉姆的这段经历,他从没跟阿爸和英措说起过,这成了他心中的一个秘密。

其实,在甲央泽真和德吉拉姆从果洛玛沁草原分手十五年之后一个六月里的一天,甲央泽真收到过德吉拉姆寄来的一封平信。信中写道:"甲央泽真,早该写这封信了,希望你能收到。听说你仍然住在雪线下的牧场。今年三月我曾偷偷回来过一次,但未能和你见面。可以的话,回个信儿……"来信的地址是南麓边境小镇。甲央泽真心里明白,德吉拉姆离开雪线下的牧场这么多年来,他还会时不时地想起这个女人。但他不知道德吉拉姆的详细地址,因此也就没有回过信。

对英措来说,这段时间她也感到十分落寞,在家里,甲央泽真现在很少与她说话,只有身边的两个儿子还能带给她一点欢乐。

几个月后,当泽郎离世的伤痛渐渐地隐退后,甲央泽真的脑海里总是浮现出杨伟和刘玲的画面,他曾一遍又一遍地告诉过后来的许多挖冬虫夏草的人:良美叶实神山雪线下的雪中,埋着一对真正的汉族爱人。最近一些日子,甲央泽真对人说过,他要到埋葬杨伟和刘玲的地方去祭奠他们。

没过多久,雪线下的牧场突然传来甲央泽真失踪的消息。于是传出了各种版本:有人说甲央泽真因为没有保护好杨伟和刘玲,一直以来心存自责,就在雪线下的一条河里自杀了;也有人说,他爬上了雪线,来到埋葬杨伟和刘玲的地方,跪在雪地里就没再起来……

反正,有一个事实就是:甲央泽真没有给任何人说过就失踪了。但他留给了雪线下的牧人和前往雪线上采挖虫草的人们关于杨伟和刘玲的故事。这难道就是甲央泽真想要说的遗言吗?

5

现在,甲央泽真的失踪,导致他家里只剩下英措、罗让甲木措、泽白和多杰华丹四个人了。这世上的事也真奇怪,有句话叫"祸不单行",原本人畜兴旺的甲央泽真家自从大儿子扎西离世起,阿妈阿爸相继去世,自己做虫草买卖生意又遭诈骗,使得全家的生活陷入困境。如今亲人一个个离去,帐篷里显得空荡荡的。几天后,多杰华丹的舅舅、雪线下寺庙的修行僧尼玛和大舅舅罗生以及村委会主任更登确迫等人来到了英措的冬窝子。泽白和多杰华丹在门外玩耍,客人们在家里谈了大半天时间。

晚上临走时,罗生对英措说:"你自己想一想,这也并不是一个不好的办法,你可以把少数的牛羊寄养在亲戚们家里。"

尼玛说："我先到寺院把屋子整理一下，我不会经常住在寺院里，泽白不是僧人吗，他最好还是住在寺院里。把多杰华丹也送过去，我在寺院的时候，还可以照顾他们两个。我们几个住在一起，托寺院的福不会让他们挨饿的。"

罗生又接着说："你把几头奶牛寄养在塔瓦，如果经常有酥油吃有牛奶喝的话会好些。我家可以帮你饲养几头牦牛和一些羊。"

"好，谢谢你们几位，如果不这样做我也没有其他的办法了。如今，这个该死的甲央泽真不见了，我只能祈祷三宝（佛、法、僧）保佑了。还是按照雪线下的规矩办吧，我把这些牛羊还有帐篷里的家当全部捐献给寺庙。"英措无奈地说。

在邻居们的帮助下，甲央泽真家那顶在雪线下牧场上傲立了几十年的黑色牛毛帐篷被拆倒了。英措叫人把树立在帐篷后面的经幡取下来，派人送到祭祀台上。除了锅灶之外，她又派人把十几匹马、三十多头牦牛、七十多只羊还有牛毛帐篷等家产一起捐献给了雪线下的寺院。一无所有的英措带着罗让甲木措、泽白和多杰华丹，来到了雪线下的寺院，住进了尼玛的屋子里。

尽管多杰华丹当时年龄还小，但已经可以听懂人们说的话。当爷爷泽郎去世时，尽管他不知道伤心难过，但是哥哥罗让甲木措和泽白的哭泣，第二天早晨人们用马把爷爷泽郎的尸体从门口驮走，以及他们家夏牧场上的牛毛帐篷被拆倒后，他们移居到寺院等事，他在以后都能够回忆得起。

对于英措这位雪线下淳朴的藏族妇女来说，当初有人劝她不要把所有的财产捐给寺庙用在积德上，但她想到公公和婆婆以及扎西，总是无法忘怀。她做点善事，积点德，感到很满足。

罗让甲木措平时也常常喜欢想一些事。自从他来到这个世界后，尽管现在还太不明白很多人间世故，但随着年龄的增大，他的心中时常感到一种无法言说的苦痛。他清楚地知道,从现在起,他要自己来承担好多事了。

　　甲央泽真突然失踪的事,引起了雪线下人们的广泛关注。作为联系雪线下牧场的干部,钟国强对此进行了深入调查,他觉得甲央泽真没有死,可能就在某一个地方。钟国强抬头仰望远处的雪线,仿佛有很多神秘的故事正在等待他去解读。

『第九章』

温馨的冬窝子

1

暮秋以来,雪线下的牧人们逐步从夏牧场搬迁到了冬窝子,冷清了一个夏天的冬窝子开始慢慢热闹起来。县委宣传部这个时候一定会不失时机地组织艺术团深入雪线下的冬窝子,开展慰问演出和宣传活动。

县艺术团这次又编排了几组新节目,为了检验演出效果,在一个阳光明媚的下午,钟国强把全县宣传文化战线上的有关同志召集到大会议室,请他们审查排练情况。

就在这次节目审查的间隙,钟国强把梅朵拉到身边,郑重地向大家宣布了他和梅朵之间的恋爱关系,并当着大家的面给梅朵戴上了一枚订婚戒指及一对金耳环。买戒指时,钟国强看到金耳环很漂亮就一起买上,算是给梅朵一个小小惊喜。藏族人和南麓边境小镇人一样,金子做的首饰是他们的最爱。

县委宣传部办公室的人提前知道钟国强的安排,准备了彩纸、彩条、彩喷、龙达、哈达什么的,等钟国强一宣布他和梅朵的事,杨主任、小王他们就开始朝钟国强和梅朵身上喷撒,有人还向他们的头顶抛撒了象征吉祥的龙达,许多人纷纷上台向他们敬献洁白的哈达,搞得简短的订婚仪式热闹非凡。

该来的都来了,钟国强和梅朵的订婚仪式上唯独没见李璇。杨主任告诉钟国强李璇因为身体不适请假了。

节目演完后,梅朵在钟国强耳边悄悄说:"从现在开始你就是我的老公了,今天我就正式搬你那儿住了哦。"

终于可以实现自己的心愿了,钟国强一兴奋,不等走出县委办公楼他就将梅朵抱了起来,像抱着他沉甸甸的幸福和未来,一直把梅朵抱进车里。

钟国强不是第一次带梅朵到租住房里,刚走进院门,梅朵便马上直接到了厨房里。钟国强租住的藏式小院,厨房在院落一角,与住房未连为一体。梅朵一进厨房,麻利地从包里抽出一条洁白的哈达,恭恭敬敬地放到电磁炉上,然后对着电磁炉,用藏语叽里呱啦地唱了起来,还连唱带跳,很是投入。

梅朵对着电磁炉载歌载舞,钟国强和小王都看傻了,谁也猜不透她这是在干什么。

一曲终了,梅朵回过身来,笑吟吟地对钟国强和小王说:"这是我们藏族人的传统哦,女人头一次进老公家门,要先向烧水做饭的地方敬献哈达,还要唱《锅灶赞》的颂歌。我刚才唱的就是《锅灶赞》歌。"

钟国强和小王恍然大悟。

藏族人民对锅灶怀着无比虔诚和敬意,原因是他们认为锅灶里住着火神和灶神,而灶神又是家神之一。一些藏族老百姓在灶上专门为灶神设有神龛,作为祭祀之用。灶神会保佑全家平安,财源不断。如果在灶里烧了不洁之物,灶神会动怒,会把锅烧烂,或者烧成夹生饭等等。老人在煮茶炖肉时,一般都要先敬灶神,而后人才进食。有些老百姓在灶上画着蝎子,据说蝎子有避邪镇恶之意。由于钟国强家还没有别的炉灶,梅朵就只好为电磁炉献哈达,略表心意。

梅朵敬完炉灶,又讲完有关藏族人与炉灶的风俗后,钟国强马上让梅朵和小王到客厅。

钟国强对小王说:"你先别走,一会跟我一起到菜市场,女主人头一回进家门,我亲自下厨为她接风。"

钟国强乐滋滋地打开电视,端上瓜子,沏茶倒水。

梅朵一把抓过茶叶盒:"我来吧。"

钟国强忙说:"你坐你坐,今天一定得我来,这里环境你还不太熟悉,以后嘛你再帮我做吧。"

"好吧。"梅朵刚回到沙发上，又想起了什么，马上站起来，"既然你说我还不太熟悉这里的环境，那我就好好参观一下你家行吗？"

"是我们的家。"钟国强立即更正道。

恰在这时，电视里正在播放藏族歌手泽旺多吉所唱的《一个妈妈的女儿》。梅朵借机说道："是，是，以后就是我们的家了哦。这歌里都说藏族和汉族是一个妈妈的女儿。我们俩都一个妈妈了，还能不是一家人嘛，是吧？"

"喂，这歌你可不能放在我们俩身上。"

"怎么了，歌词唱的不对吗？汉族和藏族不是一个妈妈的女儿吗？"

"藏族和汉族是一个妈妈的女儿没错，但我们俩绝对不能是一个妈妈。"

"为啥哦？这是为啥哦？"

"你想呀，如果我们俩是一个妈妈，岂不成了近亲结婚？"

梅朵恍然大悟："还真是，那我们俩就不算一个妈妈。"

钟国强将梅朵轻轻按到沙发上："你先喝着茶，听着歌，过一会再参观……我们的家。"其实，钟国强一早去上班，卧室的被子没来得及叠，他想把卧室悄悄收拾一下再请她参观。头一次他要给她留下个好印象，抑或给她带个好头，起表率作用。省得以后她天天懒得叠被子，到时还会卖乖说是跟他学的。

钟国强朝沙发上的梅朵微微一笑，便美滋滋走向卧室，走向那个从今往后将成为他俩温暖小窝的地方。一瞧房门，禁不住心里"咯噔"了一下。他分明记得：一早从家里出来，为了空气流通，卧室门窗都被敞开了，这会儿怎么紧紧关着？

当推开房门时，钟国强"妈呀！"一声惊叫起来。立马，他的脑子一片空白，冷汗一下子从全身的毛孔里顶了出来。是李璇！花枝招展的李璇怎么会坐在他的床上？

2

钟国强想:"我这次麻烦大了。"

两天过去了,梅朵始终没露面。钟国强不是没想过去她家找她,可他能去吗,他敢去吗!去了他又该如何解释?他和梅朵确立婚姻关系后,自己家里突然又冒出另外一个女人,梅朵的阿妈知道了还不抄起转经筒把他赶走!钟国强不断地给梅朵打电话,发一些解释、赔罪的短信,可打电话她不接,发信息她不回,好像梅朵突然从这个地球上消失了。

钟国强也是一个个性很强的人,小暴脾气很多人是领教过的。到了第三天,他索性电话也不打了,信息也不发了,爱怎么就怎么吧!大不了自己下半辈子打光棍,大不了他陪自家养的那只藏獒安度晚年。想想也是,别说梅朵,换谁遇上这种事儿,也会把他当成一堆臭狗屎。

在县委机关食堂吃过晚饭,钟国强没让小王开车送他,自己想着心事,捋着繁杂凌乱的思绪溜达了一个多小时才回家。

钟国强的脑袋里浑浑噩噩像装着一锅烂粥,一到家,他打算冲个凉水澡清醒一下。刚要脱衣服时,院门被人敲响了,立时,钟国强紧张得像被情敌堵在了床上。他大气不敢出一声,任凭门外的人"嘭嘭"地敲着。他真怕那个倒霉的李璇又找上门来!

那人敲了一阵门,见没动静,就"咔哒咔哒"走了,这"咔哒咔哒"的声音分明是女人的高跟鞋发出来的。

声音渐渐远去,钟国强才走到院落里,敞开一条门缝朝外窥望,一看,他僵住了——是梅朵!是梅朵那娇美的身影!他急忙冲出院门,朝远去的梅朵高声呼喊:"梅朵——"

梅朵停下脚步,回头一望:"啊,你在哦!"

梅朵昂首挺胸，迈着舞蹈演员独有的"八"字步，一扭一扭走了回来。

"对不起呀，对不起！我正在蹲厕所，所以出来晚了。"钟国强笑脸相迎。

梅朵用那楚楚动人的凤眼，狠狠地瞪了他一下，然后进了房门挨着屋子检查了起来，甚至连厕所、床底下也没放过。

钟国强跟在梅朵屁股后面纳闷地问："你在找什么？

梅朵旁若无人，继续我行我素地检查着。

检查完所有的房间，梅朵松了一口气，尔后说道："我在查岗，看那个女人还在不在，在的话以后我就永远不理你了！"说完，她的目光停留在钟国强的脸上，好一会儿，她突然搂住钟国强，脸埋在他的肩头上"呜呜"哭了起来，哭得稀里哗啦。哭了好大一阵子，她才抽泣着说："本来……本来人家不想理你了哦，可这几天还是老想你。"

后来，梅朵告诉钟国强：她和他相处以后，总能感到有一股从未有过的奇妙东西甜甜地在她身上缠绕，使她一刻都不能平静。所以，她觉得不论发生什么，她这一生都必须交给他了。

这一刻，梅朵一把鼻涕一把眼泪，她和钟国强脸贴着脸，所以她的眼泪和鼻涕蹭得钟国强满脸都是。梅朵那热乎乎的眼泪、黏糊糊的鼻涕还散发着一股淡淡的酥油味。

钟国强边为梅朵擦眼泪、擦鼻涕，边哄劝道："乖，不哭了，我给你讲个故事吧。"恋爱那阵子，钟国强没少给梅朵讲故事，梅朵特别喜欢听钟国强讲的故事。从某种角度说，梅朵是伴着钟国强的故事才真正爱上他的。

梅朵破涕为笑："这次你不能再讲鬼呀神呀的了，人家正在气头上，你要讲个搞笑的。"

"当然，当然，一定讲一个能笑掉你大牙的。"钟国强说的是心里话，这节骨眼，傻子也不会把"鬼呀神呀"抬出来的。这之前，小河边、小树林或是黑夜里,他给梅朵讲良美叶实神山上的妖魔鬼怪的故事,是为了让她害怕,她一害怕准往他怀里钻。钟国强喝了口水,润了润嗓子,开始绘声绘色地讲起了他那永远也讲不完的故事……

梅朵主动回来的那个晚上,也是开天辟地的第一个晚上,她和钟国强睡到了同一张床上。

钟国强和梅朵在床上狂吻不止,吻了一阵,钟国强开始急吼吼地解自己的衣扣,他对梅朵说:"我可先脱了。"那节骨眼,钟国强说出这话,是希望梅朵也像他那样脱去衣服。

梅朵没有脱衣服,只见她捋了捋自己凌乱的头发,凝视着钟国强,犹犹豫豫地说:"喂,我……我下面……没有那层膜了,你不会嫌弃我吧?"

钟国强还在手忙脚乱地脱衣裤,听了一愣,但马上开玩笑道:"你当然不是处女了,我第一次见到你,就用意念把你睡了。"

梅朵推了钟国强一把,认真地说:"呀,钟国强,我跟你说正经的哦,我没膜了,你到底嫌弃我吗?"

钟国强停下手上的动作,一时语塞。

梅朵接着说道:"呀,如果你很在意的话,那我们过些日子再……再一起睡吧。明天我就去做手术。你们汉族有些女孩下面的膜不就是请大夫修补上去的吗。"

这个梅朵实在是太可爱了,钟国强不由得开怀大笑起来。当时钟国强就想:一个男人能碰上一个对自己这么掏心掏肺的女人,是不是处女有什么要紧,应该毫不犹豫地娶了她。

梅朵拍拍钟国强的臀部:"呀,钟国强,你别光笑哦,快拿意见吧?"

钟国强好奇地问:"你让我拿什么意见?"

梅朵说:"我是不是要去安处女膜?"

那会儿,钟国强浑身的欲望已被点燃,他的每一块表皮都在充血、每一根汗毛都已经勃发,正急于进入梅朵那最敏感、最隐秘的地方,哪还顾得上谈那不值钱的处女膜。

"不要去安,我不在乎!"钟国强一边回答,一边就脱下梅朵的衣服。突然,梅朵浑身发颤,做蜷缩状。

钟国强见状就知道梅朵太紧张了,他将战栗着的梅朵拥入怀中,抚摸着她的肌肤,安慰道:"别紧张,梅朵,我会轻轻地去做,伤不到你一根汗毛。呀,对了梅朵,你把我们俩要做的事就当小弟弟要去小妹妹家串门。你想呀,爱串门的小弟弟要去小妹妹那里玩,小妹妹能好意思不开门放行吗?"

一番调侃,一番安慰,很快化解了梅朵的紧张情绪,只见她吻了钟国强一下,将信将疑地问:"真跟串门似的?"

钟国强拥着她的身体,抚摸着她那鼓鼓的乳房:"差不多吧,就那意思。"

"哦,那好,你来吧,来串门吧。"说完,梅朵离开钟国强的怀抱,麻利地往床上一趴,脸贴着床单,双腿一跪翘起了圆圆的屁股。

看着梅朵那滑稽的姿势,钟国强禁不住大笑起来:"我知道你肯定是看到过动物的交配了。咱们又不是动物,可以用不同的姿势……"说着,钟国强将梅朵的身子翻转过来。但他没急于上,为了使她能更放松些,钟国强继续开着玩笑:"梅朵,小弟弟已经到小妹妹的家门口了,是不是要敲门才可以进去呀?"

梅朵双眼一闭,轻轻说道:"进吧,不要敲了。"那架势大有豁出去了的意思……

那个晚上,虽然钟国强和梅朵几乎折腾了半宿,但第二天,天刚蒙蒙亮,钟国强还是早早地爬了起来。他打开灯,忽然在梅朵的屁股旁边,发现了一小摊血迹!钟国强有点傻了,看来,梅朵这个淘气的姑娘说自己不是处女原来是逗他玩儿,或许还有考验他的意思。但不管怎样,梅朵算是给了他一个意外的惊喜！

3

与梅朵在自己家里这张床上有了第一次之后，钟国强的心里却有点愧疚，因为也是这张床，他和王娜在谈朋友时曾在上面缠绵过一个多月。现在，梅朵死心塌地跟了他，他觉得应该给她换一张没有其他女人气息的床铺，也好让自己彻底忘掉过去。

新添置的席梦思算是个牌子货，砍完价还要三千多。过去钟国强勤俭节约惯了，买这么贵的床也有些心疼，可他觉得为梅朵配这床十分值得！

席梦思在卧室里一摆好，梅朵满心欢喜地张开双手一跃，一屁股落在了弹性极好的床垫上，然后，一个鲤鱼打挺又下了地，搂着钟国强的脖子，幸福地说："老公，我的好老公，谢谢你哦！"

如果钟国强没记错，就是从这一刻开始，梅朵正式改口叫他老公了，而且在老公前面总要加一个"好"字。梅朵孩子似的又跪在床上，"叭叭"地拍打着床面，说道："好老公，人们都把藏区称为'天上的藏区'，咱们这张床可不可以叫天床哦？"

"天床！"钟国强为之一振，重复了一遍，猛然趴到梅朵身上，亲了几口，说："媳妇，你把咱们的床叫天床，太有创意了。"

梅朵得意地说："我也挺有学问是吧？对了，好老公，我们天天在天床上睡，那你就成了天爷爷，我就成了天奶奶了，是吧？"

钟国强附和着："是的，没错，现在你就是天奶奶。"

只见梅朵躺到床上，神气活现地命令钟国强："来，过来，过来伺候伺候天奶奶。"

从此，钟国强和梅朵在这张"天床"上拉开了爱的序幕。

每当夜深人静，钟国强醒来的时候，时常会先把可控台灯拧到最低档，

温馨的冬窝子　　　　　　　　　137

披上上衣,喝口水,然后静静地坐在梅朵身边,透过微弱的灯光,久久地欣赏着她的睡姿,倾听着她细微的鼾声。那一刻,钟国强感到他的宝贝梅朵一切的一切都是最美的,美得让他心醉。对于钟国强来说,看着自己心爱的女人进入梦乡,那是一种享受!此时,钟国强觉得他是这个世界上最有福气的人。一般,他都会利用这个时机,反思一下,回顾当天还有哪一点、哪一方面自己做得不够细,不到位,没能把梅朵的心情调整到最佳状态。还要想一想,再想一想以后的日子,怎样对她更好一点……

几年过去了,钟国强,这位来自上海滩的汉族干部对雪线下的酥油味道始终难以适应,这可是一个十分严肃的问题,这意味着他对于梅朵是否已全部接纳。因此,他想尽一切办法来改变自己,竭尽全力让自己适应雪线下这一特殊的味道。有一天,钟国强在办公室刚往嘴唇上抹完酥油,李璇进来送文件,她把文件放到钟国强的办公桌上后,却没有离去,站在那儿用好奇的眼神看着钟国强。

被一双水灵灵的大眼睛这么盯着,肯定谁也不会自在,何况还是一位对钟国强有点想法的女孩子,心里一点不慌那就成泥胎了。钟国强干咳了几声,镇定地说:"璇璇,还有别的事吗?"

李璇捂着樱桃小嘴,笑而不答。

钟国强有些发毛,上下打量了一遍自己,说:"我怎么啦?"

李璇忍住了笑:"钟部长,你鼻子下面亮亮的、发着光,滑稽死了。你抹的什么呀?"

"这……这你都看不出来?"因为不能说出实情,说出来怕传出去大伙儿笑话他,钟国强反问了李璇一句,他在脑子里快速思考着编什么瞎话把李璇对付过去。

李璇说:"你抹的什么东西我哪知道?不会是抹的猪大油吧?我妈给我讲过,过去生活条件差,人们吃不饱穿不暖,肚子里更没油水,虚荣心强的人为了显摆自己天天吃肉,兜里就揣一块猪大油,时不时偷偷把嘴唇擦得锃亮。可领导,你现在用不着这样吧?"

眉头一皱,计上心来,钟国强说:"璇璇,你来雪线下的牧区县有两年多了,难道还不清楚雪线下干燥,一干燥嘴唇就容易起皮就容易开裂吗?"

"哦,钟部,你抹唇膏了?!"

"对,对,抹了点。"

李璇扑哧一声笑了出来,说:"钟部,你老人家抹错地方了吧。怎么把唇膏抹在胡茬上了,不会是怕胡子也起皮也干裂吧?"

瞎话没编圆,钟国强立时陷入了尴尬。但瞎话还是要编下去,他笑道:"刚才,看文件太投入了,嘴唇又干得难受,就随手拿出唇膏胡乱抹了一下,所以没抹准位置。"

"是这样呀。那部长你忙你的吧。"说完,李璇带着笑声走了。

李璇一出办公室,钟国强不由得又琢磨起这个李璇来。他抹了好几天酥油,别人都没注意,为什么单单她观察得那么仔细,发现了自己鼻子下冒着亮光呢?

通过锲而不舍的努力,半个月之后,钟国强逐步适应了酥油的气味。而且他越来越觉得梅朵身上的味道怪好闻的,比王娜的味道还好闻,就像肯德基里飘出的气味,远远地,那股独特的味道就往他鼻子里钻……

4

伴随着寒冷的降临,冬天如期而至。

如诗如画的良美叶实神山,以它深沉厚重的身姿,吸引着无数寻找美的人们。

冬至尚未到来,雪线下的牧场就已是"初寒料峭"。此时的天空显得更蓝、更净,万里无云。天空可见的,只有傍晚成行成列南飞的大雁,冬窝子

（雪线下的牧人们冬天放牧的定居点）的屋檐下，唧唧喳喳的麻雀密密麻麻地挤在一起。那天，更登确迫对钟国强说："整个冬天，这些鸟儿就栖息在我们的冬窝子里。我叫不出它们的名字，但我知道它们就像我们雪线下的牧人一样，是同一个大家族。"

率队前往冬窝子开展慰问演出的钟国强抬头眺望，雪线下冬窝子的房顶上堆满了索篓枝条，黑色的枝桠交错合抱，于寨子的房顶形成黑色的一片阵地。鸟儿们站在那里整天都在鸣叫，灰白的天幕渐渐压低，它们的叫声也更加密集。大雪将至，它们的口中仿佛噙上了一段段黑色的索篓枝条，鸣叫出的声音尖细而嘈杂。直到细雪一点点透过云层，落入索篓枝条的骨缝；直到大雪如掌，笼罩天宇，它们的叫声才慢慢静寂。而在晴天，黄昏来临，在绛黄的天幕上，它们展翅飞旋，黑色的身影在天空划出道道刻痕。当天空转为深红，仿佛它们用钢针刺破了胸脯，羽毛蘸着鲜血均匀涂抹而成。它们鸣叫着，翱翔着，直到雪线下的牧场转暗，天穹升起晶亮的星辰。

院子外面成排的柏杨树上，零星地挂着几片黄叶，树丫上站着几只乌鸦，它们时而呱呱地叫着，时而跳到树下觅食。蚊蝇、甲虫们都已销声匿迹，大地出奇的安静，偶尔能看到，一两只黄鸭在嘎溪河边悠闲散步的身影。放眼望去，天青气爽，心无阻隔，一片开阔。钟国强有些感慨道："每当这个季节来到雪线下的冬牧场，心情立马就敞亮了许多。"

事实确也如此。待到天空飘下雪花，雪线开始下移，良美叶实神山就覆满了白雪，山下的溪流慢慢地凝成了银冰。雪线下的牧场的冬天又有了一番新的情趣。雪线下那些原本体态轻柔的山坡，越发显得"银装素裹，分外妖娆"。

雪线下冬窝子里的那堵旧墙，小心翼翼地站立在那儿，犹如一位饱经沧桑的牧民。更登确迫指着那堵旧墙对钟国强说："这是我的老房子，是我爷爷的爷爷修的,旁边那栋新房子是我前年新修起来的。"

见钟国强久久地望着那堵佝偻着的旧墙发呆,更登确迫又说:"原来它很高,现在越来越矮了。"

"嗯,是啊,它还会继续矮下去的,矮成一截尘封的历史,那是雪线下牧场的历史!"钟国强感慨地说。

更登确迫耸了耸肩,显得很无奈的样子。这时,一缕炊烟飘过钟国强和更登确迫的头顶,在雪线下的夜空里它也显得那么亮堂。钟国强想,这袅绕的炊烟里面一定是藏着星星。这星星是从雪线下牧场的溪流里舀起来的,那种清冽、温柔的亮光,让钟国强想想都会变得陶醉。

5

飘雪后的一个早晨,当借住于更登确迫冬窝子里的钟国强轻轻推开房门时,白雪已刷新了院子的每个角落。更登确迫正在打扫院子里的积雪,从楼房门口到院子大门,已经扫出了一条干净的土路。"尔尕达(辛苦了),更登确迫!"钟国强用当地话向他问好。在雪线下生活久了,这位从上海来的汉族干部也会说几句藏语了,而且还很流利,当然这和梅朵平时的教导有很大的关系。

"嘛尔尕达呀(不辛苦),你瞌睡的多多睡嘛,反正下雪,你们艺术团演节目的时间要中午过后了。再说了,这样的天气你拍照也拍不了什么。"更登确迫一边扫雪一边与钟国强说话。

钟国强沿着更登确迫刚刚扫出的小路向院子大门走去。只见整个冬牧场的房子错落有致,雪线下那些凸凹不平的冬窝子,全部穿上了洁白的衣裳,在早晨清冷的阳光照耀下,别有一番韵致。极目远望,阳光、白雪布满了整个天地,充盈着大地万物,分不清哪儿是地,哪儿是天。洁白的衣裳熠熠发光,如锦缎,似哈达,漂亮极了!

钟国强赶紧回到屋里,取来相机,在雪线下这个冬牧场里跑来跑去,在雪地里发疯似的按着快门。一个上午就这样过去了。

夕阳西下的时候,冬牧场后面那洒满雪的山坡,尤其是那离天最近的地方,渐渐被染成了红色,给人一种朦胧、浪漫的感觉……这就是雪线下牧场的冬天。那天是蓝色的,山和地是白色的,冒着炊烟的冬窝子,远看是黑色的,近看则是黄土红瓦,炊烟袅袅,极富乡村情趣,让人心生留恋。尤其是冬窝子外面那没有树叶的秃枝上,结满了形状各异的冰柱。它们有的像刀、有的像枪、有的像花、有的像果、有的像动物,但更多的是犹如丝线穿成的一串串冰花。风小的时候,它们在树枝上轻轻摇曳;风大时,它们又沉沉地坠落大地。

太阳升起后,随着温度升高,冰柱又会被融化,树挂也慢慢消失了。雪线下遥远的冬窝子,寒冷的土坯房顶在冬天里反射着太阳的光芒,照耀着牧场后面的白雪,以及雪线下牧人们黝黑的脸。

那天傍晚,尕尔伯的妻子去到"那边"的侄女德吉拉姆所生的名叫郎卡的孩子过来了,便与更登确迫家的孩子们一起玩耍。这个已经 10 岁的孩子,脑袋圆圆的,留着浅浅的平头,额头下长着一对会说话的眼睛,身披绛红色袈裟,看上去聪明伶俐。更登确迫告诉钟国强:"这个可怜的孩子,从小就失去母爱,他阿妈生下他不到两个月就跑了,阿爸是谁也不清楚。尕尔伯的老婆几年前就将郎卡送到雪线下的寺庙拜师当了和尚。这几天寺庙里的师傅到贾洛草原念经,尕尔伯两口子又去雪线下的牧场帮助他们的儿子转场,没人照顾,我们只好帮忙了。"

吃过晚饭,郎卡、更登确迫家的孩子以及寨子里其他牧人的孩子们拿上冰车、铁锹,三五成群地向冬窝子后面的山坡跑去。

这个冬窝子的后山是阴面,阳光照射时间短,白雪整冬不化,且越积越厚,越积越实。孩子们到了山上,把冰车放在山坡上向下滑去;没有冰车的孩子,则用铁锹头代替冰车。他们穿着五颜六色的衣服,像花瓣一样飘来飘去。整个后山坡顿时充满了孩子们的欢声笑语。

天渐渐黑了,孩子们在欢快的笑声中,滚得满身是雪,跑回家中。与钟国强一同前往冬牧场组织演出的小王把孩子们的欢声笑语装进了摄像机,而钟国强却把他们的五颜六色摄入了他的相机。

山坡下有一条小路,曲曲折折通往那个昏暗酥油灯闪烁的寨房。寨子后面是一片幽暗的森林,冰冷的树桩在黄昏里若隐若现,这就是雪线下牧人们冬天生活的地方。在落日与日出之间,白昼的光线轻易地转换着,雪线下的那条小路的另一端通往雪线下的夏牧场。几百年来,不知有多少牧民在这条小路上往返。

6

一场又一场的大雪融化成水银。天黑后,雪线下的村庄显得格外宁静。每家牧人的家中,生起了红红的牛粪火炉。一家大小围在火炉前,品茶聊天,那种氛围让人感到暖融融的,温馨美好。在更登迫家的炉火旁,小郎卡正伸出他那双冻得绯红的小手烤着。此时此刻,钟国强对眼前这个孩子的身世充满了好奇。

其实,一个人在哪里出生,生在什么样的家庭,是作为汉人、藏人或是蒙古人出生,还是以男人或女人,贫富或贵贱,生命或长或短,以及幸福或不幸的人出现,这一切都无法由自己来选择。郎卡也是如此,从很小的时候起,他就常常问他的爷爷尕尔伯和奶奶曲珍:"我是怎么出生的?我母亲是谁?"但他们谁也不对小郎卡说实话。这使他对自己的身世更加好奇。当他再次问曲珍时,这位雪线下的妇女却说:"天哪,这孩子是不是疯了,为什么总是问这个问题?"这时,他的尕尔伯爷爷就会插进来说:"你不能这样说,小孩想知道这个问题,哪一天你就告诉他吧。"

几天之后,在一个临睡前的晚上,小郎卡又问到了他的身世。这一次,曲珍奶奶终于告诉了他出生的整个故事……

　　许多年前,当时良美叶实神山南麓和北面的牧场之间还没有发生过战争。夏季雪线下的牧场上到处都是鲜花,雪线下寺院桑烟缭绕,佛音清扬,男女老少手持念珠,转经念佛。种种迹象表明,雪线下是一个佛法弘扬的地方。原野上到处可以看到男人们在牧放牛、马、羊,同时能够听到他们的歌声和甩投石器的声音,可见雪线下的部落都很富裕。每家每户的妇女们都在里里外外忙着挤奶、打制酥油。她们的歌声和从帐篷传出的朗朗笑声越发显示出雪线下的和谐安宁。当年,美神部落就像生长在草地上的蘑菇群一样驻扎在嘎溪河东岸。村落靠近山脚的地方有一户人家,巨大的牦牛帐篷的后方一杆经幡在风中哗哗飘动,帐篷门前左右两边的木桩上拴着两只老虎般健壮的藏獒。每当看到陌生人,两只藏獒便会猛扑狂叫,两根木桩都有被拉断的感觉。村落内外没有人不怕这两只狗的。

　　黄昏时分,牛、羊、马都被赶回了家,公马被铐绳铐起来,母马套在链条上,牛栏里一排排地拴着牦牛和奶牛,羊圈里挤满了羊,无论是谁一眼就可以看出这是一个富有的人家。这就是美神部落的夏牧场。平日里那位一头佩戴着珊瑚首饰,里里外外奔忙着做家务事,处处撒着朗朗的笑声,热情地迎送和招待来自远近各方客人的妇女,就是小郎卡的阿妈德吉拉姆的奶奶,她叫才让吉。据说德吉拉姆的爷爷是从果洛草原过来入赘到美神部落的,此后,美神部落就开始大吉大利,人畜兴旺,财富剧增,步入到了鼎盛时期。德吉拉姆的爷爷入赘到美神部落不久,才让吉就为美神家生了德吉拉姆的爸爸,也就是小郎卡的爷爷;小郎卡的爷爷成了美神部落的最后一位土司,后来娶妻生了小郎卡的阿妈德吉拉姆。但在德吉拉姆很小的时候,小郎卡的亲生爷爷和奶奶就被盗马贼打死了。小郎卡的阿妈德吉拉姆是由曲珍带大的,因为曲珍奶奶是小郎卡亲生爷爷的妹妹。后来,德吉拉姆和雪线下的牧人甲央泽真生了小郎卡。

7

　　小郎卡是在藏历第十六个甲子公鼠年八月十四日的夜里出生的。那天夜晚，狂风暴雨，天黑得伸手不见五指。在一道道闪电中，可以看到曲珍奶奶家帐篷后面的经幡和门前的牛马，以及悄悄地拥挤在一起的羊群。帐篷里货堆前的神龛上供奉的一对酥油灯在风中闪烁着。土灶中燃烧的火苗上，歪斜地支着一个铜锅，火坑里的灰火上放着一个小茶壶。当时尚还年轻的曲珍奶奶手里拿着念珠，坐在锅灶旁不停地祈祷："愿三宝保佑，愿贡唐仓仁波切保佑，保佑她们母子俩性命安全，平安无事……"

　　曲珍除了时而咳嗽几声外，一刻不停地祈祷。到了下半夜，雨依然不停地下着，而闪电却变得更猛烈。家里的货堆、土灶、器具以及躺着的家人，在一道道闪电下忽隐忽现。突然，随着一声揪心的巨雷声，一道闪电劈打在帐篷的附近，雷电使脚下的土地都有点震动的感觉，瞬间一股焦味传入帐篷里。一时间，牛、羊、马以及门口的狗一起嘶叫起来。

　　土灶旁的曲珍由于恐惧，大声喊道："护法大神保佑啊，今夜到底怎么了！"

　　此时，睡在帐篷下方货堆旁的尕尔伯斥责道："你别喊了！还是去看看姑娘怎么样了。"

　　曲珍回答说："还在阵痛中，现在好像有点安静了。真不知是怎么回事，生又生不了，是不是要出人命啊！"

　　"别说疯话了，她不会死的。"尕尔伯一边忿忿地说着，一边抬起头，"孩子，云巴，你起来到外面去看一看，好像羊群被暴雨给赶走了。"

　　"好的，阿爸。"从帐篷另一边的货堆旁一个留有长发的年轻人赤裸着上身，拿起长枪走出了帐篷。这时，只听见一个女人喊道："阿妈，哎哟，阿妈,您到这儿来一下。""好的,我马上来……孩子,使劲,用力,对,快要出生了,三宝保佑,贡唐仓仁波切保佑……"

暴雨中,与雷鸣一起又有一道闪电劈打在帐篷的背面,顿时,帐篷里充满了烟雾和焦味。

尕尔伯爷爷抬起头:"这个该诅咒的恶天气今夜到底怎么了!"他的话音还没落,从德吉拉姆睡的地方传来一声细弱的"啊啊"的哭泣声。

曲珍兴奋地喊道:"三宝保佑,生下来了,生下来了!"

尕尔伯高兴地说:"这下可好了,小心别让雷电击打这孩子,我马上起来。"

"托三宝的福,美神家又生了一个男孩,真让人高兴,又是一个男孩。"曲珍不停地说着。

尕尔伯得意地说:"一点也没错,应当是一个男孩,昨夜我梦见的也是一个男孩。"

曲珍笑着说:"别吹牛了,谁都知道你的梦不准。"

"我真的梦见了。"尕尔伯爷爷又接着问,"云巴这孩子去哪儿了? 从今天起他就要做舅舅了,今天应当是十五号,天也亮了,快去煨桑。"

天亮了,雨也停了,曲珍家帐篷后面煨起了一堆冲天的桑。帐篷里面随着家人快乐的笑声不时地传来一阵阵婴儿呀呀的哭声。邻居家开始传话说:"好幸运呀,听说美神家又生了一个男孩。云巴当舅舅了。"

就这样,在藏历第十六个甲子雄鼠年八月十五号的暴雨和雷电声中,德吉拉姆生下了郎卡。无论是由于尕尔伯做的好梦,还是因为曲珍的虔诚祈祷,或是由于德吉拉姆的前世积德。总之,自从郎卡出生以后,尽管小郎卡的阿妈还未结束母乳期就离开了这个孩子,但尕尔伯、曲珍还有云巴,全家人依然把他当作宝贝一样看护。

在没有获得生命之前,小郎卡纤弱的灵魂在黑暗的途中迷茫了很久,但是，自出生的那一时刻起，小郎卡便来到了充满阳光的人世间。他不仅出生在了佛法昌盛的雪域藏地，而且还出生在了一个敬佛修善、知恩感德、遵法知耻的好时代。家人和亲戚们经常会说："不知他是谁的转世。"

谁也无法预言一个人生命的长短、命运的好坏，但自出生的那天起这个人必须开始一步步地走自己的路。曲珍一边摇着经轮，一边念念有词："愿三宝保佑这孩子，在艰难而无常的人生道路上给他指明方向。"

『第十章』

修行僧尼玛

1

在很多人的眼里,藏传佛教僧人是两耳不闻窗外事的"出世"清修者。而雪线下寺庙的修行僧尼玛却是一个怀揣梦想的"入世"修行者。

那个夏天,钟国强要去看看这座雪线下的寺庙。寺庙位于县城西北角,沿山脚土路前行,绕过一座土丘,一栋两层小楼便出现在钟国强的视野中。白色浮雕的露台围栏十分醒目,而棕色梯形的藏式窗围和后山飘舞的五彩经幡则提示着主人的身份。奇特的诵经声把他径直引向二楼。在一间布满烛台、梵钟、钲鼓等法器的屋子里,一位身着绛红色对襟宽腰分体藏袍的壮年僧人正盘膝而坐念经,木鱼和着梵唱。他就是这里的主人:修行僧尼玛。

"我念的是密宗《大自在祈祷文》,祈佑众生平安,这是我每天的功课。"尼玛对钟国强说。

这位修行僧的汉语虽然不是十分流利,但不影响交流。尼玛告诉钟国强,自己不仅仅是这座寺庙的管委会成员,除了每天修行念经,还要为当地信教群众讲经,每年要主持几次寺院的法会。

"不管活佛也好,僧人也好,都是为众生做事的人,真正的修行人是为人民服务的。地藏王菩萨的经文里说:'地狱不空,誓不成佛。'地狱众生解脱了以后,我才能成佛,他们所有的痛苦都由我来代替和承担。这样一个很大的决心可以说是发菩提心、慈悲心。我们帮助老百姓解决生活中的困难,主要是心理困惑,"尼玛说,"现在社会那么发达,但人人心里都有说不出来的压力,心里无法'相看',于是他们会找到活佛、僧人。我就告诉他们怎么想能好一些,怎么做能好一些。"

尼玛出生于青海果洛草原,是甲央泽真妻子英措的二哥,早年入寺为僧,在雪线下的寺庙修行已经几十年了。

短叙后,钟国强随尼玛走出家门。一路上,不断有人躬身合十,一位抱着孩子的年轻藏族母亲看到尼玛后问道:"您晚上在家吗?"

"在。有什么事?"

"孩子这几天有点不舒服,想让您给他念念经。"

"好的。晚上你过来吧。"

那位年轻的藏族妈妈连连道谢,欢天喜地地离开了。

这时,一位牧民跟过来,向尼玛双手递上一条黄色绸带。尼玛口中念念有词,将绸带打成结,还在上面哈了三口气。尼玛介绍说,这叫金刚结,挂在新居门楣上,可以保平安、增幸福。

在这里,尼玛是尊者、医者和引路人,是一个拥有神力的人。当一位藏族老奶奶在俯身接受尼玛摸顶赐福时,那敬畏、虔诚的目光,让钟国强深刻地感受到藏传佛教在雪线下的藏民心中有着无可比拟的崇高地位。

在离尼玛家不远的东山坡上,钟国强看到了一片金碧辉煌的藏传佛教建筑——这就是雪线下的寺庙。这里除了一座供奉有 5000 座佛像的宏大的"寂怒百尊坛城",还将设立藏传佛教研究学院、藏族古代历史博物馆、藏区当代文化生活展厅,以及藏区养老院等机构。

站在这恢宏的建筑前,尼玛谈起了他的梦。他告诉钟国强,佛家讲慈悲心,而他所做的一切就是为了实现心中那个"利乐众生"的梦想。

2

雪线下的牧场地势高远,气候寒冷干燥,太阳辐射强烈,这些条件使雪线下的牧人形成了特有的生活方式和教育方式。这里的人们生活简单,思想淳朴。但是,随着世界慢慢变成"地球村"之后,物质文明的冲击给这片土地上的牧民同样造成了很大的压力。

"我的愿望是所有僧人能够在保证一定佛学修为的基础上,学习更多的现代文化知识,这样才能利益众生。"尼玛告诉了钟国强他的真实想法。

尼玛是英措的哥哥,他5岁不到时就被阿妈梅西送去果洛一家寺庙拜师当了僧人,不到10岁就接受了灌顶。"那时我们寺院有六十多位僧人,两位活佛,一位堪布。"尼玛告诉钟国强,一天,他的老师在传授灌顶时,手指着他说:"你过来!"尼玛当时以为说的不是他,所以就一直愣在那儿没过去。老师再次指着他说:"就是你,快过来。"当时尼玛以为自己做错什么了,心里有点害怕。

老师问道:"你今年多大啦?"

尼玛回答说:"老师,我今年十三岁了。"

老师又问:"以前接触过佛法吗?"

尼玛回答:"我修过一次九加行。"

"这个小孩将来会成为很优秀的弘法者。"老师对另外一位活佛说。

当时,尼玛的老师就吩咐寺里的管家,让尼玛的家长去见他。尼玛的阿妈梅西有点害怕,因为尼玛的老师在果洛草原非常有名,梅西阿妈不知道活佛让她去拜访有何事。到了活佛那儿,梅西阿妈行了礼后,跪在了活佛的面前。

活佛问她:"你只有这一个孩子吗?"

梅西回答:"不,还有一子一女。"

"那就非常好,你能让他去雪线下的大圆满寺院读书吗?"活佛手指着尼玛问梅西。

梅西回答道:"我听您的。"

当时活佛说雪线下的大圆满寺庙有一座闭关室,是夏匝巴大师亲自建立的大圆满闭关中心,"你让孩子去那里闭关,他的未来不可限量。"

就这样,尼玛去到雪线下的大圆满寺庙修行了。

3

"当时寺庙里的大师和僧人都表示希望我去大圆满禅修中心。"尼玛说,夏匝巴大师是19世纪中叶诞生在夏匝扎科地区的大圆满历代大师。他既是一名佛学家、历史学家、教育学家、作家,还是一位名副其实的医学家。年幼的尼玛要去的就是这位大师亲自建立的闭关中心。尼玛按照老师的指令,来到了大圆满寺。在大圆满寺,他首先拜访了大圆满寺的住寺活佛。当时活佛问他:"你到大圆满寺,非常好,你接下来有什么安排?"

尼玛回答说:"我想闭关三年。"

"三年闭关的已经在闭关,只能等到下一轮三年才能进去,要不你先修外闭关吧。"活佛说。

"闭关"是藏传佛教的三门清净、远离红尘琐事的静修方法。当时雪线下的大圆满寺有两种闭关方式,一种是不出闭关室外的,称之为内闭关;另一种是不出寺庙外的,称之为外闭关。尼玛按照活佛的安排,先做了不出寺外的"小闭关"三年。在闭关期间,尼玛一方面学习藏文化、藏族历史以及文学、逻辑学,以此提高佛学水平,提升内在的无我价值观;另一方面学修大圆满实修课程,以此提高实修之水平。由于之前没有佛学和藏文化的基础,再加之年幼的尼玛的理解能力有限,导致他没有取得大的突破和成绩。

当时,尼玛在雪线下的大圆满寺的第一个老师叫康木王旦增,是雪线下大圆满寺的大堪布。他对尼玛教导说:"学佛就是要学自己,了解自己,一切言教都是为了打破自我,认识无我,认识真正的自己。"

尼玛在大圆满寺学习的第一个课程是《法藏库》、《大圆满前行法海言教》、《菩提道次第正教明灯》。大师在讲《法藏库》的第一天就对尼玛说:"作为大圆满行者,应当把自己的大师视为佛菩萨。"大师还说,"若把大师当作佛,你所得的加持是佛的加持;若把大师当作一般凡人,你所得的加持只是凡人的加持。"

尼玛告诉钟国强:"学佛和研究佛法是两个概念,学佛是通过佛学知识、师父的指点以及诀窍来突破自己,研究自己,了解自己,审视自我。当有一天真的把自己给研究透了,了解透了,就算是成功了。研究佛法就是研究佛学的知识、历史和那些菩萨的生平。研究佛法不一定是在学佛,因为研究佛法不一定是在研究自己。"

4

刚到雪线下的大圆满寺庙,尼玛对佛的认知仅仅限于表面。在他看来,佛就像唐卡里所绘画的那样,非常庄严和慈祥,而大师就是坐在他眼前的头发光光的老人,怎么才能把这两者融为一体呢? 对于尼玛来说这个难度很大,其实那时他自己还没能明白其中的道理。后来,随着年龄的增长,尼玛逐步认识到,所谓把大师当作佛,不是一个活生生的人附体到另外一个人身上,而是因为他们的精神和价值观相同。

"你们如何才能做到把大师当作佛陀呢?"钟国强问尼玛。

尼玛说:"如果一个人的心中没有傲慢,没有自大骄傲,对大师、对大德高僧自然就能生起恭敬心和虔诚心。有了虔诚心、恭敬心,自然而然就能把他看作佛,就像尊重佛陀那样尊重大师。"

尼玛继续说道:"有句俗话说得好,所有的机会都是留给有准备的人,如果你没有准备好,那你就没有机会。而我们修行当中的前行即加行就是在做准备,打基础,准备做得充分了,机会自然就有。"尼玛解释说,比如有人没去过西藏,但他可以通过网络、电视、图片和资料来了解西藏,这样虽然对西藏有所了解,却不够深入、全面和真实。前行的修心功课就是这样,虽不是专职修心,但也通过不同方法提高修行、觉悟智慧。如果有一天他真的到了拉萨，在亲眼目睹的基础上再做研究，那么体会就更深刻更真实了。"我这里所提到的修心功课是针对调服心而言，其针对性很强，是比较专业的课程，西藏佛教里称其为指点心性，就是为弟子指点心的本性。"

听到这里，钟国强有些明白了："你所说的这一切，以我之见，似乎与西方心理学里的个案有点相似，就是一对一的传法。这一对一的传法不是师父按照个人喜好来的，而是师父根据弟子的不同情况而传授，因为每个弟子的经历、感悟、理解能力、修行角度都不相同，所以对不同弟子要传不同的方法，让弟子认识自己的心性。"

"是的，你说的很对，看来你对我们藏传佛教的修法还很有研究嘛。"从尼玛的眼神判断，他已经接纳了钟国强这位汉族干部，而且还流露出了钦佩的表情。尼玛继续对钟国强解释说："我们这里讨论的心，其实就是你们所说的思想。弟子以虔诚、恭敬的心来提问，而师父以慈悲、包容的心来解答问题，二者的谈话内容都是双方的心里话和真实的领悟。"

5

尼玛告诉钟国强，在妈妈梅西和哥哥罗生的支持下，在雪线下大圆满寺庙活佛的精心安排下，他二十一岁时终于有机会进入雪线下的大圆满寺闭关室，践行佛法。尼玛说："在我的理解中，身体关在里面，心不一定也在闭关，人在外面心不一定不清净和不实修，只要时刻能关注自己，审视自我，反观自心，无论身在何处，都是修行。但如果缺乏审视自我、反省自己、修复自我、改善自我的认知，那么无论身在何处，都不是修行。"

其实，别看钟国强是一位来自内地的汉族干部，他平时对雪线下大圆满寺庙的闭关修行方法很感兴趣，好像也作过一些研究。钟国强对尼玛说："相对来说，我认为在闭关室里修行更好，因为在闭关室里，第一，师父天天引导你，监督你，使你时刻不松懈，不懒惰；第二，闭关室有根据闭关者的慧根深浅而打造的专门课程,针对性比较强;第三,如果身在闭关室,最起码知道自己在闭关,自己在修行,那么对于这样的人来说除了修行没什么可做的,修行就变成他的全部工作。"

尼玛听了感慨道:"是啊,你们汉族人有句话叫做'惹不起躲得起',世俗红尘的很多琐事既然你处理不了,就别处理,避开它也是一种修行;有些事情,你无能反抗就别反抗,暂时缓一缓,或者避开这些,总有一天会有处理的方法或者机会。机会不是只有眼前才有,而是时时刻刻都有,只要你有耐心、胆量和勇气,机会无处不在。关键是现在许多人缺乏耐心,缺乏勇气和自信,心里着急、冲动,结果导致一大堆的错误。"

"难道这就是你当时要闭关的真正原因?"钟国强问尼玛。

尼玛说:"是的。我为什么要闭关? 就是因为当时的我没有太多的理解能力和承受能力。既然不能接受,承受不起,就先别碰它,隔一段时间,当自己能承受,有能力接受时再去处理,那时情况就不同了。所以先闭关,以此培养自己的内在,充足力量,等自己的身心有一种力量时,再来处理一切。"

"其实闭关就是先抛开世俗,抛开那些杂事儿,把自己修复好,等改善好了,再去利益他人。它是以清静、回避的方式修心,充足能量,就是以退为进。"钟国强进一步讲出了他的看法。

尼玛说:"从进入闭关室的第一天开始,师父就培养我们打坐、观想的习惯,提高内观的能力。当时我们的课程要求非常严格,每天磕一千个大头,以此消除心中的傲慢、骄傲自大;每天念一千遍发心颂,以此减少自私和自利之心;每天修一千遍曼陀罗,以此增加福报,增加善缘,打下修行的善缘基础;每天念一千遍百字明咒,以此忏悔,审视自我,消除业障;每天诵修一千遍大师相应法,以此解除自我和二元论的观点,提高修心功课的水平。下午修本尊,供护法,还要每天坚持做烟供三次,舍身断法一次,每天晚上要有一至两个小时的静坐即内观。"尼玛告诉钟国强,磕头和早上的呼吸是修身,以此提高身体之素质;诵修咒语、念诵本尊和护法是培养语言,以此解除各种麻烦;打坐、观想是修心,是培养内观的方法。无论做什么或说什么,都是为了修整身口意,完善身口意,提高身口意的和善能力。完善身口意是为了修心,为了认知真正的自己。

尼玛还说,他们每一年的夏天修一次九加行,以此提高观想的水准;每年的冬天修一次拙火或者气脉明点,即修身、修脉、修语言、修心的各种方法。第二年气脉明点加上辟谷,第三年气脉明点加上黑闭关。三年中共修了气脉明点、睡梦瑜伽、光明、中阴和黑闭关。

6

二十四岁时,尼玛毕业于雪线下的大圆满寺闭关中心,出关后去了雪线下的寺庙。当他来到雪线下寺庙的那天晚上,梦见了寺庙院子里有一朵非常大的千瓣莲花,并看到了文殊菩萨从东方飞来并降落到院子里。只见文殊菩萨手里拿着一把剑和一本经函,文殊菩萨把手中的经函赐予尼玛,说:"好好收藏它,总有一天会用到它。"

第二天尼玛去寺院里,他的老师就送了他一套般若经函,他当时就觉得这跟在梦里的很相近。自那时起,尼玛就开始收集资料,研究藏族历史。二十五岁至三十二岁之间(除了一年半的闭关之外),尼玛走遍了三大藏区,接触过各种人群,包括专家学者、高僧大德、政府官员、学生或商人。他觉得这些人都是他的老师,因为他从他们身上学到了很多东西,非常感恩。之前,尼玛是以学习的态度去接触佛法,学习藏文化,而这次是以研究、探索的态度去接触这些,所以理解、研究的结果也自然不一样。

钟国强问他:"你们藏族有什么值得让人骄傲的人文历史?"

尼玛回答说:"藏族文化有着两个大的体系,分别为本波教文化和班底教文化。本波教文化又称本教文化或者象雄文化,它所涵盖的内容和意义非常广泛,是藏族人从古至今逐步累积的生活体验、风俗习惯、文化信仰。班底教文化是除了本教以外的所有文化,包括藏传宁玛派、格鲁派、萨迦派、噶举派、噶当派当中所呈现或包含的所有文化。现在它们之间已融为一体,你中有我,我中有你,难以分清谁是谁。"尼玛接着解释说,无论是本波教还是班底教,都是藏族最独特的文化,是青藏高原在漫长岁月中慢慢培育、创造出来的喜马拉雅文化。它们都以佛教文化为主,其信仰、文化习惯、理念都与佛法有着密切关系。

尼玛说:"我在闭关时,学习了五部大论、五大法藏,我对这些再熟悉不过,但后来我出来开始做研究工作,社交范围更加扩大时,自己的态度也渐渐变了,变得不认识五部大论,不认识五大法藏,觉得自己变得太渺小,甚至找不到自己。后来才知道,这些都是好的现象,因为之前的我心中充满傲气,自大狂妄,而当我接触各种人物,社交范围扩大后,态度自然而然会变的。由此可见,学佛不一定要在闭关室里学,或者不一定天天看佛教的书籍,只要反观自心,审视自我,老师无处不在,修行无处不在。"

尼玛还告诉钟国强,他的父亲是因为各种复杂的社会关系,在果洛草原被人杀死的。他说:"我的杀父仇人就在离我们牧场不远之处,我们抬头不见低头见。可能是因为母亲常提及这事的原因吧,我每次看见此人心里就有一种说不出的怨恨。"尼玛自从十三岁开始踏上修行之路,每次都在告诉自己,不要被仇恨、贪婪、自私所蒙蔽,但有些事情不是说放下就能放下,不是说淡忘就能淡忘的。后来他离开家乡,在雪线下的大圆满寺待了六年。时间是最好的良药,最好的修行。六年里,他淡忘了很多事情,包括杀父仇人。后来,当他回到老家,又看见了那个仇人,但每次看见他,尼玛心里还是不舒服,还是存有诋毁、不喜欢的成分。每当此时,他就不停地告诫自己:"我是个修行人,而且是雪线下大圆满寺闭关室出来的行者,是活佛的弟子,不能在无常的爱憎之中挣扎,要放下一切。"从二十七岁开始,他又在另一座寺庙修行院闭关了一年半,一方面在修普巴金刚和马头明王本尊,另一方面又开始写藏族历史,并努力学习汉文。从那里出来后,尼玛以为自己已彻底放下了对仇人的成见,但当他看见仇人的时候心里还是有不太一样的感觉。后来仇人家的儿子在雪线下的寺庙出家为僧,这个孩子特听话,尼玛对他没有任何成见,还为他讲过课。最后,尼玛十分感慨地说:"在生活中我们也会有自己喜欢或者不喜欢的人,但他们跟你的杀父仇人在感觉上很不一样。你真有这样的遭遇,这样的仇恨,你才有机会修包容、修忍辱,才有机会修慈悲心。从某种角度而言,你有杀父仇人是福,你有所爱的人也是福,因为有这些你才知道你对爱憎的心是否真的经得起考验。"

7

说话间,一位小和尚端着一个大大的盘子,里面盛满了热气腾腾的手抓牦牛肉,恭恭敬敬地走进了尼玛的房间,把盘子放在钟国强面前。

尼玛说:"这个小和尚就是我的杀父仇人的儿子,他现在是我的弟子。"尼玛用手指着手抓肉说,"你吃吧,这是他到街上专门为你买来的手抓牦牛肉。这几天我吃素,不吃这东西。咱们边吃边聊嘛。"

那天,钟国强在尼玛的僧舍里待了整整一天,两人开心地聊了很多事。在吃肉的过程中,钟国强突然问尼玛:"你认为佛法的精髓是什么?"

尼玛沉思了片刻,说:"依我之见,佛法的精髓应该是戒律,而戒律之根本在于僧侣,僧侣的精要在于寺院的管理和佛学教育。我之所以强调僧人的学习,是因为他们最需要这样的环境,但他们的学习环境中缺乏现代教育。我们应该从人类学、自然科学或者社会学、宇宙学、哲学以及历史学角度去看佛法、学习佛法,这样才能使我们看得更完整、圆满,因为佛学就是一门综合科学。"尼玛说,不懂佛法的人也许会认为僧人教育与社会教育间构不成什么关系,但如今藏区僧人人数占据了藏族总人口的百分之三十,寺院教育和佛教教育就是他们的生活。佛法其实也是一项服务工作,而僧人就是从事该行业的人,如果他们缺乏仁慈、智慧、学习、教育,那么产生的负面影响将极大。他认为改善寺院教育是改变藏区教育的第一步。如果缺乏真诚的佛学教育,僧人所提供的服务就会大打折扣;如果学不到现代知识,就没法利益现代的众生。为了度化更多的现代人,必须打造与传统文化相融合的现代教育,这样才能为僧人提供更多方便的法门,僧人也才能成为新时代的合格僧人。

尼玛告诉钟国强,他六年前就开始关注藏区的教育现状,甚至到过藏区各地寺院和村校去实地调查,发现了很多问题。譬如:有的学校离村子远,交通不便,孩子上学时很不安全,或者大部分时间都浪费在路上;有的学校缺少老师,就几个代课老师在管理整个学校,教学上存在各种问题,最后导致当地百姓的不信任。

尼玛说:"每当面对这些问题时,我就迸发出强烈的愿望,希望尽我最大的能力,去帮助那些最需要帮助的小孩,因为学生是我们的未来,是我们的希望,帮助小孩就是帮助我们自己。"

"要实现你的愿望,你觉得需要做哪些工作?"钟国强问。

"如果你要实现这样的愿望,就得靠佛法的伟大精神。我非常希望我们藏区学校的办学宗旨要立足培养精通藏汉双语的优秀学生,通过教授佛学、藏族道德观、儒学、现代科学等,培养有爱心、勇于承担责任的下一代。"

听着这位修行僧的侃侃而谈,对其深厚的藏文化底蕴,钟国强发自内心深处的敬意油然而生。

第十一章

扎西、泽白
和多杰华丹

1

那天下午,更登确迫从雪线下的牧场给钟国强打来电话,他要钟国强关照一位将要来县城上寄宿制小学的孩子,钟国强顺口应承下来。

9月初,他来了,拿出一封信,钟国强打开信封,只见上面写道:"站在你面前的这位孩子,就是我提及的那位上寄宿制小学的孩子——多杰华丹,他是甲央泽真的小儿子。甲央泽真是一位极不负责任的男人,他的失踪给这个家庭带来的困苦是可想而知的。多杰华丹是个好孩子,至少目前看来是这样,他还想继续上学读书。别看他瘦小,他已经在雪线下的寄宿制小学上了两年学了。我想你们是有共同的话题的。"

"你是甲央泽真的儿子?"

"是的。"

钟国强怎么也没有想到一位在雪线下牧场上放牧的孩子会以县寄宿制小学学生的身份站在他面前。多杰华丹的汉语虽然说得非常好,但毕竟在牧区上待了一个假期,头发长得很长,蓬头垢面,衣服也脏,手很黑,黝黑的脸上除了两颗黑珍珠似的眼睛看上去干净明亮外,一切都脏兮兮的,整个人身上散发出一种牧场上特有的酥油味道。

钟国强要多杰华丹跟他一起回家洗澡,换衣服。可多杰华丹却执意不肯,他要去嘎溪河边洗澡。那天,在嘎溪河畔,钟国强第一次看着雪线下的牧人的孩子用绒布蘸冰冷的河水擦身,从而知道了什么叫做强健的牧人。

钟国强又到县城的自由市场给多杰华丹买来了衣服、裤子、靴子、袜子……从头到脚给他换了一个彻底,穿上新衣服的多杰华丹看上去精神多了。

多杰华丹来了,有一天,钟国强拿出一摞昔日在雪线下拍摄的照片请他欣赏。多杰华丹一张张看着,忽然惊叫起来,他的视线一下子停留在了一张英俊的藏族小伙子的照片上。

多杰华丹盯着照片足足看了有一分多钟，然后轻声问道："您能把这张照片给我吗?"

"当然可以，不过这张照片有什么特别之处吗?"

"这是我的阿哥扎西。"

世界真小，这回该轮到钟国强吃惊了。

"可是他已经死了，在几年前的那次事件中死的。"

钟国强听了一阵难过。

"我们有个风俗，人死了就要把他的照片及他生前用过的所有东西全部毁了或者送到寺庙里去，要不，死者的灵魂看见他生前用过的东西就会留恋人间，思念他生前的亲人，不肯离去，他的灵魂也不能尽快转世轮回……"多杰华丹的话好像是在陈述要这张照片的理由。

其实，钟国强在雪线下的牧场帮扶时就已经隐约知道扎西的事了，但他并不知道就是照片上的这位小伙子，更不知道照片上这位小伙子就是甲央泽真的大儿子。

这时，钟国强提起了笔，特意在那张照片后面写上了拍摄日期，对于这个日子，钟国强记得特别清楚，因为那是雪线下的牧人们举行"莫郎节"跳神的日子。

钟国强心里很难受，因为一个年轻的生命就这样结束了。他还记得照片上的这位名叫扎西的小伙子，那天在寺庙的"量寺队伍"（"莫郎节"期间，雪线下的男人们穿上最漂亮的衣服，背上枪，排成长长的队伍，一步一步地缓慢绕寺行进，对寺庙的面积进行丈量）里那欢乐的表情。扎西头戴狐皮帽子、身穿虎皮镶领、水獭皮镶边的羔羊皮藏装，脚穿长筒马靴，身背双筒猎枪，威武彪悍，走在队伍的中间。当他缓步经过钟国强的面前时，向他微笑并点头示意。如今，扎西走了，这张不经意拍下的照片，便有了特殊的意义,它至少能让人想起,在伟岸严酷的雪线下,曾有过这样一个热爱生活的年轻生命。

多杰华丹继续看着照片,他又指着其中一个像雪线上的雪豹一样矫健的小伙子说,去年他也在一次事件中走了……

钟国强的心猛地沉了下去,这些年来,竟然有那么多雪线下的年轻人走向了轻身的深渊。

钟国强问及多杰华丹扎西轻身时的情况,多杰华丹说:"我也知道得不多,但放寒假回到雪线下的牧场可以替你打听。"

钟国强对多杰华丹的话没有作出回应。

多杰华丹似乎看出了钟国强的疑虑,向死者的家人打听这种事会引起他们的伤心。

"其实,雪线下的牧场许多家庭中都有人死于那些莫名其妙的事件。"多杰华丹接着说。

"不用打听了。"钟国强说。

钟国强知道,那些雪线下的小伙子在某些人的指使下,为了满足自己的精神追求,迷失了自己,走上了不归之路。他清楚地意识到,那个支撑人们面对一切艰险甚至不惜用生命作为代价的精神支柱是多么的重要。

2

这些年来,在雪线下许多个风雪交加之夜,钟国强常与雪线下的牧人们围着牛粪火炉聊天,谈他们自己,也谈所有的安多藏人,当然也谈到了甲央泽真的大儿子扎西。

扎西本来是雪线下那座寺庙的僧人,他们的寺庙有一个规定,每年夏天都要给僧人们放假,叫他们自行上山挖药或帮助家里人放牧,挣些生活费,他们称这种方式为"以寺养寺"。扎西是一个比甲央泽真更聪明伶俐、唱歌跳舞天赋惊人、性格开朗的小伙子，但更登确迫却并不喜欢他，因为在他天马行空的个性中，似乎缺乏作为一位僧人的内在素质，更缺乏人与人之间的关怀和情谊。这不仅仅是更登确迫一个人的看法。

记得那年夏天，钟国强第三次走进雪线下的牧场。一日，小王把扎西当作上山挖虫草的僧人代表请到帐篷里做采访时，在一群牧人的簇拥起哄中，扎西红着脸，不知所措地走进了他们的帐篷。在雪线下的寺庙当了十多年的僧人，扎西接受县委宣传部记者的采访，这是大姑娘上轿头一回。

采访结束后，扎西对钟国强说："我想向你学习照相！"

钟国强问："为什么？"

"听说干你们这一行的有很多稿费和奖金啊。"扎西大笑起来。

"你真的想学习摄影吗？"钟国强问扎西。

"是啊，你教我吗？"扎西反问钟国强。

钟国强认真地说："那行，我推荐你去我的家乡上海吧，那里有一所华东摄影学院，是学习摄影的最好去处。"

真说不清那天究竟是谁在采访谁，扎西不断地向钟国强和小王发问，你们汉族人的婚姻风俗怎样？汉族人不放牧又干什么呢？汉族人都会摄影吗？等等。

扎西的笑声极富感染力，交谈中他告诉钟国强一些采挖虫草的经历。

有一年，一位名叫"大王"的来自成都铁路局的摄影爱好者来到雪线下的牧场拍摄风光片，原先从神山北麓雇佣的赶马人突然患病，于是扎西作为补缺被"大王"请去为他赶马当向导。起初"大王"看到矮小的扎西还面露不满，但当扎西赶着马帮在一天之内从海拔 4000 米至 5000 米的营地进行了两次往返运输后，"大王"被震住了。扎西叙述说："就是从那时起，那位成都的'大王'每次来良美叶实神山拍照，都指名要我当向导。"

为了得到有钱雇主的雇佣，刚过 18 岁的扎西和他的同胞们都必须充分展示自己的高山活动能力、赶马架驮子的能力，只不过扎西表现得更加突出而已。

"你是否想过和'大王'一起到成都去学习拍照呢?"钟国强问扎西。

扎西幽幽地回答道:"想过啊,但这太难了,我还要帮助阿爸阿妈照顾家中的弟弟妹妹。我想再干几年,挣够了钱就安静地坐在寺庙跟着老师学习经文,做一个合格的僧人,以后有机会再去学习照相。"

这时的扎西在钟国强的眼里,是那么地热爱生活,充满自信。

就在钟国强给扎西拍照那天,雪线下的寺庙举行了一场盛大的辩经活动,身穿红色袈裟的僧人们分成两组,一组席地而坐,一组站在对面,他们用天上的鸟、地上的草打比喻,展开了一场大辩论,引来围观者的阵阵叫好声。这场激烈的辩经活动带来了狂欢节般的气氛,在雪线下,这种狂欢不是表演欲望能营造出来的,它来自生命中的真正激情。

3

夜深了,多杰华丹说他要回学校住,钟国强送他去县寄宿制小学途中,多杰华丹又说起自己的选择,他阿爸甲央泽真突然消失后,他本来应该在雪线下的牧场帮助阿妈放牧,后来阿妈还是要他回到县民族寄宿制小学读书,这样的话将来他在雪线下的牧场或去内地会有更多的用武之地,但他阿妈却要承受很大的经济压力。

在县寄宿制小学门口,多杰华丹推开铁门钻了进去,回过头来与钟国强挥手道别,正像更登确迫介绍信中说的那样:"多杰华丹虽然是一个孩子,但他懂事、善良。"

从那天开始,由钟国强出资,安排助手每月给正在上学的多杰华丹送去 20 斤糌粑、10 斤酥油,每学期给他买一套新藏装。也正是因为与多杰华丹的帮扶往来,钟国强有幸认识了雪线下寺庙里的修行僧、扎西的舅舅尼玛。因此,钟国强是很感谢他的朋友更登确迫,是他的这封介绍信,让钟国强心中又荡起了来自天庭的遥远回声。

其实,早在五年前,甲央泽真因做虫草买卖生意被骗,搞得倾家荡产,抛下妻子英措和二儿子罗让甲木措、三儿子泽白及年幼的小儿子多杰华丹突然消失后,英措不得不将小儿子多杰华丹送到雪线下的寺庙跟随当僧人的三儿子泽白混口饭吃。

那天,英措带着多杰华丹来到雪线下寺庙里泽白的舅舅兼老师、修行僧尼玛的房子里。尼玛明白她的来意后说:"好,从今以后我有这两个孩子做伴,这太好了。英措妹妹你还是回到雪线下的牧场放牧去吧,两个孩子由我来照看,你尽可放心。"

四五天后,英措就离开雪线下的寺庙回到牧场去了。泽白从前几天开始跟尼玛一起参加雪线下寺院的集体念经活动,白天家里只有多杰华丹一个人。泽白和尼玛每天早晨天没亮就得去参加寺院的念经活动,幼小的多杰华丹睡到太阳升起后才慢慢起床,他在炉灶里生火,烧一点点茶,自己一个人吃糌粑。中午,泽白有时给他带回寺庙念经时布施的米饭,有时带回干肉、酥油和捏好的糌粑。尼玛也时常会从寺庙带回米饭、肉和酥油来,因而他们的生活没有任何问题。虽然泽白当时的年龄还小,但他既聪明又善良,遇事能想出很多办法。特别是对于多杰华丹,小泽白像父母一般精心照看着他。趁不需要念经的机会,泽白经常到野外去捡柴禾、背水、晚上还帮助尼玛舅舅做饭,像个成年人一样,既干家里的活,还要照看多杰华丹。邻居和住在同一个院里的僧人们都说泽白真能干,真懂事。

其实,这主要是因为当年甲央泽真和妻子英措到雪线下的夏牧场远牧后,泽白从小开始便在冬窝子里烧茶、捡柴禾、给狗喂食,还帮爷爷泽郎做家务活,练就了这身本领。现在他已经十多岁了,家中里里外外、大大小小的粗细事务他都能做。

泽白带年幼的多杰华丹到野外去捡柴禾时，就会交给多杰华丹一条绳子和一个小口袋，并教他怎样捆绑柴禾和捡拾牛粪；去背水的时候，他给多杰华丹一个小木桶，带多杰华丹一起去；晚饭做面块时泽白教多杰华丹和面、包包子。以前多杰华丹只知道在炉灶里生火和烧茶，却不知道捡柴禾、背水、做晚饭等家务活，自从泽白手把手地教他做这些事后，多杰华丹能够带着小牛毛袋到寺院后面的山上拾牛粪，有时到嘎溪河边的森林里捡回一些干树枝。他不仅能够从寺院旁边的小河里取水，而且还会准备晚饭、和面。每天泽白和尼玛回来时他总是烧好茶、做好晚饭在等他们。

修行僧尼玛高兴地说："多杰华丹，你真能干，我们家现在有了一个高级厨师，可你去捡柴禾时别走得太远，小心别被塔瓦里的狗咬伤。"

每隔几天，修行僧尼玛都要被请到寺庙附近的寨子里去念经，家里只剩泽白和多杰华丹两个。有时候多杰华丹会问泽白："泽白哥，我们的阿爸去哪儿了？为什么他还不回来呢？"

泽白回答说："阿爸去很远的地方做生意了，很快就会回来的。现在你能够烧茶、做饭、背水、捡柴禾了，阿爸回来后一定会很高兴的。"听了泽白哥哥的话，多杰华丹更高兴了。有一天夜里，尼玛带回来两大块干肉，多杰华丹问他："阿克尼玛，您从哪儿弄到这些肉的？"

尼玛说："这是我去念经的那家给我的供奉，你把它煮了，等泽白回来后我们可以美美地吃一顿。"由于多杰华丹不会垛肉，尼玛帮他剁好肉放进锅里开始煮。肉还没煮熟泽白就回来了，泽白今天从寺庙带回来两块酥油，一大块干肉和三块钱。

尼玛便问泽白："今天是谁家供奉的钱？"

泽白说："是安都贡巴仁宝切的一个亲戚去世了。还需要念两天亡魂朝度经。供奉的糌粑有很多，我要了一口袋。另外，据说每四个僧人便可以分一头牛。"

就这样，多杰华丹在尼玛家还时常能吃到肉。有一天，泽白对多杰华丹说："明天下午，你带这个小铝锅到寺院伙房的路上，那里整天都在布施米饭，很多从塔瓦来的人也在那里。你是个小孩，你去要他们也会给你的。"

第二天下午多杰华丹来到了寺院厨房后面的路上，只见很多老人和孩子坐在那里念经。当多杰华丹到达那里时，一个老奶奶对他说："你是甲央泽真的小儿子吧，真可怜，好孩子，到这里来，坐在奶奶身边，马上就要布施米饭了。"

多杰华丹坐在这位老奶奶的身边跟她一起一边念嘛呢经一边等待布施。不久，有三四个僧人送来米饭，其中一个对那些等待布施的人说："你们要多念嘛呢经，多集功德，要不布施是不能随便就可以吃的。"当他们来到多杰华丹面前时，其中一位僧人对多杰华丹说："这孩子是新来的吧。"

"他是雪线下牧场甲央泽真的小儿子。"他旁边的老奶奶立刻回答说。

那位僧人说："真可怜，他就是泽郎的孙子了。你是新来的客人，我给你多舀一点肉。"说着，就往多杰华丹的小铝锅里满满地装了两大勺子饭。由于多杰华丹的铝锅太小，没能盛住所有的饭，黄色的酥油一下子从铝锅里溢了出来。因为铝锅太烫，无法马上端回家里，多杰华丹只好在那里等着米饭变凉后再回家。那天夜晚，多杰华丹没有做晚饭，他的哥哥泽白回家后，他们两个吃了布施的米饭。泽白说："明天你就别去拿米饭了。天天拿的话我们也吃不完，你隔两天去一次就可以了。"

从此以后，多杰华丹每隔两天去拿一次布施的米饭。

4

几个月以后，泽白、多杰华丹的阿妈终于从雪线下的牧场来到寺庙探望他们了。看到多杰华丹已能自己照顾自己，她很感欣慰。她在寺院的扎仓里和孩子们住了十几天后又回雪线下的牧场去了。久而久之,泽白和多杰华丹也好像习惯了,对阿妈英措的离去也无所谓了。

有一天,住在塔瓦的舅妈阿依来到多杰华丹住的地方,把泽白和多杰华丹带到她们家。阿依对他们说:"真可怜呀,我的两个孩子。从前甲央泽真在的时候,你们在雪线下算是富有的人家。那时候,我曾在你们家干过活,因为你们的阿爸阿妈信任我,所以把你们家的牦牛和奶牛都托我管理。我看,你们两个现在也应当由我来照顾。"

泽白因为第二天早晨一早要念经,所以当晚就回寺庙扎仓去了。多杰华丹被留在舅妈阿依家里,那里有表哥任真和其他几个孩子。多杰华丹跟他们一起住了五六天后,准备回到寺院去。回去的时候,阿依舅妈背着送给他们的酥油、奶酪等食物,跟多杰华丹一起往寺院走。在快到寺院的转经路上,只见几个小僧人在那里玩石子游戏。于是,阿依和多杰华丹站在一旁看他们玩游戏。这时,从山下的路上走来一位中年人,他走近他们,一边抚摸着那些小僧人的头,一边给了每人一块糖。当他走到多杰华丹面前时,说:"让我想一想,看这孩子头这么大,会不会是雪线下牧场上甲央泽真家的小儿子呢?"

阿依立刻回答说:"是的,他叫多杰华丹,您是怎么知道的?"

"我当然知道了。孩子,你还记得我吗? 我是管你们寨子的贡戈啊。"说着他也给了多杰华丹一块糖。

虽然多杰华丹记不太清了,但这个聪明的孩子以前听他阿妈英措和阿爸甲央泽真谈起过专门管寨子的贡戈,所以心想可能就是他,于是便说:"我认识您,我小的时候您好像来过我家。"

听多杰华丹这样说,贡戈高兴地把多杰华丹抱起来:"是,好样的! 他记得我曾到过他家,这孩子与众不同啊。"说着他们一起朝寺院走去。

"多杰华丹,从明天起就做我的弟子如何?"贡戈问多杰华丹。

多杰华丹摇了摇头,说:"这个问题很重要,我要问问我阿爸同意不。"

"哎,你阿爸不是已经失踪很久了吗?怎么要问他呢?"贡戈问。

"不,我阿爸他还会回来的。"多杰华丹天真地说。

"是吗?那好吧,我等待着你阿爸回来,也期待着你的好消息。"说罢,贡戈就走了。

有一天,多杰华丹又从寺院的路上拿到供奉的米饭,他在往家里走的时候,遇到了寺院的背水夫罗巴老僧人。由于罗巴老僧人的一只眼睛有毛病,所以私下里人们悄悄地叫他罗巴瞎子。他问多杰华丹:"多杰华丹,你去哪儿了?"

多杰华丹回答道:"我去要米饭了。"

罗巴说:"噢,这样啊。那从明天起你用不着去寺院的路上要米饭了,你直接到寺院的厨房里来,我可以给你米饭。"第二天,多杰华丹去了寺院的厨房。罗巴老僧人给了他满满的一小锅米饭。一个烧饭的僧人对多杰华丹说:"孩子,你在这里多吃点,铝锅里的饭你可以带回家去。"从那天起,多杰华丹便每天去寺院的厨房里拿米饭。

为了得到米饭,多杰华丹经常帮厨师们拾柴禾,有时还帮他们清理炉灶。厨师们夸奖多杰华丹说,"这孩子真伶俐,这么小就可以帮大人干活了。"他们对多杰华丹格外地关怀,除了经常帮他洗脸,有时还给他酥油和很多带肉的骨头。虽然说多杰华丹在寺院的厨房里没有什么活可干,但每天他不仅又吃又喝,而且还有饭带回扎仓里,所以,泽白和尼玛两个人都挺高兴。

5

有一件事多杰华丹始终不能忘记。有一天晚上他在寺庙经堂外的土堆上睡着了,迷迷糊糊之间感觉到有一股温水从他头上流下来。多杰华丹惊醒后,抬头看到一个小男孩正往他的头上撒尿。小男孩一边撒尿一边说:"让你喝一杯热茶吧。"

那天夜里,月亮很明亮,但多杰华丹还是没能看清那个小男孩是谁,只听到他旁边还有两个小男孩,其中一个说:"你把他惊醒了。"同时他们一起大笑了起来。

正好此时,泽白和一个叫文青的僧人走过刚好看到这一幕。只见泽白用转经筒的把子朝那小男孩的头上狠狠地打去,小男孩顿时摔倒在土堆上。泽白又抓住了其他两个小男孩。

那个叫文青的僧人扭住那个往多杰华丹头上撒尿的小男孩的耳朵说:"你这个小子,快给我把尿用舌头舔了,要不,我今天饶不了你。"

文青是多杰华丹的亲戚,比泽白和多杰华丹大一点。那个撒尿的小男孩大哭起来,这时寺庙里做饭的罗巴老僧人走了过来,他了解事情的经过后,对撒尿的小男孩还有他的两个伙伴各打了一耳光:"你们这几个恶小子,为什么要欺负他! 以后再发生这种事,我也不会再饶恕你们了。快滚吧。"只见罗巴用自己的袈裟帮多杰华丹擦去脸上和头上的尿水。然后,泽白牵着多杰华丹的手一起回家了。

第二天晚上,在雪线下牧场放牧的罗生舅舅来到寺庙看望他们,泽白念经去了,多杰华丹一个人待在家里。多杰华丹给罗生讲述了昨天晚上发生的事,罗生问他:"你是怎么对付的? 哭了没?"

多杰华丹告诉他:"泽白哥打了那人的头,我没哭。"

"好样的,你今后可能还会遇到很多苦难的,但一个男子汉决不能动不动就哭。"罗生鼓励多杰华丹说。

罗生在雪线下寺庙尼玛的扎仓里待了五六天后就走了,晚上泽白又要去念经。多杰华丹牵着那只尼玛喂养的白色的放生小山羊,送罗生到寺庙的门口后,他在一个土堆上坐了一会儿。罗巴老僧人看到后对多杰华丹说:"多杰华丹,天已经黑了,你快回去吧,不然你又会在这儿睡着的。"

多杰华丹领着小山羊回家了。家里面一片漆黑和死静,等得越久多杰华丹越怕,最后他终于忍不下去了,便带着小山羊,爬到堆放在院子里的木头上,穿着一件旧皮袄等泽白回家。没过多久,多杰华丹就睡着了。突然,小山羊听到泽白回来的声音后,还没等多杰华丹醒来,自己就跑过去高兴地迎接泽白。

直到寺院的冬季法会结束,多杰华丹和小山羊每天晚上在院子里的木头堆上等待泽白回家。

藏历新年到来前,雪线下远牧的阿妈英措回来了,他带多杰华丹去拜访已经从夏牧场回到寺院外塔瓦里的亲戚。他们母子俩首先拜访了多杰华丹的舅舅罗生和舅妈阿依的家,并在那里住了十几天。罗生舅舅和阿依舅妈家里有任真等小伙伴,他们每天陪多杰华丹玩。任真还带多杰华丹去塔瓦后面的小山坡上放羊。他们都叫多杰华丹为"多丹",那是因为罗生和阿依等当初昵称多杰华丹"阿贝多丹"(宝贝多杰华丹),后来"多丹"就成了多杰华丹的简称。

多杰华丹一直记得,在他小的时候,爷爷泽郎经常对人们说:"你们应当叫我孙子的真名,那可是修行僧人尼玛赐给他的,如果不叫他多杰华丹的话,他的真名会被遗忘的。"雪线下牧场上的人们没把他的话当回事,依然把多杰华丹称作"多丹"。果然,尼玛赐给他的真名被忘记了。

有一天,尕尔伯和曲珍到罗生一家在塔瓦里的冬窝子来接多杰华丹他们母子,他们邀请多杰华丹母子到他们家去。第二天临别时,阿依问他们:"你们有没有其他需要的东西?"

英措说:"谢谢你们了,我们没有其他需要的。"

多杰华丹却对舅妈说:"泽白哥和我没有酥油,我想带一点酥油去。"

阿依舅妈听了惊讶地说:"天哪,这孩子这么小就已经懂事了!"说着便给英措和多杰华丹准备了酥油、奶酪等食物。

离开阿依舅妈家后，他们母子又到了尕尔伯和曲珍的家里。尕尔伯和曲珍带着德吉拉姆离开前生下的孙子郎卡一起生活。英措心里明白，这个已经长大成人的郎卡就是甲央泽真和德吉拉姆生的，多杰华丹和郎卡应该是同父异母的两兄弟。尕尔伯一家对多杰华丹母子特别热情，郎卡更是经常带多杰华丹一起去玩。

曲珍对多杰华丹说："多丹，你就别去寺院，住在我家好了。"

多杰华丹回答说："如果我不去的话，没人给泽白哥烧茶，我还有一只放生的小山羊需要照看。"

曲珍问："你难道会烧茶吗？"

多杰华丹说："我会的，泽白哥和尼玛舅舅去念经时，我在家里烧茶做饭，还去背水、捡柴禾。"曲珍好像有点不太相信多杰华丹说的话。

尕尔伯插话说："说不定他说的是真的呢，这孩子从小就很懂事，现在他肯定更懂事了。"

英措和多杰华丹在尕尔伯家住了六七天后，更登确迫的妻子德精措把他们母子俩请到了雪线下的冬窝子。更登确迫家里有卓玛和降措，另外，他们邻居家也有很多孩子。一转眼，母子俩在那里已住了十几天。离开更登确迫家时，德精措为他们宰了羊，准备了酥油、奶饼、糌粑等食物，更登确迫还亲自把他们送回到雪线下的寺院。

自从甲央泽真失踪后，英措和几个孩子在雪线下的冬牧场已经没有了家，他们现在所过的是流浪生活。英措夏天要到雪线下的夏牧场帮助别人放牧，两个孩子住在寺院里，虽然年龄小但已经能够自立。拿多杰华丹来说吧，有时想到自己没有了父亲，心中自然觉得难过。好在平时有一个像阿爸一样关心自己的泽白哥哥，再加上有一只每天都能陪伴自己说话、玩耍的小山羊，因而多杰华丹从没觉得自己是个可怜的人。

第十二章

雪线下的童年

1

过完藏历新年后,几个月过去了,嘎溪河两岸长出了绿草,寺院的墙脚下也长了很多野草。看来春天已经到来了。

不知从哪天开始,尼玛、泽白和多杰华丹的扎仓里跑来了一只当地牧人放生的小山羊,这只小山羊的头颈上挂满了被放生那天做法事时活佛亲自挂在上面的金刚结,全身洁白的皮毛,看上去十分可爱。尼玛、泽白、多杰华丹都很喜欢这位"不速之客",常常给它喂食物。从此,这只小山羊成了多杰华丹形影相随的伙伴。

像往常一样,多杰华丹每天从寺院的厨房里往家里带回剩菜剩饭,小山羊也一如既往,每当多杰华丹从外面回到扎仓总是扑进他的怀里高兴地舔他的脸,在屋子里四处奔跑。多杰华丹给它喂饭吃,有时给它点干草吃。这次阿妈英措回来跟他们一起住了两个多月。英措每天到寺院外塔瓦里的亲戚和认识的朋友家里去串门,白天很少待在家里。

入夏后不久,一天,英措对多杰华丹说:"多丹,我们两个去你罗生舅舅和阿依舅妈的夏牧场看看他们好吗?"

"我们走了的话谁给泽白哥做饭呢?"多杰华丹担心地问阿妈。

"没事的,你阿克尼玛不是也在吗?"

晚上泽白回家后,英措问他:"泽白,如果我带着多丹去雪线下的夏牧场转转的话,你能不能照顾你自己?"

泽白回答说:"我白天需要念经,吃喝都由寺院提供,没什么照顾不了的。多丹夏天去雪线下的牧场的话可以喝到牛奶,这对他生长发育很有好处,你们去吧,我没事,明天尼玛舅舅也会回来的。"

多杰华丹问道:"泽白哥,你有没有什么需要的东西要我从雪线下的牧场带过来?"

泽白说:"我不需要任何东西。你到那儿要多喝点牛奶。"

两天后,英措和多杰华丹骑着马,去了雪线下的牧场。他们走了三天才到达目的地。看到英措和多杰华丹到来,在远牧场上待了已经很长一段时间的罗生夫妇一家特别高兴。阿依对多杰华丹说:"多丹,你又长高了许多,这次你可不能离开你舅妈了,就跟我住在一起,别走了。"

十几天后,英措告诉阿依:"明后天我和多丹要去我帮忙放牧的那家看看。"

阿依舅妈立刻说:"要去的话你自己去好了,可别把多丹带走,他要住在我们家的。"

2

第二天,阿依没让英措带多杰华丹一起去。英措临走前对多杰华丹说:"多丹,你要听你舅妈的话,过几天后我来接你。"多杰华丹便留在罗生家了。

罗生家的牧场上还有很多年龄和多杰华丹相仿的孩子,他们整天光着身子爬到山上或下到水里玩。有时他们也免不了争吵,但大部分时间都是友好而高兴地一起玩耍。由于玩得太快乐,白天在不知不觉中度过了。但到了晚上,多杰华丹有时候会思念阿妈、阿爸、泽白和那只放生的小山羊。

雪线下的牧场有一个姑娘名叫罗让卓玛,年龄跟多杰华丹差不多,她叫多杰华丹"多丹哥"。多杰华丹去哪儿她便跟到哪儿,有时他们两个在河边玩到傍晚,她不敢单独回家,于是多杰华丹牵着她的手送她回家。罗让卓玛家里的老奶奶见了,便对多杰华丹说:"多丹,我们家的罗让卓玛不舍得跟你分手,等你长大后把她嫁给你好了。"尽管那时多杰华丹年龄很小,可听了老奶奶的话还是有点害羞。

有一天,罗让卓玛和多杰华丹一起在河边玩的时候,她对多杰华丹说:

"多丹哥,你长大后要娶我吗?"

多杰华丹说:"我长大后要当僧人,我会带你去拉萨朝圣。"

"你当了僧人后可以带一个女人去朝圣吗?"

"那时我们已经是大人了,可以去。"多杰华丹没能理解结婚的含义,只是想当然地对她说。

快到盛夏的时候,雪线下的牧场上整个原野到处都是一片碧绿,各种各样的野花一朵朵竞相开放。这天,几个孩子一块去玩。任真他们爬上了山岗,说是要去抓土狗儿。罗让卓玛和多杰华丹留在山腰采花玩。没过多久,任真他们回来了,他们没能抓到土狗儿(旱獭)。突然,任真朝着多杰华丹喊道:"快到这边来呀,这儿有小鸟。"罗让卓玛和多杰华丹跑过去一看,果然,在一个土疙瘩的旁边有一个鸟窝,窝里有三只鸟蛋。罗让卓玛说:"我们可以看鸟蛋,但不能破坏它们。"于是她小心翼翼地拿出鸟蛋,一个个在自己的面颊上轻轻地摩擦了几下后,又放回了鸟窝。

这时,任真上前取出了一只鸟蛋,说道:"我要带一只回家。"

多杰华丹说:"你带回家的话,蛋里的小鸟会死掉的。你不能杀死小鸟,否则来世你会变成鸟的。你把蛋放回窝里吧,母鸟会看护它们的。"

听到多丹说要变成鸟的,任真便把蛋放回了鸟窝。他们一起走下了山,到达山脚时,已是中午时分,天气变得很热,于是,所有的孩子都脱光了衣服,跳进河里玩耍。男孩们开始在水里摸鱼。

任真说:"我们摸鱼玩可以,但是谁也不许把鱼弄死。"

罗让卓玛问多杰华丹:"多丹哥,弄死鱼的话,罪恶会不会很深重?"

多杰华丹说:"听大人们讲,弄死鱼的话,罪恶会增加两倍,而且晚上睡觉时,鱼的灵魂会钻进弄死鱼的人的眼睛里。"多杰华丹对她说了一大堆连自己都不太明白的话。这时,天上突然下起了大雨,他们便急忙逃回家去了。

阿依看到孩子们回来了，便说："看今天的大雨，肯定是谁在河里弄死了鱼。"孩子们连忙对她解释说他们只是摸了鱼但没把鱼弄死。

阿依警告道："孩子们，你们去河里玩，绝不要弄死鱼，要不然会被雷劈死的。"听了舅妈的话，多杰华丹认为肯定是对的，所以牢牢地记在了心里。但没有弄清楚为什么弄死鱼会变天、打雷，舅妈也没给他解释过。平时英措也经常对多杰华丹说："多丹，作为一个男人别弄死鸟和鱼虫之类的动物，你长大后要猎取鹿、豹子、野牛和熊才算是男子汉。"因此，多杰华丹从小就懂得怜悯青蛙、雀鸟和鱼虫之类的小动物。

3

有一天，孩子们正在河边玩，远处走来一位留有浅平头、戴着墨镜、身穿普通安多藏装的中年男子。多杰华丹仔细一看，这人正是那天他和阿依舅妈在雪线下寺庙外的小河边见到过的管寨子的贡戈，但这个聪明的孩子没有声张，装作没有认出他，继续与别的孩子玩着。贡戈走过来看他们玩。

一会儿，贡戈抓来一只小青蛙对他们说："好，今天我想看一看你们谁像自己的阿爸一般勇敢。勇敢者把这只青蛙吞进嘴里。"

孩子们吓坏了，许多人纷纷离开，只有多杰华丹站在那里没跑。他心想："我曾往嘴里放过很多次青蛙，没有任何可怕的。"

这时，贡戈对多杰华丹说："你很勇敢，像自己的阿爸。大家看啊，他会把青蛙吞进嘴里的。"说完，贡戈就把青蛙往多杰华丹嘴里放。

贡戈问多杰华丹："你怕吗？"

多杰华丹说："我不怕。"

其实，贡戈也已认出多杰华丹，但他还是佯装不认识的样子问道："你是谁家的孩子？"

多杰华丹回答："我是甲央泽真家的孩子。"

"哦,原来是他们家的孩子,那肯定是勇敢的了,就像你阿爸一样。我们是亲戚,你是我的侄儿。"

"既然我们是亲戚,你为什么还往我嘴里放青蛙呢?"多杰华丹问贡戈。

贡戈一听马上说道:"好厉害的小子!好样的,明天我来接你,你真的应当到我们家里来,跟着我去干更大的事业。"说完贡戈便走了。

等贡戈离开后,孩子们又回到了河边。罗让卓玛问多杰华丹:"多丹哥,你如果把青蛙放在嘴里,会咽进肚里的。到了肚里它就会生出很多小青蛙,那样你肚子会爆炸的。"

多杰华丹说:"谁告诉你的,那是在撒谎。"

"是你阿依舅妈告诉我的,真的。"

这时,多杰华丹的舅妈大声地喊着他们:"孩子们,快过来,我给你们吃香喷喷的糌粑。"五个孩子听到后立刻跑到阿依的跟前排成了队,阿依给了他们每人一碗糌粑。多杰华丹吃了一口,感到糌粑确是好吃,他又往嘴里满满地放了一把。但糌粑却卡在了多杰华丹的喉咙里,顿时,他感到呼吸也有点困难,眼泪一个劲儿地往外流,觉得十分难受。

罗让卓玛看到后跑过去对阿依说:"阿姨,您快过去,多丹哥被糌粑噎住了。"阿依跑过来一边拍打多杰华丹的脊背一边给他茶喝。没多久,糌粑被多杰华丹咽了下去,呼吸也一下畅通了。

阿依说:"你这小子,可把我给吓坏了,怎么会这样呢。"糌粑是从捣碎的骨头中取出的脂肪拌的,是很好吃,后来多杰华丹吃时又被噎过几次,看来多杰华丹好像是没有这份口福。

4

罗生家里有一只没被拴住的老狗,雪线下牧场上的人们都管它叫"索伦"。多杰华丹常把它当作玩具,平时它除了用嘴来顶撞多杰华丹外,从来没有咬过他。有时多杰华丹跟伙伴们像骑马一样骑着它玩。阿依对他们说："孩子们,别那样,当心老狗会咬你们的。"

多杰华丹顺从地说："好的,舅妈。"说着他把手指伸进索伦的嘴里,只见它嘴里只有两三颗磨损的牙齿,于是心想没什么可怕的。

有一次,多杰华丹在前面,罗让卓玛在后面,他们俩又骑在了索伦的背上。但是索伦却不肯走,于是多杰华丹用一个木橛子催它走。突然,索伦恼怒地转过头来,不仅咬了多杰华丹的手和大腿,而且还咬了倒在地上的罗让卓玛的肩膀。罗让卓玛吓得从地上爬起来一边哭一边跑。

阿依听到哭声后赶了过来,她看到后就说："你们两个活该,叫你们别这样,你们偏不听,现在知道怕了吧。"说着她从自己的皮袄上撕下几小块布来为他们包扎了伤口。然后,阿依舅妈又拌了一碗糌粑,她用糌粑擦干净了从他俩的伤口中流出的血。

"去,把这喂给索伦老狗吃,要不然伤口不会愈合的。"说着她把带血的糌粑交给了多杰华丹。

多杰华丹走到索伦老狗的旁边把带血的糌粑喂给它吃。索伦见了多杰华丹表现得很热情,它摇着尾巴用舌头舔他的脸。多杰华丹让它舔他手上和腿上的伤口,它把伤口上的血都舔了。

多杰华丹对它说："你这个该死的东西,你咬了我,从现在起我再也不理你了。"说着把它的头又按下去,把手指塞进它的嘴里数它的牙齿。

阿依见了忙说："孩子,让老狗安静地待着,不然又会咬你的。"

5

一天,多杰华丹在家门口吃着酸奶时,罗生带着一只死牛犊回来了。阿依舅妈对多杰华丹说："多丹,吃完酸奶后去挖几根山葱回来,我们今天做阿塔巴塔吃。"多杰华丹挖到几根山葱回来时,舅妈已经把牛犊肉剁成了肉末,她往肉里放了盐和蒜后,再一个个做成肉球,装进奶牛的胎盘里一个个用线逢了起来。一共有十几个肉球,煮完后每人分到了两个。这是多杰华丹第一次吃阿塔巴塔。以前只是听说过阿塔巴塔,但是没吃过。今天不仅看到了做阿塔巴塔并且亲口吃了,他觉得非常好吃。

舅妈说:"在阿塔巴塔里掺了牛犊的血会更好吃。"

多杰华丹说:"以后要是杀了牛犊的话我来做阿塔巴塔。"

舅妈对多杰华丹说:"对牛犊不能说'杀',要说'接'。"

原来,在这个地方母牛一生下牛犊,人们便立刻将牛犊拉到一边任其死亡,当地都说是"接"牛犊。奶牛多了牛犊就多,牛犊多了自然有很多阿塔巴塔吃。

吃晚饭的时候,罗生问多杰华丹:"多丹,你敢不敢去放牧牦牛犊?"

"当然敢去放。"

"那好,从明天起把牦牛犊和母牛分开放牧,你任真表哥放牧母牛,你放牧牦牛犊。"

多杰华丹问:"一共有多少头牦牛犊?"

"大概二十几头。"

从第二天起,多杰华丹成了牛倌。当罗生舅舅和任真表哥把母牛赶往山上后不久,舅妈阿依就说:"多丹,你可以把牦牛犊赶到河边去了,别让它们走散,小心别让狗咬伤牦牛犊,它们不会吃很多草的。"

多杰华丹一个人在河岸边开始放牧牦牛犊。虽然说这条河不是一条大河,但像肠子一样有很多弯道,弯道上生长着很茂密的青草和各种鲜艳的花朵,这里的确是牧放牦牛犊的好地方。没过多久,帮多杰华丹放牧的罗让卓玛也来了,他们边放牦牛犊边玩耍。也许是觉得没什么好玩的了,突然,罗让卓玛把皮袄顶在头上,对着牦牛犊们高声地喊叫起来:"嗷咕、嗷咕……"被惊吓的牦牛犊立刻开始朝河下游跑去。多杰华丹生气地说:"你这该死的，为什么要那样做，把牦牛犊惊吓跑了的话我们无法看住的。"说着他们两人朝牦牛犊走去，这些牦牛犊奔跳着直向河下游而去。没过多久，牦牛犊们自动地聚集在一个土坎下面不跑了。

多杰华丹对罗让卓玛说："我们不接近它们是不是好一点，如果它们被惊吓了的话我们就无法赶上了。"

罗让卓玛说："现在没事了，它们已经跑累了，不会被惊跑的。"

于是，他们朝牦牛犊所在的地方走去。可还没走到牦牛犊们的跟前，它们"刷"的一下子爬上土坎后又跑掉了。

多杰华丹着急地说："你看，我们又没法赶上它们了。"

当他们俩爬上土坎时，看到牦牛犊们快到另外一家牧场的附近了。那家牧场的一只狗正好在那里行走，牦牛犊们便跟着狗走，狗不仅不咬牦牛犊们，反而领着它们向牧场的帐篷跑去。快到帐篷时，牦牛犊们被帐篷外看门的狗围起来就不跑了。看门狗有时会朝牦牛犊们叫几声，牦牛犊们顿时四处跑开，没过多久，它们又围了过来。如果多杰华丹他们靠近牦牛犊的话，很有可能会被狗咬，所以他们只好远远地看着牦牛犊们，别无他法。

此时正好那家帐篷里有两个年龄与他们一般大小的小姑娘走出了帐篷门。她们两个把牦牛犊朝多杰华丹所在的地方赶了过来。快到土坎上的时候，牦牛犊们又跑了回去。

多杰华丹他们准备跟两个姑娘一起去赶，但其中一个姑娘对他们说："你们别来，要不然狗会咬你们的，还是我们去把牦牛犊给你们赶过来吧。"

多杰华丹和罗让卓玛只好留下来等她们两个去赶。过了一会儿，牦牛犊终于又被赶了过来，他们两个跟在牦牛犊的后面，上跑下追，到了自家的帐篷累得像死人一样。

夜里，多杰华丹给家人讲述了今天牧放牦牛犊的经过，罗生、阿依和任真听了多杰华丹的讲述后，笑得直不起腰来。罗生忍住笑说："你们放牧的时候绝不能跟在后面追赶。如果牦牛犊们跑掉的话,你应当在远处看着它们,别走近它们,等它们被太阳晒热了的时候,它们会自动地回到你的身边来。"

从第二天起,多杰华丹牧放牦牛犊的技术有了进步。有时他还带着索伦老狗去放牦牛犊。确实很奇怪,中午太阳热的时候,牦牛犊们会回到索伦老狗的身边睡觉,而且牦牛犊们总是喜欢跟在索伦老狗的后面。有时候多杰华丹还把牦牛犊和绵羊混在一起,那样更容易牧放。

6

那天,多杰华丹、罗让卓玛和比邻牧场的那位名叫旦巴的孩子一起去放牧,回家的路上,他们抓住罗生家的一头老牦牛,三人同时骑在上面。罗生的儿子任真看到后,跑过来也和他们一起骑在老牦牛背上。任真骑在前面,他后面是旦巴,旦巴后面是多杰华丹,最后是罗让卓玛。罗让卓玛双手紧紧抱住多杰华丹的腰。他们骑着老牦牛快到罗生家的帐篷时,两只奶牛正在喝地上的奶酪汁。这时,其中的一头奶牛跑过来要顶撞他们骑的老牦牛,老牦牛受到惊吓而朝旁边一躲,便把他们四人都摔在了地上。顿时,多杰华丹倒在地上便失去了知觉。当他醒来时,罗生舅舅和阿依舅妈抱着他。任真和罗让卓玛的脸上有一点伤痕,他们两个在多杰华丹身边哭泣。多杰华丹心想:"我怎么了?发生什么事了呢?"

"三宝保佑!现在好了,我真的以为你死了呢。"阿依舅妈边说边哭。

突然,多杰华丹觉得背部很痛,而且感觉到了背部在流血。罗生立刻从自己的皮袄上撕下一大块布包在多杰华丹的伤口上。他说多杰华丹背部有一大一小两个伤口,大一点的伤口好像是由于摔在一块石头上所致,但只是擦破了背上的一块皮,伤势不太严重。小伤口是由于钉在地上的一个折断了的木橛所造成,木橛差一点戳到他的里面。尽管这个伤口不大,但伤势比较严重，费了很大的精力才止住了流血。由于受伤，多杰华丹六七天不能走动，阿依每天把帐篷的下角拉起来让他晒太阳。

"这个孩子，差一点我无法向你的阿妈交待呢。"阿依自责地说。

阿依每天给多杰华丹倒茶揉糌粑，中午给他喝酸奶、牦牛肉汤，有时还有肉肠吃。旦巴和罗让卓玛有时也从他们的家里带来肉和酸奶等食物跟多杰华丹一起吃。那几天多杰华丹特别思念阿爸、阿妈和两个哥哥。夜里做梦时也常常梦到他们。

半个多月以后，多杰华丹就养好了伤，而且能够奔跑了。

有一天，罗生说："多丹的确是一个坚强的孩子，伤势那么严重也不哭一声。"多杰华丹听到此话后心里也很高兴。阿依舅妈说："这孩子确实像一块坚硬的石头，去年他的小指被夹在石头间差一点断掉，但他一声都没哭。"

任真插进来说："所以，让泽白当僧人是对的，他性格温和，又很聪明。多丹是个勇敢的孩子，千万不能让他当僧人。长大后给他一匹骏马和一支好猎枪，绝对用不着担心敌人和野兽来袭击他。"

罗生也说："那是肯定的，他的阿爸曾说过，泽白一岁时，在他面前放了很多东西看他拣什么，据说他选了一本经书，那说明他喜欢读书，长大以后可以成为一个很好的僧人。多丹一岁时，据说他从放在面前的东西中拣了一支用马莲草做的手枪。"

阿依问多杰华丹："多丹，你长大后准备做什么？"

"长大后我背着枪跟罗生舅舅一起上山去打猎。"

阿依说："我的天哪，这下该这么办？他将来可能要变成一个罪恶深重的人。"

一时间，多杰华丹以及他未来将会成为什么样的人成了阿依舅妈一家人的话题。多杰华丹听着他们的谈话，心中自然而然地想到了很多事。将来他要做什么？每个雪线下的男人从小的梦想就是枪和马这两样东西。谁不愿意自己长大后得到一把好枪呢！多杰华丹也是如此，他经常喜欢摸摸父亲的枪，心中总有一个愿望："长大后我也能够得到这么一把枪的话该有多好……。"

第十三章

更登确迫的理想

1

"良美叶实神山给了我们生命，也是我们灵魂的皈依之地，所以，我们世世代代对这座神山无限崇拜。所有前往雪线上的人们，无论是格鲁派、觉郎派、萨迦派、宁玛派，还是苯波教的信徒，必须在这里熏烟烟（煨桑）、挂经幡、垒砌玛尼石块……祈求山神保佑。"更登确迫在雪线上的垭口做完煨桑仪式，向空中抛撒了一叠叠龙达之后对钟国强说。

这些年来，也有不少内地汉族人走进这座神山，与雪线下的牧人一起爬上高高的雪山采挖虫草。那天下午，当钟国强在更登确迫的帮助下爬到雪线下的虫草采挖地时，见到的基本上是雪线下牧场上的牧人们。他们一个个面孔黝黑，粗糙的脸上泛着油光，只有牙齿显得格外洁白，嘴唇上满是爆皮，神情显得有些疲惫。他们个头不高，看起来并不是十分强壮，但是非常结实灵活，举手投足给人一种柔韧的力量感。

传说他们的祖先来自果洛，以前他们主要靠在高山牧场放牧或者经商为生。当人们发现虫草、贝母的价格非常好以后，他们就靠山吃山了。他们靠草山的资源，组织内地人上山挖虫草、贝母，自己适当收取一点草山费或安全保障费。别看他们常年生活在大山深处的雪线之下，似乎距离外面的世界很遥远，但实际上他们中很多人的想法与现代的社会很相适，不少人把生意做到了成都、西藏、上海、广州、深圳，有的还做到了尼泊尔、南麓边境小镇等国家。

更登确迫小的时候就曾随父母在中国和尼泊尔交界的樟木口岸赶着马帮经商。他们把尼泊尔的谷物、皮革、糖运送到中国西藏，把西藏拉萨换取的盐和羊毛运往尼泊尔，从中赚取利润。

更登确迫告诉钟国强："那时候生活很苦，往返一次要几个月的时间，中间要翻越海拔 6000 多米的山口。每次赚的钱仅仅勉强够满足一家人的温饱。后来,改革开放了,我们又把广州等地出口转内销的诸如牙膏、虎头牌电筒等百货用货车运到樟木口岸,然后请尼泊尔的民工将货物背到尼泊尔境内,一车百货兑换尼泊尔一车牛油,然后又将牛油运到拉萨出售,这样的长途贩运虽然艰苦,但利润可观。"

更登确迫记得最清楚的是,小时候在中尼边境做生意时,他只有一双靴子,平时不舍得穿,只有出门做生意爬山的时候才穿。在茫茫的雪山上,他们没有钱买墨镜,就把黑色的发辫遮挡在眼前,以避免强烈阳光对眼睛的伤害。26岁的时候,他才回到家乡,开始做起了虫草和贝母采挖、买卖生意。

由于雪线下的牧人常年生活在海拔3000米以上的高山牧场,他们身体强壮,吃苦耐劳,具有极强的御寒能力。更登确迫说,他们牧场的不少牧人都是靠做虫草、贝母生意改善了生活,甚至改变了命运。"所以,无论从事经商还是挖虫草、贝母,我没有哪一方面弱于甲央泽真的!"更登确迫对钟国强说,"不过,无论是甲央泽真的队伍,还是我的队伍,每次上山挖虫草前,我们都要做很多的准备工作。"

他们要帮助内地来的采挖人员选购采挖器具、帐篷、食品、燃料、御寒衣物、通讯器材等等。每当到达采挖地,一般内地来的采挖者对这里的气候还不适应,于是他们就让人家一边休息观光、一边熟悉地形,牧人们就开始支起帐篷,埋锅烧茶。他们所谓的驻地其实是一片相对平坦的草地,除了积雪和黑土地,光秃秃的什么都没有。他们使用的燃料是一种高山灌木植物,当地人叫"索篓"(树丫丫),生长在雪线之下,牧人们将其砍伐,用牦牛驮至驻地,甚至还要捡拾牛粪作为燃料。由于海拔太高,食物很不容易做熟。勉强煮熟的米饭也只能吃一半扔一半,因为上半部分是夹生的。他们经常吃的食物是酥油、糌粑、泡面、米饭、肉类和汤。

钟国强知道,事实上,组织民工上山采挖药材也是一项风险巨大、危险系数很高的工作,因为到达采挖目的地需要翻越雪山,穿越雪线。由于海拔高,内地上来的这些人对气候不适应,很容易发生高山反应,尤其是在翻越雪山时,下山的时候比上山要危险得多,经常会发生坠落山崖的事情。这时候他们几个人便用绳索串联在一起,最后一个人把绳索固定在山坡上,一个一个地往山下挪动。在攀岩的过程中,如何判断地面的结实程度和天气变化至关重要,如果判断错误会给整个队伍带来危险。有一次,他们的采挖队伍被暴风雪困在了山坡上,狂风暴雪几乎令人窒息,整个世界陷入了一片混沌。队员之间相隔1米却看不到对方。当时更登确迫急中生智,命令每个人就地趴下,把绳索系在固定在地的钢钉上,然后以钢钉为圆心,把绳索慢慢放开,以1.5米长度为半径在地上做圆周爬行,相互遇到后就一起继续爬行。如果遇不到对方,就再放开一段绳子继续爬行,直到所有人碰到一起为止。更登确迫就是用这种办法防止大家失散,从而保证了集体的安全。

事后,更登确迫感叹地对钟国强说:"如果我的儿子能够干别的营生,我绝不会再让他干组织民工上山挖虫草这份工作了,实在太危险了。"

说起自己前途莫测的雪线守望生涯,钟国强发现,几位雪线下的牧人的脸上表露出了自豪而又无奈的复杂表情。对于神秘美丽、宁静凶险的良美叶实神山,他们心中爱恨交加。

他们对钟国强说:"我们的生活离不开这座神山,但是它也给我们带来了巨大的风险。"

更登确迫告诉钟国强:"我最大的心愿是挣够一笔养老的钱以后就不再组织民工上山挖虫草了。"

2

在钟国强的眼里,用圣洁、巍峨、神秘、壮观等所有美好的词汇来描绘良美叶实神山都不算过分。当钟国强与雪线下每一位牧人谈到在雪线上采挖虫草、贝母的感受时,他们绝不会使用"征服"这个词,而是说"膜拜"……只有亲身经历过的人,才知道它的魅力。

而在更登确迫的心目中,到雪线下寻找虫草,除了是改变人生的机遇,更是与家乡的融合,是浓到血液里化不开的故土情结。

"当时我与阿爸还在中国和尼泊尔边境做生意,离开家乡已经好几年了,那时的想法很单纯,就是想回老家看看。"更登确迫笑着告诉钟国强。

西藏的樟木口岸距离雪线下的牧场很远,更登确迫从雪线下的牧场还俗后就离开了这里,跟随阿爸在中尼边境、西藏拉萨等地做生意,并在西藏一所学校上过初中,其间只回过两次老家。

更登确迫回到家乡时,雪线下的牧场已经改革开放了,牲畜折价归了个人头上,草场也分到了户,雪线下的牧人除了放牧,还可以上山采挖虫草和贝母,并可以自由进行买卖和交易。那个夏天,他第一次和牧场里的同伴爬上了高高的雪线,开始了他人生中的第一次上山挖虫草!

第一次上山挖药的更登确迫跟在同伴们后面,耳畔不停地听到同伴的话:"小心!前面有裂缝"、"小心!前面那个地方发生过雪崩。"……

"胆子也太小了吧!"更登确迫当时心想。"无知者无畏"的态度,很快就让他见识到了这座神山的威力。一天,他们翻过了雪山,向山下的目的地进发,当走到山下的一条深沟时,由于技术生疏,经验欠缺,更登确迫在经过一条160多米长的陡峭的大雪坡时,固定点脱落,整个人滚落了下去!"当时只觉得眼前一会儿白,一会儿黑……滚了很长的距离!"更登确迫笑着给钟国强讲出的这个故事,其实相当惊险,万一伙伴们没有拽住他,他可能会直接掉下悬崖。

继续下山的过程中,更登确迫开始后怕起来,他认识到了神山的威力。但是,回到雪线下的牧场,性格倔强的他主动找到当时牧场的场长,要求今后继续上山采挖虫草。

"上山挖虫草？你这么多年在外面经商做生意不是很好吗？"每次回家，乡亲们总会这么说。在他们的心里，能够到外面去做生意挣更多的钱才是有出息的人。

3

对于更登确迫来说，无忧无虑的童年时光是在雪线下的冬放牧场度过的，那时候，露天电影和小学课本，是他了解外界的窗口，虽然听不懂汉语，但他知道了外面的世界很大，有长城、天安门、五台山……

"二年级时，我的梦想是去寺庙里当和尚。"更登确迫的话让钟国强有点吃惊，但对于藏区的牧民来说，当和尚其实是件荣耀的事情。家人也为他做好了袈裟，找好了师父。可是，去到寺庙不久，没想到这个更登确迫却有了新的目标——到外面去做生意，见识外面的世界。13岁那年，更登确迫终于实现了他的梦想，告别了枯燥乏味的寺庙生活，跟随阿爸走出了雪线下的牧场，去西藏樟木口岸做生意。

"第一天到达成都，阿爸带我和几个从未出过远门的小伙伴到一家餐馆吃饭，饭菜很丰盛，有鱼有虾有鸡肉，我们都没见过，也不吃。阿爸看桌上的菜没动，就问大家想吃什么，结果小伙伴们都要了白菜、土豆和萝卜。我们除了牛羊肉就只认识这些。"更登确迫笑着告诉钟国强。就这样，一个雪线下的藏族少年逐渐打开了通往外界的大门，他慢慢地学汉语、学经商、贩运货物。更登确迫和中尼边境上所有藏族孩子的成长道路没有什么不同，只是他内心仍不舍雪线下家乡的那片热土。

"我们一起到西藏樟木口岸经商的俏花恰卡（伙伴们），除了我，现在他们仍然在那里经商做生意，有的还发展得很好。"更登确迫说。

如果不是与雪线下的牧场和雪山上的虫草结缘，他也一定会继续在那里经商,甚至和伙伴们一样定居西藏拉萨。

懵懵懂懂走进寺庙,然后又懵懵懂懂还俗,懵懵懂懂走出雪域高原,成为一名成功的阿坝商人、老板。更登确迫的故事很励志,也很感人。

"在樟木口岸做生意时,你去过尼泊尔和南麓边境小镇吗?"钟国强问更登确迫。

更登确迫微笑着说:"当年偷偷翻过喜马拉雅雪山,去过南麓边境小镇,也在那里碰见过不少从雪线下去到那里朝佛的家乡人。后来,我又去过尼泊尔,但还是觉得自己的家乡好,所以也就回来了。"钟国强知道,现在政策很好,草场分给了私人,老人和孩子常年住在暖和的冬窝子。整个夏季,牧人可以放心地在雪线下远牧,直到冬天才搬回冬窝子。"不过,现在我感觉压力特别大,尤其是要让雪线下的牧人全部过上好日子,住上好的冬窝子,有好的收成,我们村委会还要去努力申报项目和资金。因为挖虫草、贝母毕竟不是长久之计,这种资源也是有限的,所以,我们还在努力为牧人们寻找新的发展门路。"

钟国强觉得,更登确迫毕竟见过一些世面,有过较长的经商经历,他是有点理想的。他不像甲央泽真那样死脑筋,认为雪线下的牧人除了经营虫草、贝母就再没别的发展前景了。

4

从西藏樟木口岸回到雪线下的牧场,更登确迫的身份发生了变化,他由一名商人成为牧场上的一名干部。身份的改变,也让更登确迫对雪线下的牧场的投入更多了。

更登确迫说:"带一支队伍上山挖虫草、贝母,不但需要技术、经验好,还要懂得培训外地来的挖虫草的人。"

钟国强发现,在更登确迫的冬窝子里,有一个装好的马褡子(上山时搭在马鞍上装东西的口袋），里面存放的是各种救援器械与工具。有时一个电话打过来，需要去救援，他拿起马褡子，骑上那匹枣红马就出发了。

"仅果洛草原上的酥和日玛我就去救援过好多次，一次是甲央泽真带领内地来的采挖者们在翻越一座雪山的时候遭遇雪崩，有几个采挖者失踪了，我们找了五天也没找到失踪者；还有一次，甲央泽真带领的采挖队伍又赶上雪崩，我们找了三天，只找到了两个人……搜救的过程都是相当危险的，因为大多在密封的山谷里，救援去的地方都是比较容易发生险情的地方。"更登确迫看似轻描淡写地说着，但在真正救援之前，他会制订详细的方案，先观察地形，如果有再次发生雪崩的可能，就先缓一缓。同时还要先做好多种预案。

到良美叶实神山，在一般人眼中，是爬山、游玩、健身，是寻找名贵中药材，但在更登确迫及甲央泽真的心中，穿越良美叶实神山却是一项永远会继续下去的神圣事业，是体现雪线下牧人们勇攀高峰的精神。

"甲央泽真他没有死！"有一天，更登确迫忽然对钟国强这么说道。

"他在哪里？ 在雪线下的牧场？ 还是到内地卖虫草去了？"钟国强问。

"都不是。据我了解，他既不在雪线下的牧场，也不在内地的任何一个城市，而是去了'那边'。"更登确迫冷冷地回答。

"是吗?! 这不太可能吧?"钟国强十分意外。

为爱离开

1

有一个地方离开了便开始想念——那就是雪线下的牧场!

人生需要一次奋不顾身的爱情和一次说走就走的旅行。

再见,雪线下的牧场——即使那是一个不愿醒来的梦。但甲央泽真坚信,有一天他还会回到那高山峡谷间,和雪线下的牧人们一起歌舞。

"再见了,我的亲人,你们永远在我心中。"甲央泽真长时间地跪拜在雪线下,面对雪线下那个生他、养育过他的牧场,他泪流满面。雪线下管寨子的贡戈叫起了他,匆匆踏上了离家的征程。

只有在路上才能让甲央泽真感觉到自己的存在,只有不停地出发和离开才会让他内心感觉安全。

甲央泽真是一个怪人。也许是一个孤独的灵魂想找寻一个心灵终极的栖息所。早在 1994 年,他就买了一台 18 英寸的彩色电视机,他喜欢待在家里收看关于旅游的节目,那些介绍很多关于世界各地的迷人风景和奇幻故事的节目。他常常守在电视机前看那些关于雪山、高山草甸、候鸟的节目,那些画面深深地印刻在了他的内心,逐渐地长大成一棵树。就像雪线下的很多人对西藏情有独钟一样,在甲央泽真的脑海里,辽阔壮美的青藏高原仿佛已经成为他梦想的终极场所。

在雪线下的牧场,甲央泽真曾经是一片天空,一片夜晚的天空;曾经似一团如火的骄阳,热烈地照耀。他心中涌动的是黄河,是长江,他懂得什么是"爱",什么是"恨",但你从他口中却不会轻易听到这两个字眼。他的内心涌动的是爱的岩浆,他渴望着心爱女人的呵护和陪伴。

2

抵达喜马拉雅达南麓边境小镇那天是个闷热的晴天,到了晌午,酷热的风就卷着西边的黑云压过来了。

甲央泽真穿上他最好的衬衫,白色带有宽宽的黑道子的那件。他不知道德吉拉姆什么时候会到,就在南麓边境小镇裤子街的一家宾馆里住了下来。他在屋子里来回踱步,不时向楼下看看满是尘土的灰白的裤子街。

与甲央泽真一起到南麓边境小镇的管寨子的贡戈说:"这大热的天儿,等会儿你的朋友来了,我们干脆到裤子街那家中餐馆去吃顿晚饭吧。"但甲央泽真说,他有可能会和十多年未见面的德吉拉姆出去狂喝一气。说到这,甲央泽真的脑子里又呈现出玛沁草原上的手抓牦牛肉和冒着热气的奶子茶。

黄昏时,一阵轰鸣,德吉拉姆骑着一辆摩托车来了。

如果说十八九岁的德吉拉姆在玛沁草原时婀娜纤细的身段很让甲央泽真欣赏的话,那么,眼前这位已经分别了十多年的三十多岁的女人更让甲央泽真渴望。这位安多藏族女子早已走过了青涩,她那成熟的韵味已经扎扎实实地渗透出来。在甲央泽真的眼里,德吉拉姆那浅浅的微笑,黑黑的柔软的长发,丰满而又匀称的身材,真是集千种风韵与万般柔情于一身。

德吉拉姆把她的围巾向后一甩,跳下摩托车。

甲央泽真从楼上的房间向下面望见德吉拉姆时,突然觉得一股暖流在身上涌动。他急忙走出宾馆的房间来到外面的平台上,随手把身后的门关好。

楼下走来的这位安多藏族女子,像明月,皎洁的光芒中已不再有青涩,那是一种成熟中透着的妩媚。甲央泽真远远地望去,发现与十多年前的德吉拉姆相比,如今的她,脸上虽然有了岁月的沧桑,但显得恬静、从容。

德吉拉姆一步两台阶地蹿了上来。她一把抓住甲央泽真的肩膀,两人紧紧地搂抱在一起,像是要把对方的那口气全给挤出来,嘴里嘟囔着:"呀,德吉拉姆!""呀,甲央泽真!"

接着，像钥匙插进锁头般自然，他俩的嘴唇碰在一起。德吉拉姆的大板牙狠狠地带出了血，她的围巾也哗啦一下掉到了地上。他俩的嘴里都像开了口井，湿湿的口水直往外冒。

　　甲央泽真和德吉拉姆紧紧地抱在一起，下身蹭着，腿相互绊着，踩到对方的脚上。最后，是得喘口气了，才分开。

　　甲央泽真不是说亲密话的人，对德吉拉姆说了句他在雪线下的牧场常对他的马和小儿子多杰华丹说的话："小心肝宝贝。"

　　这时，贡戈无意间推开了房门。

　　"阿罗贡戈，这就是德吉拉姆。德吉拉姆，这是我们雪线下管寨子的贡戈，就是他带我过来的。"甲央泽真面露尴尬地介绍说。

　　贡戈向德吉拉姆点了点头。德吉拉姆的脸上露出了羞涩的微笑。

　　此时的甲央泽真又闻到了十多年前十分熟悉的气味儿，那是德吉拉姆身上的汗香味儿。他的胸脯起伏着，"阿罗贡戈，我和德吉拉姆十多年前在玛沁草原上就认识，我们已经十多年未见过面了。"好像这是个理由似的，他盯着贡戈，心里暗暗庆幸屋里的光线较暗。

　　"看得出来。"贡戈低低地回应道。

　　"你有几个孩子？"德吉拉姆问甲央泽真，她用颤抖的手抓住了甲央泽真的手，一道电流穿过他俩的身体。

　　"本来有四个儿子，可最大的那个儿子已经走了。"

　　"我又生了一个儿子。"德吉拉姆说，"现在八个月大了。跟你说，我在这里等了你整整15年，你都没有过来。去年我才和来自康藏地区的一个康巴汉子结了婚，他叫雍西。"

　　从德吉拉姆的话语中，甲央泽真感觉到她在颤抖。

　　"阿罗贡戈，"甲央泽真又说，"我和德吉拉姆出去喝茶，可能晚上就不回来了。我们要在那儿边喝边聊。"

贡戈的嘴有点儿变形,"随你们的便。"说着他从怀抱里摸出一百块尼币。

甲央泽真知道贡戈想让他顺便去买点吃的东西,好让他能早点儿回来。

"阿罗贡戈,你要是饿了,我从家里出发时带上的糌粑口袋里还有。"甲央泽真扭头说道。

3

甲央泽真和德吉拉姆手挽着手下了楼,穿过大厅,走出宾馆大门,骑上德吉拉姆来时开的那辆摩托车走了。德吉拉姆骑在前面,甲央泽真坐在后面,双手紧紧地搂着德吉拉姆的腰。不到二十分钟,他们俩就到了另一家旅馆。接着就在旅馆房间的床上翻腾起来。先是一阵冰雹打在窗户上,之后跟着来的是一阵大雨。贼贼的风不停地拍打着宾馆房间那扇关不严实的门,整个晚上都没停。

房间里充斥着精液、汗水、旧地毯、发馊的草料、马鞍皮子、厕所和廉价肥皂的味道。甲央泽真仰躺着,喘着粗气,下面的老二还半硬着,浑身汗水,一看就是用力过了度。

德吉拉姆也吐着粗气,说道:"天啊,我今天真是爽死了。老实说,分手后再没想过咱俩还会见面。"

"鬼知道这些年你都去到哪里了。"甲央泽真说,"十多年了,都不想再想你了。我想可能是我那次在玛沁草原把你给打了,你就不愿搭理我了。"

"呀,甲央泽真,"德吉拉姆说,"这些年我一直在南麓边境小镇的裤子街做生意。在这儿碰上了来自康藏地区的雍西。你看那椅子上的东西。"

脏兮兮的黄椅子背上,甲央泽真看到有一条闪闪发光的金项链。

"是做生意赚的?"甲央泽真有些疲惫地问。

"对。这些年我也挣了点钱。不过这地方一样欺生,我们安多藏人在这里过得很艰难。我还在这里开车跑过运输,在南麓边境小镇的沟沟坎坎里开来开去,经常要钻在车底下修车。可不管咋样,我从没想过要去偷。雍西是有钱的,可都在他阿爸手里攥着。那老家伙在做宗教用品买卖,一分钱都不让雍西碰,对我也很不好。所以现在还不太好过,但总有那么一天……"德吉拉姆继续兴奋地说着。

"呀,反正你总去了你想去的地方。"

雷声在东边远远地响着,闪电的光亮划过他俩的床。

"这儿的人要欺负我是一点儿办法也没有。在这里,我受过好多次伤,总想着要回到雪线下的牧场看看。"

躺在甲央泽真身边的这位三十多岁的安多藏族女人,尽管春颜已逝,青春不再,但是,她微笑时,眼角隐现着多姿多彩的梦想。她让甲央泽真想起了伫立在雪山圣湖边薄雾中的圣洁的仙女,想起了漫漫春雨里骑着枣红马款款而行的背影……此时的德吉拉姆是甲央泽真眼里一道最美的风景。

4

甲央泽真拽过德吉拉姆的手,放在自己嘴上,深情地亲吻了一下,说:"呀,德吉拉姆,你要知道,我这些年一直在想,我是不是再也见不到你了。所以,结婚后就一个劲地生娃娃。对,我喜欢女人,我跟别的女的干过不下一百次,可每次,我总是想着你。德吉拉姆,你还和其他人这样过吗?"

"胡扯,除了雍西,当然没有了。"德吉拉姆说,"甲央泽真,不管怎样,那玛沁草原可没亏待咱俩。我在想,我们一直这样分离下去也不成什么事,咱们现在得想出个法子,以后咋办才好。"

"那年夏天,"德吉拉姆说,"咱俩拿到钱后一分手,我的肚子里就开始搅动,那个厉害,我勒住缰绳在路边停下,下马来想吐,想着可能在酥和日玛那地方胡乱吃了什么才引起的。过了几个月后我才明白,其实我是怀孕了,后来我就生下了那个孩子,他现在就在我姑姑曲珍的家里。"

"啥?阿克尕尔伯和曲珍阿姨家那个名叫郎卡的孩子是我们俩的?"甲央泽真吃惊地问,"咱们这种情况可真他妈的糟糕了,真的得想出个法子才行。"

"咱俩又能咋样。"德吉拉姆说,"甲央泽真,那年夏天可能有人看到咱俩了。有一天,格西尚在他帐篷里对我说,'你俩可在山上找到了一个消磨时光的好法子,哼?'我出来时瞥了一眼,看到他后窗户上挂着一个高倍双筒望远镜。"

德吉拉姆忽略了一段,当时那个牧场主格西尚斜在他吱吱作响的椅子上说:"德吉拉姆,你们让狗看着牛和羊,自己在那儿花了心地胡来,别想再在这儿混事了。"后来便把他们打发了。

德吉拉姆接着说:"对了,你那拳是让我吃了一惊。没想到你小子还会出黑拳使阴招。那天你打伤我的嘴,我的血流在了你给我的那件衬衫上,染红了好大一片呢。"

"这是从更登确迫那儿练出来的。你还记得更登确迫吧?就是现在雪线下牧场的村委会主任,他比我大三岁,小时候总是惹我。我阿爸泽郎被我哭烦了,我六岁那年,他叫住我说,甲央泽真,这问题你得自己解决,否则以后你即使到了九十岁还是这样。我告诉他说,更登确迫比我大呀。阿爸说,趁他不注意,你啥也别说,打了就跑,给他吃点苦头让他也知道疼。于是我就这么干了。在冬窝子外的空地上干了他一次,又从楼梯蹦到他身上,晚上他睡着时给他好好地抹了一脸。后来,他就再不找我麻烦了。"

这时,隔壁的电话响了,没人接,过了会儿,戛然而止。

　　"听着,"德吉拉姆说,"跟你商量一下,我想回去,到雪线下的牧场,咱俩一起有个小牧场,你和我做些买卖牛犊的生意,还有你的马,日子肯定过得不错。像我刚才说的,我不想再在这里做生意了。雍西及他阿爸,他们不会在乎我的!他们自己也想早点回到康藏地区去。"

　　"呀,呀,呀,那成了啥,咱们不能。我这次出来了就可能回不去了。因为那个秃顶贡戈。再说了,那两个挖虫草的情侣的事刺激了我,所以我才决定过来找你的。"于是,甲央泽真向德吉拉姆讲述了杨伟和刘玲的爱情故事。

　　"你亲眼看见他们死在雪线下的?"

　　"是的,想起那一幕我现在都心疼。"

　　"呀,甲央泽真,你知道吗,我当年是多么艰难地来到这里的。那年我刚满 18 岁,刚生下郎卡不久,就偷偷去到西藏拉萨,与在那里准备了很久的阿克开始了长达 22 天从西藏拉萨前往这里的逃亡之旅。有一位卡车司机顺路捎上了我和阿克。我们一路走一路躲藏。为了保护我免受喜马拉雅雪山上强风和寒冷的侵害,阿克还给我的脸上涂上牦牛油。可以这样说,只要你踏上危险的逃亡之路,心里就一直充满恐惧。为了保护我的头和脚免生冻疮,阿克把我的毛衣撕成条裹在我的脚上和头上。第九天,我和阿克才翻越了克什冰川,身后就是喜马拉雅山脉高 8201 米的卓奥友峰。当我们到达 5716 米高的南帕隘口上方时,已经很晚了,这里是中国和尼泊尔的边境。为了向神灵表达敬意,阿克叫我向石堆献上洁白的哈达,也算是对故乡最后的眷顾。暴风雪要来了,我和阿克在天黑前从不会停下脚步。阿克用他的毛衣裹住我冻坏的脚,最后到达了一座小庙才得以暂时停留歇一歇。在尼泊尔的一个小城,我终于可以休息一下了。到了加德满都,阿克和我获得了南麓边境小镇的难民签证。从拉萨出发21天后，在乘坐了13个小时的公车后，我和阿克两人终于到达了南麓边境小镇。对于这些，我今天想想都有点后怕。"

"德吉拉姆，你知道吗，我也遭遇了很多不幸。"甲央泽真现在也不想多解释了，他在国内因做虫草买卖生意惨遭被骗后，已经倾家荡产。如今，为了德吉拉姆，他抛妻离子，来到这里。"我一想到天一亮你就要走了，我又得在南麓边境小镇这个鬼地方游荡，就他妈的恨！"

甲央泽真坐在椅子上，德吉拉姆情不自禁地走了过去，坐在了地毯上，头靠在了他的大腿上。对于德吉拉姆亲密的举动，他心里是开心的，只是，表面上，甲央泽真一点也没有表现出来。

德吉拉姆知道自己还得回家去，回到雍西和孩子的身边去。因为，她不敢去冒险，因为她想要好好地保护好她和雍西生下的那个孩子，她必须离开甲央泽真。但是，心里却很难过。

"甲央泽真……我……"

德吉拉姆突然抓住了甲央泽真的手，在他的手上狠狠地咬了一口。"痛吗？"她有点心疼地问道。

"你说呢？"

德吉拉姆呵呵地笑了两声。"我希望你说痛，因为，你让我痛了太长的时间，所以，我希望你也能和我有一样的感受呢。"

甲央泽真心想：有些东西，或许，这辈子，你德吉拉姆就别知道了吧！我对你德吉拉姆的爱，是那么的刻骨铭心，明明想去忘掉的，却还是克制不住自己。这样的感觉，太让人痛苦了。

或许是真的累了，就这样，在甲央泽真的大腿上，德吉拉姆竟然睡着了。她完全忘了，天一亮，她要离开这里。

甲央泽真把德吉拉姆抱到了床上，在她的唇上吻了一下，他的眼里充满着柔情。

端起德吉拉姆之前倒的红酒，甲央泽真一边慢慢地喝着，一边贪婪地看着她沉睡的容颜，只有在这个时候，他才明白，他到底有多么爱这个女人。也只有这个时候，他的目光才会是这么赤裸裸，这么深情。

一杯红酒喝下去后，甲央泽真便上了床。他轻轻地抱住了德吉拉姆的身子，他想要紧紧地抱着她，这样的话，天亮了她或许就不会离开了吧！

这一晚，是甲央泽真离开雪线下的牧场后第一次睡得那么的沉。

半夜里，德吉拉姆醒来，看着在身边沉睡的甲央泽真，她伸出了手，轻轻地抚摸着他的脸颊。在她的眼里，此刻的甲央泽真是一个最具魅力的男人。

黎明时刻，德吉拉姆还是痛苦地作出决定，自己先走，她不想让甲央泽真知道她和雍西住的地方。

骑上摩托车离开后，德吉拉姆松了一口气，但脑子里全是甲央泽真的影子。突然间，她又决定再回到那家宾馆。她匆匆跑上楼，进了间房后又脱掉衣服爬上了甲央泽真的床。她一丝不挂，她想他，她要他，

她发现自己再也不能离开他了……

尽管生活在混乱的南麓边境小镇，但德吉拉姆的感情世界是丰富的，她的情爱世界也是多彩的。她懂得依靠自己，心态独立自由，也有承担责任的勇气。她敢爱，爱在行动上。

一阵翻云吐雾之后，甲央泽真从被窝里坐了起来，他拍了拍德吉拉姆的头说："德吉拉姆，离开那个雍西吧，跟我一起回去，回到雪线下的牧场。把你的东西往裤子街上一扔，走人，回到那边与我们的儿子郎卡团聚。要么把你和雍西生的那个儿子也带上吧……德吉拉姆，现在我满脑子只有你，你就快点作决定吧。"说着，甲央泽真再次把德吉拉姆深深地埋在了自己身子底下。

德吉拉姆说:"甲央泽真,我的脑海里也全是你。如果要我跟你回去的话,我们还是要走正路,必须办理合法手续。要么就借旅游的方式,经尼泊尔体体面面地回去。"

"这样可以,我过来时也是借道经香港、尼泊尔而来的。反正我的签证还有一段时间。就是要想办法给你办一个回国的手续。"

"呀,真要回去的话,我还得回家作些准备,还要带上些钱,孩子就让雍西自己带着吧。"德吉拉姆,这位离开雪线下的牧场十多年的安多藏族女人,因为爱很快就有了选择。

这时,隔壁的电话铃又响了起来。

像是提醒了甲央泽真,他拿起了床边的电话,拨通了家乡雪线下牧场冬窝子的电话号码……

当德吉拉姆再次起床,太阳已经出来了。柔和的不太刺眼的阳光洒进屋里,暖暖的,不仅照亮了房间,还照亮了她的心房。她走下床,推开玻璃门,走到阳台,深深地呼吸着早晨清新的空气,那是一种夹杂着淡淡的花草树木和露水的味道。几只不知名的鸟儿在路边的菠萝蜜树上雀跃地欢叫,一切显得那么的祥和,让人心旷神怡。此时此刻,德吉拉姆感觉生活是那么的美好,她回味着昨晚甲央泽真的温柔和激情,如果以后他们两个能够永远在一起该多好。可是,这些年来,她背井离乡,离开自己熟悉的家乡,离开可以给予她帮助的亲人,这是需要很大勇气的。

甲央泽真这时可能也被亮堂的阳光照醒了,他睁开惺忪的睡眼,对着阳台上的德吉拉姆说:"德吉拉姆,你怎么起得这么早? 不好好多睡一下。"

德吉拉姆走进屋里,笑着说:"我已经习惯了,到这个点我就睡不着了。"

甲央泽真本来还想再躺一下,可是被阳光一照,和德吉拉姆这么一说,睡意全没了。

"那我们洗漱一下，到裤子街上吃早餐去吧。"说着他也爬了起来。

他们刷好牙洗完脸，在楼下的街边吃完早餐。然后办理完退房手续，甲央泽真送德吉拉姆回家。

『第十五章』

又见扎西

1

接下来的日子里,贡戈再没有和甲央泽真联系过。从雪线下过来的甲央泽真只好在南麓边境小镇逗留。贡戈曾告诉过甲央泽真说他曾经三次来过这里,然后又回到雪线下的牧场。

南麓边境小镇位于喜马拉雅山脉南麓。1959 年,旧西藏的一些人发动叛变失败后仓皇逃到这里,被当地政府做了安排,南麓边境小镇也因此成为某些人心目中的乐园,但事实真的如此吗?南麓边境小镇的人的生活真如想象中那么美好吗?甲央泽真这位在雪线下的牧场发迹后又一败涂地的商人,现在身在南麓边境小镇,但心里充满着这些疑问。

德吉拉姆告诉甲央泽真:"南麓边境小镇分为上下两部分。这里每年六月下旬开始进入雨季,潮湿闷热;雨季结束后并无明显的秋季,随之而来的冬季寒冷而干燥。唯有每年二至六月气候宜人,每年这个时节,都会吸引来自世界各地的游客前来观光。"德吉拉姆接着介绍说,南麓边境小镇机场位于山下,前往上南麓边境小镇还需要四十分钟左右的车程。

甲央泽真发现,当地的公路盘山而建,陡峭而崎岖,路面宽度仅勉强能通过两辆小型汽车,不时还会出现 U 形弯道和六七十度的上下坡。险峻的道路加上当地司机炫酷的车技十分考验乘客的心理素质。

到达上南麓边境小镇后,怡人的自然风光和清新的空气在甲央泽真的意料之中,街道的狭小和凌乱却在他的意料之外。虽说是小镇,但视其规模仅相当于雪线下的村庄大小,主要的街道有两条,相互并行着,几百米的长度几分钟就能走到头。街道两旁则分布着数量众多的旅馆、小饭店及贩卖手工艺品的小店。

在上南麓边境小镇的街上,甲央泽真意外地遇见了来自四川康藏地区的次仁。次仁今年 28 岁,这名年轻的康巴藏族小伙子来这里已有 11 年了,目前在南麓边境小镇经营着一家小饭馆。次仁得知甲央泽真是家乡人后非常开心,把甲央泽真请进店,倒上两杯酥油茶便聊起天来。由于离开家乡时间太长,次仁的中文说得并不利索,不时需要用英语解释一下。他告诉甲央泽真:"在这里经营饭馆也非常不易,毕竟我们是外地人,经常会受到别人欺负。"次仁说,就在三天前,两名青年和当地人发生摩擦后被十余名南麓边境小镇人围殴,他俩被打得鼻青脸肿,而附近的人却没有一个敢上前帮忙。说到这里,次仁有点惭愧地看了甲央泽真一眼,因为他就是其中的一员。次仁说,"这种事情时有发生,居住在人家的地盘上,人数也没有对方多,只能被欺负。"

"这里的警察难道也不管吗?"甲央泽真问。

次仁无奈地摇了摇头。他告诉甲央泽真,南麓边境小镇的所有权属于别人的,警察等执法人员都是南麓边境小镇人,当双方发生冲突时,没有人能为我们争取利益。"我们在这里永远只能是难民身份,不能买地买房,子女上学读书也面临不少困难……"次仁说。

听见甲央泽真与次仁聊天,一位看上去四十岁左右的人走了过来,次仁介绍说:"呀,甲央泽真,这是巴桑,他也来自四川康藏地区,是康巴藏族。"

巴桑14年前和妻子从拉萨翻越喜马拉雅雪山、绕道尼泊尔,来到南麓边境小镇。回忆起当年那段行程,巴桑唏嘘不已,他告诉甲央泽真:"从拉萨翻越雪山前往尼泊尔全靠步行,我们当时整整走了二十多天,不少人病倒在途中,还有人死在了山上……"

事实上,偷渡到南麓边境小镇的每个男人头上都有一片天空,他们出生在雪线下不同的地方,来自不同的家庭,带着所谓的美好愿望来到这里,但却发现在这里生活是如此艰难。

巴桑和妻子目前在裤子街经营着一家小商铺,贩卖各种工艺品。经过了数年经营,他的商铺生意还算能养家糊口。巴桑说:"哎,我眼下的情况和其他人相比相对稍好点,大多数人因为语言和身份,只能通过在宾馆、餐厅当服务员或摆地摊贩卖小商品为生,生活得非常不容易啊。"巴桑告诉甲央泽真,他的两个孩子一个八岁,一个十二岁,现在他每天都会教他们讲汉话,他希望孩子长大后尽可能回到雪线下的家乡去。离开家乡十四年了,他非常想念年迈的父母,还打算明年带着妻子和孩子回家探望他们。

2

走在南麓边境小镇街头,甲央泽真发现,除了琳琅满目的工艺品商铺外,还有一个特色就是街头随处可见无所事事的青年人们。在街头的一个角落里,甲央泽真在次仁的介绍下,认识了年轻的泽仁达瓦。泽仁达瓦来自青海省,看上去不到30岁。因为好奇,甲央泽真在街头和他攀谈起来。

泽仁达瓦告诉甲央泽真,他来这里学佛已经12年了。

"你是否想过回去呢?"甲央泽真问。泽仁达瓦给予了肯定的答复,他说,他父亲很早就去世了,母亲和姐姐多次要求他回去团聚。经过十多年的漂泊,他现在也非常想念家乡,思念亲人,由于他是非法来到这里,没有护照等任何有效证件,现在想回去非常不容易,但他仍在努力想办法。

"你在这里生活了12年,没有任何工作,生活来源是什么呢?"甲央泽真关心地问道。

"全靠家人从家乡打钱给我。"泽仁达瓦不好意思地回答道。

在南麓边境小镇,甲央泽真有机会和各种人聊过天,他们中有些人可能并不一定后悔自己颠沛流离来到这里。但可以肯定地说,他们在这里的生活远不如他们之前的憧憬。难民身份,无法购买房屋和土地,经济、生活压力大,不被当地人接纳,受歧视,年轻人就业难等等这些问题始终困扰着他们。

"南麓边境小镇啊,你远远没有我想象中那么美好! 要不是德吉拉姆,这个鬼地方,我才不过来呢!"面对现实,甲央泽真感慨万千。

　　在南麓边境小镇,甲央泽真走在街上,会不时碰上一些年轻人,却从未碰见一个像在雪线下一样一步一叩首的朝圣信徒。德吉拉姆对甲央泽真说:"因为身份问题,我们在这里寄人篱下,不能拥有自己该有的东西,一切只能靠'借'或'租'。"德吉拉姆说完叹了口长气。

3

　　下南麓边境小镇和上南麓边境小镇虽然相隔不远,看起来却像两个完全不同的世界。下南麓边境小镇的道路宽阔平整,各种别墅散布在山间,仿佛是一座欧洲的山城。然而,上南麓边境小镇给人留下的印象却是脏、乱、差:道路十分狭窄,且路面坑洼不平;拥堵不堪的街道上,既有汽车,也有牛、马等牲畜穿街而过,人、车、牛、马混杂,一不留神还可能踩到牲畜粪便。

　　上南麓边境小镇的房屋大多依山而建,缺乏整体性的规划。街道两边的房屋大多已破旧不堪,沿着街边的小路顺势而下,可以看到:巷道阴暗潮湿,房屋檐角相接,间隙很小,若遇火灾,就会非常危险。

　　那天,甲央泽真和德吉拉姆又找机会聚在了一起。

　　"既然都来了这里,今天就去下南麓边境小镇看看吧。"德吉拉姆说道。

　　于是他们俩来到下南麓边境小镇,在那里玩了大半天,他们当晚便宿在了下南麓边境小镇的一家酒店。洗过澡后,甲央泽真一把将德吉拉姆抱起来放到床上,如饿狼一般扑了上去。

　　"甲央泽真,你别急呀,快拉开窗帘看看,窗户外面就是世界上最高的山峰,是最纯净的没有被玷污的雪山!"

　　德吉拉姆和甲央泽真住的是最高层的一间套房,是下南麓边境小镇最高的建筑,透过窗户便可看到白雪皑皑的一片雪山,那是很多人向往却没有勇气来征服的山峰。

"今天,就在下南麓边境小镇,我要征服你,我的德吉拉姆。"甲央泽真的眼神十分坚定。这些天来,因为德吉拉姆不得不回家和雍西住在一起,甲央泽真感到已压抑得太久。

甲央泽真将手伸进德吉拉姆的睡袍里,寻觅着那两座挺立的双峰。他轻轻地揉捏着,用温热的唇含住她的耳垂,轻舔慢吮。德吉拉姆顿时感到一阵眩晕。

男人的内心其实很脆弱,不像外表般坚强,他们需要女人的柔情似水,柔声细语。对甲央泽真来说,什么都能承受,什么都可以抗绝,但最终受不住的是眼前这个女人的折腾,最抵挡不住的也是眼前这个女人的温柔。是啊,女人一旦温柔起来,再刚强的男人也会被融化掉……

此刻的甲央泽真已经被眼前这个女人的温柔融化了,他又像当年在玛沁草原上一样,挠得德吉拉姆全身像数万只蚂蚁在啃噬,却就是不肯给她一个痛快。他那双略带薄茧的大手肆意游荡在她的身上,最终伸向了她的腿间。他用手指按捏着她的敏感点,惹得她一阵难耐,身子也开始颤抖起来。

"怎么,不够舒服吗?"甲央泽真压抑着声音,逗着她。

德吉拉姆的眼睛像是浸在水里的葡萄,让甲央泽真感受到一种极致的诱惑。他低头吻着她的唇,一只手不停地抚摸着,只觉得她的下身已成为一片温润的沼泽。

德吉拉姆发出一声声呻吟,像树袋熊一般紧紧地抱着甲央泽真,闭着眼睛的小脸看似既痛苦,又享受。

甲央泽真低声问道:"想要吗? 告诉我。"

难耐的感觉越来越明显,德吉拉姆娇嗔了一句,朝甲央泽真点了点头。

但是甲央泽真就是想让她亲口告诉他。今夜,他要彻底征服她,在下南麓边境小镇。

"告诉我,要不要?"他用几乎有些急促的语句说出这句话来。

"要……我要。"受不了甲央泽真正在放肆的双手,受不了他那迷惑的眼神,德吉拉姆终于开了口。

"要什么?"甲央泽真似乎很在乎这个回答,就像当年在玛沁草原上一样,有些话,他是一定要德吉拉姆说出口的。

"要你,要你爱我!讨厌,甲央泽真你混蛋!"德吉拉姆一点抵抗力也没有了。

话音刚落,甲央泽真就像疯了一般扯掉德吉拉姆身上的浴袍,连带着将自己的也脱下,露出他那古铜色结实的胸膛,压了上去……

甲央泽真疯狂地抽动着,德吉拉姆不停地呻吟着,他的每一下都重重地抵在她的花心上,那种电击的快感和身体上的满足是他在英措身上很少体验到的感觉。德吉拉姆一次又一次在尖叫中被送入云端,就像被白骨精吸走了灵魂一样,连喘气都嫌费劲儿。但是她不敢停下,那个罪魁祸首还在她身体里面炙热着,随时准备着又一次的冲锋。

"求你了,快点吧,我不行了。"德吉拉姆用虚弱的声音说。

"投降了吧。"甲央泽真露出了满意的笑容,在一阵急促的喘息中,他把自己的一腔热流喷射在了她的体内……

4

第二天,德吉拉姆很晚才起来,只觉得浑身酸痛,看看身旁已经没了人,她回想着昨晚发生的一切,难掩幸福。但同时也隐隐有点担忧,这样阳刚的男人,是不是会有其他女人和他……

德吉拉姆穿上浴袍,赤着脚走出卧室,只见甲央泽真就在卧室外的客厅里喝着茶。

"昨天太累了吧！"甲央泽真想起昨晚的折腾，便问了起来。

"不。"德吉拉姆脸着红，赶快绕过这个尴尬的话题。

"我叫了餐，一会儿吃完带你去玩。"甲央泽真说。

吃过饭，两个人在下南麓边境小镇拍了照，德吉拉姆硬叫上甲央泽真一起合了影。平时很少拍照的甲央泽真居然揽着德吉拉姆在照相机前笑了出来。离开下南麓边境小镇后，两个人又回到了上南麓边境小镇那个破旧的小镇。

甲央泽真在南麓边境小镇的街头发现，这里的商店和摊贩都在出售羊毛披肩、皮包、挂件等各种南麓边境小镇产的商品，但很少有藏族特色的纪念商品。

德吉拉姆说："这里的物资，不管是萝卜青椒，还是各种电器，基本都要靠外运过来，因为条件限制，即使当地人开的酒店里也很少有纯正的藏餐。"其实，甲央泽真已经注意到了，南麓边境小镇商店里"中国制造"的商品非常少。他只在一家商店里见到几双中国产的廉价运动鞋。

南麓边境小镇最醒目的建筑群莫过于"他们"所住的寺庙群。甲央泽真在德吉拉姆的陪伴下走近寺庙，最先看到的是悬挂在外面的大海报。

"啊，扎西……"甲央泽真突然惊呆了，一张熟悉的面孔出现在海报的中央，那不是他的大儿子扎西又是谁呢？怎么这里会挂着扎西那年在"莫郎节"上量寺时的照片？还有扎西被烈火焚烧时的照片，以及被烧后漆黑的尸体……他的脑袋嗡嗡作响，眼前一片漆黑。他跪在大海报的前面，嚎啕大哭起来。

见此情景，德吉拉姆仿佛早有心理准备，她径直走过去扶起甲央泽真，拽住他就往寺庙里走，她要让他去聆听大师的讲经说法。

第十六章

在南麓边境小镇
的日子

1

甲央泽真和德吉拉姆在寺庙里听完大师讲经,但没机会获得大师的摸顶赐福,只好和如潮的信众依次步出经堂。刚走出寺庙大门,甲央泽真又看见了儿子扎西的照片,痛苦、悲愤再次涌上心头。甲央泽真万万没有想到的是,他的儿子扎西,一个雪线下平凡的青年,一个一心向佛的年轻喇嘛,一念之差竟离开雪线下的牧场,来到这个所谓"人间天堂"的南麓边境小镇,然后又莫名其妙地身陷烈焰,使自己的灵魂化作了风。

扎西五岁时就被甲央泽真送至雪线下的寺庙拜师做了僧人,并一心想着学好经文做个受人尊敬的僧人。在雪线下寺庙的十多年时间,是扎西一生中最快乐的日子,生活无忧无虑,有寺庙里的老师讲学,还有年纪相当的僧友,夏天还能回到雪线下的牧场与阿爸阿妈一道管理牧场,或协助阿爸组织民工上山采挖虫草和贝母。最重要的是,那里是他的家乡,很清静,很少有什么外面的事情打扰他。扎西把寺庙当作自己的家,把学习经文、不断深造作为自己的理想和目标。

虽然生活在封闭的环境中,但扎西时常会收到一些"跑出去"的同乡或同寺僧人的来信,他们吹嘘南麓边境小镇那边的生活条件怎么怎么好,更为重要的是"能学到不少东西,能很快提高学位"!

抱着"成为一个有学问、受人尊敬的僧人"的梦想,扎西来到了所谓的"人间天堂"——南麓边境小镇。然而,一心想到外面深造,想沐浴到佛光的他怎么也没有想到,到头来"没学到真经,却送了性命,使自己的灵魂像风一样飘走了"。

面对达寺门口那赫然入眼的扎西的照片,甲央泽真的内心感受到了真正的煎熬。

15 年前,德吉拉姆离开甲央泽真来到南麓边境小镇,而甲央泽真和妻子英措却在雪线下开始了新的生活。

德吉拉姆离开雪线下的故乡的时候,也是对她的未来充满信心的。那时她头也不回地来到喜马拉雅南麓的这个边境小镇,十五年来,她把自己的青春都献给了这座古老的喧嚣的小镇。就这样,她一直徘徊在这个既熟悉又陌生的地方。

"这里经历的一切,让我无法忘却。"德吉拉姆挽着甲央泽真的手臂悠悠地说。

"是啊,我也一样,在雪线下远牧的时候,英措不在身边,有时候,我会在夜里惊醒,身边没有一个人,黑帐篷空荡荡的。我常常希望身边有一个人,这个人就是你,我多么希望你给我一些温暖的感觉,可以陪我在雪线下度过漫长的黑夜。"甲央泽真继续说道,"说实话,在雪线下做生意时,我喜欢过很多人,也有很多人喜欢过我,但我依然觉得寂寞,我不知道是不是因为你的原因。我离开故乡到这里来找你,希望与你重来。"

德吉拉姆从怀里取出甲央泽真送给她的那串佛珠,这串佛珠陪伴了她整整十五年。德吉拉姆将佛珠在甲央泽真面前晃了晃,说:"在南麓边境小镇,有时候,我拿着这串佛珠,眼泪会止不住地流,不是别的原因,就是因为想起了你。我们相爱,我从不后悔。"

那天下午,甲央泽真和德吉拉姆从寺庙出来,一边沿着上南麓边境小镇那窄窄的街道向下走,一边聊着。当他们走到一家餐馆门口,再次遇上了次仁。这时天空正下着蒙蒙细雨,次仁身披雨衣,正蜷缩在餐馆门口兜售油饼。

"呀,德吉拉姆,我感觉实在没法再撑下去了,就想早日回去与家人团聚,现在正托人帮忙申办证件呢。"次仁说。

"回家"是甲央泽真在上南麓边境小镇听到的最多也最富有感情的词语。次仁曾于去年回老家探望过一次,对于自己家里的巨变,次仁感触颇深,他介绍说,自己的哥哥后来离开故乡到外面做生意,成立了公司,现在已是个小富翁,自己在南麓边境小镇的生活费全靠家人汇款给他。

提到回家乡,次仁异常地坚决:"我把这里的东西卖完之后就会回去,北京曾有汉族朋友帮过我,我想去北京生活。你看我的这套茶具,我到哪儿都带着它。我现在很想回到康藏地区晒太阳,和朋友们喝茶……"次仁说着,顺手将几张照片递给甲央泽真看,"这是我出生长大的地方,黑帐篷就是我的家。我小时候就在湖边放羊,好安逸哦。"

次仁告诉甲央泽真,自己常给家人打电话:"每次接到我的电话,那边的阿妈都会哭,希望我能回家团圆。现在我日日夜夜都想家,就像当年的扎西一样,在这里天天想家啊!"

"啥? 扎西,就是他的相片挂在寺庙外广场上的那个扎西吗?"甲央泽真急急地问。

"是啊,就是他。怎么? 你认识他?"次仁好奇地问。

"他是我的大儿子啊!"说这话的时候,甲央泽真的眼里含着泪花。

"这孩子真可怜,当初来的时候,常到我的店里吃饭,我们偶尔也聊聊天。哎,真可惜……"次仁幽幽地说。

"呀,偌花(朋友),你还知道扎西当年的哪些情况? 快告诉我吧。"甲央泽真祈求次仁。

甲央泽真现在知道了,在南麓边境小镇,他的儿子扎西——一个心地像白色羊毛般纯洁的年轻人,就这样不明不白地进入了思想的"百慕大",迷失在了南麓边境小镇的虚假的光环中。一枚虚幻的"勋章"蛊惑着扎西放弃了自我,扭曲了自己的灵魂。

3

甲央泽真流着泪,带着哭腔告诉德吉拉姆和次仁,扎西从小礼佛,好学上进,对佛教中的"因明学"一直很感兴趣,后来听人说在南麓边境小镇这边研究"因明学"的高僧比国内的多,他不顾阿爸阿妈的劝阻,在管寨子的贡戈的带领下,偷偷跑到了这里。

扎西曾写信告诉甲央泽真,那年藏历正月,他在交了一笔费用后,在雪线下管寨子的贡戈的引见下,见到了一位叫王修的人,正是这个王修把他和其他十几个准备出去的人集中到一栋房子里,然后带他们偷渡出境。与扎西同行的人中,有几个十几岁的小孩子,他们的父母都是乡下人,生活条件不太好,听别人说"那边"的日子好过,就信了,便凑了钱想送孩子出去。还有些是学习不好或者因为其他原因在家里待不下去了,偷跑出来的。当时,看着这些冻得发抖的孩子,扎西心想,他们中有些人可能一辈子也见不着家里人了。这时,他不禁想起了在雪线下牧场上辛勤劳作的阿爸阿妈,但此时也只能双手合十,向着雪山后面的方向,为他们默默地祈祷和祝福。

一天,甲央泽真和德吉拉姆在南麓边境小镇的街上闲逛,碰上了几个相熟的老婆婆,德吉拉姆便停下脚步和她们闲聊了起来。甲央泽真傻傻地站在一旁,感到很不自在。

"呀,姑娘,这个是你男朋友吧,长得真俊啊。"

"那是我叔叔。"德吉拉姆故意开着玩笑。虽然甲央泽真已经四十多岁了,但德吉拉姆也将近四十岁,只是她看上去却只有二十多岁的模样。

甲央泽真听后火气一下子冒了上来,什么话也没说转头就走了。

德吉拉姆知道他生气了,赶忙追了过去。两个人不知不觉走到了一条较偏僻的小街上,正好看见有一伙人在打人。德吉拉姆知道,南麓边境小镇有些地方,经常有坏人聚众闹事,欺凌路人。

德吉拉姆有些害怕,那伙人拿着棍棒,有的手上还拿着枪。看到他们已经看到了甲央泽真和自己,她一边躲到甲央泽真身后,一边说:"怎么办,他们会不会打我们?"

"没事,别忘了我干过什么。"

甲央泽真的话让德吉拉姆稍微放心了一点,对啊,他是雪线下的牧人,力气大不说,这次还在这里弄了把枪,出门总带在身上。

果然,那伙人靠近了他们,其中一人伸手便要摸德吉拉姆的脸。甲央泽真见了一把挡住了那人的手,迅即把他的手腕使劲一翻,只听到"咔嚓"一声,有过骨折经验的德吉拉姆知道,他的这只手至少有几个月不能再干坏事了。

"德吉拉姆,快打电话报警,把我们地理位置告诉南麓边境小镇警察。"甲央泽真悄悄对德吉拉姆说。

其他的坏人看到他们两个人居然敢反击,于是都抄起手里的家伙冲向甲央泽真和德吉拉姆。

甲央泽真推开德吉拉姆,迎了上去。只见他用胳膊挡开一根木棍的袭击,然后转手就夺下了木棍。他把木棍抡得呼呼作响,瞬间便有好几人被他打倒在地。

这时有人掏枪对准了甲央泽真。刹那间,甲央泽真也从藏袍里掏出了枪,并对准了那个持枪者的头。突然,有人从他身后举着木棍袭来,甲央泽真连头也没回,反手就是一枪。袭击者受伤倒地哇哇乱叫。

甲央泽真一边用枪对着那伙人,一边退到德吉拉姆身旁,双方就这样僵持了一会儿。

不多时,几名南麓边境小镇警察赶来了,他们看到地上的血时发现事态有些严重。"我跟你们回警局。"于是,甲央泽真和德吉拉姆一起坐上警车去了南麓边境小镇警局。

在警车里，德吉拉姆十分害怕，她趴在甲央泽真的肩上说："我们会不会回不去了？我们是不是犯了大事？"

"你不用怕的，没事。"甲央泽真回答道。

到了警局，警长亲自来了，他对甲央泽真用南麓边境小镇话大吼："你私自藏有枪支，还开枪伤人，按照我们的规矩，要对你进行拘役！"

德吉拉姆听到怕极了，她急中生智，用南麓边境小镇话大声说："我们是自卫！你们凭什么要拘留他。"

甲央泽真听不懂南麓边境小镇话，也始终没有说话，他看到那个警长态度很凶的样子，知道对他不利。只见他突然拽过那个警长的领子，要他到旁边的屋子去。

等到其他警察反应过来要掏枪时，甲央泽真板着脸说道："都给老子外面等着，我跟他说句话。"

德吉拉姆迅速翻译了甲央泽真的话。南麓边境小镇警察一时被甲央泽真给镇住了。警长呆愣着，任由甲央泽真将他拽进了旁边的屋子。

进了另一间屋子后，甲央泽真从身上掏出了一个证件，那个警长仔细地看了一下，态度开始变得好了很多。

很快他们便出来了，警长皱着眉头对看押德吉拉姆的警员说道："算了，放他们走吧。"

警察们也有点摸不着头脑，只好放了人。

甲央泽真对德吉拉姆用安多藏话说了声"我们快走吧"，便离开了南麓边境小镇警局。

等他们走了，警员们就问警长为什么放人，警长有些无奈地说道："他是有护照的中国人！"

出了南麓边境小镇警局后，德吉拉姆问甲央泽真："你是怎么让警长放我们走的？是不是给了他很多钱?"

"没有，就是给他看了样东西。"

德吉拉姆也就没再追问，她知道甲央泽真不想说的事你问了也是白问。

4

流浪在南麓边境小镇街头的甲央泽真有时也很脆弱，一件很小的事情，也会触动他那敏感的神经。他发现在这里的一些青年既不干活也不学经，整天穿着时髦的衣服在小镇上游荡，有些人好像还染上了毒瘾。

那天，因为下雨，次仁小店里的生意很冷清，除了甲央泽真和德吉拉姆，几乎没有一个顾客，伴着窗外滴滴嗒嗒的雨声，次仁又向甲央泽真和德吉拉姆讲述了一些扎西的情况。

甲央泽真听着听着，眼角边就挂上了泪珠。坐在一旁的德吉拉姆也很伤心："哎，这孩子真糊涂，跑过来干啥嘛。他走上了这条道路完全是'他们'的煽动。"事实上，南麓边境小镇并不是扎西梦中的"天堂"，而是一个随时可能病变的"毒瘤"，"哎，这孩子当时如果来找我就好了。"

"那时不知道你的地址啊。"甲央泽真带着哭腔说，"我后来听说，他到了这里后，有个叫拉木降措的人接待过他。这个人原来在家乡因为出了什么事，就跑到南麓边境小镇来了。"

他们彼此沉默了一会儿，德拉吉姆突然问道："如果有一天我死了，你会难过吗？会流眼泪吗？"

"啊？你怎么会死呢？你死了谁又和我说话？谁陪我吃饭、陪我玩？"

"是呀，我死了就什么都不能做了，不能再爱你，不能和你讲话，不能陪你吃饭，不能陪你玩，什么都不能了。"

"那你就不能死。"

"但我不能决定自己的生死，谁都不能决定自己生命的长短呀。"

"嗯,这个我也知道,只是你死了,我会害怕的……"

德吉拉姆抱住了甲央泽真,谈到"死"的话题,甲央泽真感到又一阵难过。儿子扎西一再浮现在他的脑海。他决心马上离开这里,回到雪线下的故乡。

『第十七章』

回到故乡

1

几经周折,甲央泽真终于回到了雪线下的故乡。

甲央泽真又突然出现在雪线下的牧场,那些认为他已死去的人感到十分惊讶。而且他还带回了离开雪线下牧场十多年的女人德吉拉姆。尕尔伯一家因德吉拉姆的归来喜出望外。

然而,甲央泽真的突然归来,并未给英措带来多少意外和惊喜,仿佛这是意料中的事。而对于儿子罗让甲木措、泽白,还有多杰华丹来说,那可是一件大喜事,他们终于又见到了自己的阿爸。

甲央泽真回到雪线下牧场时几乎身无分文。慢慢地他和英措之间有了隔阂,虽然都是些鸡毛蒜皮的小事,但矛盾却越积越多。英措要甲央泽真用避孕套,她不想再怀孕。甲央泽真不同意,说如果她不想再要他的孩子了,他乐得床上不理她。英措气呼呼地嚷道:"你要是养得起,我倒是想多生几个。"

英措的恼怒在一天天增加:她看到过甲央泽真和他从南麓边境小镇带回来的德吉拉姆是咋样拥抱的;甲央泽真每年夏天都要去雪线下的牧场,和德吉拉姆一起上山收购虫草,可什么时候陪她和孩子们去县城溜达过一次?

甲央泽真也不愿和英措在床上亲热了,总是说雪线下的牧场的活太累人,回家倒头就睡,就这么冷落着她。

小儿子多杰华丹十岁时,英措把心一横,对甲央泽真说:"甲央泽真,你偷偷离开我们母子到'那边'去了这么多年,我和孩子们在雪线下不知吃了多少苦。我们苦苦熬过了这么多的日子,你虽然回来了,却把你的老相好也带了回来,还看我老不顺眼,我们在一起还有什么意思呀?还是分了吧。"不久,英措就和甲央泽真离了婚,她与县城里杂货店的老板尼美住在了一起。

与英措分手后的甲央泽真,成了雪线下真正的孤家寡人,三个儿子相继去了英措那里。他又不得不到处招收农民工,重新干起了组织民工上山挖虫草、贝母的活。由于虫草、贝母资源逐年枯竭,甲央泽真因而也挣不了多少,可他喜欢待在雪下的牧场,丢三落四也无所谓,想走人就走人,就这样稀里糊涂地过着。

"扎崇节"那天,甲央泽真去县城英措的杂货店看望孩子们。他坐在孩子们中间吃晚饭,和他们讲笑话。

喝完茶,英措叫他到厨房。英措刷着盘子,讲她很替他操心,说他该再成个家,要不就和德吉拉姆光明磊落地住在一起。

甲央泽真看出英措又怀孕了,估摸着有四五个月了。

"你和尼美那个老家伙当真了?"甲央泽真靠着灶台子,有点不快地问道。

"你还和德吉拉姆到雪线下的草山挖虫草吗?"英措没有正面回答他。

"有时候去。"甲央泽真白了英措一眼回复道。

英措接着说:"我以前心里总是想,为什么你总说上山收了好多虫草,却没一次带几根回家。有一回,在你去收虫草的头天晚上,我打开你的马褡子,在里面绑了个纸条,说,'喂,甲央泽真,带一点虫草回家,你亲爱的英措。'几年了,我看到那纸条还挂在里面呢,你那马褡子压根就从来没装过什么东西。"她一边说着一边打开水龙头,冲起了盘子。

"那说明不了啥。"甲央泽真冷冷地说。

"别骗我了。甲央泽真,你别想再糊弄我了。我很清楚,你和德吉拉姆的关系。我提醒你,这个从'那边'回来的女人可不好惹……"她戳到了甲央泽真的痛处。

只见甲央泽真突然拧住了她的手臂,盘子摔碎了。"你给我闭嘴!"甲央泽真叫道,"管好你自己的事。你知道个甲花(大便)!"

"我要喊尼美了!"

"操他妈的,你给我去喊!"他又一使劲,给她手臂上留下了一道紫印子,然后反戴上帽子,踹门而去。

那天晚上甲央泽真去了县城一家酒吧,醉了后,和别人打了一架才离开。

之后很长时间甲央泽真都没去看他的儿子们,他想,等他们长大离开英措和那杂货店老板尼美后,自然会来找他。

2

一年又一年,甲央泽真和德吉拉姆总想法子凑在一起,去雪线下的牧场,还有山里的溪谷。有时也骑马去到雪线附近,或玛卿雪山的南面,但他俩再没去过玛沁草原。

他们也都不年轻了,德吉拉姆的腿和膀子都圆实了很多。甲央泽真一年四季都是那双破靴子、衬衫和牛仔裤,冷天就再披件帆布藏装。他的眼帘上方有个小肉瘤子,鹰钩鼻,看起来很瘦的样子。

在"那边",在南麓边境小镇,雍西的阿爸死了。雍西接管了他阿爸的护照签证生意,德吉拉姆的儿子和雍西生活在一起。

德吉拉姆在雪线下的牧场,与阿克尔尔伯一家一起生活。和甲央泽真一样,她偶尔也到县城或成都去做些虫草、贝母买卖生意,由于没有更多的负担,所以,她老是想着法儿把那些钱花在自己的打扮上。为了显示她的富贵,她耳朵上戴起了金耳环,脖子上挂起了亮闪闪的黄金项链,手上戴着金镯子、金戒指,身上还穿起了水獭皮藏装,腰带上缀满了珊瑚和玛瑙,一看就是一位藏族贵妇人的模样。她与刚从南麓边境小镇回来时相比,显得更丰满,更有风韵。

不知什么时候,德吉拉姆又把当年在玛沁草原上拾得的那根鹰羽别在了自己的头上。那天,甲央泽真和德吉拉姆来到嘎溪河上游地段的那一片溪谷。空气里混合着松脂、落在地上已干了的松针及热热的山石的味儿。马蹄子把落在地上的松针踏碎,也带出股苦味儿。

　　甲央泽真用警惕的眼睛向西边看看,提醒德吉拉姆:这样的气候,积雨云保不准就会被热气给推着冒出来。深蓝的天空没有一丝云彩,德吉拉姆说她要是再往上看,就会被蓝天淹死了。大约三点,他俩绕过一个狭窄的山口,来到东南面的坡上。早春的日照很强,把这儿的雪融化了,下面小路上的积雪已没有了。这时,他们发现上边山坡上有一只九眼狼,德吉拉姆那匹栗子色的河曲马嘘嘘着立起了前腿,德吉拉姆忙叫:"吁,吁。"

　　甲央泽真的枣红马打着响鼻原地转着,喘着气跳来跳去,但没立起来。甲央泽真忙抓起那支火药枪,扣上机板,可已经晚了,那只受惊的九眼狼跳跃着狂奔进了树林,逃走了。

　　茶水般颜色的嘎溪河,湍急地流着,夹杂着正在融化的雪,在大石头下面,水潭和回水的地方汇集出很多泡沫。褐色的柳枝在水里来回摆着,德吉拉姆下了马,用手捧起冰冷的河水喝了几口。

　　甲央泽真看到了河岸上面的长条凳子,那里还留有两三个以前打猎人在这里作为营地留下的火灶子,他说:"这地方不错。"长条凳子那边延伸出去的是很大一片斜坡草场。他俩让马去了草地上啃草的同时便搭起了帐篷。

　　第二天,像甲央泽真预测的那样,天气变了。一团团灰黑色的云从西边飘来,冷风里夹着雪花。到了晚上天更冷了,德吉拉姆和甲央泽真在帐篷门口来回走着,火也一直燃着。

　　这冷天气让德吉拉姆在那儿不停地骂娘。她用木棍拨弄着篝火,又胡乱地调着收音机,希望从里面收听到她喜欢的音乐,但由于干扰,还是不能正常收听,她只好住手。

甲央泽真告诉德吉拉姆说,他眼下住在冬窝子,正想甩掉那个在县城菜市场卖菜的汉族娘们,可还没成功。德吉拉姆则告诉甲央泽真,她和雪线下的更登确迫有了暧昧关系,但他们一直偷偷摸摸的。德吉拉姆说她过得还可以,就是心里想甲央泽真,有时想得都要发疯。

3

篝火燃烧得很旺。甲央泽真用胳膊揽住德吉拉姆的腰,德吉拉姆把冰凉的手插到甲央泽真的两腿之间。"我原来总想再有个女儿,"甲央泽真边说边解开扣子,"可那骚货英措就生些儿子。哎,最可怜的还是大儿子扎西。"

"我啥都不想要,就想和你在一起。"德吉拉姆一边说一边往火里扔了块干牛粪。几个烫烫的火星子溅到他俩的手上和脸上。不是头一次了,他俩又在帐篷外那片草地上翻滚起来……

几天后,马和牦牛都被赶上了山坡上的牧场。甲央泽真准备到县城去看看贝母市场的价格,德吉拉姆要去北边的果洛探望她的亲戚。

甲央泽真倚在德吉拉姆的帐篷门口,说出了他憋了一个星期的话:可能在十一月份等他们把牦牛赶走开始冬天的饲养以前,他都不会再有时间回到这里了。

"要等到十一月?八月份咋的要见鬼了?我说甲央泽真,咱俩不都说好了八月份一起在这里待上十来天的吗?干嘛咱们总要在这冰天雪地里干?我想去'那边'看看儿子,哪天咱们一起去好吗?"

"德吉拉姆,你知道,我八月份全得忙着打牧草捆子。振作点,德吉拉姆,十一月份我们可以去出售虫草和贝母,就在成都。看我还能要到英措的哥哥尼玛买在洞子口的那间房子不,那年咱俩在那儿多快活呀。"

"你知道,甲央泽真,这没法儿让我满意。"

"德吉拉姆,我得干活。你听说过孩子抚养费吧,我已经给了好多年了,还要继续给下去。跟你说吧,我得把这个牧场上的牦牛管好,八月份没法走开。"

"我知道了。"德吉拉姆低声答道。甲央泽真啥也没说,沉默了一会儿,又说道:"德吉拉姆,你和更登确迫干过几次?还和雪线下别的人干过吗?"

"甲央泽真,你在审讯我吗?我告诉你,我是他妈的和更登确迫干过,也和别的男人干过,你又咋样呐?"忍了这么多年,没料到德吉拉姆这会儿终于爆发了。

"德吉拉姆,如果我真的知道你都和谁干过的话,你真他妈的该死!"

"你试试看!"德吉拉姆说道,"我也再跟你说一遍,甲央泽真,我早和你讲过,原本要是咱俩能待在一起该有多好,可你就是不肯,你看看,咱俩现在都得到啥了?甲央泽真,你要是还不清楚,我也想让你知道,自从我回来以后,这些年来,我为你花了多少钱了!我是去和别的男人找乐了,可你他妈的找过我吗?你他妈的就不知道我那感觉有多坏。甲央泽真,你知不知道你对我有多重要,你知不知道,在雪线下没有你的那些日子里,我他妈的有多想你吗……"

甲央泽真站在那儿,像是胸口挨了一枪,脸色灰白,腿一软,就坐在了地上。德吉拉姆叫道:"我的天呀,甲央泽真,你怎么啦?"好在没过多久,甲央泽真又站了起来。

德吉拉姆一直怀念的是那年夏天,在那遥远的玛沁草原上,有一次,甲央泽真从后面走过来,温柔地把她抱住,当时他俩就那样在篝火边站了很久。一团团的火苗蹿上来,火光把他俩的身影放大在了石壁上。德吉拉姆背靠着甲央泽真,感觉着他平稳的心跳,像是孩提时母亲拍打她睡眠的声音,慢慢地她好像就要睡着了。

从那以后,甲央泽真从她背后的那一抱就深深地印在了德吉拉姆的脑海里,成为她在寂寞或痛苦中聊以自慰的法宝。

4

然而,德吉拉姆后来还是与甲央泽真结了婚。结婚前,德吉拉姆唯一的条件就是要求甲央泽真像当年他和英措结婚一样在雪线下举行一场隆重的婚礼。

像当年一样热闹的婚礼再次在雪线下的牧场举行,同样连续举行了三天。但是,他们的婚礼尚未结束,甲央泽真就阴沉着脸,给设在冬窝子外面喜帐里的朋友们敬完最后一杯酒后,便独自离开了。

原本兴高采烈地给他们祝贺婚礼的年轻人都感到很无趣。这时,又听见冬窝子二楼的新房里传出了德吉拉姆的哭声。紧接着,"乒乓"一声,是什么东西被摔在了地上,伴着甲央泽真的大吼声:"住嘴! 再闹你就给我滚回去!"

那群年轻人呆呆地望着二楼那间亮着孱弱灯光的新房,不明白这大喜的日子里,怎么就这样了?

月亮在雪线下牧场的上空已经升起很高了,这群年轻人搞不明白是怎么回事,只好各回各的冬窝子了。

横贯雪线下牧场的那条河流就是嘎溪河,这个时候,嘎溪河显得安静,清波不泛;两岸的格桑花,黄黄白白,五颜六色,竞相绽放。白天,嘎溪河可不是这样,它喧闹得如同集市,整个雪线下牧场上的人的吃喝洗涮,都在这条河里。但无论大人小孩,从来不往河里乱丢垃圾,因此,河水总是清清的,偶尔还能望见河里的鱼儿在自由穿梭。

雪线下冬窝子的三个寨子傍河而居,河南岸与河北岸,由一座"伸臂桥"连接着,桥面上的部分木板已经腐朽,不少地方出现了破洞。

甲央泽真的冬窝子就在嘎溪河的南岸,后面是冬窝子里唯一的一棵高大挺拔的松树,遮天蔽地。据说是甲央泽真阿爷的阿爷从山上移栽下来的。

这天深夜,嘎溪河两岸一切都安睡了,只剩下格桑花的香气,在雪线下牧场的上空弥漫着,还有甲央泽真冬窝子里传来的德吉拉姆嘤嘤的哭泣声。那哭声犹如良美叶实神山上刚刚被融化的雪水,蜿蜒绵长,凉凉地侵入附近的牧民的心头。邻居们都感到纳闷,这究竟是咋回事。

第二天一早,再次做新娘子的德吉拉姆就已经来到牧场外的嘎溪河边洗衣裳了。人们收住脚步站在"伸臂桥"上打量着德吉拉姆:尽管已经快四十岁的她,头发乌黑,脱去藏装的身段显得丰满,皮肤也很白净。

此时,有两个中年妇女赶着牦牛,从河上的"伸臂桥"走过,只见她俩停下脚步说起了闲话。其中一位年轻点的说:"啊啧啧,凉切(真可怜),这么漂亮一个女人,怎么就嫁给了不知好歹的甲央泽真呢?"年长的接口道:"看来雪线下牧场的男人没几个是好东西!要不,他怎么与人家英措说离就离了呢……"

自从德吉拉姆和甲央泽真结婚后,甲央泽真那个破败的冬窝子就开始变了样:院坝里的杂草不见了,从房门通向院子大门的道路两边的地里还种上了蔬菜、胡豆,围墙外的空地也被翻耕了出来,还种上了青稞。跑到别人家里的那几头牦母牛也被赶回去了。

白天,德吉拉姆把牦母牛赶到嘎溪河对岸的草地上牧放,黄昏时分又赶回来,拴在冬窝子里那棵松树下挤牛奶。然后,她又是打酥油,又是晾晒奶渣,又是做酸奶……她把她和甲央泽真吃不完的东西送给牧场里的邻居们分享,把剪下的牛毛擀成毡子,还要割草为牦牛们越冬度春储备冬草。甲央泽真阿爸泽郎在雪线下的冬窝子留下的那座三层的楼房再次亮堂了起来。

每隔几天，人们还发现德吉拉姆拿起抹帕在三楼的经堂里擦灰，给慈眉善目的佛像"洗脸"，接下来就虔诚地跪拜在佛像面前念经祈祷，期盼来生不再痛苦，过上幸福的好日子。她还把院子里里外外打扫得干干净净。甲央泽真的破藏装也变得干净整洁了，脚上的牛皮筒靴也被擦得亮亮的，整个人再次变得精神了起来。

然而，德吉拉姆这样一个勤劳贤惠的好妻子却三天两头遭到甲央泽真的打骂。人们起初都同情德吉拉姆，雪线下牧场上的一些阿卡和阿依们还跑过去对甲央泽真好言相劝。可是，很快一个传闻就在雪线下牧场流传开了，说德吉拉姆和更登确迫经常在外面偷情，他们已经偷偷摸摸地好了几年了……

就这样，雪线下牧场的人们看向德吉拉姆的眼神发生了变化，甚至有了些许轻蔑和不肖。当甲央泽真再次打她的时候，也没有人上门去劝阻了。德吉拉姆隔三岔五地被甲央泽真找借口痛打。

雪线下牧场地处嘎溪河上游，地理位置偏僻，人们除了种青稞就是放牦牛和挖虫草、贝母等药材，而且他们种青稞的活非常简单粗放。一入夏季，雪线下牧场的冬窝子中央那几株高大的白杨树便吐露着翠绿和芬芳，树下拴着牦牛和奶牛，冬窝子后面是绿油油的山，山上放牧着牦牛和羊群。冬窝子的四周都是青稞地。青稞熟了，金灿灿的一片，豌豆花和油菜花开得正艳，空气里飘散着醉人的香气。

老人们一个个红光满面，坐在冬窝子外面松软的草坪上晒着太阳。他们喝着醇香的酥油茶和洁白的奶茶，一手摇着转经筒，一手捻着嘛呢念珠，口里念着六字真言；有的弹奏着六弦琴；有的在墙角下揉着牛皮。孩子们在草地上唱歌、跳舞、做游戏，高高兴兴地玩耍。男孩子们赶着牦牛在格桑花盛开的草地上四处奔跑，有的还索性爬上牛背，骑着牛玩耍；女孩子们在河边的草地上采摘格桑花朵，在头上东一朵西一朵地乱插，把自己打扮成俊俏的"花姑娘"……平日里这个地处偏僻的冬牧场十分太平,但德吉拉姆的到来,无疑给这个宁静的冬牧场带来阵阵涟漪。

牧场里的女人们在嘎溪河边背水、洗菜、清洗衣服时,时常议论道:"呀,德吉拉姆又挨甲央泽真的打了。"此时此刻,正在格桑花花丛中玩耍的孩子们,听到这里就会怔一怔,然后他们撒开两腿,就往甲央泽真的冬窝子跑去看热闹。孩子们看到的场景往往是这样:甲央泽真手持赶牦牛用的牛皮鞭子,在一旁喘着粗气。德吉拉姆则在地上哭着蜷缩成一团,裸露的胳膊上满是鞭痕。"啊……啊……饶命……"一声声凄烈的惨叫在雪线下牧场的空气中回荡。叫声伴随着皮鞭抽打皮肉的声音,让人毛骨悚然。"甲央泽真,求求你,放过我,我和他早已没有那回事了……"德吉拉姆满脸恐惧地望着手持皮鞭的甲央泽真苦苦哀求着。

在这种痛苦的日子里,这位从"那边"回来的德吉拉姆就这样一天天过早地衰老了,曾经乌黑的头发染上了霜花,昔日白净的脸上有了深深的皱纹。她每每在冬牧场上、寨子里或场部遇见自己熟悉的人,总是微微低下头,少言寡语。

一天下午,德吉拉姆茫然地坐在冬窝子的楼顶上,手中摆弄着一朵紫红色的格桑花,看着冬窝子围墙外那片青稞地里的麦浪从远方奔腾而至,听着头顶那棵松树叶哗哗作响。西边的晚霞正渐渐地消失在雪线下牧场的天际。

德吉拉姆的脑海里忽然划过一道闪电:"死去!死去!这会是怎样的一种解脱?死去便什么也不知道了,就能解除自己后半生的苦痛。"一想到这里,她似乎有点想通了。德吉拉姆穿上了自己在街上请裁缝为她量身裁制的崭新藏服,戴上了喜欢的金银首饰。她抬起一双沉重若铅的腿,慢慢地走下楼,走出了冬窝子,沿着青稞地里的小路向不远处咆哮着的嘎溪河走去。

她决定要离开……

临走前,她想再去看一看雪线下的牧场。

雪线下的牧场,很安静……德吉拉姆躺在帐篷外的卡垫上,凝望着。

这是她最后一次看雪线下这片牧场了。

夏日阳光投向草滩,牧草逐渐变幻着颜色。远处白白的雪线,荒凉的雪山,最美的日落。这天,德吉拉姆看到了雪线下草原的辽阔,雪线的深沉。碧绿色的草滩在太阳的照射下,变得亮闪闪的,德吉拉姆像想起了什么。

一阵风拂来,草滩泛起层层绿浪,宛若阿爸脸上沧桑的皱纹。草地上点点牛羊,像是载着雪线下每个牧人的梦想,缓缓走向美好的远方。

夕阳落下来,德吉拉姆走回了那顶帐篷,帐篷里是空的。只剩下甲央泽真送给她的那个破录音机。德吉拉姆随手按下,音乐像泉水一般流了出来……

音乐有一个动听的名字,叫《桑吉卓玛》。

德吉拉姆的眼泪也像音乐的旋律,流了下来……

阿妈在世时,她也非常喜欢听这首有点欢乐又有一点忧伤的《桑吉卓玛》。

阿妈走了。明天,她又要离开,永远离开这个生她养她的地方,离开雪线下这片沉静的牧场,去到阿妈那里。

带上一段叫人怀念的音乐,德吉拉姆再一次义无反顾地永远地离开了雪线下的牧场……

起风了,田野里的青稞又翻江倒海一样涌动起来,几只白色的蝴蝶在麦芒上翩跹起舞。德吉拉姆边走边想:"阿妈给我起的名字真好呵!德吉拉姆!多么水灵的名字,如今,那嘎溪河才是我的家,只有去了那里,才不会有这么多的烦恼事,才不会有那么多的痛苦。"她站在河岸上,望着雪线下牧场冬窝子的方向,哭泣道:"阿依曲珍,我……先轮回去了……来生我还做你的侄女……我也想见你一面,可我害怕我见了你我会哭……我这些年来心里苦得很……以后过藏历新年的时候……你在雪线下的寺庙或山顶的煨桑台前给我念念经……我的灵魂……会回来的……"

德吉拉姆慢慢地下了河,冰凉的嘎溪河水在她脚下流淌。她抹着泪水,想起了小时候和姐妹们在雪线下的夏牧场的小河边玩耍,有几次她差点掉进水里,把伙伴们吓了一大跳;又想起有几次在河边,一些洗澡的男孩子捉弄她,放牧的阿哥看见了,把那些孩子打得灰溜溜地逃走了,最后,阿哥牵着她的手离开那里……德吉拉姆哽咽着一步一步往河水中央走去,眼前只有连绵起伏的大堤和无尽的青稞地,她将再也望不到美丽的雪线了。她哭着一步一步走向水的中央,最后只剩下一缕黑发漂浮在水面上……

此刻风好像停了,在听嘎溪河水低低地啜泣,痛苦似乎被一笔勾销在无声的景色里。此时,嘎溪河两岸的格桑花,开得如火如荼,薄薄的香气,弥漫在雪线下牧场的上空……

『第十八章』

灵魂像风

1

有好几个月甲央泽真都不相信德吉拉姆随嘎溪河一起漂走了,直到他从外地做虫草买卖生意回到雪线下才发现,德吉拉姆真的已经人走楼空了,但他依然固执地认为,德吉拉姆肯定又回到"那边"去了。他毫不犹豫地拨打了德吉拉姆在"那边"的号码。在这之前,那号码他就用过一次,是告诉德吉拉姆"那边"的丈夫雍西,他要和德吉拉姆结婚的事。这次电话拨通了,可通话的却不是德吉拉姆,而是雍西。

"喂,你是谁呀?"雍西问道。

甲央泽真告诉他自己是谁及德吉拉姆不见了的情况。雍西用低沉的声音说:"告诉你吧,德吉拉姆的灵魂回来了。她在风里说她对你很失望。"

"不会,她不会这样说,她是我的合法妻子,我们在雪线下的牧场举行了隆重的婚礼。"甲央泽真说。

"呀,德吉拉姆在风里很少提及你。她说她是个可怜的女人,她因为爱,曾离开雪线下的牧场来到这边;又因为爱,被你骗回雪线下的牧场;如今,她永远地离开了我们。这很正常,我依然爱她……"雍西在电话那头的声音有点哽咽。

"我不管其他的,我想她一定在你身边,现在你让她和我通话!"甲央泽真吼道。电话那头突然没了声音,甲央泽真又吼叫了一遍。

"告诉你,你永远也和她通不了话了。她在风中一次次地告诉我,她最恨的就是你……

悲痛像是这雪线下的荒原,突然铺天盖地压住了甲央泽真。

"她的灵魂去哪儿了?"甲央泽真一时很想诅咒自己的过去。

雍西低低的声音又从电话里传来:"我们在这边给她修了灵塔。当她从风中回到我身边时给我说过,她的灵魂既要回到这边,又要去到你们那边,尤其要去到什么玛沁草原。我不知道那是哪儿。现在,她的灵魂一半已经来到了这儿,另一半随风飘向了玛沁草原。我想那玛沁草原应该离她长大的地方不远吧……"

"有一年夏天我们一起在玛沁草原上放过羊。"甲央泽真哽咽着,几乎说不下去了。

"噢。德吉拉姆在风里讲那是她的地方。我还想着她的灵魂是要去那儿放牧呢。如果你能帮德吉拉姆实现她的遗愿,我会感激你的。"

……

2

去雪线下的牧场要从许多荒僻的旷野中穿过,甲央泽真终于找到了尕尔伯的家。

甲央泽真和德吉拉姆的阿克尕尔伯坐在炕桌旁。尕尔伯和曲珍已经知道德吉拉姆去世的消息。阿姨曲珍行动起来很吃力的样子,像是刚生过一场大病尚在恢复中。她问甲央泽真:"来点儿奶茶还是来碗糌粑?"

"卡卓(谢谢),阿姨曲珍。我就要碗奶茶,现在吃不下糌粑。"

尕尔伯双手交叉着放在铺着塑料桌布的炕桌上,坐在那儿不吭声,气呼呼地盯着甲央泽真,那神情已经表明了他的态度。喘了口气,甲央泽真说:"对于德吉拉姆的死我很难过,不知咋说好。我们结婚后,她就一直说要回到'那边'去看望她和雍西的儿子,我们之间因此也很不愉快,但我的确是爱她的……来这儿是为了告诉你们,如果你们能让我按她的遗愿,把她的灵塔修到玛沁草原上去,我会感激你们的。"

双方一下子沉默着,甲央泽真清了下喉咙,也不好再说啥。

过了一会儿,尕尔伯开了口:"跟你说,我知道玛沁草原在哪儿。只可惜,雪线下这么美丽的牧场也没配上她。"

曲珍没搭理尕尔伯说什么,她告诉甲央泽真,自从德吉拉姆从"那边"回来以后的几年里,她每年都回来,每次回来都会帮她阿克尕尔伯在牧场上干些活,赶赶牛,挤挤奶,打打酥油。"我把她的帐篷还摆成像她小时候的那个样子。如果你愿意,可以到她帐篷里看看。"

3

甲央泽真站了起来,说他很想去看看德吉拉姆住过的帐篷。德吉拉姆的帐篷在大帐篷的右侧面。这顶牛毛毡黑帐篷又小又热,下午的阳光从西边的窗户照进来,照在靠帐篷左边的炕床上。一张满是油滴的桌子和一只木头凳子。从窗户往下看,是条向南去的砂土路,甲央泽真想,那是德吉拉姆小的时候看到过的唯一的一条路。床边贴着一张她从"那边"回来时在县城照的照片。

甲央泽真听见曲珍在接水,接满后又把壶放到炉子上,并问着尕尔伯一个听不太清楚的问题。

储藏室很浅,支着的木棍下挂了个褪了色的帘子,把储藏室和帐篷内室分开。两条牛仔裤熨好叠齐挂在铁丝架上。地上放着一双破靴子,甲央泽真看到了还有印象。储藏室北边凹进去一小块儿,把那里弄成可藏东西的地方。在那儿,钉子上挂着一件西藏服,是德吉拉姆在玛沁草原那些日子里穿过的那一件。

甲央泽真把西藏服从钉子上取下来,袖子上那些干了的血迹是他自己的。那是在玛沁草原上最后的那天下午,他俩又抱着摔爬滚打地闹着玩儿,德吉拉姆的膝盖撞在他的鼻子上,使他鼻血狂流。为了止住血,他俩都搞了一身,把德吉拉姆的袖子也染到了。

西藏服显得有点儿沉,他又一看,才发现里面还套着一件,袖子被仔细地放在德吉拉姆衣服的袖筒里。是甲央泽真的那件普通衬衫,他还以为早就在洗衣服的时候搞丢了。他的脏衬衫，口袋划开了，扣子也掉了，原来却是被德吉拉姆偷来，藏在她自己的西藏服里面。两件衣服就像是两层皮，一个紧贴在另一个上面，两个又是一个整体，就这样套了二十多年。

甲央泽真把脸埋在衣服里，慢慢地闻着，他想再能闻到那淡淡的胭脂味儿和草原上牧草的味道，以及德吉拉姆身上的甜甜的汗味儿。

最后，尕尔伯还是拒绝让他把德吉拉姆的灵塔拿走，"我告诉你，这里是她的家，她的灵塔就该安放在这里。"

曲珍坐在桌旁，用一把锋利的小刀在切割昨天吃剩下的手抓牦牛肉，她有点无奈地对甲央泽真说："你下次再来吧。"

坑洼的路就像是搓衣板。甲央泽真的枣红马一颠一跛地行走在那条小路上，几朵野花在草地上摇曳。甲央泽真想，德吉拉姆的灵魂只好在这儿安身了。

4

事实上，钟国强再次见到尕尔伯是在雪线下那座寺庙的林廓转经路上。那时，他和回国后结婚的妻子曲珍还住在雪线下的冬窝子里，这是一位非常和蔼的老人，近一米八的身高，两鬓斑白。当时已经 70 岁的尕尔伯腿脚有些不灵便，但仍然坚持每天转经，转累了就骑马回去。

作为一名归国藏胞，尕尔伯在南麓边境小镇经历了长达 30 年颠沛流离的生活。他从 1959 年离开雪线下的牧场，一直到 1990 年才又回到雪线下的牧场定居。回国后，又度过了二十多年安逸的晚年生活，可谓雪线下牧场的历史见证人。

在离开这个牧场之前，尕尔伯家是寺庙附近的差巴，是领种土司的差地，为土司和所属农奴主支差的人，"整天为农奴主忙忙碌碌，自己一家却过得很贫苦"。

1954 年雪线下的牧场和平解放，尕尔伯听父母说，解放军对藏族百姓都很好。"那时候，听说解放军在修成（都）阿（坝）公路，牺牲了很多人，而那些贵族却根本不帮忙。"尕尔伯回忆道。1959 年，西藏发生叛乱，那时他正好在西藏，在一些反动分子的煽动下，他和很多不明真相的藏胞被裹胁到了国外。

回忆起 1959 年的西藏动乱，尕尔伯说："当时社会一下子就乱了，到处传言说汉族人要杀人，很多人开始逃跑。到了山南察隅的中印边界上才发现贵族们早有人打前站，做了充分准备。只有普通百姓一无所有，面对湿热的天气，我们在边境山区的一个地方生活了数月，体弱多病者死伤无数。"在那里，尕尔伯从来没吃饱过。因为没钱，他变卖了身上所有的首饰，换取一点食物而不至于被饿死。

当时 29 岁的尕尔伯，身强体壮，后来他被征到南麓边境小镇高海拔地区修路，穿不暖，吃不饱。路修完后，尕尔伯被一军官相中，到其家乡达吉里做佣人，骑马接送少爷两年。"少爷去英国留学后，委托其父在其家族工厂给我找了个木匠活。"尕尔伯继续回忆着，"一年多之后，我又被1965 年在南麓边境小镇西姆拉成立的'西藏儿童之家'（学校）征去做木工。"

后来尕尔伯在西姆拉郊区租地种土豆，并娶妻生子。再后来，又和妻子开了家小商店，自己兼做一些木工活。在西姆拉生活期间，尕尔伯对家乡百般思念。在那里，他通过广播、杂志等媒介了解到一点西藏和雪线下故乡的情况，小心翼翼地收集着关于雪线下牧场的一切消息。

1981 年，尕尔伯收到舅舅托人转来的书信，希望他能回国探亲。原来，舅舅通过 1979 年回国探亲的藏胞口中得知他还活着，赶紧托人带去一封书信。由于手续没办下来，等尕尔伯最终获得有关方面的批准于 1985 年回到雪线下的牧场探望亲人时，他舅舅已经去世了。

1985 年,当他出走 26 年后踏入雪线下的牧场时,被眼前的景象震住了:"没有人再像我们以前那样给贵族交差役。每个人都有自己的房子,小孩都在上学,工作之余男人们聚会喝茶,自由自在。我惊呆了,怎么也不敢相信自己的眼睛。"

尕尔伯有兄弟姐妹 7 个,1985 年再次重逢时所有亲朋都劝说尕尔伯回国定居,"政府有优惠政策,这边的条件越来越好了"。探亲结束后,尕尔伯带了许多有关中国政府对藏胞新政策的书籍回到南麓边境小镇居住地,向和他在一起的流亡藏胞宣讲,这些人听说雪线下的牧场的变化后,纷纷决定一起回国。

回到南麓边境小镇,尕尔伯一直在申请回国,可是手续一直办不下来。"流亡政府的有关人员总是说过几年大家就能一起回去了。"尕尔伯说,"等啊等啊,多少年了就是没有批。"

在"那边"娶的妻子去世后,尕尔伯年龄越来越大,思乡情更切。1990年,听说有人从南麓边境小镇悄悄前往尼泊尔加德满都成功飞回了拉萨,于是,五十多岁的尕尔伯卖掉了所有家产,偷偷从加德满都乘飞机回到了雪线下的牧场。与他一同回国的,还有其他三名藏胞。

由于曲珍的前夫泽让郎甲早年去世,回国后的尕尔伯就娶了曲珍做老伴。他们结合后在雪线下的牧场经营着曲珍过去的牧场,并在冬牧场修起了自己的冬窝子。尽管一个丧妻一个死夫,但如今,二位老人在雪线下的日子过得其乐融融。谈起国内外生活的变化,尕尔伯感慨道:"在西姆拉,天天要找活干,一天不工作,就没法生活;在雪线下的牧场,干这点活一点都不辛苦。"

尕尔伯非常羡慕他的侄子侄女们遇到如今的好政策,什么都不用交,想做什么都行,"要是自己再年轻点,一定要多为国家做些贡献。"

钟国强了解到,20 世纪 80 年代以来,雪线下的牧场已陆续有一百多名国外藏胞归国定居。回国定居的藏胞在住房、土地、牲畜等方面获得政策照顾,部分藏胞还成为县上的人大代表、政协委员。尕尔伯最不可思议的是,自己老伴唯一的侄女德吉拉姆会再次离开雪线下的牧场,去到"那边",最后命丧他乡异地。

『第十九章』

灾难降临

1

德吉拉姆走了,与英措在县城同居的尼美也因病去世了,英措与尼美生下的那个女儿已经一岁半了。这些变故,对甲央泽真和英措来说无疑都是很大的伤害。看在自己与英措患难夫妻那么多年的份上,也看在自己的亲生儿子罗让甲木措、泽白、多杰华丹一天天长大,以及自己与他们就像那永久的雪线一样永远也割不断的亲情上,甲央泽真与英措又和好了,重新住在了一起。还把他与德吉拉姆生的郎卡、英措与尼美所生的小女儿都接到了一起,一个与昔日人数相等的家在雪线下的牧场再次组成。

初春的一天,英措对甲央泽真说:"最近我心口有点不舒服,夜里常常由于恐惧而惊醒,我是不是生病了?"

"不会是生病吧,你去寺院时没向仁波切祈求保佑吗?"甲央泽真问英措。

"讲倒是讲了,但仁波切什么也没说。如果我发生什么事的话,罗让甲木措、泽白、多杰华丹倒没什么了,已经长大了,可这个小女孩还很小,你可要受苦了。"英措一边流泪一边说。

"英措,你可千万别这么想,心口痛不会有什么大事的。"他一边安慰英措一边替她擦泪。

英措说:"我想到塔尔寺去朝拜仁波切,顺便也替五个孩子祈求保佑。"

甲央泽真说:"你去的话如果没有一个同行的人,会很困难。再说也不能背着小女儿去呀!"

"小女儿可以由曲珍阿姨来照看。如果我不尽快出发的话,好像永远也去不了了。"

"但你必须明白,没有同伴是绝对不能去的。"甲央泽真执意不让英措一人前去。那天夜晚,甲央泽真和英措谈话谈到很晚。第二天,英措到曲珍家对曲珍和孕尔伯说了昨夜对甲央泽真说过的话。

曲珍安慰英措:"你才四十多岁,年纪轻轻的不会发生什么事的,用不着担心。如果能去塔尔寺的话是件好事,最小的孩子我可以照看,你不用担心,可是近日内你能不能找到同行的伙伴呢?"

英措回答说:"同行者倒是不难找的,只是我没有告诉果洛那边的阿爸阿妈。如果他们知道的话,绝对不会让我走的。他们说今年冬天莫郎节一起去,可我觉得没有时间等了。"

曲珍惊讶地说:"这是为什么?你怎么这样胡说呢!你怎么会没有时间等待呢?你可不能对他们这么说!你这姑娘简直是发疯了。"她们交谈了很长时间,但没人确切地知道英措心里在想些什么。当时谁也不清楚她为什么担忧并如此焦急。五六天后的一个凌晨,英措同更登确迫的妹妹及雪线下牧场上的其他三位妇女一起带着一些干粮去塔尔寺朝拜了。

第二天早晨,孕尔伯生气地指责甲央泽真:"你是不是发疯了!你怎么能让她就这样徒步走了呢。你立刻给我带上一匹马和一些干粮追她去。"

甲央泽真却回答道:"不必担心,她说有同伴,我怎么劝她也不听,也许没什么问题,没什么可怕的。另外,她说朝拜了塔尔寺后就立刻返回。"

"那你也应当给她的娘家人说一声。"孕尔伯焦急地说。

甲央泽真连忙说道:"不必要吧,她说她果洛那边的一个姐姐也一起去的。"

第二天,当甲央泽真去更登确迫家告诉此事时,他还不知道自己妹妹的去向呢。听完甲央泽真的解释后,更登确迫说,"既然他们几个女人在一起,应当没事。同行的其他几个女人是谁家的?如果你知道的话,应当告诉她们的家人,不然,父母亲会担心的。"

"好。"甲央泽真回答道。

更登确迫接着说:"曲珍恐怕不能照看你们的孩子了,你把他们带过来让德精措来照看好了。"

甲央泽真告诉更登确迫说,"今天早晨,曲珍把孩子都领走了,你就不要担心了。"说完甲央泽真便回到了家里。

英措按着自己的愿望去塔尔寺朝圣了。尕尔伯和曲珍不仅照看着英措的小女孩,还帮甲央泽真做家务活。多杰华丹经常问曲珍:"奶奶,我阿妈到哪儿去了? 她什么时候回来呀?"

曲珍奶奶对他说:"好孩子,你阿妈去塔尔寺朝圣了。今天或许明天就会回来的。"过了半个月多一点,英措和她的伙伴们从塔尔寺回来了。

甲央泽真问英措:"你拜见了仁波切吗? 他说了些什么?"

英措回答道:"拜见了,我祈求他保佑四个儿子和一个女儿,仁波切说他会记住我的四个儿子和一个女儿。当我祈求他保佑我时,仁波切什么也没说,只是告诉我朝圣完了以后尽快回去。"英措一边说一边把仁波切赐给的红色护身结系在罗让甲木措和泽白的脖子上。

听说英措朝圣回来了,尕尔伯、曲珍夫妇来到甲央泽真家里,把多杰华丹和小女儿送了过来。晚上,全家人聚集在一起时,英措详细地讲述了此次去塔尔寺朝圣的经过。

尕尔伯说:"噢,你们这些女人真厉害! 这不,你的愿望实现了,也祈求塔尔寺的仁波切保佑这些孩子了,这下这些孩子也就没事了。"一家人一边吃饭一边聊天,直到深夜。

第二天,雪线下牧场上的女人们到甲央泽真家来看望英措。英措对她们说:"我们是去朝圣的,所以也没有买什么礼物。"说着她给了每人一个从青海买来的烧饼和一把红枣。

更登确迫的妻子德精措说:"你真行,徒步去塔尔寺朝圣! 我前一年去了一次,真是吃尽了苦头,差一点连家都没能回来。"

曲珍夸奖多杰华丹道:"这孩子真是可爱。他吃完饭后便整天照看小妹妹。真懂事!"他们姐妹几个开始没完没了地闲聊起来。

甲央泽真插进来说:"曲珍,你给她们煮一锅好吃的肉。你们几个好好地吃一顿肉。我想今天你们有空,慢慢吃,好好聊一聊吧。"

"好的。"英措说着开始煮肉和羊肠子。同时她还烧了一壶喷香的奶茶,并把牛奶盛在罐子里让她们自己取。

英措和姐妹们边说边笑一直聊到了傍晚。

2

没过几天,英措说她头和腰有点痛,而且一下子卧病不起。其实,英措从青海塔尔寺回来就说得了感冒。现在身体下部开始发肿,病情一天比一天严重起来,晚上比早晨还要严重。一时,英措得了重病的消息在雪线下迅速传了开来。甲央泽真家每天请来喇嘛和僧人在家念经,同时还请了医生和法师来看病做法。但英措的病情却是越来越严重。

有一天,英措一边流泪一边对甲央泽真说:"甲央泽真,真对不起你,我的病好像没希望好了。我可能要劳累你了,我得把五个孩子留给你了。他们几个中,女儿还很小,你肯定要受苦了。我已经祈求塔尔寺的仁波切保佑五个孩子了。如果我死了的话你要重新结婚,家里有个继母对五个孩子也会好的。"

"你别说这种不吉利的话,你不会死的。"说完,甲央泽真的眼里不由自主地流下了泪水。

英措接着说:"甲央泽真,我最近老是回忆起当年从果洛草原嫁到雪线下牧场的那场婚礼……你不要难过,每个人都有一个期限,也许我的期限已经到了。我已经朝拜了塔尔寺和仁波切,我没有什么不安心的了。你一定要重新结婚,要让五个孩子长大成人。仁波切说小女儿将会遭受痛苦,这也许是命中注定的。可怜的孩子,可她还什么都不知道呢。多杰华丹应当出家当僧人，我已经为他求了护身结，你不必太难过了，只要你努力，会得到幸福的。我没什么担心的了……"

夜幕降临时，甲央泽真扶着英措勉强坐了起来。英措不时地睁开眼睛注视着甲央泽真并抚摸着睡在甲央泽真旁边的多杰华丹的脸。英措又轻轻地抚摸着小女儿的头，泪水从她的眼睛中流出。"记住我的话，把孩子们带好……"英措用微弱的声音告诉甲央泽真，他没有说话，他也不知道能说什么，只是默默地握着她的手，把她的手贴在自己的脸上。好熟悉的味道，他会永远地记住这个味道，这个属于他们俩的味道。甲央泽真看着英措，强忍着眼泪，带着微笑，他不想让她看见自己的悲伤，这样，她会不高兴的。英措眼角闪着点点泪水，泪水顺着她苍白的脸滑到了白色的枕头上。甲央泽真依然带着微笑，他们的手依然紧握着。

英措慢慢地闭上眼睛，悄悄地，她的手滑出了甲央泽真的手心。他再也无法控制自己的眼泪，他搂着英措的脖子，轻轻地吻着她的额头。很快，寺庙的僧人和帮忙的亲戚都来了。甲央泽真擦掉了他脸上的泪水，抬起头对僧人们说："轻点，你们别吵着她，别弄痛了她。"

英措走了，永远地走了。甲央泽真站在走廊的尽头，看着她被捆绑成出生时的样子，久久地不肯离开，他多么希望她能再次站起来啊。

甲央泽真冬窝子的神龛上点燃了几十个大小不同的酥油灯。十几个僧人每天念诵刚八经，雪线下冬窝子里的人们可以不时地听到从甲央泽真家传出的法号声。邻里和其他寨子里的人们每天都来甲央泽真家念经致哀。

第三天清晨，二十多个人骑着马将英措的尸体驮到雪线下的寺庙。留在冬窝子里的女人们捡来石子，在置放英措睡床的地方堆造了一个堆本。当马队到了寺院后，数百名僧人在法会正殿门前为英措做了法事。然后把英措的尸体驮到了寺院后面的天葬场。

从这天起,英措永远地离开了人间。甲央泽真在紧接着的四十九天转生期内,天天把僧人请到家里念经,给寺院奉献了很多马和牛羊,给贫穷的人家布施了大量的酥油、肉和茶。那时,雪线下寺庙里的仁波切说英措已经转世为一个男孩并出生在雪线下另外一个寨子的一个富人家了。甲央泽真的亲戚朋友们听了寺庙仁波切的话后纷纷说:"这下好了,英措生前是个善良的人,她肯定会在一个好人家再生的。"

3

英措走了,永远地离开了甲央泽真和孩子们。泽白、多杰华丹又回到了雪线下的寺院与修行僧尼玛继续生活。泽白在寺庙仁波切处得到了比丘戒,并继续跟随修行僧尼玛舅舅学习佛经。

半个月后的一个夜晚,泽白和多杰华丹的父亲甲央泽真来到雪线下的寺庙探望他们,正当他们父子三人一起吃饭时,突然,寨子里几位年轻人来到家里,把甲央泽真召到门口嘀咕了一阵后,甲央泽真走进来说:"你们俩待着,阿爸今晚有点事。"说完他跟着年轻人走了,泽白和多杰华丹上床睡了。

早晨,泽白和寺院里的僧人们在没进入经堂举行法会之前,坐在经堂前面的石板上念诵佛经。这时一个僧人发现了不对劲的地方:"怪了,那不是泽白的阿爸吗?他为什么被寨子里的人抓起来了呢!"听到此话后,泽白的头好像炸了一样。他立刻朝大门望去,只见两三个年轻人把两手铐起来的甲央泽真带了过来,甲央泽真的面部都变得有点模糊不清了。顿时,悲痛和愤怒使泽白的泪水夺眶而出。

甲央泽真高高举起被铐起来的双手大声地说道:"你们看呀,雪线下寨子里的迟哇("迟哇"意即管寨子的人)们,我甲央泽真从小至今对雪线下的家园像自己的生命一样珍惜。我们这个家族没有很多的财富,但我的爷爷既没舍得给我们这些后代一些钱，也没忍心自己吃喝，他从遥远的拉萨给雪线下的寺院请来了大师的八音盒，我还买来了孔雀羽毛华盖等供品。今天寨子里的迟哇秃顶贡戈却因为我没有把小儿子多杰华丹送来给他当徒弟而逮捕了我。还说要把泽白送到'那边'去，我的大儿子扎西就是他送过去又弄回来，然后走上了那条不归路的，这是什么世道呀？一个不是村委会的管寨子的人竟然干起随便抓人的事……"甲央泽真把双手举在空中继续高声说道，"请在场所有的人好好看看吧，寨子里的迟哇不应做的事，今天秃头贡戈竟然做了。这不是迟哇们在恩将仇报吗？"这时，甲央泽真被带进了一间房子大厅的后面。

秃头贡戈说："甲央泽真，你这背叛祖宗的家伙，你不仅违反了寨子的规章制度，不把儿子送来给我做徒弟，而且还辱骂迟哇们，今天要抽你五百鞭子，还要罚你两头牦牛，明天早晨你给迟哇们贡饭。"

甲央泽真回答说："我尊敬的老乡们，请你们睁开眼睛看清楚，你们眼前这个贡戈，实际上就是'那边'派来潜伏在你们中间的最大的坏蛋。就是这个秃头贡戈，强迫我儿子扎西去了'那边'，我儿子被他们活活送了命不说，前段时间还把我弄过去，他们说'那边'是人间天堂，我看啥也不是。他们至今还在欺骗雪线下的牧民，他是一个地地道道的大骗子！"

"甲央泽真！你给我住嘴，谁叫你回来后到处讲'那边'的不好，到处说你儿子扎西死得冤枉。只要你和'那边'作对，那就只有死路一条。"秃头贡戈越说越激动。

"秃贡戈，你个畜生！我大儿子扎西已经为了你们所谓的事业离开了人世，你还想让泽白步他的后尘，没门，我坚决不同意！今天你是寨子里的迟哇，违反寨子里规定的是你而不是我，我从来没听说迟哇可以抓人上铐的事。今天你可以任性霸道，但总有一天会恶有恶报。今天如果我不能承受五百鞭打的话，我甲央泽真的腰带便是系在狗身上的。"甲央泽真愤怒地吼叫道。

　　整个大厅里一片寂静。几名年轻人解下甲央泽真手上的铁铐,让甲央泽真赤身裸体地卧躺在座位的皮袄上。两名年轻人每人拿着三条皮鞭站在甲央泽真的左右,轮流往甲央泽真的屁股上鞭打了起来。

　　甲央泽真在皮鞭下毫不惧怕,继续揭露道:"秃贡戈,告诉你,你的计划是实现不了的。你在寨子里做迟哇,工钱由我们供奉,大把地花我们做生意、挖药材挣来的钱,还要欺骗我们,把我们的同胞往火坑里推,你不要妄想再继续欺骗雪线下的民众了……"

　　"甲央泽真,你还敢嘴硬,你从'那边'回来时还带了枪支弹药。我叫你回来做啥的? 一回到雪线下你就变卦了。给我打,狠狠地打!"贡戈一边说一边命令手持鞭子的年轻人继续抽。一名年轻人抽完后,另一名又接着抽,后来又来了两名,总共四名年轻人轮流抽打。

　　开始的时候,甲央泽真的屁股上升起一股热气,接着屁股上的皮肤变成一片血红,打手们轮流鞭打着。很快,鲜血从甲央泽真的屁股上四处飞溅,就连鞭打他的人的手上和衣服上都沾上了血。皮鞭的"刷刷"声在屋子的大厅里回响,所有在场的人都绷着脸静悄悄地盘坐在大厅里。泽白当时只能眼睁睁地看着父亲被鞭打,他那幼小的心灵仿佛被针扎一般发痛。

4

　　自雪线下的寨子建成以来,从未发生过迟哇用铁铐把人抓来并在公众场合下鞭打的事。在一声声的鞭打下,甲央泽真嘴里紧紧地咬住皮袄的一角,始终没吭一声。终于,年轻人们抽完了五百鞭,由于每个人同时用三条鞭子抽打,所以总共打一百六十七鞭就够五百鞭了。甲央泽真满身是血,继续大骂道:"秃贡戈,我没死的话,一定要揭露你。你在'那边'干了些啥?他们不清楚,但我清楚,你是带着目的和任务回来的。你的那些鬼话都是挑拨民族关系、欺骗雪线下民众的。"屋子里一片死静，泽白忍不住哭了起来，贡戈听到后走过来骂道："该死的，住嘴！不准哭！"说着用手里的铁棍狠狠地打在泽白头上。顿时，泽白眼前出现一片星花后就什么也不记得了。

多杰华丹听说父亲在公众场合下被打了，匆匆赶了过来，正好看到泽白被打，便哭着扑过去与贡戈打了起来。由于多杰华丹年幼，根本不是贡戈的对手，几番抓扯，虽然多杰华丹挖破了贡戈的脸，但随即被贡戈踢倒在地。当贡戈举起铁棍准备打多杰华丹时，一直坐在旁边的附近寺庙背水老僧人罗巴站了起来，他抓住贡戈手中的铁棍厉声说道："你抽了他阿爸，又把泽白打伤了，现在还要打小孩，也太不像话了。你再不停手，我会让你倒在地上爬不起来的。"

"你给我滚一边去，这里哪有你这个老和尚说话的资格。要不，连你一起打！"贡戈恶狠狠地说。

"贡戈！尽管你是这个寨子今年的迟哇，但我要告诉你：打人、私自捆绑他人是违法的！"罗巴老僧人义正词严地警告他。说完，背着泽白走出了屋子。

这时候，尼玛也走了过来，说："贡戈，你是不是被疯狗咬了！这里是寨子里人们议事的地方，不是你的家。"说完也走出了屋子。

贡戈站在那里，一言不发。

当泽白醒过来时，多杰华丹、尼玛、罗巴等都在身边。背水老僧人罗巴边往泽白的头上浇水一边诅咒说："该死的秃头贡戈，他太过分了！看把这孩子打成啥样了，除非我死了，不然我绝对不会饶他。"尼玛从自己的内衣上撕下一块布包在泽白的头上。泽白问多杰华丹："多丹，阿爸在哪里？"

"阿爸被朋友们用毛毡抬回阿克尼玛的扎仓去了。"

回到扎仓里，十几个雪线下牧场上的僧人在那里诵经。泽白和多杰华丹走到他们的父亲身旁,看见甲央泽真正抬着头喝茶,他还跟僧人们说着话。看到此情景,泽白放心了很多,他十分担心抽完五百鞭后父亲会死的。如释重负的泽白抱着父亲禁不住哭了起来。甲央泽真说:"泽白,一个勇敢的人是不应当哭的,一个人一生中总会遇上点磨难,没什么好哭的。"于是泽白止住了哭泣。甲央泽真又问泽白:"你的头怎么了?"

"是贡戈用铁棍打的。"

"该下地狱的秃头贡戈,等我好了后绝不会放过他的。"甲央泽真气愤地说。

尼玛插话道:"好了,别说那种话了,再说他不管怎样,还是寨子里的迟哇。"

罗巴老僧人也说道:"正因为他是迟哇,我才饶了他,要不,我真想把他打倒在地。"

尼玛说:"如果今天这件事传出去的话,寨子里的迟哇们都会有麻烦的,还是算了吧。"

第二天,甲央泽真家的两头牦牛被宰了后用来为寨子里的迟哇们做饭了。

一天夜晚,贡戈又派来三个年轻人到尼玛的僧舍,要甲央泽真把他从"那边"带回来的枪支弹药上缴寨子,并且要甲央泽真马上离开雪线下的寺院。甲央泽真听了气得浑身发抖,他趴在被窝里对来者说:"你们回去告诉秃头贡戈,他休想拿走我的枪,也休想赶我走,如果有不怕死的就来拿吧。多杰华丹,把我的枪和子弹袋拿来。"多杰华丹把枪和子弹袋交给了甲央泽真。这时,尼玛和其他在场的人纷纷劝道:"甲央泽真,你不要着急,你待着,我们去跟贡戈说。"

"你们别去了,让那个秃顶贡戈自己来吧,如果他敢来拿我的枪,我不毙了他,就算我甲央泽真这个家族绝子绝孙了。"说着甲央泽真把子弹推上了膛。老僧人罗巴带着三个僧人匆忙走出了家门,尼玛和其他的僧人继续诵经。这时,泽白突然对甲央泽真说:"阿爸,我想回雪线下的牧场了。"

"好孩子,那好吧,等阿爸身体恢复后,我把枪支弹药送到城隍庙去,献给神力无边的护法神,请他收拾那无恶不作的秃顶贡戈,我们父子几个远远地离开这个地方。"

也许是因为老僧人罗巴的话或者是贡戈没那胆量,后来再也没听到要没收甲央泽真的枪和赶他走的话了。一个多月后,甲央泽真终于能够行走了。

俗话说,没有不透风的墙。雪线下寨子里发生的这些事最终被暴露了出来。一天,警察包围了雪线下的那个村庄,将贡戈等人全部逮捕了。贡戈因犯侵犯人权罪、私设公堂罪、分裂和颠覆国家罪、间谍罪等罪行,被判处终身监禁。同时被依法逮捕的还有甲央泽真,他因犯私藏枪支弹药罪被判了两年半的有期徒刑。

修行僧尼玛继续在寺庙里修行念经,泽白和多杰华丹被送去了县城寄宿制学校读书。

两年时间悄然而逝,甲央泽真因在监狱里表现好,获减刑释放。此时,脱下袈裟的泽白更加帅了,多杰华丹也长高了。父子三人在尼玛的僧舍里逗留了几天后就离开了雪线下的寺庙,回到了雪线下的牧场。其实,从甲央泽真被打那天起,泽白想做一个好僧人的梦想就已经被贡戈的铁棍给彻底粉碎了。

『第二十章』

新年的期盼

1

春天迈着蹒跚的脚步,来到了雪线下的牧场。此时此刻,南方已是春暖花开,但这里依然春寒料峭。虽然山的阴坡上披着皑皑白雪,河面上还挂着冰凌,但人们却已闻到了春天的气息。

雪线下的冬窝子,家家户户把院子打扫得干干净净,院墙也被粉刷一新,在墙壁上还涂上了象征吉祥如意的"吉祥八宝"图案,大家杀羊宰牛,准备过藏历新年,这也是英措去世后的第二个藏历新年。

甲央泽真在英措去世后就没有再娶,他把郎卡接了回来,与罗让甲木措、泽白、多杰华丹及英措与尼美生的小女儿一起生活。

在雪线下的牧场,藏历新年被称为"博洛萨"。和卫斯藏的西藏拉萨一样,为了迎接"博洛萨",甲央泽真一家在这之前就得培育青稞苗、做青稞酒、炸"卡赛"和"桑冈帕勒"(用酥油炸制的各种点心)、准备"竹素切玛"(五谷斗)和"鲁过"(以酥油花雕塑的羊头)。藏历一月二十九日的晚上,家里要做很美味的"古突"(面疙瘩汤),还要很好玩地察看每个人吃的"古突"里包的是石头、盐、辣椒还是羊毛、木炭。吃到盐的,意味着懒惰。然后进行驱鬼的仪式。每次驱鬼,多杰华丹都被家里派去倒掉象征鬼的东西。那其实是一些糌粑捏的块儿,大家把它在身上摩娑几回,嘴里要说:"所有的晦气啊病气啊都快快离开吧,不要再来了。"然后扔在一个盆子里,在火把的指引下,一路放着鞭炮,一口气冲出家门,径直奔向一个十字路口再扔掉它。

藏历一月三十日的晚上,雪线下的牧人们要在家里的佛龛跟前供放层层叠叠的"德嘎"(油炸面供品)以及茶叶、酥油、糖果、盐巴、"鲁过"、人参果、青稞酒、青稞苗等等,要给佛龛和所有的唐卡换上崭新的哈达。而多杰华丹会穿上崭新的藏装、带上哈达和酥油灯,代表全家去雪线下的寺庙,在初一的零点时分,面向金碧辉煌的释迦牟尼佛像伏拜三个等身长头,然后朝拜每一座佛殿……这已渐渐成了属于多杰华丹的任务。初三是要登上房顶换"塔觉"(经幡旗杆)的,如果能请到雪线下寺庙里穿绛红袈裟的僧侣来家里诵经祈祷就更是幸运,然后去牧场东面的宝瓶山顶上挂经幡……

过去,还要在雪线下的寺庙举行整整二十一天的祈愿大法会——"莫郎钦波",寺院的僧人云集于此,举行修法、辩经、驱魔、酥油花灯会、迎请未来强巴佛等盛大活动。

中国西藏的历算简称藏历,内地的历算通称农历,两者和公历不相同。藏历与农历相对照也不一样,使广大藏区和内地形成了各具特色的民俗。藏历与农历的明显区别往往表现在年节上。藏历新年和农历春节在时间与形式上,有着各自不同的推算方法和传统习俗。"博洛萨"期间,雪线下的牧人们会挨家聚会,品尝着各家精美的饮食,吟唱着安多民歌,交谈着安多方言,其乐融融……

2

自从德吉拉姆、英措相继去世,经历了那么多磕磕碰碰的事情之后,甲央泽真和更登确迫的关系也有了不少改变。其实,他们之间没有什么大的矛盾,主要是为了"果尔莫"(钱)抑或是个人感情罢了。因为两人在雪线上采挖冬虫夏草、相互争夺草山资源和争抢内地农民工,相互打了二十多年的肚皮官司。如今,在雪线下寺庙活佛的劝说下,在援藏干部钟国强的调解下,他们相互之间的关系终于得到了改善。

从准备过藏历新年开始,甲央泽真就与已经成人的儿子罗让甲木措和泽白一直在策划着一件大事。他们去到村委会主任更登确迫的家里,还找了一批牧场上的青年,反复商量,如何协助更登确迫带领全村发家致富。他们想,虫草尽管价钱好,销路也不错,但这种名贵中药材的资源已经濒临枯竭。要想开发其他资源,雪线下的牧场既无资金,又无管理经验,再加上交通不便,条件还不成熟。尤其是这个冬牧场严重缺水,长期以来人和牲畜饮水都显得十分困难,要到好几公里外去背水,更不用说种植青稞时用水灌溉田了。他们商量来商量去,觉得最现实的方案,还是采挖虫草和贝母。于是,大伙决定:暮春季节,把冬窝子周围的青稞播种完后,由村主任更登确迫组织内地民工到玛卿雪山脚下挖贝母,因为那里的贝母资源尚未开发;甲央泽真和僧人还俗的儿子泽白带几个人外出考察贝母销售市场,通过政府渠道,寻找可靠的中药材销售公司。他们将自己的想法向援藏干部钟国强作了汇报,得到了钟国强的大力支持。大家便开始了准备工作。

一方面,更登确迫与钟国强联系,希望钟国强帮忙从内地招募一批农民工去玛卿雪山脚下挖贝母;另一方面,他又与玛卿神山那边曾经一起在雪线下寺庙做过僧人的僧友李穷联系采挖地点。在钟国强的鼎力帮助下,很快从内地招募了二十多人,组成了一支贝母采挖小队。接下来就是资金问题了。更登确迫经仔细测算,估计每人先期投入的资金要两万元左右。需要购置帐篷、付交通费、向玛卿雪山下的牧场缴纳草山管理费、预备三个月的伙食费等等。二十个人,就是四十万,这么多的钱,从何而来呢?更登确迫想到了从农村信用社贷款。要贷款谈何容易。先找乡信用社,再到县信用社,层层报批。又请钟国强帮忙在县城找熟人,托人情。跑了无数次,找了好多人,等了一个多月,终于批下来了:按照扶贫贷款,每人只能贷五千元。更登确迫傻眼了,这可如何是好?

正在发愁时,有人找上门来了,说:"可以用民间贷款解决。月息两角,必须现场用贝母还贷。"条件是够苛刻的,但别无选择。于是,更登确迫就通过民间借贷的方式,从私人手里为每人贷了一万五千元,并签订了借款合同。钱筹措完了,就置办相关用具,联系运输工具,择日出发。

甲央泽真则带着几个昔日的伙计筹措去南方联系销售商的事。他从牧场村委会开了介绍信，又到场部换了证明，再到县上。钟国强帮他们联系好县工商局的人，并托工商局的人介绍与广州制药厂取得了联系。因为广州上班时间较早，甲央泽真他们过完藏历新年就出发了。

三月的雪线下的冬牧场，一座座藏式房屋安静地处在群山环抱中，屋内弥漫着浓浓的酥油香。青藏高原东南缘的牧草正蓄势发芽，冬牧场的农区，春耕备耕已陆续展开，不少牧民都在为四月开始采挖冬虫夏草而做着准备。

3

已经是雪线下嘎溪县县委常委、宣传部长的钟国强，虽然抓的是意识形态和广播电影电视工作，但他深深知道物质生产对于雪线下牧民的重要。当他发现雪线下的牧场严重缺水的情况后，就一次又一次地往雪线下的牧场跑。钟国强多次到附近的泉眼处察看，又专门请教了专家。他设想从泉眼处挖条深渠，必须过冻土层，顺岭沿山，把塑料水管埋下去，引入筑塘提高水位，再引水进牧场就没问题了。他把这个方案拿出来商量时，不少群众都表示了怀疑。更登确迫也劝他："这是在海拔近四千米的雪线下啊，这样的工程要花较长的时间，冬天的雪线下气候恶劣，严重缺氧。工程如果停下，到来年又得从头开始。所以必须一气呵成，才能算是成功。你的身体吃得住吗？"

钟国强告诉大家，自己已思考了很久，可以赶在4月初上山挖虫草前结束。他把自己勘察的情况向县委书记作了汇报，提出挖沟埋管引水的设想。县委书记表示支持，但提出："对于这个项目，你要一抓到底。"

钟国强说："这没问题，可钱要县里面出，劳力可由雪线下牧场的群众出。"

县委书记表示："钱可由县政府从农村人饮专项资金中安排解决,劳动力你可要下去做工作哦。"

钟国强又来到雪线下的牧场,找到更登确迫等牧场上的村干部们商量,希望他们在积极组织民工上山挖虫草、贝母的同时,一定要留下部分劳动力,确保牧场的项目有人做。

更登确迫被钟国强的行动感动了,最后他坚决地对钟国强说:"只要上面能够解决资金问题,组织群众出劳力就没问题。"

就这样,一场雪线下史无前例的饮水工程建设拉开了序幕。

为确保施工质量,钟国强还专门到州水利局找专家请教,并在他们的指导下独力完成了勘查和设计,画出了图纸。他带领雪线下的牧民们反复查看地形,反复解释,直到他们都认为这个引水工程可行时,钟国强才把图纸拿了出来。

更登确迫说:"原来你早就画好了图纸,怎么不早点告诉我们呀!"

钟国强说:"如果你们不认可这个方案,给了有什么用?现在拿出来正是时候。"说着,钟国强就开始动手在野外工地支起了帐篷。大家见钟国强准备住在野外,知道他这次是动了真格的。

钟国强一边支帐篷,一边告诉大家:"我与你们一起干,干到引水管道通至冬窝子为止!"

开工第一天,钟国强顶着霜冻,天不亮就在工地上先干了起来,干了好一阵子,雪线下的冬窝子里的人们才陆陆续续来到。大家见到钟国强,深感诧异,纷纷议论:"从来没见过这样的干部,不光说,还干在百姓的前面。"

钟国强抓住这个机会对大家说:"水管如果能在上山挖虫草前埋好,放水到冬窝子,今年夏天你们就能用上泉水了。从每天挖渠的进程安排上看,只有天天抓紧,才能确保上山前大家能用上水。趁现在的好天气,大家加油干！"

　　众人听钟国强这么说，都觉得有理，于是，以后几天的出勤率都很高。钟国强是个急性子人，想在群众上山挖虫草和远牧前结束工程，偏偏老天不成全他。在天寒地冻、严重缺氧的雪线下的牧场，冬季几乎做不成什么事，后来愿意出来做工的人开始减少。那些出来干活的人，他们回到家里还可以喝上一碗热腾腾的酥油茶，抿几口酒暖暖身子。而钟国强面对的是冰冷的工棚，没一点点热气的地铺。几块砖垒的灶上放着只铝锅，他放点水，弄几片白菜叶，把乡亲们给他的牛粪弄几块点燃了，慢慢烧着……

　　牛粪燃起青色的火焰，火焰跳跃着，令钟国强想到了自己在县城的家，想到了妻子梅朵，她现在都在做什么？他撩了一下火苗，脑子里继续想道。之后他在日记里写下了这样一段文字："家永远是温馨的港湾。但又有多少人能做到'先天下之忧而忧，后天下之乐而乐'呢？如果我连牺牲一点个人的幸福都做不到的话，那还叫什么共产党员呢？还怎么说把人民的利益放在高于一切的位置上？这苦是一定要吃的！任何成功的获得都是有代价的！我们要建设一个新藏区，作为援藏干部，我愿为此而奉献一切。"

　　雪线下的牧场的水是烧不到摄氏一百度的，七八十度就开了。水开了，钟国强把菜叶放进去，然后放些盐，一会儿菜汤就起锅了。和着黑灰色的馒头，他很快就把肚子填饱了。

　　月亮上来了，天色很好，虽然寒气逼人，但月光下的景色很美：山在远处如天神展开的飞毯，树在近前似婆娑多姿的藏族姑娘，灰白色的道路仿佛是已经开挖好的渠道缓缓地伸向前方。那被起伏的山峦拥抱着的冬窝子里，仿佛传来孩子们奔跑欢叫的声音，他们高喊着："水来了，扎西德勒！"清澈的泉水欢快地流进牧场的冬窝子，牧民们个个眉开眼笑。妇女们争先恐后地前来取水,男人把青稞地整好,一边给田地灌溉着,一边唱起了歌:泉水叮咚,泉水叮咚,泉水来自高高的山上哟!小伙牵着姑娘的手,把泉水从天上引到人间……

站在月光下的钟国强,憧憬着明天。明天会是怎样?泉水到了雪线下的牧场,他还要做许多事,他要教他们种蔬菜。可以断言,有了水,来年的青稞、绿豌豆一定长势喜人,这里也将改变从来不种蔬菜的习惯……

但现实是很严峻的,来不得半点的幻想。寒风吹醒了钟国强,他揉揉眼睛,发现现实不容乐观。这里除了需要开挖的部分,更多的是需要垒石块,一块块地运石头,垒石头,在水源地垒成一堵堤坝。石头并不大,奇怪的是,同样的石头,在这里,在这个季节里,显得特别沉重,没搬几块,人就会气喘吁吁。其实,石头还是石头,只是缺氧使人无法使上劲。加上雪线下牧场的牧民从来没有做过这种活儿,因此垒得不结实,许多地方需要返工,需要加固。

傍晚收工后,钟国强认真地检查着,不好的就做上记号。当他看到有一段垒得非常好时,便满意地点点头。他这样想着:这是谁做的呢?嗯,明天先让大家看这一段,有了样板,又是藏胞自己干出来的,这样就更有说服力。这时,钟国强远远地看到有个人还在搬石块朝渠道上垒。会是谁呢?他赶紧跑过去,一看,原来是更登确迫。村主任更登确迫看到钟国强连连说:“我想着这事啊,心里就着急。看来不抓紧的话,原先的计划就很难完成。”钟国强过去与他一起搬起了石块,两人一边干一边说着渠道通水后的设想,不知不觉一直干到了天亮。

牧民们赶早的看到他们干了一夜,都呆住了,跑过来什么话也没说,怔怔地看着。

更登确迫见了说道:“你们还都站着干吗?人家钟部长吃这么多苦是为的啥?还不快去干!”

在钟国强和更登确迫的实际行动感染下,出工的人再也不会在天黑前回家了,许多人干到半夜才回家。终于,渠道比预先的计划提前修好了。当全牧场的人兴高采烈地庆祝渠道通水时,钟国强却拖着疲惫的步伐悄悄地离开了。

『第二十一章』

奔向玛卿雪山

1

冬窝子的人畜饮水工程在钟国强的领导下顺利完工,哗哗的清泉流进了雪线下牧场的冬窝子。此时,时令已到四月中旬,雪线下的牧人在各自的地里种上了青稞。紧接着,已经是雪线下牧场乡党委书记的更登确迫,托钟国强的朋友从内地招募的 20 名民工也相继聚集到雪线下的冬牧场。他从朋友那里借来一辆双排座工具车,车厢上搭上了帆布篷子,车上装上了帐篷、锅灶、被褥等用具。更登确迫要带路,便坐在驾驶室里,其他人坐在盖了帆布篷的车厢里,他们向着玛卿雪山的贝母山进发了。

汽车颠簸着,翻过了一座座大山,穿越了一条条山沟,用了半天多时间才开出雪线下牧场的地界,进入果洛境内。大家在车里有说有笑,十分开心。车驶入玛卿雪山境内,道宽路平,司机提高了车速。渐渐地大家在车里都迷迷糊糊地睡着了。当汽车停下来时天已经黑了,从路边的显示牌上知道这里就是青海省的一个县。更登确迫大声地招呼道:"大家醒醒,今天我们就住这儿。明天,我们还要早早出发赶路。"大家下了车,为了省钱,更登确迫替大家找了家小旅馆,只开了三个房间,六七人挤一间屋。晚饭,汉族民工们拿出自己带的干粮,雪线下的牧人们则拿出自带的糌粑口袋,随便吃了一些,他们就睡觉了。

第二天,大家起了个大早,就乘车上路了。走了不多时间,汽车就开始爬坡。由于这是一辆旧车,马力不足,呜哇——呜哇地喘着粗气,缓慢爬行。费了好大劲儿,车子爬上了一座海拔 4200 米的山顶。这时,正好一轮红日从东方冉冉升起,霞光照在裸露的雪山顶上,一片万紫千红。更登确迫让司机停下车,喊大家下车:"这是果洛草原有名的雪山——玛钦帮拉大雪山。请大家下车看看。"

大伙听了,便一个个跳下车,站在海拔 4200 米的雪山顶上,望见对面玛钦帮拉大雪山的巅峰,披着朝霞,蔚为壮观。玛钦帮拉大雪山是果洛的农牧业分界线,东面是层层梯田,农家小院;西面是山间宽阔地带,一望无际的大草原。虽然牧草还未返青,但那种苍苍茫茫、辽阔博大的苍凉之美,无不给人一种震撼。有的人还扯起嗓子唱起了歌。

大家正处在兴头上,更登确迫喊道:"快上车了,我们还要抓紧赶路。"大伙只得听从指挥上了车,但似乎意犹未尽,在车上继续唱个不停。汽车一会儿翻越山岗,一会儿穿越峡谷,一会儿又奔驰在了草原上。一群群牛羊从眼前闪过,还不时能听到牧民高亢悠远的牧歌。

2

一座雄伟壮丽的大山横亘在面前,汽车停了下来。更登确迫让大家下车休息一下,方便方便。有人问:"这是什么山?"

更登确迫说:"这是玛卿山脉,再翻过几道山梁,我们就要到达玛沁草原的地界了。"

稍加休息,大家上了车,汽车又开始爬坡了。这一道道山梁弯弯曲曲,盘旋而上,一道比一道高,一道比一道险。

汽车使足了马力,艰难地行驶。爬到半山腰时"嗤"一下就熄火了。司机下车,打开引擎盖,进行检查,嘴里叨咕着:"这破车!"

大家也下了车,一个个着急地问:"师傅,怎么啦?""师傅,问题大不大?"

更登确迫让大家退后,不要影响师傅修车,还安慰道:"大家不要急,车出了点小毛病,会很快修好的。"

这时,天气十分寒冷,大风像吹哨一样,呼啸而过,吹得人有点站立不稳,吹到脸上就像刀割一样疼痛。大伙虽然都穿着皮大衣,但就像穿件单布衫一样,冻得瑟瑟发抖。不一会儿,又下起了鹅毛大雪,雪片打得人眼花缭乱,人与人都看不清是谁。司机的手被冻得僵硬起来,手里的工具也不听使唤了。

更登确迫心想，千万不要让我们在这里当了"团长"，他着急地问司机："是哪儿出了问题？"

司机答道："问题还不大，是油路不来油了。"司机一边说着，一边在那里"咔嚓咔嚓"地泵油。泵了半天，也泵不出油来。大家又急又冷，不停地跺脚。

司机泵不出油来，便从油箱里接了些油，拔开了机器上的油管，把油灌了进去。一发动，汽车果然"突突突"地响了。大家"哇"地一声，欢叫着跳上了车。汽车又开始像只蜗牛似的爬动了。此时路面上已经铺了厚厚的一层积雪，更登确迫一再叮嘱司机开慢一点，注意安全。

车子翻过了好几道山梁，只剩下最后一道了，也是最高的一道。突然，只听到"嗤"的一声，汽车又熄火了。司机又下车检查。

更登确迫问："是不是油路又出问题了？"

司机回答："这次不是油路，好像是电路出问题了。"

"那怎么办呢？"更登确迫问。

"大家下车推推看。"司机说。

更登确迫马上吆喝道："大家下车，帮忙推车！"

大家都下了车。更登确迫喊"吉、尼、松（一、二、三）"，大家就使劲推。但车头朝着上方，脚底下雪又滑，大伙使不上劲，车纹丝不动。"再来一次。吉、尼、松——"大家"嗨哟"一声齐力推。连续推了很多次，也无济于事。

这时，大家已是冷得瑟瑟发抖。无奈，更登确迫先让大家上车，打开铺盖卷，盖上被子，挤在一起取暖。然后又让大家先啃点自带的馒头。大伙拿出馒头一看，馒头冻得像铁一样，啃也啃不动，只得先放在怀里暖化一点，啃一点，一点一点地解饿。

更登确迫心中暗想："这下可糟糕了，再这样下去，这些来自内地的汉族兄弟不是冻死，也得饿死。得赶快想个办法。"

天慢慢黑下来了，想求援，前后左右也不见个人影。恐怖开始向人们袭来。其中一位看上去二十多岁、文质彬彬的名叫杨智的年轻农民工忍不住"哇"地一声哭了出来。杨智身边的那位中年妇女将他拉到怀里，像哄小孩一样地哄道："弟弟，不要怕，有我们大家在，什么事都不会有的。"

更登确迫听见有人哭泣，厉声吼道："哭什么，还像个男子汉吗!"杨智听了止住了哭声。

更登确迫又大声说道："大家不要怕，要团结一心克服困难。我相信只要大家拧成一股绳，共同想办法，什么困难都可以战胜的。"大家听了，心中又鼓起了勇气。

时间一分一秒地过去。天越来越黑。狂风像狼嚎一般飞卷，卷起的积雪，像一头头白熊一样满山坡滚动。再这样下去，汽车的水箱冻住了，更无法开动了。

3

正在一筹莫展时，从山下传来隐隐约约的汽车马达声，随后一道亮光划破了夜空，慢慢地看清有一辆卡车正向他们驶来，再近一点看是一辆重型卡车。大家心头突然一亮："有救了，有救了!"

重卡一点点靠近。司机用车灯打了救援信号。更登确迫站在道路旁，举起红牌子，不停地晃动。重卡在他们的车旁停了下来，司机摇下了车门上的玻璃，探出头来。更登确迫他们一看是一位藏族青年，黑黑的面孔，高高的鼻梁，大大的眼睛。

藏族司机用藏话问道："怎么啦?"

更登确迫急忙跑过去说："我们的车出了点问题，麻烦师傅帮忙看看。"

重卡司机爽快地跳下车来，走过去详细检查了一番，说："没有办法修，出大问题了,是拉缸啦。"

更登确迫慌忙问道:"那,还有什么办法吗?"

重卡司机说:"没有其他办法,只有送修理厂修理了。"

车上的汉族民工们听不懂他们的对话,但从更登确迫的表情判断,问题一定很严重。此时此刻,大家的心一下又收紧了。

更登确迫立刻央求道:"师傅,能不能用你的车,把我们的车拖过山去。我们不让你白拖,给你工钱。"

重卡司机回答道:"那倒不必。都是出门人,谁没有点困难? 有了困难,就应该互相帮助。但我没有带钢丝绳。"

"我带了,我带了。"汽车司机赶紧说。

"过了这座山,就到了酥和日玛乡。那儿有个原来的国营运输站,现在私人承包了,有客房,也有修理部。也许那儿能修好。"重卡司机介绍道。

大家听了喜出望外,可谓是绝处逢生。都说:"我们遇到好人了,现在有救了!"

重卡载重量达十吨,又是空车,拖这辆汽车,是轻而易举之事。两位司机很快绑好了钢丝绳,重卡拖着双排座汽车,向前开动了。更登确迫长吁一口气,如释重负,一直紧张着的心终于放松了一点。但坡陡路滑,大风还在不停地吼叫着,开车还是险象环生,更登确迫再三叮嘱两位师傅:注意安全,谨慎驾驶。

在两位师傅的协同努力下,车子缓慢地爬过山岭,驶下山坡,到了山脚下的酥和日玛乡。到达时已经午夜两点。

乡上用的是自建的那座小水电站发的电,晚十一点就已停电。到达时漆黑一片,更登确迫他们初来乍到,也分辨不出个东西南北来。幸亏那位藏族师傅车轻驾熟,直接将他们带到了运输站。到了运输站时大门紧锁,敲了半天门,才出来一人开了门,将他们带到仅有的两间屋里,点燃了蜡烛和牛粪炉子，并送来两暖瓶开水，让他们安顿下来。

藏族司机常跑这里，他在另一家宾馆有长期包间，等更登确迫他们弄停当后，就要告别。这时更登确迫一定要付拖车费，藏族师傅却死活不要。他说帮这点忙是应该的，再说也是顺便，哪里好收费。见藏族师傅实在不肯收，大家只好不再勉强，再三表示感谢。

藏族师傅临别时说："你们不要这样客气嘛，藏族和汉族是一家人呀。"

更登确迫他们听了高兴得哈哈大笑。等那位师傅离开后，大家都说，今天真是遇上活菩萨了。

由于两天没有吃过一顿饱饭，但这时正是深夜，到处黑灯瞎火的，也没有个吃饭的去处。大家只好将就着，拿出自带的冻得硬邦邦的馍馍、大饼，在炉子上烤化后，一口开水一口馍，狼吞虎咽地吃了起来。吃饱后大家就挤在一起，和衣睡下了。

第二天一早，大家起床后出门一看，哇，好美的景色！他们正处在一个峡谷地带：两面耸立着高大雄伟的石山，千岩竞秀，怪石嶙峋，山峰擎天穿空，山体如龙似虹，云雾在山中缭绕，山泉在山间流淌。如此雄伟壮美，让他们震撼不已。

更登确迫和司机一起先找人修车。修车工人看他们很是着急，答应尽快修好。然后，更登确迫带大家到街上去吃早餐。出了运输站，不远处有一家面块店，门前已停了许多车辆，吃饭的人络绎不绝。一打听，才知道这家店叫"面块西施饭店"，因为老板娘长得漂亮，由此得名。大伙走了进去，一位安多藏族女子迎了上来，十分热情地让他们就座。那位女子穿着得体的安多藏族服饰，体态轻盈，面容娇好，宛若出水芙蓉。大家惊叹不已，如此边远偏僻小镇，竟有这般美女！

有人开玩笑道："我若没有老婆，一定会去追求她的！"

马上有人接过话说："你要撒泡尿照一照，看看是否配得上！"惹得大伙哈哈大笑。

更登确迫给每人要了一碗牛肉面块,一人一个大白面馍馍。大家呼啦啦,吃得又快又香。

修理工人以最快的速度修好了汽车。大家告别了运输站,重新上路了。

4

不多时,汽车便进入了青藏高原东南缘的高海拔地区,时而穿过高寒牧场,时而跨越高山峻岭。这里人烟稀少,有时车子开上好几个小时,也碰不到一个人影。由于空气稀薄,车子里的人已感到气憋胸闷,呼吸急促。

大家正感到难受之时,视野中隐隐约约出现了一个牧场。有人高呼道:"噢,前面有人了!"汽车也加快了速度,向前飞奔而去。

正当车子快要靠近那个牧场时,有一台拖拉机迎面驶来,并突然调转头,横在路中央,堵住了更登确迫一行的道路。汽车司机不停地打喇叭,拖拉机司机根本不予理睬。

汽车司机生气地用藏话叫道:"喂,快让道,耳朵聋啦!"

拖拉机司机接着吼道:"你眼睛瞎啦! 我就停在这里。"

"你讲不讲理? 把拖拉机横在路上,我们怎么过?"

"原来你想过去啊,可以啊,要想过,请交钱。你没看见老子是专门收费的吗?"

"妈的,你凭什么收费?"

"老子就凭这个收费。"说着,拖拉机司机从腰间拔出一把藏式吊刀,在眼前晃动着。

这时,更登确迫他们车上有个叫王和平的年轻农民工虽然听不懂藏话,但他看到拖拉机司机蛮横不讲理,早就怒发冲冠,他拿起一把挖贝母用的锄头，就跳下车来，厉声骂道："你这个土匪，太欺人了！今天你不让道的话，看我怎么收拾你。"

此时，车上的农民工们也都纷纷跳下车来，大声喝道："再不让开，我们就不客气了！"

更登确迫见状，怕把事闹大，赶忙跑上前去，拉住王和平，说："大家冷静一些，先让他一步，看他是什么条件。"更登确迫心想，要是他要的钱不多，就给一点，免得麻烦。于是便回过头来用安多藏话问那人："阿罗，倚楼（小伙子），你要多少钱？"

那人说："多也不要，拿两千来。"

"什么，要两千？！"

那人用安多藏话说："对呀，就两千！"

更登确迫一听，也被气急了："你也太黑心了吧！"他对大伙用汉话说，"大家给我把拖拉机推开！看他怎么样！"

大家一拥而上，开始推拖拉机。

突然，那人"嘘——"的一声，打了个口哨。立刻，从路边废弃的道班房里，跑出来十多个人。那些人有的手里提着木棒，有的手持吊刀，也不说话，便扑向更登确迫他们。

王和平见一场恶斗在所难免，为了自卫，他将在武警部队当兵时练就的本领用了上来。他一转眼已从对方手里夺过一根木棒，并对着为首的那个人的腿上狠狠一棒。"啪"的一声，那人应声倒地，王和平迅即用膝盖压住他，去夺他手中的刀子。趁王和平没注意，后边一人举起手中的吊刀，向他脑门劈来。站在近处的杨智见状，拿起挖虫草的锄头，对着袭击者的手腕就砸了过去，王和平逃过一劫。

正在这时，一队骑马的警察，向他们飞驰而来。到了打斗的现场，骑警们勒住了骏马，其中两位警察和一位当地藏人下了马。警察厉声喝道："大家住手!"更登确迫他们见了,立即住手。但那帮路霸却不听话,继续进攻。更登确迫他们只得边招架,边退后。

警察警告路霸:"再不住手,我们就要开枪啦!"并朝天鸣枪示警。路霸们听到枪声,才停下手来。

警察问道:"你们为什么打架?"

更登确迫说:"他们将我们堵在这儿,要收什么买路钱。"

警察问路霸:"是这样的吗?"

几个路霸回答:"是,是的。"

警察又问:"谁叫你们收钱的? 你们这是犯法,知不知道!"

"不知道。我们是老板雇来的,他答应给我们每人一百元。"一个路霸说。

"你们老板是哪一个?"警察追问。

路霸们回头找时,那个所谓的老板已经偷偷逃走了。

警察指着那些路霸说:"你们统统跟我们到大队部去,接受调查。"

这时更登确迫才看清,那位和骑警一块来的当地牧人,不是别人,正是当年在雪线下的寺庙一起当过和尚的李穷。两人一见面,高兴地拥抱在一起。

原来,这支骑警队是近几年由公安机关组建的,专门负责在草原上巡逻,打击偷盗和开展反分裂斗争。李穷接到更登确迫出发前打来的电话,预计他们今日到达。他了解到最近这一带,有一群路霸流窜到这里,对路人进行敲诈勒索。他担心被更登确迫他们遇到,就请草原骑警队的几名骑警,一面巡逻,一面来接更登确迫他们。正好在这儿相遇,为他们解了围。

警察让那些路霸坐上拖拉机,然后押解他们到骑警大队进行调查。

李穷把更登确迫一行接到乡上,将他们先安置在一家旅馆住下。并在一家饭馆里安排了一桌饭,进行款待。

饭馆里的牛粪炉子烧得哗啦啦作响,炉子的生铁已被烧得发红了。屋子被烧得暖烘烘的,大家感到十分惬意。

饭菜上齐了。李穷给大家斟好酒,举起杯子,说:"各位汉族兄弟,大家一路受惊了。今天第一杯酒,我先为大家压惊。"大家哗哗地拍手,有人还大声地叫道:"谢谢,谢谢!"

"请大家举杯,干了它!"大家听了,举起杯互相碰杯,并一饮而尽。

更登确迫提议:"现在,我提议,我们大家给李穷阿哥敬上一杯。感谢他为我们提供了许多帮助。"

"好!好!敬李穷阿哥!谢谢李穷阿哥!"这是大家发自内心的感激,在内地上过初中,辍学后当过武警的王和平接着说:"我们一路上得到了许多素不相识的藏族同胞的帮助,我们十分感激。"

大家响应说:"对!对!藏族同胞太好了!"

王和平就把路上遇到困难时,如何得到藏族司机帮助等事,讲给李穷听。李穷听了后说:"那是应该的,应该的!"

大家愉快地边聊边吃。临近结束时,李穷说:"这两天还不到挖贝母的季节,叫你们提前到,是还有一件任务要完成。"

大伙儿说:"没问题,不要说一件,就是有十件,我们也能完成。"

李穷听了高兴地说:"那就好,只要有大家这句话,我就放心了。事情是这样的,原先那几个山头,贝母已经挖得差不多了,也需要休养生息。今年要开放一座神山给你们挖,山上贝母肯定是又多又好,算是你们的运气,让大家赶上了。但要到达那个山,现在还没有路,所以,要挖贝母,就得先修路。"

大家叫道:"没问题,我们有的是力气。我们一定把路修好!"

"当然,修路也不会让你们白修,乡上会给你们一定报酬的。但目前,我们这里的财力有限,报酬不会太高,还望大家理解。"

"没问题,我们理解。"大伙回应道。

李穷接着说:"那好,明天大家就到修路工地。乡上的修路指挥部会给每个挖贝母小队按人数分配任务。接了任务后,希望你们好好干,不要落在他人后头。"

大家齐声说道:"一定完成任务!保证不落后!"

"好。那我就放心了。今天大家早点休息,明天就要开工了,祝大家一切顺利,多多发财!"

更登确迫他们激动地长时间鼓掌。

5

来自牧区和农区的十几个挖贝母的小队,都集中到修路工地。他们要修的是一条从一个山口到挖贝母的神山下的简易公路。简易公路要途经黄河谷地,在黄河上还要架一座简易桥梁。每个小队按人数多少各自承包了一段,限定在二十天修好。各小队认领了任务后,便驻扎在各自承包的那段路边,开始干了起来。

更登确迫的小队承包的是黄河岸边的一段,原路基只是一条羊肠小道,他们要将其拓宽为两车道的简易公路,工程量还是很大的。但他们不畏困难,决心要在限定时间内完成任务。

工程开始后,更登确迫按指挥部的要求,严格把关。大家干劲十足,每天干十来个小时,除吃饭以外,很少休息,修路的进度抢在了别人的前面。乡政府也调来一些牛羊肉,给他们增加营养,改善伙食。更登确迫的小队干了十来天,他们包干的路段就已初步修好。

更登确迫请来验收人员验收。验收人员提了好多意见,更登确迫虚心地接受,并给大家做工作,要求把路修得好上加好。他们按照验收人员的意见再作完善,后来又请来几次,但还是验收不上。别的小队修的路,一个个都验收通过,就是他们的通不过。这是怎么回事?

王和平找到更登确迫说:"哎,更登确迫,我看出门道了。别的队给验收人员又送红包又请吃饭。我们不表示一下,恐怕永远也通不过的。"

更登确迫惊讶道:"什么? 我们农民工一天才挣几个钱? 还要给他们送红包! 这也太没理了吧。"

王和平说:"这有什么奇怪的,去年,我想在我们老家的县城里承包一个厕所,人家还要吃我一万元的回扣。我没有这笔钱,厕所就没有承包成。现在你不给他吃点回扣,他能给你验收合格吗?"

更登确迫生气地说:"我就是不给他红包,看他把我们怎么样?"

王和平劝说道:"还是多少给一点吧。不给一点,恐怕永远也通不过。通不过,我们就走不了。走不了,就直接影响到挖贝母。"

更登确迫却越听越生气:"我就不信那个邪! 他再验收不上,我们就甩手不干了,看他把我们怎么样。我们农民挣这点钱容易吗?"

这时,围在旁边的人附和道:"是啊,我们确实不容易。而且修路本身就没挣到什么钱,只是象征性地给点生活费。他们还要什么回扣,那就太坏了。"

更登确迫继续说道:"大家说得对。那我们最后一次请验收员验收,他通过,就最好,他通不过,我们就扔下工具不干了,大家上山挖贝母去。他们若阻挠我们,我们就跟他们干到底。"

大家附和说:"对,就这样。他们有本事告我们去,我们跟他们打官司。"

更登确迫说:"好,今天大家先休息,我先去把大家的工资领了,明天请他们验收。验收通过,我们就走;验收通不过,我们也走。"

大家听了更登确迫的话,回帐篷休息去了。

更登确迫来到财务室,对出纳说:"我来领我们小队的工资。"

出纳问："你们修的路验收通过了吗？"

与更登确迫一同去的王和平忙说："通过了。"

出纳听说通过了，便说："好吧，在这儿签个字。"

更登确迫就在指定的地方签上了自己的名字，然后领了钱回去了。

第二天，他们起了个大早，将行李辎重迅速装在雇来的汽车上。然后来到工地，请来验收组的人来验收。验收员又找了一大堆理由，验收还是未通过。

更登确迫发怒道："你爱验收就验收吧，老子今天不干了，我们走！"他回过头对大伙儿喊道："偌花恰卡（伙计们），走！"

大伙便跟着更登确迫哗啦啦走了。

验收组的人见此情景就大喊道："不通过验收，你们休想要工资！"

大伙听了理都不理，径直向驻地走去。

他们返回驻地，跳上了等待出发的汽车。汽车发动后，沿着新修的公路，向挖贝母的大山进发了。

验收组的人回去后，得知更登确迫已将工资领走，气得火冒三丈，他训斥了出纳一顿，马上带领十几个人，每人手里提着棍棒，乘了几辆摩托车，很快便追了上来，拦住了更登确迫他们的去路。

验收组的那人跳下摩托车，厉声喝道："你们这帮骗子，工程没有验收通过，怎么骗了钱就走？你们还懂不懂王法！"

更登确迫他们也跳下车来。王和平首先回击道："你说说清楚，到底谁是骗子？我们路修得比别人的好，别人的早就验收通过了，我们的为什么就通过不了。是不是一定要给你们回扣？"

"你这是胡说八道！谁吃了回扣？你拿出证据来。如果拿不出证据来，就是诬陷罪，你要负法律责任的，知道吗？"

"你可以比一比，我们修得比别人哪一点差，为什么他们的能验收，我们的就验收不了？"

"我已经指出你们修的路还存在的问题了。"

"但关键是你们执行的是双重标准，你们对别人是这个标准，对我们又是另一个标准，这能说是公平的吗？"

"不服气你去告去。今天你要走人，就把骗领到的工资留下。你不留，就把工程给我保质保量地完成。要不然，你们别想走！"

更登确迫马上说道："今天我们走定了，看你把我们怎么样！"

验收组的那人便说："怎么样？你认为就没有办法啦？"他回头对带来的那些人说，"上！给我把他们赶回去！"

那些人听了，抡起棍棒要赶更登确迫他们回去。

更登确迫说："想动武？你们看清了，我们这些人也不是好惹的！"

验收组那人喊道："给我上，不教训教训他们，真不知道好歹。"

那些人抡起棍棒冲了上来。武警出身的王和平冲上前夺过一根棒子，大喝一声："有胆的，就过来！"只见他挥起大棒，呼呼生风。

那些人见了一下子都不敢上前。这时，有一个人跳出来，那人长得虎背熊腰，面色黝黑，只听他大叫一声："看你像瘦猴一般，还敢在老子面前逞威。看我怎么教训你！"说着攥着大棒就冲了上去。

王和平运了口气，摆好了架势。当那人扑过来时，他轻轻一闪，那人扑了个空。等那人再回身时，王和平迅即将那人的棍棒挑开，用自己的棍棒直刺那人的肚皮。王和平这一棒着实不轻，但那人只是轻微一晃，看来确有一点功夫。王和平见对手有两下子，也不再小觑，便使个破绽，虚晃一棒后做出败退之势。那人"哇——"地大吼一声，像头疯狗一般猛扑过来。王和平来了个豹子回头，并躲闪在旁，抡起大棍，朝他的腿上狠狠一棒。那人"哇——"的一声，倒在地上，再也站不起来了。

王和平吼道："谁还敢上！"

那些人看得目瞪口呆，站在那里一动不动。验收组的那人叫道："大家一起给我上！"那些人便举棒蜂拥而上。更登确迫带来的十多位民工也都举起锄头、木棒，进行还击。

　　正在双方打斗时，项目组负责人赶到了现场。他先喝退了验收组那些人，再让更登确迫他们住手，然后向双方了解情况。

　　项目组负责人经现场调解，双方不能达成一致意见。他便做出决定，让民工们再住一夜，第二天请当地乡法庭调解解决。调解期间民工工资照发。

　　第二天，先由乡法庭、项目组、民工代表等组成特别验收组，进行工程验收。验收结果认为工程质量完全符合简易公路标准，应该通过。但王和平打伤了那位黑脸汉子，使其左腿骨折，要他赔偿医疗费用。王和平不干，非要揪出幕后的受贿者，也不愿赔医疗费，理由是进行正当防卫。

　　乡法庭认定"受贿"一事无充分证据，不予采纳。医疗费用，考虑到双方都有错，判定各承担一半，计五百元。王和平在同伴的劝说下，在调解书上签了字，接受了乡法庭的调解。

　　大家感到虽然赔了点钱，但道义上他们是赢了。王和平交了钱后，大伙坐上汽车向挖虫草的大山进发。

颗颗贝母传真情

第二十二章

1

时值初夏,更登确迫率领的这支贝母采挖队伍除来自内地的二十多名汉族农民工外,甲央泽真的儿子多杰华丹、郎卡以及雪线下牧场上的邻居卓玛姑娘也来到山上挖贝母,挣些零花钱。然而,每次来到贝母山上时,酷爱摄影的郎卡却无心挖贝母,而是拿着钟国强当年赠送给他的那台尼康D70相机到处拍摄,一会儿拍别人如何寻找贝母、怎样把贝母从土里挖出来,一会儿又拍山上的花花草草和小动物等等;多杰华丹也不挖贝母,甚至流露出忧郁而颓废的神情,整天骑着那匹枣红马在贝母山上跑来跑去,有时甚至一整天也见不着他的人影。

黎明时分,雷暴天气戛然而止。厚厚的云层慢慢向四周退去,霞光从云缝里射出,形成一道道光柱,投向大地,天空是一片瓦蓝。不多时,灿烂的太阳,已高挂在天空。山谷间升腾起一缕缕紫气,委婉欢快的鸟鸣声,不时在山间回荡。玛卿神山被大雨冲刷过后,显得更加圣洁而美丽。

天气好极了。大家在帐篷之间拴起了绳子,晾晒夜里被淋湿的衣服和被褥。

今天,是更登确迫所带队伍挖贝母的第一天,更登确迫队伍中的很多汉族农民工都是第一次上山挖贝母,显得格外激动。更登确迫把这些汉族农民工与雪线下牧场上的人进行了合理组合,分成若干个小组。留一人在帐篷里看守物品,同时为上山采挖的人做饭,其余的每两人一组,以老带新,会挖的带一个不会挖的,手把手地教汉族农民工识别贝母及采挖的方法。

更登确迫原先决定,在途中参与了打斗的王和平、杨智等几个人,由于还没有恢复元气,就让他们先休息一天。但他们哪里肯,都不愿意浪费时间。更登确迫队里只有多杰华丹、郎卡和卓玛挖过贝母,其他的都是第一次。来自雪线下牧场的卓玛非要做王和平的师傅,王和平自然十分乐意。王和平面孔白净,高鼻梁,大眼睛,修长的腿,看上去有点像电影里某个明星。

虽然时节已是初夏,但在雪线附近,山草刚刚萌动,山坡上点点星星地分布着一些嫩芽。在这黄绿交错间,几经细细寻找,就会发现一些高约几厘米的绿色小草,小草上部要么是一片叶子,要么是一根刚刚成形的"小树"。若将锄头直直插下去,再轻轻提上来,会发现叶柄下连着一颗白白的尖尖的颗粒。这就是神奇的贝母,它是名贵中药材,是一种十分稀有的资源。汉族农民工还是第一次看到这种奇异的小草,感到十分好奇,他们虚心地求教,很快掌握了挖贝母的技巧。

2

神山不负有心人。前两天汉族农民工们虽然是边学习边挖贝母,但大家收获不错,每人最少也挖了几两水米子,而且是生长在雪线附近的,个个都是极品。只是这两天也遇上了狂风和暴雨,他们所搭的"人"字形的帐篷就发生了帐篷倒塌砸伤人的事件。看来在雪线下牧场使用的这种"人"字形的小帐篷,在这海拔4000多米的神山上是绝对不能用了。更登确迫先让那几个住在"人"字形小帐篷里的汉族兄弟分散到藏族同胞的帐篷,同时捎话给他的僧友李穷,请他帮忙换帐篷。没几天,李穷用牦牛驮着自家的新牛毛帐篷,亲自送到了驻地,还给他们搭建了起来。那几个汉族农民工搬进了新帐篷,心里感到无比温暖。

随后几天,天气晴好。大家识别贝母的能力越来越强,挖贝母的本领越来越高,所挖的贝母也一天比一天多,心情特好。卓玛教王和平教得很仔细,王和平学得也很认真。几天后,王和平就离开师傅,想独立去挖,但卓玛总是跟着他,要和他一起挖。有时见王和平挖得比她少,就把自己挖的匀给他一些。王和平不要,她非要给,王和平要了,她很高兴。

在一旁拍照片的郎卡发现这一情况后,心中很不高兴。有一次,郎卡将王和平叫到一旁,带有责备的口气说:"你怎么搞的,为什么老拿卓玛的贝母?"

王和平解释说:"我不要她的贝母,可她非要我。我若不要,她还不高兴。"

郎卡说:"你知道她家的情况吗?"

王和平回答:"不知道。"

郎卡说:"她家很困难。她阿爸前几年就去世了,家里有一个多病的阿妈,还有一个十来岁的小弟弟,全靠她抚养。你还好意思要她的贝母!"

王和平听了,心中感到十分愧疚,立即说:"真对不起,我实在不知道这些情况,以后我一定不会要她的贝母了。"

郎卡介绍的卓玛家里的情况是事实。由于家庭困难,卓玛的阿妈想招个女婿,好为卓玛分担点负担。但雪线下牧场上的许多青年感到若入赘她家,负担太重,都不愿意来。现在卓玛已年近三十,还未找到一个中意的人,她成了雪线下牧场上的大龄剩女。

王和平知道卓玛的家境后,十分同情,他便主动靠近她,而且经常趁她不注意,将自己挖的贝母偷偷地放在她装贝母的口袋里。卓玛看到自己口袋里的贝母多了出来,就知道是王和平放的,便又拿出一些放到王和平的口袋里。贝母在两人的口袋里来回装入,情感在互相之间来回传递。慢慢地他们之间的感情发生了微妙的变化。在这广袤的神山上,他们相互一会儿不见,就感到心里空落落的。

这天,卓玛在一面山坡上采挖贝母,王和平在另一面山坡上挖。挖着挖着,卓玛总有一种牵挂的感觉,她忍不住唱起了一首有关爱情的藏族山歌。歌声高亢嘹亮,极具穿透力。王和平挖着挖着,心里也惦念着卓玛。

就在这时,卓玛的歌声传来,他虽然看不到唱歌的人,也听不懂歌词的意思,但他感觉到这歌一定是卓玛唱的,而且是唱给他听的。那边的歌声一落,王和平立即回应了一首汉族的山歌。他的歌声嘹亮悠远,情意绵绵。卓玛听到歌声,感到有一双看不见的手,撩拨着她的芳心。她虽然也听不懂歌词的意思,但她同样意识到这是王和平唱的,而且是唱给她听的。在这荒无人烟的雪域高原,音乐,只有音乐,可以冲破语言的界限,传递心灵的感受,传递爱的情感。

卓玛不由自主地向着歌声传出的山坡移动,王和平也掩饰不住内心的激动,向着传来卓玛歌声的地方靠近。他俩终于在两个山坡间的凹地里相遇了。两人远远地看到对方,都高兴得手舞足蹈。

王和平摘下头上的帽子,拿在手里一边挥动一边高喊:"卓玛,我在这里! 我在这里!"

卓玛手里拿着条哈达,也是一边挥动一边高喊:"王和平,我在这里! 我在这里!"

两人跑步到了各自的跟前,就像久别重逢的亲人,紧紧拥抱在一起。片刻,卓玛挣开王和平有力的臂膀,向他胸部打了一拳,羞涩地说:"你唱的什么呀? 我一句都没有听懂。"

王和平笑着说:"我就听到你唱得十分好听,但一句也没听懂。"

卓玛用生硬的汉语翻译她唱的歌词:"我唱的意思是:蓝蓝的天上白云飘,白云让风儿吹走了;想起阿哥我心碎了,浑身的骨架瘫了……"

王和平连连称赞:"好歌,好歌!"

卓玛问道:"你唱的是什么意思? 快给我说说!"

"噢,我的歌词是这样的:山里头好不过大神山,大神山它是个宝山;人里头好不过妹妹的奶头山,奶头山,它装着我俩的情感……"

卓玛听了似懂非懂,瞪大眼睛问:"什么是奶头山呀? 它在哪里?"

王和平听了,笑得前俯后仰,笑出了眼泪。他指着卓玛胸前那两个乳房,说:"就是这个。"

卓玛顿时满脸绯红,追着打王和平,嘴里不住地说:"你坏,你坏。你是个大坏蛋!"

王和平一面躲来躲去,一面哈哈大笑。

两人闹累了,紧挨在一起,席地而坐。卓玛首先说道:"和平哥,那天你在路上与那些坏人打架时好厉害哦,我们都好佩服你呢。"

"那些都是小儿科,我练过的还多了。"王和平骄傲地说。

接着,卓玛试探着问王和平:"和平哥,这么多天了,我还没有问你呢,嫂子长得什么模样儿?"

王和平反问道:"你指的是谁的嫂子?"

卓玛说:"用你们的汉话说,就是你的老——婆——!"

"啊,我还没有老婆。"

"真的吗?"

"我家里比较困难,有一个老妈妈,还有一个小妹妹。我一个人要抚养老妈妈,还要供妹妹上学。"聊到这里,王和平心情有点沉重,"我们那个村子很穷,没有哪个姑娘肯嫁给我。"

"那我们藏族姑娘你要不要? 如果你愿意的话,我帮你介绍一个!"卓玛试探地问。

王和平这时仔细地端详着卓玛:胖胖圆圆的脸上,长着一双大大的眼睛,高高的鼻梁,脸庞一边一个小酒窝,十分妩媚。王和平看着卓玛,激动地说:"如果是你,我一万个愿意!"

卓玛羞涩地双手蒙住脸庞,说:"你使坏,没正经话……"

"这是我的真心话!"王和平一本正经地说。

卓玛却坐起身来,飞快地跑了。

3

自此以后，卓玛再也没有提给王和平介绍对象的事儿。但两个人走得更近了，每天形影不离。他们在一块挖贝母时有说有笑，开心得不得了。

有一天，王和平和卓玛在一起挖贝母时，天气变得越来越冷，风刮得脸上刺痛。卓玛说："和平哥，我的手冻得有点僵了。"

王和平走上去说："来，哥给你焐焐。"

卓玛将双手递给了他。王和平握住她的手，虽然卓玛的手冰凉，但却让他感到似有一股电流传来。王和平立刻感到心跳加速，周身发热。他撒开卓玛的手，一把将卓玛搂在了怀里。卓玛的双手紧紧搂住王和平的腰，闭起双眼，沉浸在幸福之中。王和平吻了一下卓玛的额头，卓玛顺从地一动不动，微微睁开眼睛，赶紧又闭上。王和平将嘴唇移向卓玛的脸颊，在卓玛的脸颊上亲吻着，接着又将嘴唇移向卓玛的嘴唇，卓玛轻轻一扬头，双唇战栗着，迎了上来。两人的感情在此时一并爆发了，互相疯狂地吻了起来。

吻够了以后，两人又扑倒在地，双双抱着在地上打起滚来。忽一下，王和平翻在上面；忽一下，卓玛翻在上面。不一会儿，他俩突然安静下来，一件羊皮袄严严实实地盖住了他俩的全身。一股青草的芬芳，一丝奶茶的清香，合着一点牛羊肉的膻香，弥漫在他们的皮袄里。他俩都醉了，酥软地躺在大山的怀抱之中。

第二天，王和平和卓玛又一块去挖贝母，人们发现他俩挖的贝母，统统装在了一个兜里。

第二十三章

意外的遭遇

1

随着天气不断转暖,神山顶上的冰雪逐日消融,雪线缓慢上移。挖贝母的队伍随之向山顶攀登。

这日天空湛蓝,万里无云,和煦的阳光照在人们身上,觉得暖暖的。大家登上又一个新的高度,发现了更多的诸如"一匹草"(贝母叶就一匹草长在陆地上)、"树儿子"(贝母苗像一棵小树)、"灯笼花"(贝母苗像灯笼一样)等籽粒饱满的贝母,都兴奋地采挖起来。

卓玛登上一个山洼,发现那里的贝母较多,就大声喊旁边的王和平:"阿罗,王和平,快过来,这儿的贝母好多呀!"

王和平应声道:"你先挖,我这儿也不少,等我把这些挖了,就过来!"

不远处的杨智听到了便问道:"喂,卓玛,我这儿没有贝母,我过来行吗?"

卓玛回答道:"呀,杨智,快过来吧!"

杨智听了,高兴地爬了上去。两人有说有笑,挖得更加起劲。杨智也是一位来自内地的汉族小伙子,他身材修长,浓眉大眼,留着一头卷发,看上去英俊中带着几分秀气。

神山上的气候变幻莫测,刚才还是阳光明媚,不一会儿,暴风骤起,飞沙走石,直吹得人们站立不住。风卷起雪渣,打在脸上,冰凉冰凉。突然,传来一声巨大的轰鸣声,紧接着一股巨大的雪流,似迅猛的山洪,冒着滚滚白烟,倾泻而下,扑向卓玛和杨智挖贝母的那道山洼。

王和平见了,大叫道:"卓玛,危险,快跑!"

多杰华丹见情况紧急,大喊:"杨智,卓玛,快跑!"

但雪流来得太快,哪里来得及逃跑。卓玛和杨智没跑几步,雪浪已重重地砸在他俩身上,杨智当即不见了身影。卓玛被雪浪掀起,又淹没下去,又掀起,又淹没下去……

王和平像发疯一样,一面狂呼"卓玛——卓玛——!"一面向雪浪扑去。多杰华丹见状,追上去,一把拽住他,大喊:"你疯啦?不要命啦!"

雪崩持续了半个小时,才慢慢停了下来。

雪崩一停,所有挖贝母的队员,无论藏族还是汉族,都不约而同地奔向出事地点,展开营救。大家急切地用手刨挖,寻找卓玛和杨智。

王和平疯狂地这里挖挖,那里刨刨,也不知该在哪里下手。他浑身上下沾满了雪花,似雪人一般。

带队的更登确迫冷静地分析后说:"我们一部分人在他们挖贝母的原地挖,一部分人在下面找。从现场的情况分析,杨智一开始就不见了踪影,说明当场被埋;卓玛被淹没后,又被掀起,应在山下面寻找。"

大家感到更登确迫分析得有理,就按他的指点,重点在原地和下游寻找。王和平在山下面不停地刨,不一会儿就刨出了几个大坑……其他人也在快速地刨挖。时间迅速地流逝,雪坑挖了一个又一个,但仍不见人影。

大家的体力渐渐消耗殆尽,速度明显慢了下来。这时天色也近黄昏。

突然,只听到王和平"有啦"的一声大喊,大家赶忙跑过去一看,一只手已从深雪中露了出来。不错,这是卓玛的手!好多人赶过去,迅速向四周刨挖。卓玛的身子一点一点地露了出来,但已浑身冰凉,鼻孔里没有一丝气息,好在整个躯体,还很柔软。王和平立即上前给她做人工呼吸,好一会儿,卓玛慢慢地有了呼吸。

王和平"卓玛,卓玛"不停地呼唤着。终于,卓玛慢慢睁开了眼睛。

更登确迫让大家用雪搓擦卓玛的手、脚、脸。王和平抱起卓玛,脱了她的外衣,然后解开自己的外衣,把卓玛裹着并紧紧抱在怀里,用自己的体温给她取暖。

卓玛苏醒了,王和平、多杰华丹和其他几个小伙,大家轮流着把她背回了驻地。

2

剩余的人继续搜寻杨智。但整整持续了一夜，仍没有找到杨智的踪影。

第二天，有人想起了上山时李穷送给杨智的那只小藏獒，提议让它帮着找找。

其实，杨智自从有了那只小藏獒后，便和它形影不离，爱护有加。除精心喂养外，还像警犬一样，对它进行一些训练。让它嗅一样东西的气味，然后将那东西藏掉，让它寻找。训练几次后，它果然能准确地找到。不巧的是，今天这只小藏獒没有跟他一起上山，而是被杨智关在了驻地的帐篷里。此时，这只小藏獒派上用场了。大家立即带着它，先让他嗅了嗅杨智的衣服，再带它到了现场。小藏獒嗅着嗅着，最后跑到一处，一面用爪子刨，一面汪汪叫唤。大伙马上集中在那儿刨了起来。因为那儿堆积的雪很厚，刨了好几个小时，终于发现了杨智。但这个汉族小伙子的身躯已经被冻成了冰棍一般。一个年轻的生命就这样结束了，大家十分悲痛。

杨智是汉族人，离开遥远的家乡，来到这雪域高原，举目无亲。雪线下的牧人决定按照汉族人的习俗将他安葬在雪山上，同时请李穷下山去请寺庙的僧人上山为他超度亡灵。

李穷下山后，先到就近的一座寺院，请主管大喇嘛卜算。大喇嘛设了经堂，诵完经，经卜算后，确定：两天后，就在原地举行葬礼。李穷请了七位喇嘛，到时来主持葬礼。

对于杨智的去世，卓玛十分悲伤，哭得死去活来。李穷和更登确迫劝说道："卓玛，你不要过分悲伤。大喇嘛看了，说是杨智的身体虽然将被埋在雪线下的山坡上，但他的灵魂却被山神收去，将会上到天堂。这也是他的福气。"

信奉佛教的卓玛听了，精神上得到了一些安慰，情绪稍微好了一点。

七位喇嘛准时来到山上，踩定了安葬地点。他们在挖贝母的驻地，挂起经幡，设了灵堂，敲打起乐器，接连不断地诵了一天经文。第二天一早，送葬师用牦牛驮着杨智的尸体上山，喇嘛们跟在后面，边走边诵经。到了选定的安葬地，进行了入土安葬，并在那里用泥土和石块修筑了一个坟墓，坟头还贴上了杨智生前的照片。

卓玛让王和平背着也上了山。杨智被安葬后，大家陆续离开，回到了驻地。但只有卓玛迟迟不肯回去，她在杨智的墓前默默祈祷。王和平只好陪着她不走。不一会儿，她看见一群苍鹰在坟墓的上空翱翔，并不时向下俯冲。是神鹰引导杨智上天堂了！她似乎感到了很大的安慰，这才让王和平背着下山回去。

自发生雪崩之后，连续几天天气阴沉，黑云密布。

卓玛被冰冷的积雪严重冻伤，现在还在治疗和恢复之中。杨智在世时，卓玛知道他曾经暗恋过她，追求过她。一想起这些，她的心头就有点内疚。郎卡也时常为没来得及解除他曾经与杨智发生的误解而不安。

王和平已多日没有去挖贝母了，他整日守护在卓玛身边，给她敷药、煎药、做饭。像他这样一位坚强的小伙子，在看到卓玛溃烂的冻疮时，也忍不住掉下了眼泪。在王和平的精心照料下，卓玛的伤势一天天好转。

随着时间的推移，人们慢慢摆脱了悲伤的情绪，大家挖贝母的积极性又开始高涨起来。他们早出晚归，埋头采挖。卓玛能够自己走动了，生活也可慢慢自理了。王和平白天上山挖贝母，晚上收工回来，马上去照料她。这晚，他先帮卓玛在冻疮面涂了药膏，又熬好了第二天她要吃的药。做完该做的一切，时间已经很晚了。王和平告别了卓玛，向自己的帐篷走去。

3

这晚,夜色很黑,伸手不见五指。王和平摸黑走了几十米路,快到他的帐篷时,突然,从他两侧冲出几条汉子,冷不防将他摔倒在地,并将他打昏,然后将一把戳着一张纸的吊刀插在他的身旁后,就逃走了。

更登确迫他们听见响动,立刻冲出帐篷,打着手电筒四处寻找,发现王和平倒在地上。大家叫唤着王和平,没过多久,王和平醒了。问他是怎么回事? 他回答遇到几个坏人打他了。问是谁打的? 他说没有看清。

更登确迫发现了插在地上的吊刀和那张纸条。取下那纸条,在手电光下照着一看,上面写着:"汉族狗,滚回去!"

大家在一旁七嘴八舌地议论着,咒骂着:"是哪个王八羔子使的坏,等找到了我们要好好收拾他!"

更登确迫说道:"看来事情没那么简单。这是带有政治色彩的事件,这里面肯定有阴谋。"

经更登确迫这么一说,大家都愣住了,现场一片静默。

停了片刻,更登确迫说道:"明天一早,我们要把这把刀和这张纸条带下山去,向草原骑警队报案。"

第二天一早,更登确迫找到李穷,把昨晚发生的事告诉了他。李穷听了十分气愤,说:"这些王八蛋,唯恐天下不乱,一有风吹草动,他们就出来兴风作浪。得好好整治他们!"

李穷继续说道:"这件事,事关重大,必须马上向酥和日玛乡政府汇报。"

更登确迫点头道:"对,立即向上面汇报,我这就去。"

李穷说:"还是我去好,你在这里照看大家,还要注意保密。"

"那也好。你骑我的马去。一路上注意安全。"

商量完后,李穷骑着更登确迫的大青马,怀里揣着那把刀和那张纸条,下山汇报去了。

李穷下了神山,进入到一条山谷,急切地向前飞奔。突然,马失前蹄,他被摔到在地上,摔得他眼前直冒金花。他挣扎着起身,看见路上拴了一根绳索,原来是绳索将马给绊倒了。这时,突然从侧面飞来两把吊刀,幸亏他躲闪及时,没有伤到他。那两把刀上各插着一张纸条。他拔起刀,取下纸条一看,上面写着:"警告你,赶快带你那些来自四川的汉族人滚回去!"

李穷向刀飞来的方向看去,却不见一个人影。他大声吼道:"有种的出来,老子就和你拼啦!"

可是,四周静悄悄的,听不到一点动静。

李穷继续向酥和日玛乡政府方向飞奔而去。

4

到了酥和日玛乡政府驻地,李穷先找到一位在乡政府工作的朋友,他叫更泊,他们曾在雪线下寺庙一起当过僧人。来不及寒暄,李穷就将这两天发生在贝母山上的事说了。更泊说:"事情紧急,我带你先去见我们的乡长。"

更泊带着李穷来到乡长办公室,李穷将三把刀和纸条一并交给了乡长,并将发生的事详细作了汇报。

乡长听了汇报后说:"最近境外有人正在闹事,没想到这些人的手已经伸到我们这里来了。你先回去,不要耽误你们挖贝母。我马上向上级汇报。"他想了想又说,"你回去先不要声张,因为事情还没有充分暴露,现在还不好下手。"

李穷回答说:"我知道了,请放心。"说完,他告辞乡长,就要上路。

更泊一再挽留:"天黑了,路上怕有意外。还是住一夜,明天一早再回去。"

李穷就不再坚持，住了下来。两个曾经在同一座寺庙里做过僧人后又还俗的亲密伙伴久别重逢，一夜有说不完的话，一直到深夜两点才铺床就寝。

第二天，天刚蒙蒙亮，李穷就出发回贝母山。他骑着大青马，在草原上飞奔。看着不停地向后退去的高山峻岭，他心中无比欢快，禁不住唱起歌来。

正当李穷忘情地向前奔驰之时，远远看见有三个披着长头发的安多藏族男子，迎面骑马飞驰而来。看来来者不善，他立即警惕起来。与那三个男子相遇了。他们勒住了各自的马，同时围着李穷的马打转转。其中一人向李穷的马的屁股抽了一鞭，另一人上前推了他一把。他们嘴里还在骂骂咧咧，进行着挑衅。

李穷耐住性子，勒住马，用安多藏话问道："呀，阿罗恰卡，你们想干什么？"

其中一人回答："我们想干什么？告诉你，叫你的朋友更登确迫带上那些汉族人赶快滚回家去！"

李穷大声说道："你们要搞清楚，你们没有这个权力，他们来这里完全是自由的。这里不仅是你们的家，也是他们的家！"

"你还敢嘴硬？今天老子就给你点颜色看看，看你叫他们滚不滚！"那人说着，伸手就来抓李穷。李穷闪身躲开，顺手抓住那人衣领，趁势一摔，将那人摔到马下。

李穷马上给自己的大青马屁股上狠加一鞭，大青马飞奔向前。另外两人见状，调转马头，连续加鞭，追赶李穷。但李穷骑马的功夫毕竟不如他们，不多时就被那两人追上了。他们的马将李穷的大青马紧紧夹在中间，三人在马背上扭打起来。这时三匹马都受到惊吓，猛烈奔突，三人几乎同时落马。他们落在地上后继续扭打着。

原先被拖下马的那人，缓过气后，也骑马追了上来。李穷寡不敌众，被两人死死压在地上。其中一人拔出吊刀，恶狠狠地说："宰了他吧！他虽然是这里的本地人，但他和我们不是一条心，就是这家伙把那帮汉族人带上山来的！"

另一人说："不要把他弄死，挑断他的脚筋，扔在这儿喂狼。"

只见拿刀的那人对准了李穷的小腿，狠狠扎了下来。李穷猛然收腿，那人的刀落空了，插在了地上。那人从地上拔出刀，又一次举起，对准李穷的小腿。李穷不停地蹬脚，那人很难对准下手。这时另外的那人挪过身来，死死压住了李穷的腿，使李穷动弹不得。举刀的那人对准了李穷的小腿，恶毒地说道："你有本事再蹬呀，看我怎么挑断你的脚筋！"

李穷知道他这次是难逃一劫了。

就在刀落下来的一刹那，突然一声枪响，那人的手臂被击中，刀从他手中掉落在地。只见有一队警察骑马飞奔而来。那三人见警察来了，慌忙上马逃跑。

李穷还没搞清是怎么回事，一队警察已来到他的身边，他们将他扶起，问他受伤了没有？李穷抖抖身上的土，激动地说："没事，没事。谢谢警察同志！"警察说："对不起，我们来晚了，让你受惊了！

李穷说："哪里，来的正是时候，太感谢你们了。"

警察说："那好，你放心走吧，我们在后面再护送一程。"

李穷告别了警察，重新上路，向贝母山飞奔而去。

原来，当李穷离开酥和日玛乡政府后，更泊考虑到那些敌对分子可能还会在路上闹事，就请示乡长，要求草原骑警队的同志对李穷实施保护。草原骑警队就派出一支巡逻队，随后跟了上来。他们快赶上李穷时，远远发现有几人在与李穷缠斗，知道情况不妙，就飞速向李穷靠近。这时，那人正举起吊刀,要对李穷下手,巡逻队长看到情况紧急就拔出手枪,对准那人的手腕,开了一枪。枪响刀落,正好打准了坏人的手腕,使李穷逃过一劫。

在李穷的感觉里,与他缠斗的那三个人中,其中一人的身形好像有点熟,但这个人的头上用黑色的"三用围巾"罩着,只露出两只眼睛。所以,一时还认不出那人到底是谁。

『第二十四章』

智斗歹徒

1

李穷从酥和日玛乡政府回来,见到更登确迫后,将汇报的情况向他作了介绍,并按乡政府意见,叮嘱他做好保密工作,先不要向外声张,让那些人充分暴露后,再一网打尽。但要密切注意动向,随时做好应对措施,谨防坏人破坏。更登确迫听了后,表示一定听从酥和日玛乡政府的意见,做好防范工作。

李穷和更登确迫商量后,继续若无其事地组织大家挖贝母。在以后的一段时间里,一切似乎都很平静。这时,挖贝母也进入到旺季,大家早出晚归,无暇顾及其他事情。

忽然有一天,大家挖贝母回来时,发现他们的帐篷内外撒满了传单。传单是用藏汉两种文字写的,内容是:"寨子里迟哇说,近来神山上来了一帮外地人,他们是妖孽。他们大搞男女关系,冲撞了山神。山神发怒,引发雪崩,还引来了狼害。这些汉族妖孽不除,还会引来大祸。"

大家纷纷传看,交头接耳地议论起来。其中一个藏族人看到是雪线寨子里迟哇说的,便信以为真,公开骂道:"该死的妖孽,你们汉族人快滚蛋吧。你们不走,我们还会遭殃的。"

驻地的气氛骤然紧张起来。一场风暴平地而起。

李穷和更登确迫立即碰到一起进行研究,他们认为这是那些心怀叵测之人精心策划的一个阴谋。他们利用藏族同胞单纯的心理,煽动挑拨,破坏民族关系。分析后,李穷说:"我们决不能让他们的阴谋得逞!我的想法是,先将传单收了,然后再耐心地做受蒙蔽的人的工作。"

更登确迫说:"好,就这样。我们马上组织几个人,先把传单收了。然后分头去做工作。"

随后,李穷和更登确迫带了几个人,到每个帐篷去收传单,不一会他们就收集到一百多份。

李穷连夜召集山上的藏族同胞座谈,说明这次传单事件是一小撮坏人的阴谋,他们的目的是想破坏藏汉民族团结,请大家不要受骗上当。他告诉大家:"雪崩是一种自然灾害,与汉人到这里毫无关系。近年来雪崩比较频繁,这是与整个地球变暖有关,并不是什么山神发怒。狼害在大山里也是经常发生的,也与汉人没有什么关系。大家想一想,这么多时间来我们在一起采挖贝母,遇到事情互相帮助,互相照顾,藏汉之间就像亲兄弟一样。那样多好啊!大家还记得吧,你们队伍中的小姑娘从山上滚下来,是谁救了她?卓玛被雪埋了后,救援中最卖力的也是汉族同胞!"

许多人听了感到李穷的话在理,但也有人持怀疑的态度,尤其是更登确迫队伍中的多杰华丹,一直用鄙视的眼光看着李穷。

李穷观察了一阵大家的情绪后,说:"可能还有人没有想通,不要紧,回去后再好好想想。"座谈会散后,他又去找没有到会的人,进行个别谈话,一直做工作到深夜。

更登确迫找一些汉族同胞做工作。他详细分析了事件的性质,叮嘱大家要提高警惕,要正确对待,因为事件是少数坏人挑起的,与广大藏族同胞没有关系。更登确迫希望大家要一如既往地与藏族同胞搞好关系。大家听了都表示赞同。

2

第二天一早,大家依然和往常一样上山挖贝母去了。更登确迫却多了一个心眼,怕有人加害自己队伍中的汉族同胞,他特地叫他们和自己一起走。但王和平却不以为然地说:"没事儿,谁敢动我一根毫毛,我跟他不客气。"

卓玛也在一旁说道:"不会有事的。谁敢动我喜欢的男人,我也对他决不客气。"说完挽着王和平的胳膊,一起上山了。

更登确迫看他们那么自信,也担心跟自己在一起,会使他们不太自在,于是也就没再坚持,自己和郎卡、多杰华丹一起上山了。

天近黄昏,太阳像一个巨大的火球,慢慢向西沉入大山的背后。天边升起一抹灿烂的晚霞,并不断向四处扩散,不多时便占据了大半个天空,十分壮观。

卓玛催促王和平:"我们赶快下山吧,其他人都已经走了。"

王和平说:"这里还有几株贝母,我把它挖了就走。"

王和平挖完了那几株贝母,高兴地对卓玛说:"哇,今天收获还真不少。走吧,我们赶快下山。"

这时晚霞已经退去,西山顶上出现一片血红血红的云彩。他俩手挽着手,快步向山下走去。一阵晚风吹来,带给他们一丝凉意。

在到达缓坡上一块平坦的草地时,王和平顺势搂住卓玛,忍不住吻住了她的双唇。他俩亲吻了很长时间,觉得还意犹未尽,又坐在了草坡上彼此相拥在一起。

"卓玛,你知道吗,雪崩发生后我是多么紧张。那天,在雪中搜救你的时候,我的心狂跳不止,我太害怕失去你,以后,你不要再到那种危险的地方去了,知道吗?"

"知道了,和平,我以后会小心的。我当时在雪地里埋着的时候,满脑子想的都是你……"卓玛说着,又亲吻了一下王和平的脸孔。

"为什么你对我这么好呢?"王和平问卓玛。

"因为你坦诚、善良。我已经准备好了,要永远和你在一起,无论什么也不能将我们分开。"卓玛的这几句话给了王和平很大的勇气和信心。他紧紧地搂着她,此刻对王和平而言是最幸福的时光。

这时,王和平感到尿急,他松开卓玛,说:"你在这儿等一会儿,我去方便一下。"说完就找地方去小便。

卓玛坐在草地上等王和平。但她等了几分钟后也不见王和平回来,心里有些疑惑,便起身去找。周围都找过了,还是不见王和平的影子。卓玛开始慌了,会不会出什么事了? 她大声喊叫起来:"和平,王和平,你在哪儿?"喊声在山谷中回响。

走在不远处的更登确迫和郎卡听到了喊声,便回过身来,应声找到了卓玛。更登确迫急切地问:"卓玛,出什么事了?"

卓玛着急地说:"王和平不见了。"她把刚刚发生的事详细地说了一遍。

更登确迫听了,一面安慰卓玛不要着急,一面打着手电筒,四下里寻找。他们边找边喊:"王和平,你在哪里?""王和平,你在哪里?"喊了无数遍,也没有人回应。

他们反复分析:大家下山时,也没有看到什么人,莫不是他在小便时,脚下一滑,滚下了山坡? 他们又详细察看了周围的环境,周围山坡比较平缓,滑下去的可能性似乎不大。那么,是不是踩了空掉入山崖了? 但他们在周围没有发现什么山崖。那他到底哪里去了呢?

更登确迫他们呼唤王和平的声音隐隐约约传到了驻地,李穷知道一定是出事了。他来不及吃饭,便带了一帮人,拿着手电,点起火把,上山了。大家从王和平丢失的地方,拉网式地向下搜索。火光像一条长龙,在玛卿神山上缓慢移动。"王和平,你在哪里?"的呼唤声此起彼伏,在夜空中回荡。

大伙找了大半夜,也没有发现王和平的影子。他们无奈地先回到驻地,胡乱地吃了点晚饭,更登确迫让大家先去睡。卓玛哭得像个泪人似的,不肯睡觉,许多人在那里劝慰卓玛。李穷和更登确迫不安地在帐篷外转来转去,心中七上八下。

大家在不安中度过了一个夜晚。第二天早上,李穷和更登确迫决定,停止挖贝母一天，大家上山找王和平。

在李穷和更登确迫的带领下，从山顶找到山下，从山坡找到山洼，该找的地方都找过了，就是没有发现王和平的影子。活不见人死不见尸，一个大活人，就这样无影无踪地人间蒸发了。

傍晚，大家无功而返，心情十分沉重。这时，有人发现驻地的地上有几张传单，捡起来交给李穷和更登确迫。他俩一看，心中有谱了。传单上说：明天上午，在神山脚下的牧场上，召开群众大会，会上要处罚冲撞神灵的妖孽。

李穷和更登确迫将此事与前段时间发生的传单事件联系起来，经分析，他们认为王和平是被敌对分子绑架了，要在明天对他下手。但敌对分子如何处罚王和平？他们究竟有多少人？有没有武器？李穷和更登确迫无从知晓。

这一夜，李穷和更登确迫无法入睡。得知王和平还活着，心中稍感宽慰，但想到他落在了坏人手里，要解救他，一时又想不出什么好办法来。两人显得十分焦虑和不安。最后，他俩设置了几套营救预案，准备到现场后灵活实施。

3

第二天一早，李穷和更登确迫挑选了二十多个可靠分子，带着他们一起去参加敌对分子的"处罚大会"。本来他俩不想带卓玛去，怕她过分激动后，产生一些盲目行为，反而不利于问题的解决。但卓玛坚持要去，他俩没有办法，只得带上了她。

李穷他们来到神山下的牧场时，牧场上已有一百多人围成一个大圈。圈内的中央地带用碗口粗的木棒，架起一个三脚架。架子下面堆放了一些木材。大家面色凝重，会场充满杀气。

更登确迫站在圈外,这时身边走来一个藏族青年,向他微笑了一下。他看着好眼熟,但一时想不起来是谁。那人用臂膀轻轻碰了他一下,在他耳旁小声说道:"今天情况复杂,一切听我们指挥,你们不要乱动。"

　　更登确迫一听声音,一个熟悉的身影浮现在眼前。对,就是他——草原骑警队队长。那天在路上与路霸搏斗,给他们解围的就是他。更登确迫差一点叫出声来,队长用手势制止住他。随后,就消失在人群之中。更登确迫心中有底了,公安机关已经介入了。

　　不一会儿,木架上的大喇叭响起。喇叭声中一位中年藏人走到了会场中央。周围的群众见了立即低下了头,因为他就是寨子上的迟哇。只见那个迟哇说道:"我们经过找人问卦,佛祖说,我们这里出现了妖孽,在神山上进行两性行为,惹怒了山神,降难于我们。妖孽不除,我们将永无宁日。现在将妖孽带上来。"

　　几个彪形大汉将王和平架了上来,一直拖到那个三脚架下。王和平被扒光了衣服,五花大绑,浑身被打得血迹斑斑。

　　李穷突然发现,上次对他袭击的三个人中的那个"蒙面人"正骑着一匹枣红马,在不远处的小山坡上来回游动。

　　这时,迟哇高声宣布:"将妖孽吊上木架,点了天灯!"几个大汉将王和平吊上了三脚架,并在架下的木柴上洒上了清油。其中一人从兜里拿出打火机,准备点火。

　　卓玛见了,像发疯一样,挣脱被人抓住的手,冲出人群,跑到会场中央,大声吼道:"这是我男人,谁敢动他一下,我就跟他拼了!"

　　迟哇见此情景,便下令道:"将这个妖女也绑了,一块儿点了天灯!"

　　有两个人从一旁跑过来,拧住了卓玛的双臂,一人过来用绳子绑她的手。

　　在这紧要关头,忽见骑警队队长冲上前去,厉声喝道:"住手! 你们这是犯法！"

这一声喝叫，将那些人给镇住了，一个个面面相觑。

迟哇壮着胆子说道："你是什么人，胆敢亵渎神灵？"

队长威严地回答："我是警察。你们私设法庭，草菅人命，国法不容。若不立即停止犯罪，等待你们的将是人民专政的铁拳！"

迟哇狡辩道："我们这样做，是佛祖的旨意。你竟敢与佛祖作对，我就让你去见阎王。伙计们，给我打！"

一帮亡命之徒，提着棍棒，拿着砍刀，冲上前来。他们见人就打、就砍。只见山坡上的那个"蒙面人"也挥舞着砍刀冲下山来。

骑警队长见势，从腰中拔出手枪，朝天鸣枪示警。并大喝一声："都给我住手！要不然我们就要开枪啦！"

这时，早已埋伏在那里的一队骑警荷枪实弹冲了上来。那些亡命之徒一看大事不妙，便四散逃跑，"蒙面人"也策马而去。

迟哇和几个顽抗分子，见无路可逃，便使出阴招。迟哇一把抓住卓玛将她作为人质，并从腰中拔出吊刀，架在她的脖子上，露出一副狰狞的面目，吼叫道："你们再敢上前一步，我就把她宰了！"

骑警队队长担心伤害到人质，命令骑警停止上前。面对迟哇严肃说道："现在你如果放了她，向我们投降，还算自首。我们可以从宽处理。如果你不听劝告，后果自负。"

迟哇边撤退边说："不要啰嗦，你们再追过来的话，我马上就杀了她！"队长一再劝阻，他们毫不听劝，并显得越来越暴躁，随时都有伤害人质的可能。

就在迟哇他们撤退的过程中，其中一人脚下被石块一绊，摔倒在地。面对这个意外情况，迟哇毫无心理准备，扭头向旁边一看，他的身体与卓玛就拉开了点距离。埋伏在山坡上的草原骑警队的狙击手见机会到了，扣动枪机。"呼!"的一声,子弹正射准迟哇的脑门,他应声倒下。那些顽固分子见了,慌忙逃散。

这时,卓玛转身跑到王和平身边,抱住王和平大哭。几个骑警过来,从架子上放下了王和平。

队长见这场斗争已取得初步胜利,他发现现场群众受惊厉害,担心发生其他意外情况,就决定先放弃追赶敌对分子,赶紧安抚群众。他站到那堆木材上面,用藏语高声说道:"乡亲们,同胞们!今天我们击毙的这位所谓的迟哇,是位化了装的假藏族。他是从境外潜回的敌对分子,他打着佛教的旗号,破坏民族团结,并犯下了许多罪行。今天他被当场击毙,是罪有应得。"

许多人听了拍手叫好,也有少数受蒙蔽深的人,显得将信将疑。

这时,前些天被乡政府请来,在这里为藏民讲经的雪线下寺庙里的修行僧尼玛主动站了出来,他说:"队长刚才讲的是实话,被击毙的这个人是个冒充的藏族。他滥杀无辜,破坏民族关系,亵渎了神灵,确是罪有应得。我们雪线下寨子里的迟哇贡戈也是受境外敌对分子的安排,潜伏在雪线下的村子里,搞分裂破坏活动。如今的贡戈已被关进监狱。今天,我们雪线下家乡的面貌已发生了巨大变化,牧民的生活也越来越好,我们还有什么不满呢……雪线上发生的雪崩,是一种自然现象,绝非神灵所为。佛教中的神灵,普度众生,即便是有过之人,也会不念旧过,一律救度。因此神灵惩罚一说,是完全违背佛法的。所以,大家不要听信一小撮人的妄言,不要受骗上当。"

大家听了,十分信服,向修行僧尼玛顶礼膜拜。

4

王和平被救下来后,骑警把他叫到一边,了解被绑架的事。

原来，那伙人早就暗暗盯上了王和平。那天，在王和平去小便时，他们发现只有王和平一人，这时天色已经暗了下来，感到时机已到。趁王和平不注意，他们扑上去将他按倒，并用毛巾塞住了他的嘴，蒙住他的眼睛，然后捆绑后把他抬到了一个山洞中。民警询问："你能记得是哪个山洞吗？"

王和平说："他们连拖带抬，一会儿上山，一会儿下山，经过好长时间，才到那个山洞。我搞不清是在哪里。"

骑警做了笔录，让他回去后好好休息几天。王和平就跟大家一起回驻地去了。

警方为了彻底打掉这一小撮敌对分子，便制定了严密的计划，部署好警力，等待时机，将其一网打尽。

一天夜晚，蹲守的骑警发现，有五六个人影出现在了他们监控的地方。远处的山坡上，那位神出鬼没的"蒙面人"骑着枣红马又在那里来回游动，似乎在为那伙人站岗放哨。那伙人像幽灵一样，悄悄地来到掩埋"喇嘛"尸体的地方。他们刨挖出尸体，然后用一个担架抬上，便迅速撤离。骑警尾随其后，并一路做好记号。他们将尸体抬到一个山包，在那里对那位假藏人的尸体进行了天葬。最后，那伙人走下山坡，进入到一个山洞。看来这个山洞就是他们的藏身之地，骑警们彻夜守候在洞口。

第二天，天刚蒙蒙亮时，只见有一人披着衣服，睡眼惺忪地从洞里走出来，在一旁解手。还没等他反应过来，一支硬邦邦的枪口已经顶在他的后腰上。那人企图挣扎，骑警压低声音警告说："我们是警察。你不准动，不要喊！否则就打死你。"那人一听是警察，就乖乖举起了双手。骑警用毛巾迅速塞住他的嘴，并把他带到一个山洼中审问。

骑警厉声说道："今天你要如实回答问题。回答得好，有立功表现，我们就放你。如果有半句谎话，我们将严惩不贷！"

那人哆哆嗦嗦地回答："警官，饶……饶了我吧。我不是他们的人，我是被骗来的。"

"不要啰嗦，老实回答问题。洞里一共有多少人？"

"是，我一定老实说。他们原来有二十多人，后来跑的跑逃的逃，现在只剩下十一个人。昨天就有一人想走，他们怕他出去后走漏了风声，当他刚迈出山洞，就被一枪打死，扔到山沟里了。"

"他们有多少枪？"

"老大、老二有枪，其他的人都没有枪，只有棍棒、铁锤、刀子。"

"老大、老二叫什么名字，是从哪里来的？"

"老大叫足巴太，老二是个外国人，不知道真名，大家就叫他老二。"

"他们听谁的指挥？"

"好像是听境外的人指挥。"

"他们现在有什么打算？"

"具体我不太清楚，他们只是说先把迟哇大人葬了，然后再找机会破坏。"

"你说的都对吗？"

"都对，都对。我用我的性命担保。"

"现在我们放你回去。回去后，不要说见过我们。知道吗！"

"知道，知道。我要把今天的事说了，我也活不成。"

"他们有什么行动，你可以出来给我们报信。立功者可以受奖。"

"一定，一定。"

问完话后，骑警就把那人放了回去。

挖贝母队的队员在经历了那场王和平的事件之后，大家更加团结。卓玛和王和平的爱情得到生死考验，他们爱得更深更炙热，每天形影不离。

有一天，队员们挖完贝母收工回到驻地，进了自己的帐篷一看，傻眼了：里面被翻得乱七八糟，他们辛辛苦苦挖来的贝母，已被盗窃一空。面对这场景,有些人破口大骂,有些人瘫坐在地上不停地抹眼泪。

李穷找更登确迫分析后认为,肯定还是敌对分子所为。他们本想当晚就去乡上汇报,但天色已晚,怕路上不安全,就决定第二天再去汇报,先做大家的安抚工作。决定后,二人便分头去做工作,叫大家不要着急,骑警队一定会破案的。同时将每人丢失的东西,做了详细登记。

第二天一早,更登确迫带了两名强壮的藏族青年,下山去乡上汇报。他们到酥和日玛乡上后,找到了骑警队队长,把昨天发生的事详细做了汇报。

队长听了后,对更登确迫他们说:"你们回去转告受害群众,我们会尽快破案,挽回他们的损失。"想了一下又说:"看来这帮坏蛋已经盯上你们了。为了对付他们,我派几位同志,潜伏到你们中间,以便应急,但你们要绝对保密。你们先走,他们明天就到。"

更登确迫他们听了,欣喜万分,连连说:"好办法,好办法!"说完,告别队长,立即上山。

过了一天,三个穿着藏服的青年,来到更登确迫他们挖贝母的驻地,说是来收购贝母的。原来和更登确迫一块住的人,分别到其他帐篷里去住,那三人就和更登确迫住在一个帐篷里。

5

又一天晚上,队员们吃过晚饭,除了多杰华丹不知哪里去了以外,有的互相聊天,有的在一起打牌,直到夜里十点多,人们才陆续睡觉。

深夜,大家睡得正酣,突然听得有人大喊:"着火啦,快来救火!"喊声将大家从梦乡中惊醒,大伙立即穿上衣服,跑出帐篷一看,王和平与更登确迫合住的帐篷,燃起了熊熊大火。只听有人喊道:"快救人,救人要紧!"这时,卓玛也已来到着火的现场,她要冲进去救王和平,有人使劲拉住了她。忽然,大伙看见王和平和更登确迫也跑上前来扑火,大家感到十分不解。更登确迫赶忙对大伙说,帐篷里已没有人了,请大家放心。

此时,远处传来几声枪声。那是埋伏在路上的骑警,在捉拿纵火犯时,遭到反抗,他们便开枪将其击毙。纵火犯一共五人,除那个"蒙面人"策马逃掉外,其余都被歼灭。

原来,神山上的维稳指挥部,根据卧底提供的情报,提前知道了敌人的行动计划。三位潜伏的便衣,即收购贝母的商人,得知这天夜里,他们要来烧王和平和更登确迫住的帐篷,等大家睡了后,就让王和平和更登确迫转移到其他帐篷,同时在周围设下了埋伏。

执行任务的警察在击毙纵火犯后,立即用对讲机报告了指挥部。总指挥感到时机已经成熟,便命令埋伏在敌人躲藏的洞口的警察:"立即全歼洞中之敌!"

洞口的警察在得到命令后便向洞里边喊话:"你们已经被包围了,赶快出来投降!"

喊了半天,洞内没有反应。

他们请求总指挥:是否要冲进去?总指挥回答:敌人有武器,你们要注意安全。可以先扔催泪瓦斯进去,将他们逼出洞来,再给以解决。

遵照总指挥的指示,警察向洞内扔了一颗催泪瓦斯。但过了几分钟洞里仍无动静。他们感到奇怪,据了解,洞里别无其他出口,怎么敌人会没有反应呢?警察们分析,可能是洞太大,一个瓦斯发挥不了作用。他们又连扔了两个进去,很快就听到洞里传出一声声咳嗽,接着便陆续有人出来。

首先出洞的两人手里提着棍棒,一看就知道是一般成员。两个警察分头扑上去,迅速制服了那两人。紧随其后的是那个叫老二的外国人,他戴着护眼罩,一手用湿毛巾捂住鼻子,一手举着手枪,一出洞就对准警察开枪。还没等他开第二枪,就被一名骑警击毙。这时,老大也已走到洞口,他戴着眼罩,捂着鼻子,举着手枪,向洞外连开了数枪。突然,只见老大的背后,有一人举起棍棒,一棒将他手中的枪打飞。一名警察迅即冲上前去,将老大压在地上,使其动弹不得。

正在这时,只见有一"蒙面人"从旁边的草丛里蹿出来,飞身上马,扬鞭而去,很快便消失在了警察的视线里。

原来,打飞老大手枪的,就是那天被骑警抓过又放回去的那个"舌头"。

洞内躲藏的那些人已全部解决。这一小股敌对分子,是在雪线下县城暴力事件中逃出来后,流窜到这里继续作案的。

当洞里的硝烟散尽后,警察进入清理现场,发现里面的一个小洞里,摆放着许多他们盗窃来的贝母、钱、首饰、食物等物品。

之后,民警击毙的那个"老二"被就地埋了,"舌头"有立功表现,被当场释放。被擒的那个"老大"及其他人员都被收进监狱,等待他们的将是正义的审判!

『第二十五章』
蒙面人被抓

1

甲央泽真又回到了雪线下的牧场,干起了贝母买卖,继续守望着神山上那条色彩明朗的雪线。自从儿子郎卡和多杰华丹随更登确迫到玛卿神山采挖贝母以来,他就一直惦念着他们。

那年,甲央泽真与寨子里的迟哇贡戈闹翻后,多杰华丹就被送到县城的藏文中学读了两年书。一天,专门招收藏区初中毕业生的内地职业技术学校的老师来到雪线下的牧场,多杰华丹很想去内地学校继续上学。甲央泽真便带着多杰华丹来到已经是嘎溪县县委常委、常务副县长的钟国强的住所听取他的意见。甲央泽真问钟国强:"呀,偌花,你觉得多杰华丹读汽车好呢?还是读拖拉机好?(指学习修汽车的专业还是修拖拉机的专业)"

"你们觉得哪个好呢?"钟国强反问道。

多杰华丹不说话,一会儿望着钟国强,一会儿又看着他阿爸。

"我觉得还是读拖拉机好,或者摩托车也好。"甲央泽真说。

"为什么?"钟国强问。

"因为我们这里现在是拖拉机和摩托车多嘛,将来修理这些东西生意会好点,挣钱会多嘛。"甲央泽真微笑着看了看多杰华丹。多杰华丹也不搭话,只是腼腆地看着钟国强。

钟国强想了想,又看了看他们递给他的《志愿表》,发现上面有一个铁路维修管理专业,于是就说:"呀,偌花,从长远考虑,我建议你们填报铁路专业,这个专业很好,没准将来雪线下通铁路了,多杰华丹的专业正好派上用场。"

甲央泽真马上打断钟国强的话说:"这个恐怕不行,现在我们这里没有铁路,他两年后回来不能就业,就只能到外面去,我们父子见面就难了,所以,我觉得还是读汽车好!"

多杰华丹的眼光从钟国强的脸上移向他阿爸甲央泽真,并微微点了点头,钟国强明白了他们的意思。于是说道:"那也好,你们就填报汽车维修专业吧!"

那天下午,县城里举行了隆重的欢送仪式,对所有即将赴内地上职业技术学校的牧区孩子及家长召开了欢送会。会上,县政府为每一位孩子缝制了一套漂亮的藏装,还给每人发了一只精美的皮箱。甲央泽真带上儿子多杰华丹,也领到了衣服和皮箱。会上县里要求孩子们领完东西后就回家等着,等学校发放录取通知书后,统一组织车辆送孩子们入学。

就这样,多杰华丹回到了雪线下的牧场,一边等待录取通知书,一边挖虫草,憧憬着自己美好的未来。

可是,不知什么原因,别的孩子相继都收到了录取通知书,唯独多杰华丹没有收到。就这样等了一个学期,也没有消息。之后,他只好到雪线下的牧场替别人放牧,赚取一点畜产品。再后来又和更登确迫一起到玛卿雪山挖贝母。

2

那天,甲央泽真邀钟国强他们一起去玛卿雪山看看。钟国强想到更登确迫他们去采挖贝母已有一些日子了,而且他已听说他们在那边出了点事,因此也是很牵挂更登确迫他们。现在甲央泽真邀他一起去,他感到也有必要,于是,便带了小王及县电视台的记者一起随甲央泽真出发了。

很多内地来的人第一次看到玛卿神山时,都会激动不已。从海拔4000米的雪线下的酥和日玛牧场仰望神山主峰,内心会被深深震撼。

神奇的玛卿神山,拥有相当丰富的景观资源。壮美的雪山、茂密的原始森林和保护得极为完好的生态资源,被视为旅行圣地。

由于恰逢玛沁草原最重要的节日——放生节,一路上都会看见成群的放生羊,据说整个玛沁草原每一个家庭都得放生一只羊。坐了两天的汽车,钟国强一行抵达了玛沁草原。之后,他们和各自的马夫一起向大山进发了。他们骑行在玛沁草原的牧道上,沿途不时看到远牧人家的帐篷,里面有奶茶补给和物资供应。一路上看到牧场上嬉戏的孩子和晒着太阳的藏绵羊,遇见的牧人都会朝你微笑或一声"尔尕达"(你好)的问候,一切是那么和谐。他们逐渐穿过大片的牧场,慢慢地能看得到的帐篷越来越少。

路上甲央泽真告诉钟国强:"我得把郎卡和多杰华丹兄弟俩接回雪线下的牧场,尤其是多杰华丹,由于没能去内地上职业学校,他看上去更加消沉。"

"那你得好好给他做做工作,再找机会上学嘛。"钟国强说。

甲央泽真说:"是啊,我现在对他很担心,学校没有录取他,他就去了雪线下的牧场帮助别人放牦牛,整整一个冬季。"

"他替别人放牧牦牛有报酬吗?"钟国强问。

甲央泽真说:"没有直接的报酬,但间接的还是很多的,比如,牦牛的奶子、奶渣、酥油,以及越冬时死亡的牦牛的牛皮等都归他所有。"

"他去年收入有多少?"钟国强又问。

甲央泽真说:"他把那些畜产品运到县城出售了,卖了好几万块钱呢。他用这笔钱给我们全家每个人缝制了一套新的藏服,还给他自己和我各买了一辆摩托车……"

"多好的孩子,知道孝敬长辈和亲人!"钟国强有些感慨。

"好是好啊,可就是感觉他精神上很不愉快,有时像丢了魂似的。"甲央泽真忧虑地说。

连日来,他们骑行在玛沁草原的旷野里,由于雨季刚结束,之前有的路段发生过泥石流,他们只好牵着马艰难地走过塌方的地段。之后地势逐渐开始上升。快到傍晚时,他们抵达了一家远牧场,卸下马背上的马褡子,在帐篷外的草滩上熬一壶马茶,大家互相围坐在一起说着当天路上的见闻。

甲央泽真在当地人的帐篷里,亲自做了一顿藏式粉汤给大家品尝。晚上,他们一行的每个人都睡得很香。因为在青藏高原上骑行实在是很消耗体力的。

3

第二天早上醒来,大家准备就绪后,却发现一起去的县电视台的记者罗让卓玛还在帐篷里躺着。罗让卓玛就是当年雪线下牧场上与多杰华丹一起玩耍的那位小姑娘,如今已出落成一位俊俏的安多藏族女子了。一年前,罗让卓玛从一所双语师范学校毕业后进县电视台当了记者。钟国强了解到,她出现了高山反应的症状。甲央泽真说:"从罗让卓玛的情况看,最好还是让她留在这里休息,要不就送下山去。再往前走,估计她会吃不消。"

"我是很希望她能够一起去到贝母山上,我原打算在那里请她录制一段更登确迫他们采挖贝母的镜头!"钟国强有些不舍地说。

"还是让她回去吧,为了避免发生意外。"甲央泽真说道。

经过讨论,罗让卓玛还是遗憾地放弃了此次去贝母山采访的计划。其实,这次去贝母山,罗让卓玛还有另外一个重要的原因,那就是因为多杰华丹,他俩是青梅竹马,已经相爱好几年了。最后,甲央泽真为罗让卓玛租了一匹马并由自己队伍里的一名马夫送她下山。

玛卿雪山脚下,水汽弥漫,天上时不时有一些看上去很漂亮却又叫不出名字的鸟儿飞过,山上笼罩的云层也慢慢地被灿烂的阳光驱赶掉。每个人的心情都被这缕阳光温暖着,因为这预示着雨季结束了,接下来的两天他们很快能看见世界上最美丽的高原风光。在甲央泽真善意的谎言下,他们已在不知不觉中翻过了 5000 米高的雪山。晚上,他们到达了一个远牧场,在此住宿。甲央泽真告诉钟国强,明天他们还要骑马翻越一座雪山,然后才能到达贝母山脚下。大家可以早点出发,上山看看日出。

第二天早上四点半,带队的马夫就开始在每一个帐篷外叫大家起床。大伙整理好自己的物品后便向山上出发。

还有一个半小时,太阳将从地平线升起,而此时4500米高的雪山只隐现着稀疏的灌木枝和高山草甸。一路上,大伙怀着期盼,奋力向山顶进发。慢慢地天色渐渐放亮,远处的良美叶实神山开始露出它那白色的盖头。接着,玛卿雪山也清晰可见了,但它的山顶部分还隐藏在白云之中。

一小时后,他们抵达了山顶。这里有一大片平缓的地方,是绝佳的观景平台,大伙都很兴奋。一会儿之后,早上的第一缕阳光穿过云层,就像冒着火光一样,在雪山顶上涂了一层火辣辣的金色。很快叶二则群峰、玛卿的山顶也逐渐显露,雪山的黑色岩壁也变得清晰可见。

4

早上的日出景象永远地留在了每一个人的记忆里。大伙继续骑马向目的地进发。

马蹄下的海拔在不断下降,带队的马夫告诉大家,还要翻过几个沟谷才能抵达当天的目的地——酥和日玛牧场。白天,他们穿梭在崇山峻岭之中,看着道旁的灌木丛和野花,钟国强心情极好,一路上还不时哼着歌。

随后的几天,他们主要是围绕良美叶实神山和玛卿神山进行的骑行,几乎天天都与雪山亲密接触。没几日,他们到达了酥和日玛牧场,这是距离贝母山最近的一个远牧场。实际上,酥和日玛牧场是一个缓坡,山顶平台形成了一个高原夏牧场,而山顶的另一侧却是万丈深渊。

这天凌晨,钟国强叫醒了小王,一起去拍照。他俩都裹着羽绒服,将相机镜头对准了雪山的那一边。终于,黎明升起的阳光透过翻滚的云层,投射出迷人的光柱。之后阳光的角度慢慢倾斜，照到谷底，只是雪山的尖顶还深藏在白云中。不一会儿，远处的玛卿雪峰也在渐渐显露，险峻的地势加上阳光倾洒在雪白的冰原地段，一切似在画里。钟国强连连按动着快门，记录下这人间的美景。

接近中午的时候，钟国强他们已经到达位于良美叶实和玛卿雪山的两个山谷之间的地方，马夫说，他们离良美叶实和玛卿雪山之间的酥和日玛贝母山越来越近了。午饭他们便在一家牧人的帐篷里每人吃了一碗酥油糌粑，牧人的酥油很多，几乎是用酥油直接与糌粑面混合揉出的糌粑，虽然看上去黑油油的，但钟国强却觉得很好吃。这时，另一家牧人的帐篷里，传来一声声羌笛，笛声悠扬、动人心魄。钟国强心想，在这神山上能听着如此灵魂般的声音，实在是自己的幸运。吃完午饭，他们继续前行，快到更登确迫他们所在的贝母山的时候，已经接近傍晚。

因为快要抵达目的地，所有人感到了轻松。一位马夫高兴地舞动着身体，跳起了舞蹈。钟国强也被感染了，他和马夫飚了一段舞蹈。很快，甲央泽真和小王他们也加入了进来。大家跳着，笑着，尽情欢乐着。

到了晚上，大部分人都已睡了。但钟国强还站在帐篷外仰望着头顶的星空，远处，玛卿雪峰在月光下矗立着，似童话一般。他一边沉浸在美景里，一边思考着明天到了更登确迫那里该做哪些事。这时，住在一起的小王也走出帐篷，对钟国强说："哎，钟部，我今天好像也特别激动，有点睡不着了。在海拔四千多米跳舞，我会记一辈子的。其实我很喜欢甲央泽真这样的马夫。"

"为什么？"钟国强问他。

小王回答："不为什么，就因为他单纯，朴实。就像青藏高原给我的感觉一样纯洁。"

小王清了清嗓子继续说道："在雪线下眺望玛卿雪山之巅和良美叶实

神山主峰,我有时会有想哭的感觉。现在我明白了,这些安多藏人为什么会对神山顶礼膜拜,因为他们相信神灵能进驻他们的心里。"

5

贝母山上,甲央泽真和钟国强他们终于见到了更登确迫的采挖队伍。

郎卡见到自己的阿爸甲央泽真非常兴奋,他虽然不是甲央泽真与结发妻子英措所生,但在他的眼里,对甲央泽真如同亲生父亲一般。只是多杰华丹看到甲央泽真并没显得激动,他的目光游离,看上去很忧郁。

甲央泽真来到多杰华丹面前,爱怜地说:"呀,尔尕达(辛苦了),多杰华丹。"

"马尔尕达(不辛苦),阿爸。"

"呀,多杰华丹,我们回家吧,回到雪线下的牧场。过去了的事就不要再放在心上了。"甲央泽真知道儿子还在为自己未能上到内地的职业技术学校而苦闷。

"阿爸,我还想在这里待一段时间,多挖些贝母,卖了后给你缝件新藏装。"多杰华丹说。

"下山吧,孩子,罗让卓玛本来和我们一起到这里来看你的,但她因为高山反应身体吃不消,中途返回了。"甲央泽真对多杰华丹说。

钟国强看见甲央泽真和多杰华丹在一旁说话,便走了过去。见到钟国强,多杰华丹的眼光一直不敢看着钟国强。凭直觉,钟国强发现他心里一定有事。这时,更登确迫走过来向钟国强介绍了他们采挖贝母的情况以及所发生的那些事情。

当天晚上,钟国强与多杰华丹同住在一个帐篷。

钟国强和多杰华丹胡乱聊了一阵,近午夜时,贝母山上刮起了阵阵刺骨的风,把他们的帐篷吹得噼里啪啦的响,时不时一股冷风从帐篷的缝隙刮进来,吹得牛粪炉子里的火苗嘶嘶作响。这时,多杰华丹说道:"钟部长,我有时很困惑,很想问你一些问题,不知该不该问?"

"问吧,没事的,什么问题都可以问!"钟国强回答道。

多杰华丹不顾从帐篷缝隙吹进来的冷风,他从卡垫上的被窝里伸出半个身子,问道:"我们藏族到底是'独立'好呢,还是不'独立'的好?"

钟国强一听见这个问题,感到有些诧异,不过他很快就冷静下来了。

"你说呢?"钟国强反问道。

"我觉得是'独立'了的好。"

"为什么?"钟国强又反问他。

多杰华丹却没有马上直接回答钟国强的问题,而是转移了话题:"你在单位上班,每个月有多少工资?"

钟国强感到有些奇怪,不知道他到底是什么目的,于是便随口答道:"不多,一个月五千来块吧。"

"啥? 那么低呀? 你知道吗,我在一本书上看到,只要我们'独立'了,我们这些雪线下的农牧民每个月都能领到八千元的工资呢。"多杰华丹有点得意地对钟国强说。

钟国强惊讶地问:"这怎么可能? 谁给你们发这些钱?"

"书上说了,只要我们'独立'了,这些钱外国人会给的。"多杰华丹很自信地回答。

钟国强继续问他:"什么书上这样说的? 你在哪里看到的?"

多杰华丹顺手从他的枕头下面取出一本杂志,递给了钟国强。钟国强看了,上面果然有一篇文章那样写着。钟国强非常严肃地对多杰华丹说:"多杰华丹,你被蒙骗了! 这是一本反动刊物。你千万不要相信这些鬼话了,你知道这些书是从哪里来的吗?"

"好像是从境外带过来的,我在雪线下的学校读书时,专门有人往学校里送,同学们都在私下里传阅。"

钟国强听了感到问题的严重,他突然意识到,这些年来,作为支援藏区的干部,他为当地牧区的经济建设及民族团结做了不少的工作,但是,对像多杰华丹那样的年轻一代的牧人,他的思想工作做得还是少了,让一小撮敌对分子钻了空子。他觉得今后的工作还有很多值得完善的地方。

第二天早晨,钟国强和多杰华丹刚刚起床,只见李穷带着草原骑警队队长和一位骑警来到了他们的帐篷。那位骑警拿出一张纸来,向多杰华丹宣布,他被逮捕了。原来,躲藏在山洞里的那伙人被抓后,他们陆续交代了所犯的罪行,同时,还交代了其他漏网的同伙。那个"蒙面人"就是多杰华丹,他涉嫌参与了绑架、纵火、偷盗等多项犯罪活动,今天被正式拘捕。钟国强此时才明白过来,多杰华丹那游离的、不敢正视的眼神,是他内心慌张和迷茫的表现。而那些反动书刊对像多杰华丹这样的年轻人带来了多少困惑和毒害啊。

后来,公安机关又根据钟国强提供的多杰华丹在学校里拿到的那本反动杂志的这一线索,对雪线下的学校进行了清查,果然又发现了一些来自境外的非法反动书刊,并对来源进行了追查。

6

从贝母山返回雪线下的牧场有两条路可走,一条是经果洛草原坐汽车,这条路很遥远,最少也要四五天的时间;另一条路则是从贝母山沿着巴颜喀拉山脉骑行,这条路虽然短,但崎岖艰险,如果顺利的话,只需两天多时间就可以抵达雪线下的牧场。钟国强为了早点回去,他和甲央泽真、郎卡等选择了骑行山路,而其他人由更登确迫带队,经青海坐汽车返回。

最开始钟国强他们沿着河边的小路骑行,感觉就像是一路小跑,除了雪山映衬下的美丽小河,还有许多守护在路旁的玛尼石堆。当他们经过一个转角爬上一个小山坡的时候,钟国强被眼前突然出现的景象惊呆了。只见远处的群山环抱中,云层波涛汹涌,迅速地流动着,其中地势较低处山顶上的房子时隐时现,脚下的冰川融水正奔腾而下,耳边传来巨大的水声,气势磅礴。钟国强掏出相机一阵狂拍。这时,郎卡也取出相机,跟着钟国强拍了起来。

郎卡从小失去母爱,母亲德吉拉姆生下他不到两个月就去了"那边",他五岁时就入寺做了僧人,但他对寺庙外的世界却充满期待,并热爱上了摄影。后来他还俗了,在阿爸甲央泽真的帮助下去了省城做生意,在那里认识了《经济日报》的一位汉族女记者,他们相识相爱了,很快就结了婚。如今,他来到雪线下挖贝母,顺便发挥他的爱好,拍摄雪线下最美丽的风光。

钟国强知道,骑行回去的一路风景一定不会让他失望的。他们沿着一条笔直的峡谷缓慢地下行,两边是雪山延伸而去,脚下是一条深谷。这条峡谷与钟国强来时进入酥和日玛牧场的另一条峡谷平行,都是南北走向,视野同样开阔,前面的道路也能看得清清楚楚。

在路边休息的时候,钟国强躺在草地上,仰望着天空,偶尔一群飞鸟在空中飞过,身旁的雪山在蓝天的映衬下,显得更加迷人。

『第二十六章』

永久的雪线

1

　　回到雪线下的牧场不久,在年底召开的县党代会上,钟国强再次当选为县委常委,后又当选为县委副书记。在紧接着召开的县人代会上,他又当选为县人民政府县长。作为县里主要领导之一的他,很快又开始马不停蹄地奔波了,在短短的时间内,他不仅跑遍了全县所有的乡村,熟悉了每个村子的情况,而且几乎每月都要下乡"蹲点"访贫问苦,搞社会调查,参加重点乡村的扶贫工作。

　　职务的变化、地位的提高,一点也看不到钟国强有任何的官僚作风,他除了深入基层外,还在思索着许多问题。有的时候,钟国强真想大哭一场,他恨自己的能力太小、太弱,没有办法迅速改变雪线下牧人的生活状况。钟国强决心加倍努力,一步一个脚印地朝着既定目标前进。只有这样,才能完成组织交给他的援藏任务,雪线下牧人才能真正过上幸福生活。

　　有一年,身为一县之长的钟国强又来到雪线下的冬牧场搞对口帮扶,一待就是几个月。他带去的衣被都陆续送给了特困牧民,他自己住的帐篷里,地上没有铺氆氇和毡毯,而且连铺的草都很少。他时常拖着劳累了一天的身体回到帐篷里,肚子饿,身上又冷,只有冰冷的糌粑坨坨。他啃着糌粑,想着明天的事,啃着啃着,人就睡着了。有时候甚至连吃的也没有,一口热水也喝不到,只能这样睡下。还有的时候,夜里寒气冻得他双脚僵硬麻木,被冷醒后,便爬起来,靠运动运动身子取暖。日复一日,就这样一直坚持到工作结束。这段艰苦的生活使钟国强消瘦得更加厉害,县里的同志看到钟国强,都以为他是生病了,劝他到医院去看看。他笑笑,摇摇头。他知道,他不是病的,而是累的。

　　有一次,在县政府常务会上,钟国强向领导班子成员讲道:"艰苦的环境不仅能锻炼人的意志,还是激发人智慧的重要渠道。穷则思变,首先是观念的变化,而观念又必须依靠外界信息的接收。现在我们有些地方连中央人民广播电台的声音都传不到这里,怎么能让广大藏胞与党中央步调一致呢? 这里地处高原藏区,抓物质生产是雪线下牧区的大事,但在抓好改善人民群众生活的同时,还要把精神文明建设抓上去,让这里成为祖国人民放心的藏区。只有这样,我这个常务副县长才算够格。"

钟国强拿出了许多改变雪线下特困牧区的设想,一边向县委书记汇报,一边组织实施。

正当钟国强准备雄心勃勃地实施自己的设想时,过度的劳累把他击倒了。他浑身疼痛,几天几夜高烧不退,还说着胡话。但那个季节正好是乡干部回县城探亲的时期,人们几天看不到他,以为他也回家探亲了。可怜他孤零零一个人躺在地铺上,没有其他的人知道。他自己也不知道躺了几天几夜,醒来后觉得口干舌燥,想喝水,喊了几声没回应,这才发现身边没有人。他摸摸自己的额头,很烫,又感到全身无力,便知道自己高烧得厉害。这时,他听到屋外刮着大风,狂风从门缝里钻进来,体弱的他不禁打了个寒战。他勉强爬了起来,推开房门走到了外面。呼啸的狂风迎面吹来,周边泥泞不堪。凭着自己的感觉,钟国强知道一场泥石流已经肆虐过这里。这时,他马上想到了山那边好几个建在山坡上的村庄不知怎么样了? 甲央泽真正患着肺炎卧床不起,早就要维修的屋子一直没有动工,这次是不是受到泥石流的影响了?

钟国强正在担心之时,有人骑马过来向他汇报说:"钟县长,甲央泽真家的房顶没啦!"

钟国强急忙问道:"人有没有受伤?"

那人回答:"还好,这次泥石流没有伤到牧民。"

钟国强说:"你把马借给我骑,再通知在家的乡干部,我们现在就去甲央泽真家。"

此时,钟国强不知哪里来的力气,只见他翻身上马,迎着狂风策马而去。当他赶到甲央泽真的家,只见屋顶没有了,有一堵墙也被大水冲坍了,地上一片狼藉。肺炎严重的甲央泽真躺在一块木板上,连连咳嗽着,面色苍白。家里的其他人在一旁哭成一片。

目睹眼前的惨象,钟国强眼泪都流出来了。他安慰好甲央泽真的家人,又和甲央泽真聊了几句后说:"别担心,党和政府会帮助你们渡过难关。请放心!"说着,他把甲央泽真的二儿子罗让甲木措叫到屋外,从身上掏出仅有的几百元钱,塞到他的手里,说:"你们赶快送甲央泽真到县医院,他病得厉害,治病要紧。"

罗让甲木措连连说:"我们不能要你掏钱呀!"

"嗨,都什么时候了,还这么说。拿上,快送你阿爸到医院去!"钟国强硬把钱塞到罗让甲木措的手里。

突然,钟国强自己感到一阵眩晕,幸好身旁有一棵树,他倚在树旁,一把抱住了树干。

罗让甲木措忙问道:"你怎么啦?"

钟国强笑笑,摆摆手,说:"没什么,有点累了,歇会儿就好,过会儿我带几个乡干部去给你们家买材料。"

没过多久,来了两位乡干部,钟国强马上带着他们一起赶了几十里路来到县城。到了买材料的地方,下了马,因为身体太虚,他坐下休息了一会儿,又向店家讨了一杯热水喝。另两位乡干部看他虚弱的样子,知道他一定是发烧了,便劝他先回去休息。钟国强心里明白:"我走了,修甲央泽真家的屋子又要拖时间了。"事实上,他走了,买那么多的材料,谁付钱呢? 这时,虽然钟国强身上也没带钱,但他认识这里的一些店家,人家也知道他是县政府的官儿,就答应先让他签个字,欠着,等明天再去付钱。

买好材料,回到甲央泽真家后,钟国强又去动员已经搬迁走的牧民一起过来帮助修建房屋。在雪线下的冬窝子造房，一般的屋子，土夯墙，木上梁，两天带个通宵，新屋就完成了。钟国强一直在现场一边指挥一边也帮着做小工。两天后，钟国强看到甲央泽真一家高高兴兴地搬进了新屋，他才悄悄地一个人摸黑回家，到了家里已经是第三天的黎明。他进屋就倒下了。

就这样，钟国强又躺了两天两夜。要不是县上有一家门市部的人找他要欠款，他可能真的还要躺上几天才会醒呢。人家见他烧得那么厉害，赶紧把他送到了医院。退烧后，钟国强立即赶到银行取了八千多元钱，悄悄付掉了为甲央泽真家买材料所欠的款。而甲央泽真一直以为那笔修屋的钱是公家支付的！

2

一年后，钟国强被组织任命为雪线下的嘎溪县的县委书记。一天下午，钟国强带着县委办公室副主任小王在雪线下的牧场见到了甲央泽真，这位看上去已经很沧桑的藏族中年汉子，他的肺炎已彻底医好，但神色依然有点凝重。

甲央泽真说："阿罗，偌花，我想到对面神山的雪线下走走，去到垭口上的寺庙转转经，拜拜佛。你们去吗？"

"好，我们陪你一起去！"钟国强说。

他们徒步走过牧场前面小河上的那座小木桥，沿着蜿蜒的小路向上攀登。望着对面的天葬台，甲央泽真若有所思地说："呀，偌花，扎西就在那里天葬的，他的灵魂也许还在雪线上的天空游荡呢。"钟国强没有接话，心情有点沉重。

甲央泽真、钟国强和小王向着冬窝子对面的山坡慢慢爬去。爬到半山腰，就是寺庙和佛塔的所在地，这里与雪线下的那座寺庙有很多相似之处，一样的经幡飘扬,一样的香火不断,但佛塔的造型和寺庙的建筑却独具特色。只见方方正正的塔基,金色的外观,大大的佛眼,带有浓重的异域风情。全木质结构的寺庙,精致的雕刻,古铜色的外观,充满了历史的厚重感和宗教的庄重色彩。钟国强在寺庙外的一块石头上坐了下来,俯视着山下的草原,静静地回味着这片土地的朴实无华和傍晚时分的平静。他能够想象得出,当最后一抹余晖照在雪山之上时,雪线下的牧人正坐在帐篷里,喝着奶茶,聊着天,洋溢着满足的笑容。他们祖祖辈辈守望着那遥远的雪线。

这时,小王打断了钟国强的思绪,问道:"钟书记,您知道雪线的具体概念吗?"在钟国强了解的知识里,雪线就是从山顶向下覆盖的积雪的下限所勾勒出的那条曲曲折折的线,也就是画出黑白两个世界的那条线。他还知道,在中国整个东部地区,都看不到雪线,雪线在中国是西部地区的专利。在中国能看到雪线的地方,除了最靠近东部地方的一座雪山——雪宝顶外,就是良美叶实神山了。在这座山上有永久的积雪,即使到了最炎热的夏季,也能见到山顶皑皑的白雪。良美叶实神山越往北,雪线越低。从赤道向北极,雪线海拔逐渐递减,直至到北极圈内与海平面重合。于是,钟国强便向小王讲了他对雪线的理解。

小王说:"其实,雪线是冰雪的积累与消融平衡了的地方的连线。就是说在这条线上每年落下多少积雪,正好全都融化了。在此之上,冰雪逐年积累,在此之下,冰雪全部融化,不能留存。"

"原来我们在良美叶实神山深处看到的那条曲曲折折的永久冰雪的下限所勾画的线不是严格意义上的雪线,对吗?"钟国强问小王。

"是的,因为我们看到的山顶积雪的下限,有许多地方是向下流淌的冰川的末端。冰川的末端往往要超出雪线,因为冰川向下流淌,在雪线附近,还未来得及融化,冰川就流下去了,所以冰川的末端显然不是雪线。雪线应该是从冰川末端的上方的某处通过的。"小王显得很专业地给钟国强和甲央泽真讲解着，"许多专家寻找雪线，是在冰川上寻找松软的积雪变成亮晶晶的冰的地方，那个地方就是雪线通过的地方，这条线也被称为粒雪线。在我国西部之所以能看到雪线，看到在夏季最热时还存在的冰雪，是因为那里有高山和高原。"

"原来是这样啊，小王，你常年在雪线下活动，对雪线是一种怎样的心情呢?"钟国强问。

小王回答:"每次看到雪线，我也会激动，而且总想登上雪线，身处其中，感受它的壮美。"

"是啊，向往自然，热爱生活的人，都会爱上雪线。"钟国强感慨道。

甲央泽真听着钟国强和小王的对话，突然插话说:"我倒觉得去到一个神圣的地方如果带着特定的目的，或许已经给自己背上了包袱。我刚才望着对面的雪线时，眼前就好像出现了德吉拉姆、扎西……"

太阳在他们的后山顶上渐渐隐去，甲央泽真的话突然勾起了钟国强对亲人的思念。也许出门在外的人，在特定的场合，都会有一种强烈的归属感。他们希望那落日余晖映照下的屋子，就是自己的家，一个温暖的归宿。希望自己爱的人一切都好，即使自己未曾问候，却早已把祝福留在心底。

3

站在雪山垭口上，望着甲央泽真抛撒龙达的身影，钟国强想起了他援藏这些年来所经历的许多事情，他也在心里默默祈愿，希望甲央泽真那些逝去了的亲人，能收到这位雪线下牧人虔诚的祈祷和祝福。

在甲央泽真抛撒完龙达的时候，已经是嘎溪县政府常务副县长的更登确迫扛着钟国强的照相机三脚架从山下匆匆赶来了。更登确迫把三脚架递给钟国强的同时，对甲央泽真说:"呀，甲央泽真，刚才山下的冬窝子里开来了一辆豪车，车上坐了一男一女。那个汉族女子不仅漂亮而且很有气质,那个男的好像是在寺庙还俗的你的儿子泽白。你快回去吧,他们还在你冬窝子等着你呢。"

甲央泽真回答了一声"知道了"后,向山下望了望,也不再说话。很快,钟国强支好了三脚架,对好了镜头。此时,天空已被晚霞覆盖,远处的雪线在彩霞的辉映下,似一道燃烧着的雪焰,如梦如幻。

甲央泽真径直走向钟国强,轻轻摇动着钟国强架在三脚架上的相机摇臂,弓着身子,透过镜头向山下搜寻着。终于,镜头里出现了美丽的冬窝子,还有冬窝子门口停着的那台从未见过的"悍马"越野车。甲央泽真回过头来,脸上露出了幸福的笑容。

"呀,更登确迫,听说王和平与卓玛就要结婚了,他们将在雪线下的冬窝子里举办一场像我当年和英措一样隆重的婚礼,孩子们就是回来参加这场婚礼的。"甲央泽真说。

"那我也一定要去参加他们的婚礼!"更登确迫回应道。

夜幕降临之前,钟国强他们回到了雪线下的牧场。后半夜的雪线下下起了小雨。钟国强躺在甲央泽真的冬窝子里,怀着一份喜悦,就着忽明忽暗的酥油灯光,在相机上翻看着这一路的照片,回忆着这些年来的点点滴滴。钟国强在雪线下工作的这些岁月,使他深刻地认识到,雪山上的雪线并不是一个无法企及的高度,当你拼尽全力付出努力之后,那神圣的雪线已在自己的脚下。雪线下的牧人与那季节性变动的雪线相依为命,那上下移动的气候标志线,最终会被雪线下的牧人定格在积雪和草甸相融共生的固定点上,因为这是这条气候标志线下的一种生活状态。钟国强希望能伴随这条雪线经历更多,成长更多,快乐更多。

这时耳边传来了隔壁泽白小夫妻的说话声,钟国强想起了县城里的妻子梅朵,也想起了第一位女友王娜……不知不觉中就进入了梦乡。

『第二十七章』

书记召见

1

在嘎溪县十届人大五次会上,更登确迫高票当选为县长。县委书记钟国强宣布选举结果时,全场爆发了热烈的掌声,他上前与更登确迫亲切握手。

更登确迫发表了热情洋溢的讲话。这位雪线下牧民出生、做过商人、干过基层工作的新县长,在演讲中表示,他将不负代表信任,不负组织培养,决心恪尽职守,带领县政府一班人为嘎溪的稳定与发展作出更大的贡献⋯⋯在更登确迫演说的那一刻,钟国强不由地把目光伸向了会场那色彩斑斓的天花板,思绪一下回到了四年前自己在这里全票当选县长时的情景。那时,他没有豪言壮语,没有就职演讲,只是起身向报以阵阵热烈掌声的代表们鞠躬致谢。

作为援藏干部出身的县委书记,一方掌舵人,钟国强的心情是复杂的。论年龄,他四十多岁;论资历,他做过州委宣传部干事、县委宣传部副部长、县委常委兼宣传部长、常务副县长、县长,现在是县委书记,积累了丰富的基层工作经验;论领导能力,他有过硬的语言表达能力和较高的理论水平⋯⋯但是,横向来比,全州十八个县的现任县委书记中,和他条件相当的还有好几人呢。因此,自己将来还不知道有没有机会再动一动⋯⋯就在这时,设在震动挡上的手机突然振动起来,他立马拿起手机,原来是自治州州委办公室打来的。

州委办公室电话通知钟国强,州委高志明书记紧急召见,要求他下班之前赶到距离嘎溪县二百多公里的州府。钟国强的专车已在楼下等着了。他走出办公室,径直下了楼。上车前,他突然发现手提公文包的拉链坏了,心里感到有点不顺。

汽车启动了,很快就要驶出刚刚完成风貌改造的县委大院那扇用红色大理石装饰的大门。钟国强下意识地打量了一下这扇雄伟的大门。他喜欢这扇大门,它朴素、坚硬、大气。当初在进行县委大院风貌改造时,有人建议不要用这种坚硬的材料装饰,但被钟国强一口否决。他希望县委大院整个风貌改造要体现"朴素、坚定、大方及富有民族特色"。

这个大院的正房,就是如今的办公大楼,是钟国强担任县委书记时建的。其实,平日里,钟国强很少有闲暇时间,独自在这个大院里散上一会儿步。充其量,在他驱车进出大院时,假如心情不错,他会略略地侧过脸去,透过那深色的车窗玻璃,朝着大院浏览几眼。而今天,他连浏览的心情都没有了。此时此刻,困扰着他的很难说是一种焦虑急切,还是烦恼忐忑,准确地说,是两者兼而有之。

在会场上接到州委的电话通知,大约是上午十一点三十分左右,州委办公室让他当天下午下班之前务必赶到州府。给钟国强开车的司机多尔吉是一位比他年龄长八岁的藏族老同志,他在嘎溪县委已经开了三十年的车,有七任县委书记从嘎溪县的县委大门走出,而且这七任县委书记都得到了组织的提拔重用,有的做了自治州的副州长、州长,有的做了自治州的州委常委、副书记,反正全都在一次又一次的换届选举中走上了更高的领导岗位。今天的钟国强应该是多尔吉师傅所经历的第八任县委书记了……现在,这位年近六十的驾驶员又驾驶着这辆越野车驶出了嘎溪县委大门。

2

弯弯的嘎溪河绕县城而过,左岸拉不者神山坦荡绵延,右岸的香让山绵延起伏,使这一带形成了河谷坦荡、地域辽阔的美丽景观。

往常,只要时间允许,每每出差离开嘎溪,钟国强都会让司机多尔吉故意绕个道,走一走县城的几个干道,顺便去看看这座高原新城还需要如何进一步建设……但今天,他已然没有了这样的心情。他需要尽快赶到州府。于是,车一出大门,他就要求走文化路,沿着嘎溪河顺流而下,很快就出城上了那条黑色的柏油路。

多尔吉不仅是一位技术一流的司机,还是一位品行优良的藏族老同志,开车时从不和领导讲闲话,更不会把领导在车上的谈话在其他人面前乱讲。汽车驶出县城不久,钟国强也就安静了下来。他还要认认真真地想一想,切实地估量一下几个小时后的形势——州委书记究竟会对他说些什么,自己又应该向州委书记报告些什么……在"说"和"报告"之后,整个局势会发生哪一种状况……对今天的"紧急召见",钟国强既感到意外,又觉得在意料之中。钟国强被任命为雪线下的嘎溪县委书记已经有四年多时间了,从来没有被州委书记"紧急召见"过。四年来,他一直告诫自己,作为一名援藏干部,在民族地区的县委书记岗位上工作,尤其像嘎溪这样一个民族关系复杂、宗教问题突出的地方做县委书记,必须做到"政策分明"、"襟怀坦白"。但是,肩负一个十多万人口的县委书记重担,上对州委,下对百姓,累卵系于一发,他时常告诫自己:任何时候,任何事情,都不可疏忽大意,要慎之又慎。他觉得自己一贯以来,是坚持这么做的。但今天接到州委书记紧急召见的通知,他还是感到"意外",特别是在这即将换届选举的节骨眼上。近段时间来,钟国强一直有一种预感,尤其是在州委决定调原县长到州上工作,提名常务副县长更登确迫任县长时开始,他就预感到嘎溪要出事。在县"四大班子"领导层中,这段时间以来,有这种"预感"的,远不止他一人。所以,对这样的"紧急召见",隐约之中,钟国强似乎又觉得是早晚要发生的事,只不过,它今天终于来了罢了。

事情的缘起,大概都因为那个嘎溪镇的一个村。这个村子位于嘎溪县城西北角,是一个历史遗留下来的移民村。村子旁边有一座著名的藏传佛教寺庙,特别是那座高耸入云的吉祥如意塔,吸引着过往行人的目光。多年来,这座寺庙的香火十分兴旺,附近各地的藏民几乎都信仰这座寺庙。不少信众扶老携幼,不远千里徒步赶往这里朝圣。朝圣者中,有些人身无分文,只好在嘎溪县城乞讨,过着乞讨流浪生活。夜晚,他们在白塔附近搭起临时住所。随着岁月的流逝,来这里乞讨并居住的人越来越多,形成了一个相当规模的集镇。后来,嘎溪县建县后,政府把这里的外地乞讨者统统划归嘎溪镇,并编制为嘎溪镇的一个村。整个集镇如今大约有二万人,几乎占了嘎溪镇总人口的二分之一。因此,无论谁做嘎溪县的书记,都不得不重视这个村的问题。

三年前,在钟国强的努力下,采取从家乡上海招商引资的方式,投资数千万元,将这个镇的基础设施进行了彻底改造,修建了道路,铺设了自来水管道,架设了有线电视光纤线路,家家户户用上了电……但地少人多依然是引发这个村子稳定与发展的主要问题。

半年前,州长带人来雪线下的嘎溪县调研,前后一个多星期,身为县委书记的钟国强一直陪同调研。几天后,州长走了。作为嘎溪县的一把手,钟国强却越发忐忑起来。州长此次调研,非比寻常。首先,在以往,不管是州委书记还是州长来嘎溪调研,总会专门找时间跟县委主要领导交换一次意见。而这种"交换意见"总是很深入,很坦诚,针对性也很强。每经历一次这样的"意见交换",钟国强都感到受益匪浅。其实,受益的还不只是在工作方面,他觉得通过这样的"交换意见",自己和州委书记、州长在内心里走得更近了,相互更加了解了,得到了进一步的沟通。要知道,这种沟通,不仅重要,而且极为难得;另一方面,在这种"交换意见"中,可以体味到州委书记或州长处理事情的风格和对大局的宏观把握,从中他也能感悟到自己哪些方面的不足,可以做及时的调整。而这些,在平时州委书记或州长的批示、讲话中是不容易获取的。在钟国强的意识里,只有领导信任你,才会跟你"促膝谈心"。如果没有信任感,还跟你谈什么呢?但这一次,就没有谈,他也不知道州长是否跟别的领导谈了。其次,在以往的情况下,不管是州委书记还是州长来嘎溪调研,结束前,总会召开一次全县正科级以上干部参加的所谓"嘎溪县领导干部大会",就州委州政府最新工作精神和调研中觉察到的必须解决的一些重大问题,做一些相关指示。但这次就没有召开这样的会议,也没有做这样的讲话。为什么?他感到有点困惑……第三,州长此次来嘎溪的主要目的是解决"三农"问题和研究嘎溪的稳定与发展。嘎溪的问题着重表现在县城附近的农村,特别是嘎溪镇的发展问题。但几天中,州长就偏偏没有去嘎溪镇,平时在与钟国强的交谈中,也很少提及嘎溪镇。这似乎不同于往常的做法,而州长是个从不回避矛盾的人。这一回,州长为什么要如此安排?难道州委州政府决策层对嘎溪镇的问题已经有了明确的结论,只是觉得还不到"摊牌"的时候?还是因为有别的什么原因?别的……还有什么?钟国强越想越不安。

州长走后不到一个月,州委政策研究室、州发改委、畜牧局、农业局、建设环保局、民政局、广播电视局联合派出一个工作组专门到嘎溪镇"调研",在嘎溪镇差不多待了两个星期。让钟国强感到十分不安的是,他们走时,也是一声不吭。以往这些部门来人,见了钟国强,总是有说有笑。但这一回,却完全是一副公事公办的架势。他们在调研过程中,只跟县委办公室打过招呼,并告诉县委办公室,说他们这一回"只是做一些常规性的社会调查,就不惊动县委主要领导了"。他们临走时,钟国强特地赶到他们住的宾馆去看望,有几位平时很熟悉的同志说话也显得很谨慎的样子。一直到走,他们也没有向这位县委一把手做任何调研"汇报"。这也是极为"不正常"的。按惯例,一般情况下,州委州政府任何一个部门派到县里做调研,或处理某一事件的工作人员,都应该是"在县委领导下"开展工作,结束时,一般也得向县委做一次汇报。此类汇报,即便是例行公事,也总是要"例行"一下,除非发生了什么非常情况。

后来,钟国强便听说,在联合工作组来雪线下的嘎溪调研前,县里有一个名叫泽白的年轻干部,曾向州府政策研究室反映了一些情况,主要是讲了县委这些年在对待"三农问题"、稳定与发展的关系问题上的"失策"。此后,他又把这些"失误"写成了一份三四万字的"调研报告",寄给了州委办公室。据说这份"调研报告",最后转呈到了州委书记手里,州委高书记阅后,当即批给了州委常委,在州委决策层里引起了相当的"反响"。于是,才有了这次"紧急召见"。

　　听说此事后,钟国强让人从侧面了解了一下,"调查报告"确实是泽白所写。这个泽白,就是甲央泽真的儿子,他们很早就认识。泽白童年时被阿爸阿妈送去雪线下的寺庙当僧人,少年时又还俗随阿爸甲央泽真到内地做生意,后来又在内地上了一所职业学校,毕业后回到雪线下的嘎溪参加工作。在上次换届选举中,这个泽白还被选为嘎溪镇的副镇长,两年前调到县委宣传部任副部长。正科级。年纪不大,30岁左右。

　　钟国强没有让人进一步去了解所谓的"调研报告"的事。他觉得,没有必要显得那么"小气",他能做的,都尽力地、竭力地去做了。在处理"三农问题"、稳定与发展关系的问题上,确实需要去不断完善和改进。如有决策失误,自己也应该承担领导责任。

　　此时,坐在后排的钟国强的秘书嘉措的心里也很忐忑,他一直在犹豫着,要不要去劝劝钟书记? 今天上午,在钟国强下楼的时候,县移民局的嘎让波局长给嘉措打来电话,才使他知道,钟书记最近的压力很大。嘎让波在电话里告诉嘉措:这些天外面都在传说钟书记和县委被人"告状"了,钟书记的爱人梅朵最近又不在身边,前两天,我在陪钟书记聊天时,他对我说,如果州委也认为他在工作上有重大"失误",他愿意承担责任并辞职。所以,嘎让波请嘉措在方便时劝劝钟国强。

　　等嘉措放下电话赶到楼下,钟国强正在和前来送行的新当选的县长更登确迫及县委副书记马世宇小声地说着什么,好像是在谈因为他突然去州府,而不得不延期举行全县教育工作会议的事。

"走吧。放松一点儿。"马世宇压低了声音,把整个身子凑近钟国强,微笑着指了指天,对他说道,"问心无愧嘛。放松一点。"

钟国强只是默默地笑了笑,用力握了握马副书记伸过来的那只大手。马世宇是嘎溪县的老同志,自参加工作就在嘎溪县,他做过小学教师、档案管理员、县委秘书、县委办主任、县委常委,在四年前的换届选举中又当选为县委副书记。因此,在嘎溪县的领导班子中,他和钟国强一样,对嘎溪的情况最熟悉。

3

汽车开出嘎溪县城不久,一场不大不小的雨在厚厚一层浓淡不均的乌云的挟带下,直扑嘎溪草原。雷声是遥远的,闪电也只在地平线上轻抚生长在嘎溪草原上的那一片青青牧草。

钟国强作为援藏干部自来到雪线下的嘎溪县工作以来,从一位血气方刚的小伙子开始,在这里与雪线下的藏族姑娘梅朵恋爱结婚,与雪线下的百姓已经融为一家。他在雪线下的嘎溪县也确实有好几位过得了"沟"的知心朋友。正是这些知心朋友,协助他在嘎溪完成了一个又一个漂亮的项目,使嘎溪的面貌发生了巨大变化。现任移民局局长嘎让波就是他的知心朋友之一。

说起这位嘎局长,在嘎溪县的确还算是一位知名人士,他不仅长得一表人才,而且还是一个个性十分鲜明的人。早先,嘎让波大学毕业时,服从组织分配被安排在自治州团委工作。

这位嘉绒藏族小伙子,不仅仪表堂堂,还有一张过硬的本科文凭,再加上自己在大学里一直担任学生会主席,写得一手好看的钢笔字,讲一口流利的汉话,而且又是以"优秀大学生"的身份分配到自治州团委工作。因此,嘎让波刚到团州委报到时,就引起了当时尚在团州委办公室做公勤的东梅姑娘的注意。这位年龄跟他差不多的藏族姑娘,从认识他那天开始,每天下班都要等着他,并经常邀请他看电影、逛街,还给他买巧克力。随着时间的推移,东梅真正爱上了嘎让波,并大胆地把他带回了自己的家,见了当时做副州长的父亲和在州总工会担任副主席的母亲。二老见了这位相貌堂堂的小伙子,心里很是高兴,便同意了女儿的选择。

　　一天下班后,东梅又邀请嘎让波一起去吃晚餐。他们在狮子楼酒店预定了一个小包间,要了两瓶红酒,点了不少的特色菜。俩人你一杯我一杯地喝上了。几杯酒下肚,本身就不胜酒力的嘎让波便有点昏昏欲睡了。而此时正在兴头上的东梅却不肯放过他,又是一阵举杯对饮。后来他是被东梅扶着离开了酒店,并睡在了东梅的家里……第二天,天刚蒙蒙亮,昏睡了一夜的嘎让波醒了过来,当他一睁开眼睛,第一个感觉便是感到自己躺在了一个陌生的地方。更令他感到惊讶的是,东梅也躺在他的身边。

　　这件事发生后,之后几天他们彼此都有些尴尬,但后来这种尴尬很快就消失了。东梅虽然说不上漂亮,但为人热情大方,还处处照顾着嘎让波。就这样,一来二去,东梅越发觉得自己离不开嘎让波了。然而,就在东梅提出要与嘎让波结婚的要求时,这位嘉绒藏族小伙子却犹豫了。因为在他的家乡,还有一位叫益西旺姆的姑娘在等着他,他们从上中学时就开始了恋爱。谁知那年高考时,益西旺姆却因生病而未能参加高考,她便回到了故乡,做了家乡小学的一名教师,平日里还帮着照看常年卧病的阿妈……面对选择,嘎让波最终还是放弃了东梅。谁知他的这一决定,使东梅几乎走上服毒自杀的道路。后来,嘎让波在自治州团委干了不到一年半的时间,就被安排到了雪线下的嘎溪县,在距离县城最远的康赛乡当青年干事。

　　康赛乡地处三省交界地,距离嘎溪县城有一百多公里,又不通公路。

这位来自嘉绒藏区的藏族小伙子，很快就学会了草地话，与当地牧民交上了朋友，并逐渐成为当地牧民所信赖的乡干部。四年前的一天，刚被州委任命为嘎溪县委书记的钟国强，独自来到康赛调研工作。由于当时那里尚未通公路，钟国强就骑了一匹白马独自走向了康赛。

那天，钟国强穿了一件黑色藏袍，头上戴着一顶狐狸皮毡帽。那装束，与当地牧民的形象完全一样。自从娶了梅朵，钟国强不仅适应了她身上的酥油味儿，还融入了雪线下牧人的生活，学会了雪线下的语言，甚至在衣着方面也喜欢上了藏装。从嘎溪县城出发，钟国强骑行了一整天。快到康赛时，落日已隐没在玛曲山的后面，弯弯的玛曲河上升起了灰蒙蒙的雾气，渐渐向四处弥漫，笼罩着广阔的玛曲草原，以及那散落在河畔、半山坡上的帐篷及村落。

钟国强望着这片广袤的土地，十分感慨。这里，每一块石头他都是熟悉的，即使闭着眼，也能从带着格桑花气息的山风和夹着牛粪气的炊烟里辨别出方向。因为，他曾和自己心爱的女人梅朵在这里生活过很长一段时间，这也是他担任县委书记以来第一次单独下乡到这里。下午五点左右，他终于抵达了康赛乡政府驻地。

由于这里地处偏僻，乡里干部大多在家里上班。钟国强冲着一家冒着牛粪烟的平房走去。平房外是一个用柳条编制、牛粪涂抹的栅栏围成的院落，院子里还星罗棋布地种有小白菜和大葱之类的蔬菜。钟国强把马拴在院子外面，他听见院子内的房里有很多人在唱歌，在高声攀谈。寻声进入院子，推开房门，里面挤满了和自己装束差不多的牧民，他们正围着熊熊燃烧的火炉喝茶、唱歌、吃手抓牛肉。见钟国强进来，他们中有人马上站了起来，让钟国强坐下，并给他倒上了一碗黑茶，请他与他们一道唱歌、喝茶、吃肉。钟国强没有作自我介绍，而是和他们一道谈天说地，吃肉喝酒。

夜幕降临，牧民们纷纷回家了。此时，唯独这位后来的"牧民"没有离开。

"呀,诺花(伙计),今天已经很晚了,回去吧,明天再来哈?"主人嘎让波对这位后来的"牧民"说。

"呀,小伙子,今天我不回去了,在这里住上一晚行吗?"钟国强用藏话对小伙子说。

小伙子并不认识钟国强,更不知道他是新任的嘎溪县委书记。只听他说道:"呀!可以啊,但我只有一个小床哦。那你睡地板,我睡床,怎么样?"

"呀,卡卓扎西!可以,完全可以!"钟国强笑着回答道。

就这样,钟国强把自己的马褡子取下来,卸下马鞍,将马放到牧场上。回到房内,小伙子已经在自己那张小床上打起了呼噜。钟国强把刚才牧民们玩耍的这间小屋打扫了一遍,在地上铺上毡子,把被子从马褡子里取出,然后在地板上安然入睡了。

次日凌晨,天刚蒙蒙亮,钟国强就起床了。他先把火炉生起,然后又把马茶烧开,自己先随便吃了一碗糌粑。此时此刻,躺在床上的小伙子还在大睡。钟国强走过去把他叫醒,告诉他:"茶已经熬好了,你起来吃早饭吧!今天乡上要开会。"

小伙子懒洋洋地从床上爬起来,发现屋内已被熊熊燃烧的牛粪火熏得暖洋洋的,零乱的房间已被这个"牧民"收拾得干干净净,还帮他把早茶都熬好了,心里对这个"牧民"很有好感。他洗漱完毕后,就开始喝茶吃糌粑了。在小伙子吃糌粑的时候,钟国强悄悄离开了院子。

嘎让波吃过早饭,到乡政府院坝里开会。全乡机关干部职工和各村党支部、村委会的干部都到齐了。好像今天有什么大人物要光临这个边远小乡镇,大家齐刷刷地到乡政府院坝里等着了。

会议开始了,乡党委书记先将全乡近段时间的工作进行了总结回顾,乡长严肃认真地对下一步全乡的工作进行了安排部署。最后,乡党委书记宣布："下面,我们以热烈的掌声欢迎县委书记钟国强同志讲话!"在场的人们一边鼓掌欢迎,一边抬头四处张望。人群中,一位衣着朴素的中年男子走上了主席台。此时此刻,台下的嘎让波一下子惊呆了:"这不就是昨天晚上在我家地板上睡的那个'牧民'吗?"

嘎让波的脸色变得苍白,起身拔腿就跑。他偷偷地躲到乡政府后面的小山上去了,直到午后,才垂头丧气地回到那间小屋。嘎让波想,这下完了,我把这位新上任的"县太爷"得罪了,不知下一步又该把自己"发配"到哪里去呢。

然而,事情并非他想象的那样。两个月之后,嘎让波意外地接到县委组织部的通知:他被调至县委办公室任秘书。从此,他成了钟国强的得力助手。在县委办工作期间,他除了为钟国强准备一些文字材料外,还要负责钟国强的生活安排。由于他的出色表现,后来还当上了县委办公室副主任、主任。在前次县级部门领导干部届中调整时,又被调去县移民局任局长。

4

凌晨六点钟左右,断断续续在嘎溪草原上下了一整夜的细雨,总算停止了。更登确迫昨晚一夜未归,一直在办公室里焦急地等待着州府方面可能传回的消息。前段时间,他还是县委常委、常务副县长的时候,就已听说到有关钟国强的种种"谣传"。昨天,钟国强刚离开嘎溪县,更登确迫就给在州府工作的一位老朋友打了一个电话,希望他动用一切关系,收集有关此次高书记紧急召见钟国强的"详细情况"。但今天,等了整整一夜,一点情况也没有传过来,只是告诉他,下午五点左右,钟国强等人到达了州府,并进了高书记的办公室。其他,便再没有任何消息了。

奇怪,高书记会跟钟国强谈整整一夜? 不可能啊。

晚上十点钟左右，更登确迫的妻子央戈给他打过一个电话，说："钟书记什么时候回县上？他到底还回不回来？"央戈告诉更登确迫，从吃晚饭那会儿开始，家里就不断来人。一拨又一拨的，已经来了六七拨了……"就这会儿工夫，还有两拨客人在家里等着呢。"

"他们来干嘛？"

"你说干嘛？"

"有事快说。我怎么知道他们干嘛上我们家来？"入夜后，更登确迫心里本来就有一点焦虑，这时已经挺不耐烦了。

央戈告诉更登确迫，来的这些客人中有县发改委主任、财政局长、民政局长、交通局长……"反正都是些部门的正副头头，他们都是来打听钟书记的消息的。还说，钟书记这次被人'告状'后，他已向州委提出辞职请求。现在又临近换届，州委高书记紧急召见他，有可能会同意他的辞职请求，由你来接任……"

更登确迫立即把话音提高了几度："你好糊涂！他们瞎猜什么！你马上请那些同志离开我们家。给我听着，从现在开始，不管再有谁来，你都不要开门。管他给你说什么小道消息，尤其是讲到有关钟书记的事，你千万不要表态，这都是特别敏感的问题。千万给我管住你那张嘴！别给我添乱！"

5

几乎就在同时，县委科级干部楼一单元的一间房间里，县移民局局长嘎让波、林业局长杨宁、教育局长阿旺、水利局长李明、人事局长汪辉……正聚集在那个小客厅里，这是嘎让波的家。他们也在这里等待着从州府传回的消息。

大约早上7点钟左右，嘎让波的手机突然响了。果不其然，是钟国强打来的。他告诉他们,一个小时后,他便要从州府出发回雪线下的嘎溪了。

"钟书记,您……您现在在哪儿?"嘎让波忐忑地问道。

"我在宾馆。"钟国强的声音略带些沙哑,似乎有点疲惫。他让嘎让波告诉在场的所有人,各自回单位上班。

准确一点说,这时候,钟国强已经走出了宾馆大楼,乘上了那辆越野车。车子沿着州府大楼旁边的大水沟行驶着,车内的光线很暗。神情凝重、略显疲惫的钟国强深深地陷坐在宽大的后座里,透过深色的车窗玻璃,凝望着车外。

昨晚,他准时赶到这里,进了州委办公大院,径直去了州委高书记的办公室。当时,高书记正在召开一个协调会,秘书要求他在办公室里等一下。

毕竟坐了大半天的汽车,一开始,钟国强还不愿意半靠半躺地坐在高书记办公室的沙发上,他还是正襟危坐了两三个小时。后来他感到腰背有点酸痛,又看了一会儿报纸后,竟不知不觉地睡着了。迷迷糊糊中有人轻推了他一下,耳边传来一句:"高书记来了……"他脑袋里"嗡"的一下,睁开眼睛一看,高正明书记果然已在他面前站着,并笑眯眯地看着他,说道:"抱歉!让你久等了。"瞬间,他全清醒了,忙提议:"高书记,您开了这么长时间的会,您还是休息一下吧,我再等一会儿……"高书记笑着摇了摇头,然后向里指了指,示意他跟着一块儿去他里间的办公室。

高书记跟钟国强谈了一个多小时。后来,州长跟钟国强又谈了一个多小时。钟国强离开州委大院时,已是第二天凌晨三点钟了。

『第二十八章』
泽白被『扣』

1

晨曦微露，雪线下山坡边的村落开始逐渐清晰起来。犬吠声中，各家屋顶升起的袅袅炊烟，在晨风吹拂下，慢慢地与山野中的层层薄雾融为一体。晨晖雾霭中，牛羊在牧童的吆喝下，成群结队地走向四野和山坡。当天空被牧人的帐篷和藏寨民居里冒出的袅袅炊烟打开的时候，美丽的牧女开始挤奶了。站在嘎溪县城西北角的寺庙的白塔下面，迎面吹来了青藏高原浓郁的风，这风中还带着浓浓的酥油味儿。白塔下的嘛呢堆上布满了经幡和风玛，满脸皱纹的老阿妈手持佛珠、口念六字真言在那里转了一圈又一圈，年轻漂亮的藏族姑娘站在那里祈祷来生更加美丽、幸福。远处的雪山在朝辉沐浴下显得格外酷冷和铁一般结实。山下的烈士陵园里躺着一个个为嘎溪解放、稳定、改革、发展作出过卓越贡献的先人们。那一簇簇脆弱的红柳在先人们的坟头摇曳，太阳从山的那边慢慢露出了笑脸。阳光天天和这些红柳相视无言，月光夜夜在烈士的墓碑上写着谁也不认识的文字。这些似乎都在提醒人们，今天雪线下的嘎溪人所享用的一切都和躺在这里的先人们息息相关。因为有这些红柳作证！

这时，王同和开着一辆越野车来到泽白居住于嘎溪镇的职工住宿区。这是一幢陈旧的红砖平房，由于其爱人的工作缘故（她一直在镇中学教书），泽白调任县委宣传部副部长后，一直没有搬家。

但今天王同和来敲他的宅门时，他却正在为搬家的事而忙碌着。他不是往县委科级干部楼搬，而是要搬出嘎溪，搬出草地，搬离雪线下的这片土地。也就是说，他终于觉得自己必须离开雪线下的牧场了。

实施这次"调动"，当然跟他给州委写的那份"调研报告"有直接的关系。落笔前，他就很清醒，该报告的每一行、每一字，最终都会得罪一个人——钟国强。身在雪线下的嘎溪，这里虽然是自己的故乡，但把钟国强得罪了,意味着什么? 泽白当然也是心知肚明的。泽白曾反复考虑过,要不要写这份"后果肯定严重"的"调研报告"。有一阵子,他很犹豫,很忐忑。他反复问自己:有这个必要跟州委反映自己认为县委在当前工作中存在的一些问题吗?

但总要改变一点什么吧? 总要付出一点什么吧! 他在心里努力说服自己。

就在昨天,他站在自家的小院坝里,眺望那遥远的雪线以及雪线下那一片辽阔的草原,还有草原上那些星星点点的帐篷和袅袅升起的牛粪烟,以及雪线下冬窝子外那些忙碌的牧民的身影时,他的确不忍心离开这方生他养他的土地。

泽白和王同和是在内地上职业学校时的同窗。王同和来自内地,上学时他们却成了最要好的同学。由于泽白率直的性格,再加上常常向他讲述雪线下的故事,使这位汉族小伙子深深地感动了。特别是那年暑假,泽白把他带到了自己的家乡——雪线下的牧场。高原的夏季,就像敞开心扉的少女,令人陶醉。学校毕业时,王同和不顾家人和朋友的好心相劝,毅然决然地申请分配到雪线下的嘎溪县工作。

谁知,高原的第一场雪就让王同和心灰意冷。但好马不吃回头草,既然来了,就得面对接踵而来的困难。这位内地来的汉族小伙子到嘎溪县城附近一所小学教了几年书后,在"下海潮"的冲击下,依然放弃了工作,到沿海去"冲"了一番,还因此发了财。后来,他却把自己在外面做生意挣得的钱带回了嘎溪,在县城边上办起了一家高原牦牛肉加工厂。后来,这家厂所生产的"雪山牌"牦牛肉干不仅走出了自治州,还走向了国际市场。王同和也因此成了远近闻名的企业家。今天,这位"企业家"又来到老同学泽白的家里,此时的泽白和多年前王同和决定放弃公职离开雪线下的嘎溪时的情景差不多。

嘎溪镇的职工宿舍都很简陋,泽白所住的那幢平房每家门前都用木板各自为阵地围了一个小院坝,院子里面还种了一些花、蔬菜之类,虽然整个环境给人零乱和不协调的感觉,但每家的院子看上去还是十分整洁。若有客人要进入房间,必须在院子外面高声呼喊,待主人把院门打开后,方能入内。

　　伴着夜幕,这幢平房里依稀有几户人家的灯还亮着。王同和到了泽白的家门口,见院门敞开,房门紧闭着。一向爱"恶作剧"的王同和走近房门,一边敲门一边拧着鼻子,装着女声喊道:"泽部长在家吗? 我是州报社的记者,我很崇拜您……"屋内没有回音。

　　王同和犹豫着去推了一下门,门居然开了。他又捏着鼻子,冲着屋里叫道:"泽部长,我特崇拜您……"一边说,一边蹑手蹑脚地走了进去。屋里似乎没有人。他又往里走了两步,突然身后有人用扫帚杆顶住了他的腰,大喝道:"你小子!"王同和回头一看,便大笑起来:"泥尔洼污(藏语'杂种'的意思)泽白!"说笑间他的脚却被满地的书堆拌了一个趔趄。在一阵混乱之后,两人都哈哈大笑起来。

　　王同和进门前,泽白正坐在地上,捆着书。他要把所有的东西尽快收拾完,为尽快搬迁作好充分的准备。

　　"听说钟国强要辞职了。你知道吗?"王同和突然转入"正题"。

　　泽白淡淡一笑:"是吗?"

　　王同和端着泽白递过来的茶碗站了起来,问:"你不信?"

　　泽白又笑了笑:"你相信吗?"

　　王同和做了一个幅度很大的手势:"很多人都在这么说……"

　　泽白苦笑一声叹道:"真可惜了,你还是这雪线下嘎溪强势群体的一位代表人物,居然也拿坊间传说来对时局作判断!"

　　"钟国强身边的那几个人也这么说的……"

"钟国强身边的人？哪一位？嘎让波？我可没听他这么瞎说过！"

"但你看着，他从州府回来后肯定要收敛一段时间。特别是在这换届选举的节骨眼上，泽白，你不觉得这是个机会吗？别走啊！留在这雪线下的嘎溪县吧，你我正好可以放开手脚好好干一翻。"

泽白突然哈哈大笑起来："干什么？我一个寺庙僧人出身，上过几天职业学校，在学校里入了党，只是个小小的宣传部副部长，不就是当年写了几篇臭文章，再加上今天惹了这样的祸，还能干什么？"

"老同学，要不然，你还是到州里面去跑跑，你看那发改委主任，他妈的有个屁本事，不就是到处送礼，到处活动……还真他妈的成了什么'副县级后备干部'。"王同和高声说道，"老同学，如果在这换届选举的节骨眼上，你需要'活动经费'，尽管说就是了，我大力支持你……"

泽白又笑了起来："你把我当什么人了？我会做那种事吗？这一切都得顺其自然。我现在唯一的愿望就是尽快调离雪线下的嘎溪……"

泽白冷静地说道："咱们先不说其他，有一点，你的判断有重大失误。这么多年，谁听说过钟国强这位援藏干部在工作中受了点挫折就会沉闷？由于他是我阿爸的好朋友，我曾经认真研究过这位来自上海的县委书记，嘎溪这个十多万人口的大县就是他一生的梦想。的确，雪线下的嘎溪在他的治理下，发生了巨大的变化。多年来，他在州委、州政府的领导心目中有着相当的影响。目前虽然因为旅游资源开发，特别是嘎溪镇的'土地'问题等出现了工作上的困惑，但你必须承认，这个援藏干部身上有着一种过人的韧性，他绝不会主动要求离开嘎溪县委书记这个位置。而州委也会权衡，当前在全州十八个县，包括州级机关，能主持嘎溪县工作，比较好地解决嘎溪的稳定与发展的关系，看来暂时还没有比他更合适的人选。所以，根据我的判断，钟国强回来后另出新招的可能性极大。为肃整内部，稳定军心，他必然要拿我这个写'黑材料'的开刀，这是他别无选择的选择……"

不知不觉间，已是凌晨。面对这个泽白，王同和沉默了，最后只得苦笑着离开了泽白的家。

2

王同和没走多久，昨天在寄宿制学校值夜班的泽白的妻子张秀珍骑着自行车匆匆忙忙地赶回了家，发现泽白的东西还没有收拾完。张秀珍说："行了行了，你先别管那些东西了……赶紧走吧。"

泽白一愣："你是什么意思？什么叫先别管？"张秀珍没有顾上回答泽白的疑问，却自己开始收拾屋里那些零乱的东西了。

说来这张秀珍也实在不容易，她和泽白本是职业学校里的同班同学，她老家在省城，而且还有一个叔叔在刚刚直辖了的一个市里任常委。学校毕业那阵子，她完全可以留在省城或到叔叔工作的直辖市去谋一个好职业，可就在快毕业那阵子，她却鬼使神差地爱上了这个来自雪线下嘎溪草原的藏族小伙子泽白。就这样，一来二去，学校刚毕业，她就勇敢地跟着泽白来到了雪线下的嘎溪，做了这位英俊的藏族小伙子的妻子，也该算是一位女援藏干部了。他们还有了一个可爱的儿子，如今正在老家跟着已经退居二线的外公、外婆上初中。早先，张秀珍的父亲在省级机关任厅长的时候，就希望他们调回内地工作，一来可以照顾年迈的父母，二来也可以给泽白一个更广阔的发展空间。因为，在岳父大人的眼中，泽白的确是一个十分优秀的藏族小伙子。最近这件事情发生后，张秀珍再也克制不住了，于是给已经是直辖市市委副书记的叔叔打了个电话，希望能将他们夫妻俩调入直辖市工作，以避免今后可能会出现的不利局面。在叔叔的努力下，很快有了眉目，他们可以调去直辖市工作了。

"老婆同志，就算要离开嘎溪到直辖市去，也不用这么急嘛。"泽白说。

张秀珍瞪了他一眼，上前关上房门，把他拉到一旁，压低声音说道："刚才在县委组织部工作的我的好朋友小花跟我说,有人招呼不准你走了,要把你调回嘎溪镇工作……"

泽白嘿嘿一笑:"不让我走了?新鲜事儿!"

"别傻笑了,我好不容易托叔叔帮我们联系好工作,如果人家要留你,你千万别动摇……"

泽白问道:"这是谁的意思?"

张秀珍正色道:"还能有谁?当然是那个钟国强。"

泽白说:"这怎么可能呢?凭某些领导干部的一贯心态,现在最希望我离开嘎溪的人,应该就是他了。"

"你别不信。我去县委组织部问过了,你的手续办到了一半,钟书记确确实实已经给组织部下达了这样的指示,凡是还未办理的手续,一律停办……"

泽白这才收起笑容,问:"他什么时候作出的这个指示?"

"几个小时前……"

"几个小时前,他应该还在州府……"

"在州府又怎样?组织部的人说,他就是在州府给组织部的苏部长直接打的电话。"

泽白这下再也不争辩了,待了一会儿,愣愣地自问:"他留我干啥?想给自己树立一个对立面?"

"别在那里傻冒劲了,他是想留你这个活靶子,杀鸡给全县的猴看呢!"

这时,从窗外传来了汽车的马达声。张秀珍走到窗前往外一望,惊讶地说道:"县委组织部的车!他们的动作真快。你快走吧,在后院,我已叫我的一个学生家长给你找了一辆车正等着你,让他们把你截在这儿,麻烦就大了……你到底还想不想走啊?"张秀珍真的急了。泽白依然站在那里发呆。

这时,门外传来了清晰的敲门声。

泽白猛地抬起头,毅然地命令张秀珍:"开门去!"

张秀珍面色青白,继续劝说道:"你如果留下来,这位县委书记能给你好果子吃?你还能有什么发展前途?"

泽白再次命令道:"开门去!"

张秀珍不动,心里突然委屈得想大哭一场。泽白无奈地叹了一口气,安慰似地拍拍她的肩膀,然后掸掸自己身上的灰尘,就开门去了。

也就在这个时候,从州府回来的那辆越野车缓缓地驶进了嘎溪县城。不一会儿,便在嘎溪县委大院那幢庄严的县委机关办公楼前停下了。钟国强一下车就吩咐嘉措:"告诉县委办的昌旺主任,请他通知在家的县委常委,马上到常委会议室开常委会。更登确迫县长正在外做调研,请他务必赶回来参加这个会。"

嘉措犹豫了一下,问道:"您是不是先休息一下……哪怕休息一两个小时也行,稍稍躺一会儿……"

钟国强快速打断了嘉措的话:"快去通知吧。"然后他又让嘉措接通了县委常委、组织部长苏娜的电话,询问泽白的情况:"那个泽白怎么样了?已经派人到他家去了吗?对,先别让他走,扣住他。把他的组织关系先给我冻结了。这小子,提出了问题就想走人?你替我把他看住了。要是走了人,我拿你是问!安排好了,马上过来参加常委会。"

3

嘎溪县委四楼左则那间宽敞的会议室就是常委会议室,这里的重要性,在雪线下的嘎溪县应该说是"至高无上"的。这个县的许多重大决策都是在这里拍板定夺的。因此,踏进这个会议室,人们始终觉得有一种庄严和神圣的感觉。

县委常委们从昨天晚上起，就不约而同地在等待着这个开会通知。他们看到，由于连续二十多个小时没有得到好好休息，钟国强的眼圈有一点发黑。

"……州委高书记没有接受我辞去中共嘎溪县委书记职务的请求……"常委会一开始，钟国强在向常委们简单通报了此次州府之行的过程以后，单刀直入，先把所有人最关心的那个结果做了通报。这时，这个为嘎溪县做出过一个又一个重大决策的常委会议室里静得简直可以听到缝衣针落地的声音。在回嘎溪县的路上，钟国强反复琢磨过，要不要向常委们通报他向州委高书记提呈"辞职报告"的事。考虑再三，决定向他们通报此事。不说，也是此地无银三百两。现在，所有人都在关心他是否会离任，都在关心他自己对此事究竟持何态度。他要让全县上下清楚地知道，钟国强愿意为发生在嘎溪县的任何问题负起他应有的责任，绝不会推卸任何责任，直至摘去自己的"乌纱帽"，并以此为契机，进一步引导全县上下严重地关注全县的稳定与发展，开拓全县各项工作的新局面。"……州委高书记同时又非常严肃地批评了我。他说，我在这个时候辞职，特别是在即将换届选举的关键时刻，这是一种推卸责任的做法……他说嘎溪的问题，的确需要认真总结教训，但是，要解决这些问题，首要的还是要解决我这个班长的精神状态问题，要解决我们县委常委一班人的精神状态问题。他说他完全相信嘎溪县委、县政府的一班人能够解决好以嘎溪镇为突破口的'三农问题'、稳定与发展问题，让嘎溪的工作再上一个台阶……"

正在做记录的更登确迫这时停下了笔，似乎有点走神，但很快又控制住了自己的注意力，接着又埋下头去继续记录钟国强的讲话。

"……州长在我离开州府前，也单独找我谈了一下。他主要是谈美丽家园建设和嘎溪镇的土地问题。他认为，当前解决嘎溪的问题，重要的有三点。一个是人的问题，也就是领导班子问题；一个是调整产业结构问题；

第三,就是美丽家园建设问题。从嘎溪的情况看,当前最迫切最关键的还是解决人的问题,领导班子的问题。不首先解决好班子问题,一切问题都免谈……因此,趁这次换届选举工作的开展,州委对嘎溪的班子进行了认真研究,很快就会有个结果,到时候以州委的正式文件为准……"

怎样贯彻落实州委领导的这些最新指示精神?钟国强要求县委常委们会后要认真思考,做一些准备。要努力形成一个方案,及时呈报州委。一经批准,就尽快召开县委常委扩大会议,部署贯彻落实到基层。

散会后,钟国强回到办公室,又做了一系列的安排。首先,让嘉措通知县委常委、宣传部长、县委机关报《嘎溪报》和县广播电视局的领导下午三点到他办公室。他让他们马上组织人,围绕州委高书记的谈话精神,着手开展一些有重点的宣传工作。

4

中午下班后,钟国强直接去了设在县人武部的伙食团午餐。在钟国强走后,嘉措抓紧时间处理了办公室里这几天积压下来的文件,再看了看备忘录,发现没有什么要急办的事。这时候,他觉得自己应该可以回家吃饭了。正在这时,他办公桌上的电话突然响了起来。他一愣,心跳突然加快。但这又是他预料之中的事。

嘉措知道这个电话是谁打来的。他明白中午下班后自己没有马上回家,其实是在等这个电话,但又有点担心,怕他会打来……犹豫了几秒钟,他还是抓起了电话。果然,电话是县委副书记马世宇打来的。最近,自从州委决定提前进行县、乡换届选举,这位县委分管党务工作的副书记总是在钟国强不在的时候给嘉措打电话。这一情况,已表现得非常明显。电话的内容,也越来越多地脱离了工作,而是会"漫不经心"地向非工作领域延伸。

嘉措是非常敏感的年轻人,因为他毕竟是在部队上做过侦察兵的。此刻,他拿着电话机的那只手的手心里却已经渗出了许多汗水。

"……回来了?"马副书记的声音很平和。

"马书记。回来了,上午就回来了……"嘉措一边连声应答,一边忙去关上办公室的门。其实下午开常委会时,他俩已经见过面了,嘉措还特地过去和马世宇打了招呼。但马副书记还是要这样问,显得他特别关心嘉措。

"一路辛苦了。"马副书记关切地问候。

"谢谢马书记! 不辛苦!"

马副书记寒暄了几句,然后轻轻地问道:"钟书记怎么样? 没事吧?"

"没事……没事。"

"一点事儿都没有?"马世宇再问。他想知道,除了在下午的常委会上公开传达的那些情况以外,钟国强在州府还遭遇了些什么。马世宇当然不便问得那么直截了当,但含义是相当明确的。

"从大的方面讲,应该说是……没有。"

"从小的方面讲呢?"马副书记故意笑着追问。

"这我就不知道了。州委领导跟钟书记谈话时,我没有在场。"

"那很好。很好。什么时候上我这儿来坐一下,咱们随便聊聊?"

嘉措没有马上回答,本能地向钟国强办公室所在的方向瞄了一眼,然后才连声说道:"好的,好的。"

"现在有时间吗? 能不能现在就过来一下?"

"好的,好的。"嘉措这么答应着,但真的起身向马副书记办公室走去,那还是二十分钟以后的事了。这二十分钟里,他什么也没干。他只是呆坐着。他心里一阵阵发虚。他知道作为县委书记的秘书,他不应该和其他县委领导同志发生除工作需要以外的频繁往来。有关这样的"工作纪律",虽然没有明文规定,但却是在政治生活中,早就约定俗成了的"规则",大家都这么很自觉地遵守着。但二十分钟后,嘉措还是犹犹豫豫地跨过了这道"门槛"。他安慰自己道:"我这样做,也是为了工作……"是的,他这么说,并非没有一点道理。近一段时间出现的各种迹象表明,如果钟国强一旦离任雪线下的嘎溪县委书记,马世宇接任县委第一把手的可能性极大。最重要的明证便是:前不久,经州委批准,在钟国强到中央党校学习三个月期间,被确定临时主持县委工作的便是马世宇。为工作着想,也应该让他了解更多的情况。但是,马世宇现在毕竟还不是县委书记,无论从哪个角度来说,嘉措这么做,仍然是"违纪"的! 嘉措每一次去都是这么犹豫,但犹豫之后,也还是去了。顺便带上几份文件,嘉措便起身向马副书记办公室走去。

马世宇的办公室布置得很有特色。这跟他整个人的气质一样,很有生气。

这位曾经做过县委办公室主任、县委宣传部部长的县委副书记,从来不要秘书替他起草讲话稿。特别是那些重要的讲话,他都会像当宣传部长时给别人写讲话稿一样,找来一大堆参考资料,还要找一些对这一专题素有研究的同志,在时间允许的情况下,尽可能跟他们做些探讨和切磋。他会和他们争论,诱导他们向他提出种种反驳,以便他在最后阶段形成逻辑严密的讲话稿。他始终认为,在一个县,"副手"的主要职责,就是给掌握最终拍板权的一把手当高级参谋。因此,在任何情况下,一个称职的副手都要十分重视和十分善于掌握情况,研究问题,准备方案,提供思路。当然还应该具有相当全面的执行能力,去实施一把手所拍板定下的工作方案。即便是当了县委副书记这样的职务,已经在分工管辖的许多领域、许多部门被赋予了相当的"拍板"权,他认为其工作的基本性质仍然没有变。钟国强在相当长的一段时间里,十分欣赏马世宇身上这种工作作风。因此,钟国强曾经在许多场合说他有一个非常好的"副手"。

马世宇今天找嘉措，是想摸一下底，确切地了解一下钟国强对泽白的态度。

"……还不太清楚钟书记最后准备怎么处置这件事。但有一点是清楚的，他已经让人去进一步搞清泽白的情况。他把这件事交代给组织部了。"嘉措回答道。如果说在走进马世宇副书记办公室前的那一刻，他对自己究竟应该不应该来见马世宇还有所犹豫和忐忑的话，一旦坐在了这位副书记面前，那些犹豫和忐忑倏然间都弱化了，甚至消失了。他会不由自主地应和着马世宇的每一点要求，去回答他的每一个问题。每次去见这位副书记，嘉措都会产生这种感觉。马世宇也的确有这样一种非常的能量。县级机关的很多干部都有这样的感受：不能当面跟马副书记说事。只要当面跟他说事，尽管原先你有不同的想法，说着说着，你就会认同他，就会跟着他的思路走，你就不想再坚持自己那一套东西了。

"他交代给组织部谁了？"马世宇问。

"苏部长。"

"跟苏部长是怎么交代的？"

"他原话是这么说的，情况不管正面的反面的，都要搞清楚，搞彻底。"

"哦……"马世宇稍稍有点意外。县委常委分工，他管组织人事。钟书记为什么不跟他提一下此事呢？他心里不由得掠过一丝淡淡的阴影。他接着又问："你看钟书记的意思是要起用这个泽白，还是想收拾他？"

"他没明说。"

"你这个嘉措啊，"马世宇淡然笑道，"这样的事，书记他怎么会明说呢？依你的分析呢？"

嘉措犹豫了："我……我真不太清楚……"

"那……好吧……"马世宇没再为难嘉措，又问了些其他事。然后，嘉措就赶紧告辞了。

嘉措刚走出马世宇办公室，马世宇又把他叫住了，嘉措又忙转身回到马世宇的办公室。马世宇笑眯眯地对嘉措说："听说你父母从雪线下的牧场来了？"

"是的，夏天了，兄弟姐妹都去雪线下的牧场远牧去了，他们只好来这里和我们一起住。"嘉措回答道。

"家里住房紧张吗？"马世宇问。

"一家大小凑合着住一段时间应该没问题。"

"这样，我这里还有一套住房，你先拿去住吧。"说着，马世宇就把钥匙递到了嘉措的手上。

"这……怎么可以……"

"没事。我当年在分管机关事务，这房是我那时留下的。"马世宇笑着说。

嘉措回到自己的办公室，面对那把钥匙，又待了一会儿，心里忐忑不安，同时又有许多感激。马副书记对自己的确很好，他还在关心着我的生活……忽然间，他觉得自己真有点对不住马副书记。有一个重要情况刚才应该告诉他的，自己却犹豫了没说。马副书记分管组织，把这个情况告诉他也是符合组织原则的嘛！他站了起来，又呆想了一会儿，终于鼓起勇气，下决心拨通了马世宇办公室的电话："马书记，我是嘉措，房子的事，太谢谢您了……"

"嗨，小事。忙你的吧。"马世宇已经没有兴趣听嘉措说这番"客套"话了，说着就要挂电话。

嘉措忙说："马书记，您先别挂电话，还有件事要向您汇报。今天组织部送来一份材料，是对部分县级后备干部的民意调查，其中涉及到了泽白。"

"对泽白的民意调查？是吗？结果怎么样？"

"认同率相当高。尤其是在嘎溪镇。嘎溪镇接受调查的干部、群众中间，有近百分之九十的人认为，如果调整嘎溪县的县级领导班子，泽白是担任嘎溪县委常委兼嘎溪镇党委书记的最合适人选……"

"是吗？不知道这个调查真实可信度到底有多高。如果真实可信程度较低，直接报给钟书记，对县委领导产生重大误导，那负面作用就大了……这份材料里没有提到县财政局局长和发改委主任吗？"

"好像……好像没有……"

"先拿来我看看吧。"

"行，行……"

这时，有人敲嘉措办公室的门，是县长更登确迫。嘉措忙对马世宇说了句："更登确迫县长来了。一会儿我把材料给您送去。"放下电话，忙把更登确迫迎进办公室。更登确迫是来找钟国强的。两人刚说上话，钟国强就打电话来了。钟国强在电话里让嘉措马上找到县长，说他有事要跟县长商量。嘉措放下电话，立即告诉更登确迫："钟书记正在回办公室的路上，他说请您在这儿等他一下。"

钟国强来到办公楼，与更登确迫一起走进了他的办公室，并把门紧紧地关上了。每每这种情况，他们都是在研究和商量人事变动问题，因此，秘书、通讯员等任何人是不能进去的。

一进办公室，钟国强就开门见山："有件事，我在上午的常委会上没敢给大家传达，怕吓到各位常委。州委高书记在找我谈话时，说到嘎溪的社会稳定工作时，非常激动，一下站了起来，拍着桌子大声说，作为一个共产党人，如果在嘎溪不把稳定与发展的关系处理好，就不是一个称职的领导。嘎溪的稳定，就是自治州的稳定，自治州的稳定就是全省的稳定！我们必须要站在讲政治的高度来正确认识嘎溪镇的问题……"钟国强一边说一边比划着。

"嘎溪镇的问题,要打屁股,应该打我这个县长。我是本地人,再加上我主要管稳定工作嘛。你不必在州委领导面前大包大揽。"更登确迫诚恳地叹道。

"你到县长岗位才多长时间?况且前段时间你还是代理县长嘛。"钟国强苦笑着摇摇头,轻轻地叹了口气,"再说,嘎溪镇的问题远不止稳定问题。在更深的层面上来说,它是个政治问题,体制问题,民族矛盾问题。我不承担责任,在良心上党性上也说不过去,更没法跟州委交代啊!"

两人沉默了一会儿。

过了一会儿,更登确迫说道:"我尽快找县民族宗教事务管理局和县农牧局的同志对嘎溪镇的问题认真做一次论证,准备几套方案,提供给下一次常委会讨论时做选择。你看怎样?"

钟国强默默地点了点头。

"听说你要留下那个甲央泽真的儿子泽白?"更登确迫问道。

"在目前这种情况下,我当然不能让他一走了之。"

"不让泽白离开嘎溪,是上边的意思?"更登确迫继续问道。

钟国强摇了摇头:"他们不会管得那么具体。"

"你给他来硬的,是吗?"

钟国强笑笑:"谁说我来硬的了?所有的事情都在协商之中嘛。"

"其实,留下泽白,也是个麻烦。你要知道,他就是甲央泽真的儿子啊。"更登确迫进一步试探。

"何以见得?让他一走了之,你我就痛快了?"钟国强也试探着追问。

"嘿嘿……"更登确迫干笑了两声,不作回答。

过了一会儿,更登确迫抬起头来,定定地看着钟国强,冒了这么一句话:"不过,真要让泽白那小子走了,不管他去哪个县,都让那个县白捡了便宜。怎么说,这小子也算是个……人才啊,是雪线下牧场上土生土长的人才啊!"在说最后那三个字时,更登确迫用了很重的语调,表情也变得十分严肃。

这时,电话铃响了,是马世宇打来的。他向钟国强汇报:"苏娜那儿有一份关于泽白的情况,您什么时候有时间,我让他们过来向您详细汇报一下?"

钟国强立即答道:"尽快。你告诉嘉措,让他安排一下。还有一件事,去州府前,我曾经让苏娜组织人到底下搞民意测验,看看大家对县级后备干部的态度。他们搞了没有?材料里有这方面的情况吗?"

马世宇略微迟疑了一下,说道:"没有,在我看到的这部分材料里,好像没有这样一个民意测验材料……"

"那你赶快催办一下,让他们赶紧把情况摸全面了!"

5

夜里,雪线下的嘎溪河岸边传来了狼叫声。羊群还没有睡觉,它们还在不停地咀嚼,似乎要把这狼叫声和草原一起嚼烂。牦牛眯着眼睛,这狼叫声似乎成了它们的催眠曲。不久,狼叫声渐渐远去。就在这个时候,酥油灯亮了,照亮了嘎溪河畔的山山岭岭,如同白昼!

那天,州委组织部常务副部长带着几位科长来到雪线下的嘎溪县。在县委招待所,县委书记钟国强、县长更登确迫及县委副书记马世宇、组织部长苏娜及有关人员出面接待。州委组织部的领导说:"根据州委安排,在临近换届选举的时候,各县都得从现有的正科级干部中推荐十名左右的副县级后备干部,今后的处级干部提拔时,就在这些推荐出的后备干部中产生。嘎溪县是一个大县,州委决定在嘎溪县推荐十三名县级后备干部。同时还要从你们的副县级干部中推荐出一名能够担任正县级职位的同志。我们这次来的目的,就是协助县委做好这项工作,请书记、县长对现有干部情况进行认真摸底、排队……"

"好的,我们一定按照州委要求把这项工作做好!"钟国强回答道。

"今天在场的人,请大家暂时不要对外宣传,要做好保密工作。"州委组织部常务副部长再次强调。

然而,世上没有不透风的墙。州委组织部的同志到雪线下的嘎溪了、来做什么、有几个人……这件事很快就在嘎溪县传开了。

一天晚上,白天鹅火锅城里高朋满座。县发改委主任、财政局长及不少乡镇的书记、乡长齐聚一堂,大家频频举杯,共同庆祝刚刚结束的县委、县政府目标工作会议。

"尊敬的各乡领导,在过去的一年里,你们长期战斗在基层第一线,为我委各项工作的顺利开展作出了积极贡献。我代表县发展与改革委员会,向你们表示衷心的感谢!并为你们举办的这次聚会捐资一千三百元!"县发改委主任激动地发表讲话。

紧接着,县财政局长走上了餐厅里的那个小台,高声说道:"财政工作能够有今天的成绩,主要是你们这些基层领导的大力支持,我们为这次活动捐资一千陆百三十元!"

掌声和欢笑声响彻整个酒店。

正在大家频频举杯的时候,县委副书记马世宇来了。在座的人全部站了起来,热烈欢迎马副书记光临今天的宴会。在大家的掌声中,马世宇走上了那个小台:"各位领导,各位朋友,今天这个活动开展得很好! 这得益于财政局、发改委等单位的大力赞助,他们的工作,特别是两位主要领导的工作很有成效,大家在今后的工作中要继续支持他们……"

全场又是一片掌声。

宴会结束后,大部分乡镇干部都各自回家了。财政局长、发改委主任及某几个乡镇的党委书记请马世宇到茶楼上喝茶。所谓喝茶,实际上就是玩麻将。茶楼的小包间里,烟雾缭绕,谈笑风生。一圈又一圈,一盘又一盘,一张张百元钞票在桌上传递。不知不觉间,已是次日凌晨两点钟了。麻将结束后,马世宇被人送回了家。像这样的娱乐活动,马世宇是十分乐意参加的,而且在玩麻将上,他还算是一把好手,很少听说他输钱,特别是当上县委副书记后。这些年来,马副书记的确在这方面"进账"不少,至少买上一套新房子是没有问题的。

第二天上午,与马世宇玩麻将的几个人几乎都在家里睡觉,没有去单位上班。中午,县委办公室向全县各乡、镇及县级机关各部门发出了紧急通知:"经县委研究决定,于今天晚上八点在县委第一会议室召开全县领导干部会议。参会人员是:县级机关正科级以上领导干部,各乡、镇党委书记、乡镇长。"

晚上七点五十分左右,参会人员陆续走进了会场。在会场门口,财政局局长、发改委主任站在那里,对参会人员点头、微笑,还不时与人握手……会议开始了,县委书记钟国强在主持会议时首先向大家介绍了出席会议的州委组织部的领导,并介绍了这次会议的主要内容:推荐县级后备干部。接着,州委组织部常务副部长作了讲话,对推荐条件、能力要求、推荐指标等进行了详细讲解,并指出:"所有推荐出来的干部必须是德才兼备,要本着公平、公开、公正的原则进行推荐,决不允许搞徇私舞弊。大家在填写推荐表时不要交头接耳……"

推荐表发下来后,大家都在认真地填写推荐表。坐在主席台上的马世宇看了看台下昨天和他一起玩麻将的几个人,其中包括财政局局长和发改委主任。只见他们面带微笑、神情轻松。

投票统计出来了,县发改委主任、财政局局长都得了高票。泽白、嘎让波、杨宁等人也刚好过半数被推选了出来。

结果宣布时,马世宇脸上露出了微笑。显然,对于这个结果他是相当满意的。

州委组织部要求县委组织部要对这些推选出来的县级后备干部进行考察和公示,成熟后再报州委组织部备案使用。

嘎溪县被民主推荐出来的后备干部共有十三个人。一个月之后,州委组织部又发出了通知:"要求对全州拟任副县级干部进行能力考试"。考试内容涉及政治、经济、文化、科技等诸方面,且明确规定:"考试不及格者不得提拔"。这一下可让很多人着急了。因为,这些推荐出来的"后备干部",大多数是中专毕业,不少同志虽然也有大专乃至本科文凭,但那毕竟只是文凭,都是后来通过函授等形式获取的。要考文化知识,心里还是很忐忑的。

那场事关这十几个人前程的考试在州委党校举行。这次考试是全省统一命题、统一阅卷,而且是首次采用计算机联网考试,所有的题目都是在开考时才输入计算机的。也就是说,想作弊,那是几乎不可能的事。

考试成绩很快下来了,令人惊喜的是,雪线下的嘎溪县去的大部分人顺利通过了考试,只有三名同志未考及格。因此,嘎溪推荐出的县级后备干部由十三名变成了十名。

6

夜幕下的嘎溪草原显得静谧而安详。嘎溪河在夏风中缓缓流淌。两岸那色彩鲜明的藏寨民居犹如一座座神秘的古堡,静静地矗立着。嘎溪镇居民区里那些与藏式民居很不协调的几幢平房内闪烁着星星点点的灯光。

这时候,一辆小汽车的马达声由远及近,向嘎溪镇泽白家的这个院子开来。此时,泽白正懒洋洋地躺在一把椅子上看书,张秀珍也在那张放在火炉边的正方形餐桌上备课。突然,院子外有人叫喊道:"喂,泽白,泽白在不在？泽白住这儿吗？"泽白听到叫声，马上对张秀珍说道："去看看，谁找我？"

张秀珍立即放下手里的笔，走了出去。很快，张秀珍返回屋内，急切地说道："不好，钟国强来了……"

泽白愣了一下，然后笑了："你开我玩笑！"

张秀珍着急地说道："真的是他！"

泽白哈哈大笑道："钟国强？这家伙怎么会上这儿来？"

不料，话音未落，钟国强笑嘻嘻地果真出现在了房门口，并笑道："这家伙怎么就不会上这儿来呢？"

泽白一下子感到十分窘迫，在心里连骂自己"蠢货"。他赶忙迎上去，尴尬地与钟国强握手，招呼道："呀，尔尕达（辛苦了）钟书记，真没想到是您……"

钟国强轻轻地晃了晃泽白的手，故意自嘲般地解释道："对不起啊，这门是开着的。钟国强这家伙就不请自进了。"

泽白的脸色再一次红了，忙说："请进，快请进。"

在给钟国强熬好奶茶后，张秀珍非常知趣地退出了这个房间，到里间去了。

"我先跟你说清楚，今天晚上的拜访，纯属私人交往性质，毕竟你阿爸是我在雪线下交的好朋友之一嘛。没人在这儿代表县委说话，你也别把谁当什么书记和一把手。就像你刚才说的，今天晚上，这儿只有我这个'家伙'和你这个'家伙'。咱们随便聊聊。"钟国强开宗明义，先给今晚的谈话和自己的身份定了性，免得出现不必要的麻烦。可见这位县委书记的历练和精明。

应该说，今晚这次让泽白感到意外的"拜访"，其实早就在钟国强的计划之中。看完泽白写给州委的那个"调研报告"，并了解到泽白这些年来的工作情况以后，他就决定要与这个"家伙"好好谈一次。而且，心里已经有了初步决定：今后得设法好好使用这个"家伙"。但真要实施这个想法，却并非易事。首先，这件事闹得太大，可以说全县大大小小的干部乃至邻县的领导干部几乎没有不知道，也没有不在议论这件事的。而嘎溪的干部中，有不少人认为像泽白这样的人是不应该被重用的，因为他遇事自作主张而又特立独行。如果不做好解释工作，这些同志也有可能会认为你之所以要使用泽白，完全是迫于上头的压力，是手软、心虚、无能的表现。前一段时间，钟国强分别找了县长和其他一些同志谈起这件事，就是要摸清大部分人的想法，为他出下一手牌做充分的准备。

"住得简陋了一点。还适应吧？"钟国强环视了一眼这间建于上世纪60年代的平房，端起茶碗喝了一口奶茶，又说道："这奶茶熬的不错嘛。砖茶是哪儿的？"

"嗨，很一般的树茶。是秀珍从她们家乡带来的，但绝对是当年的新茶，而且还是她娘家做的……"

"噢，茶农给自己家做茶，那还有不好喝的？肯定都是最新鲜、最环保、最天然的。"

"秀珍家还不是茶农。只有那么几棵茶树，每年摘了做一点成品茶自家人饮用。您要喜欢，就带一点回去喝喝。"

"别别别，你还是留着自己喝吧……"两人就这么有一搭没一搭地闲聊起来。

几分钟后，泽白忍不住了，开始切入"正题"："钟书记，我给州委写的那个调研报告绝对不是背着您在告谁的黑状。当时的情况是……"

钟国强忙挥挥手："就算是告黑状，也没什么不可以嘛。谁说县委书记就不能告了？党中央没有说过吧？党章里也没有这么写吧？你的那份报告我看了，批评县委在处理嘎溪的稳定与发展工作中的一些失误，写得很有见地!"

"钟书记,我写那份报告的本意,绝对没有要跟您、跟县委作对的意思。我生在嘎溪,长在雪线下,对嘎溪的稳定与发展问题感同身受,可以说有切肤之痛。我很清楚,嘎溪在稳定与发展工作中出现的失误,绝对不是哪一届县委的责任。它也不是我们嘎溪县一个县的问题。当时,州委政策研究室的张主任针对西部少数民族地区的稳定与发展问题来搞调研,经人介绍,找我聊了聊。我把我在嘎溪工作的那点经历和感受跟他说了说,他非常感兴趣,就动员我写成调研报告,并寄给州委……我真没想到后来会有这么大麻烦……说实话,我真要是跟您、跟县委作对,那我寄出那份东西后,肯定会离开嘎溪的……"

对泽白的这一番表白,钟国强嘿嘿一笑:"这么说,你留下来,也是为了表明你的光明磊落?"

泽白真诚地答道:"我还不敢这么说。其实我留下来,也是有私心的。"

"好,那就说说你的私心。"

"多年来,我一直以自己是雪线下的嘎溪人而骄傲,因为嘎溪作为西部少数民族大县,拥有雪线下美丽富饶的天然牧场、繁荣的商贸市场和三省结合部人气最旺的县城。可以这么说,嘎溪的昨天是无比辉煌的。而这份家当,正是我们嘎溪人的阿爸阿妈们亲手创下的。作为雪线下的儿子,怎么能让这份家当败在我们这一代人手里呢……说实话,当初我申请回到雪线下的嘎溪工作,就是冲着这个来的。后来秀珍托人让我调离嘎溪,我是翻来覆去痛苦了好几个晚上……"

"我理解。我想听听你今后的具体打算。"

"具体的……反正我已经决定留下来了。我这人到底值不值得县委信任、我这颗小棋子到底往哪儿放,就全听您的了。要杀要剐,反正也就这一百多斤。"

钟国强笑道："好嘛，都豁出去了！"

谈话气氛如此协调，出乎泽白的意外。他觉得机会难得，便想趁机摸一下县委书记的"底牌"，于是问道："您觉得，嘎溪镇有我工作的机会吗？"

"想到嘎溪镇去当一把手？"钟国强马上明白了他这话的意思，便直接反问道。

泽白脸微微一红，忙解释："我没这个意思。"

钟国强把眼睛一眯，再问："那是什么意思？"

泽白淡淡一笑道："什么意思，最后也得由组织决定。"

"哈哈……果然有想法，你这个小滑头！比你阿爸甲央泽真厉害多了！"钟国强大笑起来。

这时，一直在院子外面的车上等着的嘉措急匆匆地敲门报告，州委有一个急电需要钟国强马上到县委机要科去处理。钟国强一听，立即起身告辞。泽白忙叫了一声："秀珍，钟书记要走了。"

张秀珍立刻从里屋跑出来，问："钟书记，您不再坐一会儿？"

钟国强一边向院子外走去，一边笑道："再坐就惹人讨厌了。"

张秀珍忙说："您这样的贵客，我们盼还盼不来呢。"

已经走到院子外的钟国强立即转过身来，笑指着张秀珍说道："俗套了吧。这么说，就是把我当外人了吧。我可是在泽白还小的时候就认识他了！"

张秀珍的脸一下子红了："这是我们的真心话。"

"盼着您下次再来！"泽白赶忙补充道。

钟国强挥了挥手，一边说，一边继续往外走去："行了行了，别在背后骂我就行了。以后不管谁再让你写什么报告，只要跟咱们县有关的，最好跟我这个县委书记打个招呼哦。"走了几步，又回过头来关照道："这两天你不是正闲着吗？有本书叫《爱心中爆发的智慧》，你找来翻翻。"

这时,钟国强已走到那辆越野车跟前了:"这本书不错,或许你今后在工作中会有所借鉴。"

钟国强的车刚从视线里消失,泽白便大步返回家去找那本《爱心中爆发的智慧》。他记得家里买过这本书,只是还没有好好看过。

此时此刻,泽白满脑子在回味着钟国强今晚说过的话,分析谈话中可能隐藏着的各种"信息"。其中最敏感的一个问题是:"他真的会把我放到嘎溪镇去当党委书记吗? 这可是要由县委常委来兼任的啊?"但往深入一想,他又马上否定了自己的猜测:"把我放到嘎溪镇当党委书记,方方面面的阻力太多……不可能的……不可能的……"几个"不可能"一念叨,心里似乎平静了许多。就在这个时候,家里的电话响了。他一把抓起电话,是钟书记打来的:"你准备一下,要在最近的一次全县副科级以上领导干部会上,就如何正确处理嘎溪的稳定与发展关系作一个专题报告。"

血开始往上涌,泽白竭力保持语调的平静,紧握电话,问道:"钟书记,为什么要我去讲?"

"让你讲你就去讲! 但有一条,别尽讲空洞的理论,一定要结合雪线下嘎溪县的实际。不是让你去给全县副科级以上领导干部上课,而是去接受考核。听明白了吗? 是考场!"

哦,是考场! 为什么? 为什么? 浑身的血又一次向上涌来……

7

一天上午,钟国强正在办公室里修改讲话稿,县长更登确迫打来电话,告诉他这么一个情况,有人反映泽白这几天"活动"得很厉害,"每个县委常委那里他几乎都去了,还走访了一些县委离退休老领导的家。我真是不太赞成他这种做法啊,这点和他阿爸甲央泽真的性格真相似啊……"更登确迫县长在电话里长叹道。

"他去找常委们干什么?"钟国强对此也感到有些吃惊,忙问。

"您说还能干什么? 疏通关系吧。"更登确迫猜测道。钟国强的脸色一下子沉了下来。

"这样吧,找个时间,咱们当面说一说。"更登确迫也很重视这个刚出现的情况。

钟国强立即说道:"还找啥时间? 就这会儿吧。是我过去? 还是你过来?"

"当然我过来。我马上过来吧。"

县政府和县委在一幢楼里办公,只是县政府在二楼,县委在四楼,中间隔着县纪律检查委员会。没多少工夫,更登确迫就大步走进了钟国强的办公室。他一坐下就说道:"真没想到,他会在背后搞这种活动……听别人反映,泽白这同志,还是有一定的领导工作经验的,知识面比较宽,知识结构也比较新,干起工作来有一股子冲劲。留住这样的人才,是我一贯的主张。但现在看来,他身上的确还有一些像甲央泽真一样不成熟的东西,到底应该怎样使用他,还真的要认真慎重地考虑考虑。"

"你说他身上还有些不成熟的东西。哪些? 比如说?"

"比如说,他给州委写的那份材料……"

"这件事,他已经跟我充分解释过了。"

"我也听他本人解释过。这件事本来不应该算个问题,但是,现在回过头来想一想,你搞这么一份材料,居然就直接寄到州委去了,一点招呼都不跟县委、县政府打。这无论是在操作程序上,还是在组织纪律性上,总还是有点那个吧? 你毕竟不是单纯搞学术研究的学者或教授,你是个党政部门的正科级领导干部啊……我记得你在很多会议上都强调过,在雪线下的嘎溪县,不管某人有多大的本事,作为一个党政干部,只要他眼里没有县委、县政府,这个人就不能用。这话有道理啊。从工作的角度着想,一个十多万人的西部少数民族大县,要是出现在各要害岗位上替我们把关的同志,心里都没有我们这些人,这么大一个摊子怎么弄啊?"

更登确迫一口气说了这么多,钟国强一直沉默着。更登确迫说的这些,何尝不是他所担心的呢! 他们彼此又交换了一些看法,最后更登确迫补充道:"我并不是那个意思,谁提了我们的意见,就要去追究谁的责任。大前提,泽白这小子是个人才,要爱护,要培养,要使用。但不能操之过急。当然,在用人问题上,不管你最后下什么决心,到常委会上,我一定会支持你做的决定的。这一点,你尽管放心。"

钟国强默默地点了点头。

更登确迫走了。他立即给马世宇打了个电话:"这两天,泽白去找过你吗?"

马世宇愣了一下,吞吞吐吐地答道:"他……"

"他怎么了?"钟国强不动声色地追问。

"他这会儿正在我这儿呢。"马世宇忙答道。

钟国强立即沉下脸说道:"过会儿,你让他上我这儿来一下。"

得知钟书记有令,泽白当然不敢怠慢。他起身出了马世宇的办公室,来到了钟国强这里。

"这两天,你很忙啊。"钟国强开门见山,神情冷峻。

"还好吧,就是有点紧张。"泽白答道。敏感的他,一下就注意到了钟国强的冷峻。但他依自己的经验,当领导的常常是这样,因为实在太忙,把你叫来说某些事时,可能状态还没有从刚处理完的那些事情中脱出来。所以他没有在意。

"紧张啥?"钟国强问。

"您让我在全县副科级以上领导干部大会上作专题报告。我认真整理了一下自己的笔记和思路,觉得有些方面还要做进一步的调整……但对于这样的调整,我自己觉得还不够深入,更没有把握……"泽白答道。

"为撰写一个专题发言稿,至于去找那么多领导吗?"钟国强单刀直入了。

敏感的泽白当然不会听不出钟国强话里那个意思,忙解释:"我这次写的这个发言稿,涉及面很广,为慎重起见,我找了分管不同条线的常委,把我的想法先同他们沟通一下,请他们帮我搭搭脉。我还去找了一些老领导,听听他们以前处理一些问题的方法和经验教训。我想这个专题发言一定要有依据,有解决方案,有具体思路……"

"你想想看,这次专题发言后,县委就要召开常委会议。而这次常委会的一个重要议题就是研究决定对你的使用问题。你在这个时候频繁接触常委领导,这是非常忌讳的一件事……"

泽白鼓足了勇气分辩道:"我去找他们,没有任何个人意图。"

钟国强冷冷一笑道:"谁都会这么说的,但你要知道别人就不都是这么看的了。"

泽白不做声了,他知道自己不能再说什么了。过了一会儿,钟国强突然向泽白宣布:"明天会上的发言取消了,你不必发言了。材料继续准备着,什么时候用这个材料,等通知。"就这样,在这次召开的全县副科级以上领导干部大会上,泽白被取消了发言资格。

两个星期之后,县委办公室电话通知泽白第二天到县委小礼堂开会,并让他带上他的发言材料。

这天,全县各乡、镇及县级机关副科级以上领导干部千余人参加会议。会上,泽白按照县委的要求,结合嘎溪县的实际作了专题发言。他的发言深入浅出、有根有据、思路清晰,赢得了与会者一阵又一阵热烈的掌声。就这样,这位在嘎溪县受到争议的人物一下走上了更大的舞台。

一个月后,泽白被县委正式任命为嘎溪镇的党委书记,并即将被州委任命为中共嘎溪县委常委。嘎溪镇轰动了,整个嘎溪县也轰动了。人们第一个反应是"怎么可能?"因为,在过去,但凡有重大人事变动,在嘎溪县城,事先总会有种种迹象、种种说法。然而这一回,事先一点消息都没有透露,就连县城街道上那个最大的露天茶馆里也没有过半点议论。也就在当天下午,就是这个泽白,在众目睽睽之下,乘坐县委组织部苏部长的车,在县纪委书记的陪同下,去嘎溪镇报到了。这天下午,在嘎溪镇召开的干部大会上,苏部长代表县委郑重宣布:泽白任嘎溪镇党委书记。

两个月之后,自治州州委又任命泽白为中共嘎溪县委常委。从此,泽白这位副县级领导干部勇敢地担当起了带领嘎溪镇群众阔步前进的重担。事实证明,这位年轻的藏族小伙子果然没有辜负组织的培养,果然没有让钟国强失望。经过一年多时间的艰苦努力,他与镇党委一班人带领全镇人民较好地处理了全镇的稳定与发展关系,使全镇各项工作迈上了一个新台阶。那绕城公路和新修的嘎溪宾馆、城区道路硬化、藏寨民居旅游资源开发等项目的顺利实施,确实为当地老百姓带来了实惠,受到了全镇老百姓的衷心拥护。

『第二十九章』
尘埃落定

盛夏季节的嘎溪草原,嫩绿的青稞苗扭动着身姿,金黄的油菜花纷纷在张望着,牛羊从草莽里抬起头来……在雨林,星垂四野,胡笳轻奏,鸟啼蛙鸣,嘎溪河里的娃娃鱼在梦呓,朦胧的红柳在季节里徜徉。大地如古筝,撩拨着黎明中美丽的传说。

就在这个盛夏季节,嘎溪县旅游发展大会顺利召开了。

这次会议一共举行了四天。除县委、县政府主要领导发表重要讲话外,还专门安排了县委常委兼嘎溪镇党委书记泽白、县移民局局长嘎让波、县林业局局长杨宁及县旅游局、民族宗教事务管理局的领导做了专题发言。发言的中心议题当然是如何贯彻落实州委关于发展文化旅游产业,实现自治州旅游发展的第二次创业等精神,认真研究解决嘎溪县旅游资源开发和干部精神状态方面存在的问题。

在会议即将结束那天,钟国强发表了重要讲话。他在讲话中结合州委高书记的重要指示,提出了嘎溪经济发展必须依靠旅游资源开发的战略构想。钟国强从嘎溪的自然资源、区位优势、民居建筑、寺庙文化及民风民俗等方面深刻阐述了嘎溪旅游资源的独特性和可利用性,同时还结合全自治州的发展战略,进一步论证了发展嘎溪旅游经济的重要性和紧迫性,号召全县各级干部要转变观念,统一思想,提高认识,为大力发展全县旅游经济出主意想办法……

当天晚上,嘎溪县电视台就以评论的形式,播出了一组专论嘎溪经济发展与新时期嘎溪干部的精神状态的文章。会后,县委向州委高书记和州委常委会报告了嘎溪旅游发展大会通过的关于加快嘎溪县文化旅游产业发展的十多条措施。随后,全县人民掀起了学习、宣传、贯彻、落实《全县文化旅游产业发展措施》的高潮。

接下来的实践证明,嘎溪人民因此真正得到了实惠:通过风貌改造工程的顺利实施,嘎溪县城的面貌发生了翻天覆地的巨大变化;通过藏寨民居旅游项目的实施,嘎溪大部分农牧民从过去靠上山采挖虫草、贝母等中药材增加收入变成了以旅游服务增加收入,寻找到了新的经济增长点;通过对民族宗教寺庙的开发,使藏传佛教寺庙的面貌也发生了很大变化;通过旅游产业的发展,全县第三产业得到了蓬勃发展,农牧民的人均收入有了很大增长……如今,雪线下的嘎溪游客不断,特别是每年"五一"和"十一"期间,前来嘎溪旅游的人十分汹涌。面对这一切,钟国强脸上露出了欣慰的笑容。

2

那天下午,县长更登确迫正在办公室批阅文件,放在桌上的手机突然响了起来。电话是泽真卓玛打来的,这位泽真卓玛就像她的名字一样美丽漂亮,她是更登确迫在西藏拉萨读初中时的同学,年龄比更登确迫小两岁,更登确迫当初还追求过她。初中毕业后,更登确迫回到了雪线下的牧场。泽真卓玛却考上了一所中等师范学校,中师毕业后被分配到西藏拉萨市一个乡下小学教书。几年后,她放弃了公职,"下海"做起了生意,凭着她的天生丽质和不凡的交际能力,当然,更重要的是她有一位了不起的阿爸,所以,她在生意场上十分成功。

泽真卓玛在电话里娇嗔地说:"更登确迫县长,咋个一阔就变脸,从雪线下的牧民到当上县长就忘了老同学啦?"

听见泽真卓玛的声音,更登确迫一阵惊喜:"啊,你怎么今天想到给我打电话? 你现在在哪里?"

泽真卓玛还在打趣:"你的声音咋个在发抖? 是不是因为当县长了还在高兴呀?"

更登确迫压低声音说道:"泽真卓玛,你说话不能太损人啊!我们可是老朋友了。"

泽真卓玛在电话里嘻嘻一笑:"阿哥更登确迫,开开玩笑也不可以呀!我在嘎溪大酒店定了座,现在快到下班时间了,有空的话,就请过来。我在门口接驾!"

电话随即断了,那是无声的命令。命令更登确迫前去赴约。

更登确迫收起手机,张望了一下,见没有人盯着他,这才放心地出了县长办公室。平日里出去,他都是要司机开车的,但今天,他怕带上个司机不方便,于是就徒步前往。

嘎溪大酒店,是雪线下最豪华、档次最高的酒店。这里的餐馆非常有特色,整个餐馆全是分割得大小不一的小雅间,每个雅间一张饭桌,还有一张长沙发。饭桌设计得极为别致:两个人用的饭桌是椭圆形的,三个人坐的饭桌是三角形的,四个人坐的饭桌是四方形的,五个人坐的饭桌是正五边形的,六个人坐的饭桌是正六边形的,七八个人坐的饭桌是圆形的。这里没有八人以上的饭桌,也就是说,嘎溪大酒店的雅间最多只能接待八个人。正是这一别出心裁的设计,很方便家庭聚会和情人幽会,因此,座位都是需要提前预定的。泽真卓玛已经提前在这里订了张双人桌。

嘎溪大酒店到了。果然,泽真卓玛已在门口等待了。她今天打扮得很素净,穿着一身藏装,内着一件白色衬衫,脖子上挂了一根金项链和一串红珊瑚。20多年未见面了,真是女大十八变啊,这位泽真卓玛尽管年过四十,可风韵犹存,她那嫩白的脸上有一弯新月似的嘴唇,两条微翘的细眉如柳叶般贴在上面,让人仿佛觉得她的脸上有"三个月亮"。她盈盈一笑,脸上的"三个月亮"更加生动。更登确迫的心情怦然而动:这个女人越发妩媚了!

泽真卓玛袅袅娜娜地迎上来,更登确迫握了一下她伸出的手,说:"让你久等了!"

其实,更登确迫一接完电话就来了,并没有让她久等。

他俩来到了预定的雅间。一股淡淡的香味在屋子里缭绕,沁人心脾。泽真卓玛朝更登确迫点点头,伸手一指,示意他坐下。更登确迫随即在椭圆形条桌左边的位子上坐下,泽真卓玛则在他的对面坐下了。

这时,服务员敲门进来,菜上来了。俩人开盏,相互干杯,谈笑风生。吃完饭,泽真卓玛又邀请道:"县长大人如果看得起,就请到我办公室里坐坐、喝喝茶如何?"

更登确迫问:"你在这里还有办公室? 的办公室离这里有多远?"

泽真卓玛笑着说:"就在这酒店的三楼。"

更登确迫不无惊讶地问:"你把公司开在嘎溪了? 还在嘎溪大酒店里办公?"

泽真卓玛笑而不答,只在前面引路。他们上了三楼,在一道门前停下,泽真卓玛开了门,把更登确迫让进了屋。立刻又有一股藏香扑鼻而来,更登确迫不禁称赞道:"这香味真舒服!"

泽真卓玛笑着说:"县长大人也喜欢这味道? 你知道这是什么香味吗?"

更登确迫说:"我第一次闻到,说不出眉目来!"

泽真卓玛告诉更登确迫:"这是世界上有名的家庭用香,名叫印度香。闻着它,能增强食欲,舒畅心情,特别能增进人的睡眠!"

更登确迫顿时感到了自己的浅薄,明白了自己在生活上的品位要比泽真卓玛差远了,隐约有了一种落伍的自卑感。

这是一套二居室的房间,外面是客厅,里面是卧室,根本不是什么办公室。客厅的布置简洁大方,一张椭圆形的小条桌,一端放着一张精致的沙发。泽真卓玛冲了两杯奶茶,在条桌的一端放了一杯,她自己坐在了另一端。两人面对面坐着,泽真卓玛双手托着下巴,目不转睛地看着更登确迫,一言不发。更登确迫被看得有点不好意思,忍不住问:"你怎么不说话,老盯着我干吗?"

泽真卓玛嫣然一笑:"我要仔细看看一个从雪线下的牧民变成县长的更登确迫到底是个啥样子?"就在她笑的一刹那,更登确迫看见她脸上的两道柳叶眉和一弯细唇都动了起来,像三个月亮!

更登确迫一阵惊喜,由衷赞道:"你脸上那三个月亮依然还在呢!"

泽真卓玛听了满脸感动,她为更登确迫至今还记得她脸上的特征而感到无比幸福。她不由自主地走到更登确迫的面前,抓住更登确迫的手。她的脸顿时红得像一朵盛开的桃花,声音因激动而有些发抖:"谢谢你,更登确迫,很多人都说我长得漂亮,我自己也知道自己漂亮,可就是没有人能够总结出我漂亮在哪里,只有你,在拉萨上初中的时候就总结出来了,太谢谢你了!"

更登确迫觉得她的手在发烫,想移开又有些舍不得,只好红着脸说:"泽真卓玛,我说的可是真心话,20多年前你就是我眼里最美的一道风景!"

泽真卓玛说:"我要的就是你的真心话,你喜欢我吗?"

这可是一个难以回答的问题,说不喜欢那是假话,泽真卓玛曾经是他的恋人;说喜欢吧,似乎又有些轻浮,堂堂一个县长,又是已经结婚的人,有失检点了!

见更登确迫没有回答自己,泽真卓玛渐渐地将手移开了,又回到自己的座位。她故意挑了另一个话题:"呀,更登确迫,你一定疑惑我为啥会住在这嘎溪大酒店里吧?"

更登确迫早就想问这个话题了,转了话题,他也觉得轻松多了,便点头道:"我进门时就想,这里不像办公室,一定是你的寝室了。"

泽真卓玛笑着说:"你果然是当县长的料,一猜就中,我的家就在这嘎溪大酒店。这个酒店是我阿爸投资的,他现在虽然已经退休了,但仍然住在京城。这间仅仅是我的寝室。如今,我阿妈是这家酒店的总经理。"

他们随便聊了一会儿后,泽真卓玛又拿出了两瓶红酒,摆上两个高脚杯,将杯子倒得满满的,对更登确迫说:"来,更登确迫,为我们 20 年后的重逢,干杯!"

更登确迫不好推托,便和她干了一杯!

泽真卓玛又倒满两杯:"我和你很有缘,就为这缘分,我们干一杯!"两人又干了第二杯,接着是第三杯,第四杯⋯⋯一杯又一杯,两瓶红酒被喝完了,两人都有了醉意。

泽真卓玛显得情意绵绵,更登确迫也是醉眼蒙眬。泽真卓玛摇摇晃晃地走过来,伸手将更登确迫抱得紧紧的,更登确迫喘着粗气,也抱住了她。很快,两人就滚在了里间卧室的床上⋯⋯

从那天以后,更登确迫就经常出没于嘎溪大酒店,而且每次去那里都没有带司机,自己单独去。然而,世界上的事情也奇怪,这样的事情总是包不住的,就像用纸去包火一样,没多长时间就被他的妻子德精措发现了,并且还闹到了钟国强这里。不久,更登确迫这个由雪线下的牧人成长起来的县长还未当满两年时间就被免职了⋯⋯

3

一天,上嘎溪的天空乌云密布,雷声隆隆,一道又一道闪电划破长空。不一会儿,狂风咆哮着,让人心惊胆战。凶猛的狂风掀去了野外远牧牧民帐篷的棚顶,刮掉了晾晒在帐篷外面的贝母和奶渣,吹断了嘎溪河岸边的白杨树,猛烈地摇晃着藏寨民居的门窗。牛羊惊恐不安的叫声随风飘荡,如同悲哀的哭泣,令人惶恐不安。伴着风声、雷声,黑压压的云层直逼嘎溪县城上空,硕大的冰雹倾泻而下。一场百年难遇的特大冰雹瞬间袭击了整个嘎溪县城。乒乓球般大小的冰雹密集地落在嘎溪县城,噼噼啪啪地敲打着楼房、民居、街道、路灯及公路上行驶的车辆。行人们纷纷躲进家里,关上了门窗。特大冰雹下了足足半个小时……嘎溪遭殃了!

林业局局长杨宁从自己的家里出来,走进院子,径直来到圈棚边。家在农村的妻子喂养的几只绵羊和黑白花奶牛正在棚内乱转。大风已经把圈棚顶掀掉了一大片。查看完圈棚,杨宁又回到屋里。屋里的空气依然闷热难受,他打开窗户,来到正在熟睡的儿子身边坐了下来。杨宁用粗糙的手掌轻轻抚摸着孩子的脸,他发现孩子的头发太长了,便轻声对妻子说:"星期天我带儿子到县城去理发!"

说话间,他的手机响了:"局长,县城里发洪水了,县委请你马上赶到县城去指挥抢险……"局办公室主任在电话里高声报告。

杨宁一边接电话,一边爬上了汽车,与妻子道别的话都未说就踏上了返县城的路。

冰雹结束后,紧接着又是一阵狂风暴雨,无情地肆虐着嘎溪县城。暴雨过后,引发了洪水。那滔滔洪水像脱缰的野马迅速向嘎溪县城扑来,很快,县城里的许多街巷被洪水淹没了。往日宽敞的街道变成了一条条河流,街道上那些铺面、居民住房全都被水淹没了……

灾情就是命令,正在家里修改文件的县委书记钟国强立即向全县各级干部下达了抗洪救灾紧急命令。自己身先士卒,穿上雨衣,冒着还在下不停的暴雨,迅速赶往灾害最严重的地区,与县上其他领导现场指挥救灾抢险工作。很快,县级机关的干部、职工及驻军官兵、武警战士全都赶到了灾害最严重和最危险的地方。一场抗灾抢险的战斗在雪域高原打响了……

在县妇幼保健站里,由于这一带地势低,洪水正快速把妇幼保健站办公楼的二楼慢慢淹没。二楼住院部里还有十多名产妇,她们面临着被洪水淹没的危险。接到紧急报告后,钟国强迅速赶到现场。更为危险的是,院子里的高压电线杆被淹没在了水里,那高压电线发出了噼里啪啦的爆炸声。

"赶快通知电力公司,马上关闭全城所有电源!"钟国强在现场命令道。

"不行了,水已经快漫到二楼了,那里面的产妇有被电击中的危险!"站在一旁的杨宁高呼。

"必须马上断掉电源!"钟国强急切地说道。

说时迟那时快,只见杨宁已奋不顾身地向电线杆倒塌的地方冲了过去。但洪水很快就淹没了他,站在高处的人见了,都大声呼叫杨宁。不一会儿,杨宁的脑袋从水里冒了出来,又迅速向电杆游去。

"快给他一根木棒,让他马上把线头拔掉!"钟国强命令道。

一名武警战士把一根长长的竹竿递了过去。一下,两下,三下……高压电线头终于脱落了。然而,就在线头脱落的一瞬间,电线的回弹突然打在了杨宁的身上。霎那间,杨宁身上燃起了蓝色的火焰,并再一次掉进了洪水中。但,这一次他就再也没有从水里冒出来……

在场的人都惊呆了。

杨宁走了,走得那样壮烈!那保健站二楼产房里的十几名产妇终于安然无恙。

经过连续五个多小时的抗灾抢险战斗,洪水终于退下去了。嘎溪县城虽然一片千疮百孔,但总算恢复了昔日的宁静。

为援藏干部杨宁送行的那天,清冷的街道两旁默默地站满了群众,甲央泽真也来了。人们没有眼泪,只有崇敬。钟国强为杨宁献上了一朵小白花,甲央泽真为其献上了一条洁白的哈达,他们望着杨宁的妻子和孩子,不禁潸然泪下。钟国强在心里默默发誓,他一定会照顾好他们母子俩。甲央泽真走过去,将一条哈达挂在杨宁妻子的肩上,然后俯下身亲吻了一下身边的孩子,眼泪就从眼眶里溢了出来。

尘埃落定

杨宁牺牲后,他的妻子被组织破格安排到建设环保局做工人,孩子由政府每月补助六百元生活费,一直到十八岁为止,并由政府负担上学的全部费用,直到大学毕业。

4

嘎溪草原的秋天,秋意如同草原本身。嘎溪河两岸,青稞穗闪闪发光,白杨树依旧在黄昏中招摇。一阵山风,从秋天的腰枝上荡过,使旷野沙沙作响。

又是四个色彩斑斓的年头匆匆走进历史的旷野。

四年,像一次呼吸。

四年之后,就在这个深秋季节,嘎溪县、乡领导班子换届选举工作又拉开了帷幕。本次换届选举中,县长候选人一名,实行等额选举;副县长候选人七人,七选五,实行差额选举。泽白在担任嘎溪县委常委兼嘎溪镇党委书记的几年里,工作表现优异,成绩显著,使嘎溪镇发生了很大的变化。尤其是在妥善处理稳定与发展关系上,更是为其他乡镇树立起了典范。因此,经上级组织批准,此次选举泽白作为县长的唯一候选人。

整个选举过程很顺利,结果也在情理之中:泽白当选为县长,嘎让波等五名同志当选为副县长,两个落选者是县财政局局长和发改委主任。这次换届选举结束后,泽白成了钟国强的得力助手,他们在嘎溪干出了一件件精彩的民生工程,受到了嘎溪人民的拥戴。

一天,州委高书记专程到嘎溪调研,他深入到嘎溪镇等地,对嘎溪未来的发展作出了一系列新的指示。在这次调研中,县委、县政府的班子成员随同参加,却唯独没有看到县委副书记马世宇。

……

就在高书记嘎溪调研结束不久,自治州领导班子换届了,钟国强以高票当选为自治州州委常委后调走了。泽白被自治州州委任命为中共嘎溪县委书记。马世宇却因贪污受贿、干部选拔任用违纪等问题被州纪委"双规"了。嘉措因为马世宇办私事,泄露机密而受到了组织处分,调离了嘎溪县委机关。

为钟国强送行的那天,天空阴霾,冷风呼啸。一辆黑色的丰田越野车和一辆黑色的三菱越野车一前一后急驶在通往州府的路上。丰田车窗外,偶尔飘过洁白轻盈的雪花,但钟国强的心中却复杂而沉重。在路过去雪山的垭口时,钟国强叫司机停下车。钟国强走下汽车,后面为他送行的三菱车上的甲央泽真也下了车。他们向垭口上的煨桑祭坛走去,经幡在冷风中猎猎飘扬,发出了呼呼响声。20年前,钟国强从州委宣传部下派到雪线下援藏时,就是在这里认识甲央泽真的,只是当时他们都是骑在马背上而已,今天却坐上了汽车。甲央泽真像当年一样,向空中抛撒着一叠叠龙达,口里高呼:"喔嚯嚯,哈迦啰,哈迦啰(神胜利了)……"

钟国强望着天空中飞扬的龙达,深深地陷入了沉思。

"呀,钟书记啊,想什么呢?"撒完龙达的甲央泽真走过来问道。

钟国强轻轻叹了口气:"没想什么,只是感觉一切都太突然了,有点不敢相信。"

甲央泽真沉默了一会儿,道:"是啊,20多年了,你看那雪线依然那么美丽,没想到……世事难测啊,你说走就走了呢。"

钟国强无言以对,甲央泽真、更登确迫、嘎让波、泽白……雪线下那些可亲的牧人,还有已故的泽郎阿爸、杨宁……作为他在雪线下生活中的朋友,给了他太多的帮助,别人根本无法体会,面对这条圣洁的雪线他还能说些什么?

甲央泽真看着钟国强沉默的脸,道:"呀,诺花(伙计),我知道,那雪山上的雪线固然令你难舍难弃,但你也别太沉浸在其中,更不能因此耽误了

尘埃落定

你下一步的工作,要知道,接下来等着你的可是更重要的工作,你肩上的担子还很重啊。这里不是有他们吗?"

钟国强连忙回过神来:"呀,诺花(伙计),你说的是泽白吧?"

甲央泽真点点头,语气有些沉:"是,不过也不全是,这雪线下的问题还有很多,我只担心泽白有那能耐么?你往后可要多多帮助他哦……"说完,甲央泽真又向空中抛撒了一叠龙达,那龙达飞得很高,飞过了雪线,一直飘向了他们目所不及的天空……